胶东红色故事

孟军　许以民　主编

山东大学出版社
SHANDONG UNIVERSITY PRESS
·济南·

图书在版编目(CIP)数据

胶东红色故事/孟军,许以民主编.—济南:山东大学出版社,2022.3

ISBN 978-7-5607-7296-7

Ⅰ.①胶… Ⅱ.①孟… ②许… Ⅲ.①革命故事—作品集—中国—当代 Ⅳ.①I247.81

中国版本图书馆 CIP 数据核字(2021)第 280490 号

策划编辑 王立强
责任编辑 王立强
封面设计 王秋忆

出版发行 山东大学出版社
社　　址 山东省济南市山大南路 20 号
邮政编码 250100
发行热线 (0531)88363008
经　　销 新华书店
印　　刷 济南华林彩印有限公司
规　　格 720 毫米×1000 毫米 1/16
　　　　 18.25 印张 287 千字
版　　次 2022 年 3 月第 1 版
印　　次 2022 年 3 月第 1 次印刷
定　　价 66.00 元

本书是山东省研究生教育教学改革研究项目“胶东红色文化资源融入研究生思想政治理论课的教学研究”(项目编号:SDYJG21188)的研究成果

《胶东红色故事》编委会

主　编　孟　军　许以民

副主编　王华东　宋开友　于　宁　王艳华

成　员　（以姓氏笔画为序）

王玉兰　王晓霞　王锦远　韦晓彤　刘玉莹

李　准　吴一平　张国华　国　婷　周子添

郝　悦　战　承　贺秋颖　徐　坤　董　琼

韩丽娟

前　言

2021年，是中国历史上又一个重大节点，既是中国共产党成立100周年，又是辛亥革命110周年，还是中国在全面建成小康社会、实现第一个"百年奋斗目标"的基础上开启全面建设社会主义现代化国家新征程的第一年。时代在呼唤，人民在期盼，中国共产党人必须不忘初心、牢记使命，带领中国人民尤其是当代大学生继承革命先辈遗志、弘扬伟大建党精神、赓续红色文化基因、坚定社会主义信念，胸怀"两个大局"，坚定"四个自信"，勇于实践、善于创新、勇于奉献、善于成事。

中国特色社会主义新时代的高校思政课专任教师，肩负着"立德树人"和"资政育人"的光荣使命，如何更好地发挥高校思政课的主渠道作用，如何将自身所学与国家和民族所需有机结合，是每一位心怀家国的思政课教师必然要思考和回答的重大问题。习近平总书记强调："会讲故事、讲好故事十分重要，思政课就要讲好中华民族的故事、中国共产党的故事、中华人民共和国的故事、中国特色社会主义的故事、改革开放的故事，特别是要讲好新时代的故事。"[①]习近平总书记在不同场合也讲过"半条被子"的故事、焦裕禄的故事、陈望道的故事、老阿姨龚全珍的故事等。

胶东地区的中共党组织及其领导下的人民力量为新民主主义革命的胜利和新中国的建立做出了重大的历史性贡献，在我党、我军历史上占据着重要的历史地位。这一时期，胶东大地上发生了不胜枚举的惊天动地、荡气回

① 习近平：《论中国共产党历史》，中央文献出版社2021年版，第31页。

肠的革命故事，涌现出数不胜数的感天动地、可歌可泣的英雄、模范。中国共产党成立后不久，邓中夏、王荷波等在烟台秘密开展党团活动，播下了胶东革命的红色火种。此后，胶东地区建立了中国共产党的组织，红色革命潮起胶东。抗日战争时期，在胶东大地上发生了雷神庙战斗、天福山起义、地雷战，建立了山东地区最早的抗日根据地，成为抗日民主政权的模范区，经济社会文化事业蓬勃发展，涌现出任常伦、于化虎等英雄人物。解放战争时期，胶东地区发生了运兵东北、阻止美军军舰登陆烟台和威海、大参军、大支前等重要历史事件，涌现出杨子荣等英雄人物。新中国成立后，胶东人民积极投入社会主义革命、建设和改革，涌现出王永幸、沈秀芹、郭永怀等优秀楷模。这些重要历史事件、英雄人物都是红色故事的重要素材。

《胶东红色故事》分为四个篇章，第一篇章主要是大革命和土地革命时期我党在胶东的红色故事；第二篇章主要是全面抗战时期我党我军在胶东的军事和政治故事；第三篇章主要是全面抗战时期我党在胶东的经济和文化方面的故事；第四篇章主要是胶东红色人物的故事。我们编写《胶东红色故事》的目的，就是让青少年了解胶东光辉的革命历史，感悟胶东红色文化蕴含的革命精神，从而增强传承和弘扬胶东红色文化的使命感，让红色基因代代相传。

孟军　许以民

2021 年 8 月

目　录

一、红色曙光初现胶东

二、红色革命遍布胶东

三、红色文化潮起胶东

四、红色人物星耀胶东

一、红色曙光初现胶东

五四运动后马克思主义在胶东的传播

贺秋颖　宋开友

鸦片战争以后，中国面临亡国灭种的危机，“睁眼看世界”的先进分子开始向西方世界寻找救国真理，但并未从根本上改变中国受剥削压迫的命运。十月革命的胜利为苦苦探寻救亡图存出路的中国人民指明了前进方向。以李大钊、陈独秀为代表的中国先进分子看到了马克思主义的伟大力量，开始积极研究和宣传马克思主义。五四运动后，马克思主义吸引了越来越多的进步青年，成为不可阻挡的时代潮流。在五四运动的影响下，20 世纪 20 年代初期，胶东的一批进步青年开始学习和宣传马克思主义，寻求改造和解放中国的道路。

王尽美①和邓恩铭②在参加中共一大后回到山东，于 1921 年 9 月建立马克思学说研究会，会员发展到五六十人。这个由中共山东早期组织创始人领导的公开的学术组织，播撒了革命火种，进一步推动了马克思主义在山东的传播，为党培养了一大批骨干力量，建立了地方党组织。

王尽美和邓恩铭建立了中共山东区支部，王尽美任支部书记，邓恩铭任支部委员。王尽美还多次回到家乡诸城宣传马克思主义，并指导胶济铁路沿线的青岛、张店、潍县、益都等地建立党的地方组织。由王尽美介绍加入中国共产党的庄龙甲，利用寒暑假回到家乡潍县，在学校和附近农村“向进

---

① 王尽美(1898～1925)，今山东省诸城市枳沟镇大北杏村人，中共一大代表，中国共产党创始人之一，山东党组织最早的组织者和领导者。

② 邓恩铭(1901～1931)，贵州荔波人，中共一大代表，中共山东党组织创始人之一。1925 年 2 月组织领导青岛胶济铁路工人大罢工，1928 年 12 月在济南被捕，1931 年 4 月 5 日于纬八路刑场就义，时年 31 岁。

步青年宣传反帝反封建的革命道理，传播马克思主义”[①]。邓恩铭受济南党组织派遣，到青岛筹建党团组织。来青岛后，邓恩铭担任《胶澳日报》副刊编辑，开始有计划地传播马克思主义，宣传俄国十月革命的胜利。此外，邓恩铭还在青岛代销进步书刊《向导》《共产党宣言》《共产主义初步》等。他还利用住在胶澳商埠职业学校的便利条件，与一批进步学生交流进步思想，探讨理论问题。他们对促进马克思主义在胶东地区的传播起到了重要作用。那么，马克思主义在烟台又是如何传播的呢？

马克思主义在烟台海军学校的传播

1911 年武昌起义爆发后，烟台的革命党人深入到海军学堂学生中散发传单，号召参加反清革命，推翻清王朝的反动统治。当湖北军政府的革命檄文等宣传品迅速送达海军学堂后，学生们激动不已，纷纷写血书表达革命决心，坚决支持革命党的行动。

1913 年，烟台海军学堂更名为“烟台海军学校”(简称“烟台海校”)，开始面向全国招生。1916 年秋，李之龙[②]、郭寿生[③]等一批进步青年考入该校。受新文化和新思想的影响，他们越来越关心国家的前途命运，海校的政治气氛亦空前活跃。

1919 年五四运动爆发后，以李之龙、郭寿生等为代表的进步学生发动、组织同学、校工、卫士和舰上士兵，冲破海校当局的阻挠，上街集会，游行示威，书写标语，发表演讲，抵制日货，声援北京爱国学生。

1920 年春，李之龙和郭寿生不顾校方“不准学生阅读课外书报杂志，不准学生过问政治，不准学生与外界社会相接触”的禁令，在校内进步学生中秘密发起成立了“读书会”，组织会员阅读、讨论和研究《新青年》《每周评论》

---

① 中共烟台市委党史研究室编著:《中共胶东特委史》，山东人民出版社 2018 年版，第 18 页。

② 李之龙(1897～1928)，湖北沔阳(今仙桃市)人。1913 年参加湖口起义，1916 年入烟台海军学校，1921 年 8 月加入中国共产党。1916 年秋，李之龙考入烟台海军学校，在校期间李之龙非常关注国内局势，先后组织同学集会声讨张勋复辟和发动同学、校工、士兵等上街游行，声援五四运动并开始接受革命思想。1928 年遇害于黄花岗。

③ 郭寿生(1901～1967)，福建闽侯人。1916 年考入烟台海军学校。1923 年加入中国共产党。1924 年初在海校建立“新海军社”，任总负责人。1924 下半年成立中共烟台小组。1925 年初离开烟台去上海。1949 年 4 月，参与发动国民党海防第二舰队起义。中华人民共和国建立后任华东海军研究委员会副主任、解放军海军司令部研究委员会副主任。1967 年病逝。

《俄国革命史》《资本论入门》等进步书籍报刊，以及李大钊、陈独秀等人的介绍和宣传社会主义的理论文章。

为进一步寻求真理，探索革命道路，李之龙和郭寿生又以通讯会员的身份秘密参加了北京大学马克思学说研究会，并与邓中夏、罗章龙等中国早期的马克思主义者取得联系，获取了更多马克思主义理论知识。

1921 年夏，因领导学潮，鼓动海校学生和校工举行罢课、罢工，李之龙被海校当局开除学籍，随即乘船赴沪。8 月初，李之龙在上海结识了参加中国共产党第一次全国代表大会的代表董必武、陈潭秋和李汉俊等人，向他们介绍了烟台海军学校的情况，并推荐了思想进步的海校学生骨干——郭寿生。

此时，郭寿生在烟台海校"读书会"的基础上，又成立了"马克思学说研究小组"，吸收了一批进步青年学生和年轻水兵，组织、指导其阅读《共产党宣言》《唯物史观》《中国青年》等革命书刊，结合中国革命的发展与前途等问题开展学习和研讨，推动了马克思主义在烟台的广泛传播，为在烟台建立共产党和青年团组织奠定了思想、理论和组织基础。

郭寿生成为胶东最早共产党员

1921 年 7 月，中共一大通过决议，明确要求各地党员要加快发展、扩大各地党组织，领导各地党组织迅速开展各项工作。此后不久，中共中央局根据李之龙的介绍，派邓中夏和王荷波先后来到烟台，找到在海军学校读书的郭寿生，向他了解海军学校和烟台的情况，研究海军学校的工作等，并介绍郭寿生加入了中国社会主义青年团，指定其负责烟台社会主义青年团的组织发展工作。

1922 年夏，郭寿生被校方派到南京海军鱼雷枪炮学校学习，并继续从事组织社会主义青年团的活动。在津浦铁路工人运动负责人王荷波的指导下，他积极参加津浦铁路工人运动并担任南京市团委书记。他经常夜间过江，到浦口镇的工棚里和工人谈心、开会，发动工人组织起来和反动政府进行斗争。1923 年上半年，经王荷波和恽代英介绍，郭寿生加入了中国共产党。

1923 年下半年，在南京鱼雷枪炮学校修完预定课程后，郭寿生重返烟台海军学校，继续未竟的学业。他一面学习舰艇课程，一面秘密进行烟台党团组织的筹建工作。在开展党团组织工作期间，他根据中共中央局的指示，推动了以“海军革新”为宗旨的新海军运动。

郭寿生创办并主编了《新海军》月刊，引导海军士兵和海校学生讨论中国海军的兴革，传播海军知识，宣传进步思想，促进海军军人提升觉悟。《新海军》登载进步学生的文章，宣示海校学生和海军士兵的要求，宣传反帝爱国思想，深受青年学生和海军军人的欢迎。后因批判旧海军的封建腐败教育等问题，该刊被北洋军阀政府和烟台海校当局查禁。

为继续推进新海军运动，郭寿生与进步同学曾万里又秘密在海校创立了“新海军社”，团结吸引青年学生和海军士兵，并将其作为党团的外围组织。以烟台海军学校为总社，郭寿生为总负责人，该社先后在上海、南京、广州、福建马尾等地的海军舰艇部队和海军学校建立了支社和分社，发展了大批社员，并制定《新海军社章程》，加强了组织上的统一和团结。

1923 年下半年以后，郭寿生与中共中央局保持经常联系，先后多次以“在云”“后知学生”等为代号，用隐语写信向“钟英”“中兄”“容表兄”(均为中共中央局)汇报、请示工作。同年冬，郭寿生接到陈独秀让王荷波写来的指示信。根据信中表达的希望了解烟台各方面情况的要求，郭寿生积极动员组织进步学生和士兵，对烟台的军政界、教育、工商业、新闻、外交、宗教、民情等方面进行了详细、全面的调查，并撰写了长达万余字的《最近烟台报告》，并于 1924 年 2 月递交中共中央局。经审阅，中共中央局认为该报告“极有价值”。自同年 5 月起，中共中央局机关报——《向导》周刊以《烟台调查》为题，分 4 期将该报告全文连载。

胶东最早党小组诞生

中共三大后，郭寿生和叶守桢等主动与国民党派到烟台办理党务的山东省党部负责人王乐平以及烟台当地的老同盟会员崔唯吾等协商，秘密成立了中国国民党烟台市党部，郭寿生、曾万里和叶守桢等以中共党员或社会主义青年团团员的身份加入国民党。郭寿生和叶守桢一起被选为国民党烟台市党部执行委员，郭寿生担任宣传部长，并在海校成立了国民党烟台市党部第八区分部。彼时的国民党成为各革命阶级的统一战线组织，为在烟台的马克思主义者的活动提供了便利。

此后，郭寿生、叶守桢以国民党员的身份不断扩大活动范围，使社会主义青年团的活动扩大发展到烟台的先志、益文、水产等学校。他们在发展国民党地方组织的同时秘密加紧革命宣传，推动共产党、社会主义青年团组织的发展。

在中共中央局的密切关怀和直接领导下，中国共产党在烟台的党团组织发展很快。1923 年冬，郭寿生在海校内建立了中国社会主义青年团烟台支部，郭寿生任支部负责人。1924 年，郭寿生先后介绍海军学校同学曾万里和叶守桢加入中国共产党。同年底，中共烟台小组成立，郭寿生任组长，直属中共中央局领导。该小组是胶东地区成立最早的共产党组织。

1925 年初，在顺利完成舰艇课程后，郭寿生、曾万里等离开烟台南下，到上海的舰队中工作。郭寿生将烟台的党团工作移交给叶守桢，后者继续以海校为基地，开展烟台的党团工作，组织革命活动，团结教育进步青年，指导他们阅读进步书刊，讨论时局和政治，启发他们的思想觉悟。在烟台国民党组织内部，叶守桢理直气壮地支持左派，发展革命力量，同国民党烟台市党部中搞分裂、排挤共产党的右派势力进行了坚决斗争。1925 年，因领导烟台海军学校学生罢课，叶守桢被学校当局开除，遂离烟赴沪。1928 年，烟台海军学校南迁，并入福州马尾海军学校。烟台的党团工作力量亦随之被削弱，党团组织活动暂时停止。

在烟台海军学校的中共党员、社青团员（1925 年以后为共青团员）和进步学生的积极推动下，马克思主义在烟台持续传播，为中国共产党领导的胶东革命点燃了最早的星星之火，为中国共产党在烟台的党团组织的建立和发展做出了重要贡献，对烟台乃至胶东的革命进程产生了重要且深远的影响。

胶东第一个党支部——前保驾山村党支部

宋开友

始于1924年的国共第一次合作极大地激发了全国工农群众的革命热情，国共合作领导下的国民革命席卷大江南北，但是中国北方多数地区仍处于北洋军阀的统治下。1925年五卅惨案发生后，山东军阀张宗昌在济南大肆捕杀共产党员。同年11月，中共山东地方组织遭到严重破坏，为了避免更大损失，党组织决定将大部分共产党员派往农村，组织发动农民，发展党组织。党组织派共青团济南地委书记王辩（又名宫琦）找到共产党员宋海艇[①]，指示他以国民党员的身份回原籍开展农民运动，秘密发展党员。

按照党的指示，宋海艇回到家乡莱阳万第镇水口村，在后瓦马村小学以教师身份为掩护进行革命宣传活动。其间，他一面宣传教育群众，一面物色党员发展对象，并经常组织进步教员研读《共产党宣言》《京汉铁路工人流血记》《向导》等革命书刊，提高他们的思想觉悟。1925年冬至翌年春，他以"信仰共产主义"为条件，先后发展了宋海秋、宋云程、梁逵卿（又名梁洪占）、宋继先（又名宋续唐）、孙亭午、于冠三（又名于殿君）等8人为共产党员。这是宋海艇在莱阳发展的第一批共产党员。

随后，宋海艇以这些党员为骨干，在水口、石龙沟、护驾崖、鲍村、南石础、小院、陡山、田家灌等村庄和海阳西部的夏泽一带村庄，以农民协会的名义办起了农民夜校；在水口、石龙沟、淳于3个村以组织农民"同乐处"的名

① 宋海艇(1892～1984)，莱阳万第镇水口村人。1922年考入济南山东农业专科学校。1924年2月，加入国民党。1925年3月，加入中国共产党，成为莱阳第一个共产党员。1938年3月，参加抗日游击队。1945年，出席晋鲁豫边区行署召开的群英大会，荣获"二等工作模范"称号。1984年病逝。2009年，入选"烟台市为新中国成立和烟台建设做出突出贡献的100位英雄模范人物"。

义，成立了农民协会。到1926年春，在万第镇周围30余个村庄已发展农民协会会员200余人、党员20余人。9月，宋海艇介绍海阳县夏泽村小学教员孙杰三入党。各村农民协会纷纷建立，使莱阳东南部和海阳西部出现了喜人的革命景象。但是，这也引起了反动势力的注意。

1927年，蒋介石在上海发动了“四一二”反革命政变，7月15日汪精卫又在武汉公开叛变革命。蒋汪合流后，全国各地建立了“清党委员会”，掀起了屠杀共产党员和革命群众的血雨腥风。1927秋，被山东军阀张宗昌下令通缉后，宋海艇被迫将党的工作交给宋海秋，离开莱阳到牟平、烟台、长山岛一带开展党的地下活动，后到泰安隐蔽。莱阳革命形势暂时进入低潮。

张宗昌溃败后，其残部纷纷割据、称雄胶东。仅莱阳县境内就盘踞着施中诚、张福才、刘开方、刘珍年四个自成体系的小军阀。他们奸淫掳掠，杀人放火，抓兵抢粮，割据混战，莱阳一带百姓深受其害，党组织也遭到严重破坏。面对严峻形势，党组织决定派一批正在大学和中学求学的党员返回家乡，开展秘密活动，发展组织，扩大武装。

前保驾山村建立党支部

1927年11月30日，在上海暨南大学读书的共产党员李伯颜经上海党组织批准回到家乡莱阳，开展党的工作。12月13日到达济南后，李伯颜找到在军阀张宗昌举办的军官学校炮兵系学习的同乡、知己、共产党员孙耀臣①，并与中共山东省委接上关系。省委负责人向李伯颜和孙耀臣传达了八七会议的精神，指示他俩回乡后迅速建立党组织，开展农民运动，发展武装力量，发动农民武装起义，建立本地区苏维埃政权。12月18日，两人回到莱阳县前保驾山村。

回村后，李伯颜和孙耀臣积极在贫苦农民中传播马列主义理论，进行革命宣传教育。他们成立了农民协会组织，在农民协会会员中物色党员发展对象，以“钢胆热心、沉着慧敏”为条件，进行教育培养，并迅速发展了孙文合、孙凯山、林世卿、孙洪成、孙公思、林世茂6人为共产党员。

12月26日，李伯颜和孙耀臣主持建立了中共莱阳县前保驾山村支部委

① 孙耀臣(1903～1928)，原名孙协正，号君朋，莱西姜山镇前保驾山村人。1925年考入济南军校，1926年春加入中国共产党，1928年3月任中共莱阳县委宣传委员，后因叛徒出卖被捕牺牲。

员会，孙文合任书记，孙凯山任组织委员，林世卿任宣传委员。这是胶东农村最早的党支部。

前保驾山村党支部成立后，李伯颜、孙耀臣为落实省委扩大党的队伍，组建县委的指示，前往莱阳东部农村开展工作。他们在贫苦农民中宣传救国救民的革命道理，发动群众同地主恶霸做斗争。1928 年 2 月，中共石龙沟村党支部成立。到 3 月上旬，全县已发展党员 100 余人，其来源除小学教员、小商人外，80％以上是贫苦农民。李伯颜、孙耀臣审时度势，认为建立县委的时机基本成熟，遂于 3 月中旬在莱阳县万第镇水口村宋玉桂家中召开各村党组织负责人会议，宣布成立中共莱阳县委，李伯颜任书记兼组织委员，孙耀臣任宣传委员。中国共产党在胶东的第一个县委由此建立。县委成立后，始终把扩大党组织、组织群众、建立武装、发动武装暴动、创建苏维埃政权作为中心任务。到 5 月初，全县已发展党员 300 余人；建立农民协会的村遍及全县，农协会员达 2000 余人。

莱阳农民暴动震动胶东

1928 年春，孙耀臣等把党的活动扩大到南至姜山洼、西至高密一带。他经常深夜回到家中，秘密召开党员会议，领导群众抗粮抗捐。这年麦收后，土匪头子李道河给村长孙公思送来一个条子，限期要该村上缴鞋子、白面和大洋。孙公思找到孙耀臣商议对策，最终决定领导群众坚决斗争，抗拒不交。

考虑到敌我力量悬殊，李伯颜争取到了田益三、徐子山等农民武装的支持，积极组建胶东抗粮军。经过两个多月的艰苦工作，党员和农协队伍迅速扩大，抗粮军武装初具规模，武装暴动条件日渐成熟。1928 年 5 月 26 日夜，中共莱阳县委在小院村西小河口夹河套召开联席会议，李伯颜部署了攻城劫狱、建立莱阳苏维埃政权的实施方案：以鸡毛传牌为联络信号，兵分四路攻打莱阳县城。

6 月 11 日，莱阳城内国民党县公署保卫团下乡征收户捐，城内仅留 40 多人。地下党员宋云甲见机会难得，在与县委联系不上的情况下，连送两封密信给田益三，让他率部攻城。田益三按照李伯颜原先的攻城部署，率领全部人马赶到莱阳城外集结待命；徐子山也派 30 余人相助。当天黄昏，城内突然有侦探出来活动，田益三怕敌人发觉攻城意图，立即下令强攻东门，击毙保卫团警备队长王秀山，国民党县长王宝仁弃城潜逃。田益三抓住战机，迅速攻破了南门和西门，然后集中全力直攻县署，夺取钟鼓楼，攻进监狱并释放270余名被关押的群众。县城被攻下后，外出征收户捐的保卫团和驻平度的国民党军队开始向莱阳城救援。田益三自知势单力薄，又始终未见李伯颜带领抗粮军入城，当夜撤出县城。

胶东抗粮军攻城劫狱的成功在胶东产生了极大影响。这是胶东地区在共产党领导下的武装力量第一次武装攻占县城的战斗，震动了胶东大地，在胶东革命斗争历史上写下了光辉的一页。

为什么李伯颜没有按照预定方案带领抗粮军攻城？多年以后人们才知道真相，原来他被叛徒赵百原残忍杀害。李伯颜遇害和武装暴动失败后，不少共产党员暴露了身份，面临随时被捕的危险。为稳定全局，县委宣传委员孙耀臣借故辞去在施中诚部队担任的参谋长职务，秘密回到县委，安排党的工作。县委将已经暴露身份的党员安排到外地，要求未暴露身份的党员在各村继续坚持工作，还决定在没有接到上级指示前暂时停止党的活动。孙耀臣则转移到胶县、高密一带，边开展党的工作，边寻找上级党组织。

1928年11月，孙耀臣偕同党员数人去济南找省委汇报工作，途经高密县时被叛徒出卖，不幸被捕。敌人在多次审讯失败后，于12月26日夜将其秘密杀害。孙耀臣被害的消息传到前保驾山村后，村书记孙文合立即派自己的儿子孙协邦等村民悄悄赶往高密县呼家庄村东南河西岸，用席子包裹孙耀臣的遗体，用独木轮小车推着走了几天几夜，才回到家乡秘密埋葬。闻讯的贫苦农民无不痛哭流涕，他父亲孙福河为此哭瞎了双眼。

但是，已经点燃的革命烈火是不会熄灭的。前保驾山党支部在与上级党组织失去联系的情况下仍然积极坚持斗争。支部书记孙文合先是以小学教员为公开身份进行活动，而后又以行医为掩护，先后在“广育堂”“长春堂”“万寿堂”当医生，经常以药房为落脚点，召开党员会；假借出诊外出联系工作，进行党的活动。组织委员孙凯山一面想方设法寻找上级党组织，一面奔走于与其有联系的几个党员之间，让同志们坚信上级党组织一定会找到，革命一定会胜利。

孙文合等人的革命斗争令敌人对其恨之入骨，遂派坏分子迟志春、孙喜成、孙汉成等活埋了孙文合的大儿子孙万成，用铡刀杀害了他18岁的大女儿和14岁的小儿子。痛丧至亲和敌人的恫吓都没有动摇他的革命意志，他一直坚持英勇斗争，直到革命胜利（解放后，孙喜成被人民政府判处死刑，迟志春、孙汉成分别被判处 16 年和 10 年有期徒刑）。宣传委员林世卿利用在地主家扛活的机会，积极向扛活的弟兄们宣传革命道理。党员孙公思利用村长的身份与敌人进行周旋、斗争。

李伯颜和孙耀臣在莱阳（莱西）活动的时间虽然短暂，但他们积极发展党组织、壮大农民协会、组织武装暴动、建立抗粮军，为胶东革命做出了重大贡献。他们立场坚定、不畏强敌、敢于斗争，为胶东播下了日后燃成燎原之火的革命火种。

"一一·四"暴动

宋开友

1935年11月29日，中共胶东特委在荣成、文登、牟平、海阳等地，发动了一场农民武装暴动，这是全面抗战爆发前胶东地区规模最大的武装斗争。因为暴动日期是农历十一月初四，史称"一一·四"暴动。暴动尽管失败了，但胶东的党组织和人民群众得到了锻炼，党的影响随之扩大，革命之路也愈见清晰。"一一·四"暴动在胶东革命史上写下了极其重要的一页。

中共胶东特委酝酿发动农民暴动

中共胶东特委第一任书记张静源被害后，胶东各县党组织失去了领导核心。1933年11月中旬，中共胶东特委委员刘经三①在文登乡师主持召开了胶东七县党组织负责人会议，会议决定立即派刘经三去北平、天津寻找党的关系，未成立县委的县立即成立起来。

中共山东省委遭到破坏后，共青团山东省工委代行中共山东省委职权。受王明"左"倾错误影响，1934年8月共青团山东省工委指示：胶东方面武装暴动的"客观条件已经成熟"，中共胶东特委立即组织武装暴动。

接到上级的指示后，中共胶东特委在莱阳、海阳等县建立了几支小型武装游击队，开展了几次武装斗争。时任中共胶东特委书记常子健计划将抢盐斗争扩大为游击运动。同年9月23日，特委委员刘经三、张连珠和

---

① 刘经三(1906～1937)，原名刘炳礼，山东牟平峒岭乡(今乳山市徐家镇)人。1932年加入中国共产党。1933年任中共牟平县委书记，同年赴北平与中共中央北方局接上关系，后任胶东特委组织委员。1934年被捕，出狱后与党组织失去联系。1937年2月，在延安参加抗大第一期第十队学习；8月，在延河洗澡时溺亡，时年31岁。

李厚生在文登县崮头集住店时被捕，后被押送济南。特委书记常子健是陕西人，单独在胶东活动很不方便，遂转去青岛，第二届中共胶东特委亦告解体。

1935年1月，获释后的张连珠和李厚生，从济南途经青岛返回胶东，在文登县西院下村组建了以张连珠为书记的第三届中共胶东特委。4月27日，共青团山东省工委遭到破坏，中共胶东特委与上级党组织失去了联系。在此情况下，中共胶东特委仍然按照共青团山东省工委关于举行武装暴动的指示，加紧进行暴动的准备工作。暴动准备工作分两方面进行：一是思想发动，组织安排；二是制作宣传品，搜集武器。

1935年3月，特委成员程伦装扮成中医去石岛药房，发展在上海认识的药房掌柜冯芝庭入党，建立了党支部。4月，牟福边区委创办了秘密刊物《新路》，主要刊登有关暴动的指示和宣传文章，进行宣传发动工作。7～8月，中共胶东特委在荣成县石岛党的地下联络站新亚药房举办了为期两周的军政训练班，为发动武装暴动培养了一批骨干力量。参加者主要是文登、荣成、牟平、海阳等县的党员，由张连珠和特委成员程伦等负责授课，学习内容是党的基础知识和军事常识。训练班结束后，张连珠、程伦、刘振民①、曹云章、邹恒禄②等分别到文登、荣成、威海、海阳、牟平等县做宣传发动工作，号召全体党员积极参加武装斗争。

天寿宫会议确定暴动计划

文登武装小组组长于得水在昆嵛山区为民除害，遭到反动政府通缉，被迫到东北避难。1935年初夏，于得水接到家乡来信，信中说“老百姓盖房子

① 刘振民（1900～1938），代号水子，山东文登大界石村人。1932年加入中国共产党。1934年，任中共胶东特委委员，是“一一·四”暴动的主要领导者和组织者。后与于得水等人组建昆嵛山中国工农红军胶东游击队，在老蜂窝训练班主讲政治科目。1937年12月，调到山东人民抗日救国军第三军司令部。1938年2月，他以山东人民抗日救国军第三军代表身份到国民党即墨地方武装韩炳宸部进行统战工作，被扣押；4月，被杀害，时年38岁。

② 邹恒禄（1901～1939），乳名青言，代号石匠俞，山东文登葛家镇人。1933年，经张连珠介绍加入中国共产党。1934年，任中共胶东特委委员兼中共文登县委委员。“一一·四”暴动失败后，他恢复中共牟平县委并任书记。1936年12月被捕。1937年10月，经党组织营救出狱。后参加天福山起义。1938年任山东纵队第五支队司令部直属骑兵连政委。1939年在战斗中重伤后牺牲，时年38岁。

要用砖，我们都在烧窑……”于得水知道家乡要“大干一场”，便迅速赶回胶东。于得水回到家乡后主动请缨，先到文登、荣成，再到牟平、海阳，最后从昆嵛山后转回来，恢复以前的关系，建立新的联系，为暴动储备了一批会武术的骨干力量。于得水还安排人在徐家一带找地主和联庄会“借枪”“借子弹”，并赴青岛购买子弹。

8～10月，中共胶东特委先后在昆嵛山岳姑殿、烟台上夼村等地召开扩大会议，具体研究开展游击战的工作。上夼会议后，张连珠、程伦、曹云章、刘振民、邹恒禄等特委领导按分工分别到文登、荣成、牟平、海阳四县，指导各县县委做好暴动前的准备工作。由于中共胶东特委与莱阳党组织失去了联系，威海敌人正规军较多，就放弃了在这两地暴动的计划。

1935年11月8日，中共胶东特委在文登县沟于家村天寿宫召开了扩大会议。这是举行暴动前的一次关键性会议。参加会议的有张连珠、程伦、刘振民、曹云章、邹恒禄、张修己、王台、王良弼、于得水等十多人。会上，各县党组织汇报了暴动的准备情况。特委书记张连珠在会上强调了暴动的必要性，程伦则具体说明了暴动的时间、组织分工和行动路线等问题。

会议最后决定：暴动时间定为11月26日（农历十一月初一），暴动指挥部设在昆嵛山无染寺，张连珠任总指挥，程伦任副总指挥；暴动队伍的番号为“中国工农红军胶东游击队”；旗帜为红色，式样为三角形，周边为锯齿形，中间是黄色镰刀、斧头。暴动分为东西两路进行，东路是文登、荣成、威海的人员，编为三个大队，由张连珠和刘振民负责，进攻的重点是石岛。西路是海阳、牟平的人员，共编为两个大队，由程伦、曹云章和邹青言负责，进攻的重点是夏村。准备在两路人马得手后，合攻文登县城，然后整个暴动队伍西上，“三天三夜冲出胶济路，拉到鲁南山区打游击”。

会议还就暴动期间招远、掖县、平度等县党组织接应暴动等问题做了部署。天寿宫会议后，各路暴动队伍的准备工作进入紧张阶段。但由于准备工作不充分，特别是派出去购买子弹的人员逾期未归，中共胶东特委决定暴动时间向后推迟三天，于11月29日（农历十一月初四）举旗暴动。

攻占镇公所　张连珠因病被俘

11月28日晨，东路第三大队大队长于得水率领队伍从孔格庄出发，奔袭石岛。政治委员刘振民提前到石岛联络，准备接应。黄昏，于得水等在距石岛5公里的蚧巴子窝俘敌两名流动哨兵，并在石岛土地庙附近与刘振民接上了头。在获悉内线被破坏、敌人已有警觉和戒备后，于得水和刘振民当即改变计划，决定先袭击人和镇公所和鹊岛盐务局，再收缴黄山、高村区公所和宋村盐务局的枪支，而后返回孔格庄与第一、第二大队会合。

11月29日拂晓，武装暴动全面展开。于得水等9人装扮成打官司的群众，混入人和镇公所，一举缴获其全部枪支。在与刘振民率领的大队人员会合后，于得水等人竖起大旗，在大街上进行宣传。鹊岛盐务局和黄山、高村区公所的人员闻讯逃窜。于得水率队赶到，缴获一众长枪、子弹、大刀、刺刀以及部分土枪。当晚9时许，于得水率队返回孔格庄，但未能见到第一、第二大队，于得水只好带队去宋村以南的南廒、东圈一带活动。

实际上，东路第一、第二大队在29日晨就集结于孔格庄，等候第三大队来送武器。直到傍晚时仍不见第三大队归来，总指挥张连珠遂决定改变计划，第一、第二大队转赴离文登县城较远、便于开展游击活动的昆嵛山区，分头活动，打击敌人。第一大队首先奔袭了郭格庄，活捉了国民党镇长，而后进入昆嵛山东的南汪疃；第二大队直接北上，袭击了郝家屯、截山等村的地主武装，缴枪50余支。

12月5日晨，张连珠、张修己等率第二大队到达汪疃镇地湾头村，召开群众大会，把地主家的粮食分给贫苦农民。11时许，国民党军第八十一师展书堂部和文登县地主武装共两千余人包围了地湾头，与第二大队展开激战。第一大队听到枪声前往增援。于得水得知第二大队被包围的消息，也率第三大队直奔地湾头。当队伍行至潘格庄一带时，突遭国民党文登县保安队及盐警三百余人的伏击，伤亡较大，遂转入昆嵛山区。

第一大队和第二大队与敌人激战至下午一时许，已有丁树杰等多人牺牲。敌人包围圈越缩越小，张连珠下令突围。第一大队的王亮熟悉地形，遂率部分队员突出重围。张连珠在掩护队伍突围时因哮喘病发作不便行动，只身隐藏在一富农家。由于富农不予保护，张连珠当场被俘。

暴动失败　待机再起

西路暴动分别在海阳和牟平两县举行。海阳起义队伍由程伦率领，于11月28日晚集结于夏村附近，准备与中共党员唐维兴领导的部分国民党民团里应外合，攻打夏村区公所。但情况突变，唐维兴因叛徒告密被捕入狱，民团的革命行动未成。程伦当即率队转至海阳、牟平交界的南西屋村。29日，暴动正式开始。起义队伍沿乳山河东曲水村向松椒村开进，一路打土豪、分财物，夺取地主枪支。牟平起义队伍由曹云章、张贤和率领，于11月29日在柳树村开始举行暴动。起义队伍沿房家村、午极村、白石村等地向松椒村开进，也一路打土豪、分财物，夺取地主枪支。12月1日，两支起义队伍在松椒村会合。12月2日下午，两支队伍召开会师大会，宣布成立海阳、牟平两个大队，并决定到青山山区开展游击战争。大会尚未结束，突遭国民党军八十一师展书堂部千余人的包围。暴动队伍仓促应战，一面组织还击，一面向西山撤退。途中，队伍被打散，张贤和等牺牲，程伦、曹云章等被俘。胶东农民武装暴动，因敌强我弱最终失败了。

暴动期间，牟福边区委发动福山县胡家夼一带农民举行抗税斗争，以配合暴动。中共掖县县委根据中共烟台工委指示，组织力量于11月3日晚烧毁烟潍公路上的平里店、朱桥两座木桥，以阻止韩复榘派自潍县方向的增援部队。

“一一·四”暴动失败后，胶东陷入白色恐怖之中。国民党军队、地主民团疯狂地对暴动群众进行捕杀。1935年12月13日，中共胶东特委成员程伦、曹云章等二十余人在夏村惨遭杀害；18日，中共胶东特委书记张连珠在文登县城英勇就义。1935年11月底至1936年1月中旬，文登县被捕的共产党员及群众就达到3000多人，一次被屠杀的党员和群众竟达32人。海阳县共有200多名共产党员和群众被捕，20多人被杀害。中共胶东党组织和胶东人民群众面临严峻的考验。

“一一·四”暴动仅坚持了五六天就被反动派残酷地镇压了，其原因是多方面的。客观上，是国民党在胶东的统治比较稳固，反动势力相对强大。主观上，主要是受党内“左”倾盲动错误的影响。中共胶东特委在与上级党组织失去联系的情况下，不顾胶东反动势力相对强大的客观事实而盲目行动。加上暴动的准备不够充分，没有广泛地发动群众，又过早地暴露了暴动计划，最后导致暴动失败。

虽然“一一·四”暴动失败了，但在文登、荣成、牟平、海阳等县，暴动队伍召集贫苦农民开会，宣传党的反苛捐杂税、打土豪分田地的政策，并领导农民打击地主恶霸，受到广大农民热烈拥护。“一一·四”暴动表达了长期以来蕴藏在胶东人民心中的不甘忍受剥削压迫的强烈呼声，是中国共产党领导胶东人民争取自身解放的一次伟大尝试。暴动动摇了国民党反动派在胶东的统治，扩大了党在群众中的影响，使人民群众看到了翻身解放的希望和曙光，同时考验和锻炼了党的组织。

战斗在刘珍年部队

韩立娟

1928年4月下旬，北伐军打到济南，山东军阀张宗昌、褚玉璞败退冀东，刘珍年[1]趁机收编其残部进驻烟台，先后驱方永昌、逐刘志陆、拒张宗昌，控制了整个胶东地区，做起了“胶东王”。为站稳脚跟，刘珍年被迫接受了蒋介石的改编，被任命为国民革命军陆军暂编第一军（后改为二十一师）军长。

借壳生蛋　刘珍年部建支部

大革命失败后，中共中央利用蒋介石和胶东军阀刘珍年的矛盾，派刘珍年胞弟、共产党员刘锡九（1924年入党）等人做刘珍年的工作，使其采取了“容共”态度，并接受一批大革命失败后脱险的中共党员干部到其部队公开任职，开展党的工作。

1928年秋，在西北军工作的共产党员刘锡九与曾担任国民党河北省党部驻武汉办事处负责人、共产党员王冲天以及王的舅舅王静涵等人进入刘珍年部队。刘锡九任政训处处长，王冲天任驻宁办事处代表，王静涵任公安局局长。随后，中共顺直省委军委通过刘锡九和王冲天等人的关系，先后将大革命失败后辗转到沪、汉、平、津等地的曾希圣、彭雪枫、刘依萍、蒋一屏、师志真等30余名共产党员介绍到烟台，在刘珍年部队政训处等部门工作。曾希圣任宣传科科长，李素若任训练科科长，贾洞理任政训处秘书长。

1928年秋，随着政训处党员人数的增多，曾希圣在刘珍年部队成立了第

---

① 刘珍年（1897～1935），字儒席，直隶南宫（今河北省南宫市）刘家庄人，民国时期胶东地方军阀。

一个中共政训处支部，并任支部书记，隶属中共顺直省委军委。1929 年 6 月，曾希圣调到唐生智部搞兵运工作后，刘依萍接任支部书记。11 月，经刘锡九做工作，刘珍年在烟台的金沟寨创办了芝罘军官学校。随即，中共顺直省委军委派共产党员李楚离（又名李通良）到该校任政治指导员。不久，中共顺直省委军委又派张国钧和蒋明治来到军校工作。张国钧在军官队发展张霖之、李菁玉、黄双和、马青云等为共产党员，建立了军官队党支部并任支部书记。

蒋明治在政治队发展郑洁曙、王笑竹、李钧、侯立桥、王青石、谷峻岭等为共产党员，建立了政治队党支部，并任支部书记。两个党支部均由李楚离领导，隶属中共顺直省委军委。李楚离为加强军校内党组织的领导力量，请求中共中央派人来军校。中央遂从上海派安葆珩和侯超众到军校工作。党在刘珍年部队的主要工作是进行宣传教育，发展党的组织，做下级军官和刘珍年本人的工作。通过工作，刘珍年做了一些有利于民众的事情，如创办了私立芝罘中学，铺设了水泥马路，修建了烟台南操场和创办了平民医院等。

开枝散叶　中共党员遍烟台

刘珍年很重视招纳具有真才实学之人。1929 年夏，他又通过胞弟刘锡九专程到上海代为向中共中央军委呈送书面报告，请求干部支援。随即，中共中央军委书记周恩来派柳直荀（化名克明）到烟台考察。同年秋，柳直荀将考察报告《烟台情形报告》递交周恩来。周恩来根据柳直荀的报告，任命胡允恭为中共中央军委驻烟台特派员。胡允恭临行前，周恩来对其做了在烟台设军事、警察、地方三个特别支部的指示。胡允恭到烟台后，遵照周恩来的指示，以烟台养正学校中学部教师的身份作为掩护，成立了中共烟台军事特支、中共烟台地方特支、中共烟台警察特支并任总负责人。

中共军事特支由刘珍年部队党的军官支部和学生支部组成，李素若任书记，李楚离、刘满西等为委员。1929 年秋，中共烟台军事特支与中共烟台地方特支共同创办了党在烟台最早的报纸——《胶东日报》。共产党人在军官学校中讲授“什么是帝国主义”“社会发展史”等课程。同时，中共烟台军事特支与中共烟台地方特支在烟台联合创办了平民夜校。后因入学人数增多，分别成立了女校和男校。女校学生主要是花边厂和发网庄的女工，由彭雪枫、张恒生和陈桓乔等任教员。男校学生主要是印刷、拉水和挖粪工人，由许端云、过家和、郑洁曙、王笑竹等任教员。夜校除学习政治、文化课外，还教唱《打倒列强》《工农兵联合起来》等革命歌曲。通过夜校学习，青年女工高爱兰、张淑玉、崔爱卿等6人被发展为中共地下党员。

中共烟台地方特支由原中共烟台特支和所属的蓬莱党支部组成，从南方来到烟台的党员段寄桥、陈桓乔被充实进来，段寄桥任书记，许端云、陈桓乔任委员，下辖印刷厂、花边厂和蓬莱三个党支部，并委派彭雪枫到福山、孙春林到海阳开展农运工作。彭雪枫编写了《新军阀》儿歌，教学生们演唱，歌中唱道："新军阀，瞎胡闹，贴标语，喊口号，救国救民做不到，伸着巴掌把钱要。"[①]歌曲在福山等地传颂，揭露了军阀迫害人民的丑恶本质。1929年底，中共烟台地方特支成立了烟台工人运动委员会，以发动和领导工人运动。

1929年秋，随胡允恭来到刘珍年部队工作的还有在广州起义中立过功的黄埔军校特务营营长、刘锡九的同学刘满西，曾赴法勤工俭学的贺果与其弟，黄埔军校第四期学员唐嵩夫妇及段寄桥、陈桓乔、赫联基等，以及几位旅居沪上的青年军人。除刘满西、赫联基被安排到师部外，其他人先后进入警察局、侦缉处等部门任职。贺果被分配到警察局担任秘书科科长。中共烟台警察特支由原烟台公安局支部分出，单独成立，贺果任书记，下辖第一和第二警察支部。

到1930年春，党在刘珍年部队和烟台地方的外地党员增加到150余人。

筵席终散 刘部党员分批撤

中共中央派出的党员干部在刘珍年部队开展兵运工作，对刘珍年治军整武、提高部队战斗力起到了重要作用。但刘珍年终究还是军阀，本性难移。他佩服共产党的宣传和工作能力，但仅仅是利用而已，其骨子里的本意，用他自己的话说，是要"葬埋共产党徒"的。

后来，蒋介石闻知刘珍年部队有共产党员活动，即派孙文主义学会右派分子曹日轮等到刘珍年部队，任芝罘军校政治教官。曹日轮在烟台认出了曾在芝罘军校任政治指导员的共产党员李楚离，立即向蒋介石报告，蒋介石密令刘珍年逮捕李楚离。刘珍年的幕僚杨绍先向其献策，认为本乡本土的，

---

① 中共烟台市委党史研究室编著：《中共胶东特委史》，山东人民出版社2018年版，第27页。

抓起来杀了，回家不好交代，不如给几块钱，打发走后再发令通缉，对蒋对李都有个交代。李楚离出走后，蒋介石又电令刘珍年逮捕张霖之等人。刘珍年都用“先纵后通缉”这一招放走。蒋介石得知后大怒，急电刘珍年，申斥其“包庇共党”，饬其“即时严加禁绝，否则必予严惩”。刘珍年不得已找到继任政训处处长的共产党员李素若，要其将军内共产党员全部或部分撤出。李素若在向中共中央赴烟台代表关向应请示后，将刘珍年部队中的党员全部撤走，无人被捕、遇害。

二、红色革命遍布胶东

昆嵛山上游击队

韩立娟

昆嵛山是胶东东部负有盛名的大山，绵延百余里，主峰泰礴顶海拔923米，是胶东东北部最高峰。昆嵛山革命根据地是土地革命战争时期中国共产党在山东开辟的重要革命根据地。1933年夏，文登党组织领导下的早期党员于绍先、于得水、邹恒禄、丁树杰等开始秘密筹划开展武装斗争。由于得水领头，以武术会和农民协会中苦大仇深、武术功底较好的青年人为骨干，组建了一支秘密的革命武装——特务队，打击乡间日益猖獗的反动势力，开始了小规模的武装活动。

胶东大地　游击队应运而生

"一一·四"暴动前夕，于得水根据中共胶东特委的部署，加紧筹措武器弹药，并以原特务队的人员为基础，物色挑选骨干，组建游击队。11月18日，胶东特委在文登县沟于家村天寿宫召开扩大会议，决定于11月26日举行武装暴动（后改为11月29日，即农历十一月初四，故称"一一·四"暴动），暴动指挥部设在昆嵛山无染寺，队伍番号为"中国工农红军胶东游击队"（简称"红军胶东游击队"）。

"一一·四"暴动失败后，于得水率领突围出来的二十余人转入昆嵛山。与此同时，王亮也率领十余人转移到昆嵛山。在中共胶东特委委员刘振民和邹恒禄的主持下，进山的两部分队员会合，继续高擎"红军胶东游击队"的旗帜，于得水任队长。

昆嵛山是控制胶东半岛的战略要地。由于远离县城，国民党的统治力量较弱，而昆嵛山地域广大，有大小山头100余座、山口72处，山势纵横交错，林深树茂，游击队员又都是山区本地人，与这里的群众血脉相连，对周围环境了如指掌，非常有利于坚持和开展游击活动。另外，昆嵛山区党组织发展较早，东侧有1933年春建立的文登县第二区委，西南侧有1934年4月建立的文登县第三区委，西侧的牟平县党组织在许多村建立了秘密联络站（点），游击队的活动能够得到群众的掩护和有力支持。因此，游击队以昆嵛山为依托建立根据地有着得天独厚的优势。

1936年，共产党员理琪（后任中共胶东特委书记）来到胶东后，非常珍视这支经过血与火考验的游击队。4月，理琪避开敌人"清剿"的锋芒，会见了游击队队长于得水，精辟地分析了"一一·四"暴动的经验教训和当时的形势，对游击队给予充分的肯定和极大的鼓励，并开始直接领导游击队。

昆嵛山红军胶东游击队在与上级取得联系后，斗争情绪更加高涨。1936年4月，刘振民和邹恒禄在昆嵛山"老蜂窝"山洞里举办了由游击队员和部分党员干部参加的训练班，集中学习中央印发的《俄罗斯革命的经验》《中国工农红军游击队》等材料，并结合暴动和游击队的活动进行讨论，同时进行军事训练。虽然训练班条件艰苦，但纪律严明，学员们情绪乐观，经常吟唱《中华民族危亡在眼前》和刘振民自编的歌曲："大雪飘飘在天空，胶东正在闹革命，官府布置'清乡团'，军阀下令向我攻，机枪扫，大炮轰，多少烈士流血红，失败开出胜利路，革命一定能成功。"①严格的训练，提高了游击队员的政治、军事素质，坚定了其革命意志。

昆嵛山上　依靠群众打游击

敌人对"一一·四"暴动进行了残酷的武力镇压后，又采取种种手段，妄图将革命力量赶尽杀绝。敌人在文登、荣成、牟平、海阳四县反复进行"清剿"，强令保、甲长告发、胁迫党员自首，还造谣欺骗，蛊惑人心，吹嘘什么"共产党的头子都被捉住了"。根据这些情况，红军胶东游击队决定化整为零，让伤病员下山，没有暴露的人回家，并按规定的信号进行联系，其余的人则坚守在昆嵛山，采取分散与集中、秘密与公开相结合的办法开展游击战。为了缩小目标和解决吃住等问题，游击队根据队员离家的远近，分山前、山后

① 中共山东省委党史研究室编：《中共胶东地方史（1919.5—1949.10）》，中共党史出版社2005年版，第93页。

两个战区，于得水负责总指挥和山前的活动，王亮负责山后的活动。晚上，游击队员或化装出击，或引燃山火，火光冲天，几十里外可见。白天，大张旗鼓地往山里拉队伍，造成大队人马日夜挺进昆嵛山的局面，游击队员还在山上放“石炮”，声音震天，传一二十里之外。

山外的老百姓也到处风传：“昆嵛山中遍地是共产党。”“暴动的大部分人马在山里练兵，有几千人，近日将杀下山来……”“游击队的大炮有碗口那么粗，一炮能炸死百多号人。”游击队虚实并举，文扰武攻，牵着敌人的鼻子走。敌人在海阳、牟平、文登等地“警匪告急”频传，称“海阳境内几百暴动残匪向文登潜逃”，“牟平境内打着‘昆嵛山红军游击队’旗号的赤匪，南逃昆嵛山”，“百姓与我密探皆目睹，文荣两县境的游击匪军纷纷逃进昆嵛山，十几日内，不下三五千”①。敌人气急败坏，调集兵力“围剿”昆嵛山，机枪、大炮打得山石乱飞，敌人遇村就抄、见洞便搜，连山庵、寺庙也不放过，但最终也没见到游击队的影子。其实，在敌人开始剿山时，游击队已经转移到平原和沿海一带。在“清剿”的同时，敌人还宣称“只要自首，既往不咎”，以此利诱革命队伍中的动摇分子。为了粉碎敌人的阴谋，游击队员在敌人经常出没的地方和农民的院墙上书写标语，揭露敌人的阴谋和谎言，对那些与敌人串通、作恶多端的反动分子也予以坚决打击。

昆嵛山东侧的界石村是连接山前与山后的交通要道，当年这里驻守着文登县国民党反动地方武装——联庄会。联庄会有50多个乡丁，平日横行乡里，祸害百姓，残杀革命志士。“一一·四”暴动失败后，联庄会伙同展书堂的八十一师到处“清剿”。1936年春，“清剿”的敌军主力逐渐撤走，但界石村的联庄会仍继续侦察中共地下党组织和红军游击队活动，危害极大。游击队决定拔除这颗钉子。在请示胶东特委书记理琪后，1936年6月2日夜，于得水、王亮等率领部分游击队员奇袭联庄会并获得胜利，共缴长、短枪50余支，子弹2000余发。

1937年春，游击队攻打垒子盐务局。当年的垒子盐务局是国民党地方政府通过盐警征盐税的机构，“盐狗子”平日无恶不作，残酷地剥削和压榨人民群众。当时，中共胶东临时特委经费十分困难，于得水提议攻打垒子盐务

① 刘常青主编，中共文登市委党史研究室编：《中共文登地方史》第1卷，山东人民出版社2002年版，第54页。

局，一则可以解决部分经费和夺取武器，二则可以扩大党的影响。这一提议得到了特委书记理琪的支持，于得水带领 20 多名游击队员化装成农民，混在买盐的群众当中，趁盐警吃午饭的时机打倒门岗，冲进屋内，将敌人全部缴械，同时缴获长短枪 20 多支、子弹 1100 多发、现款 109 元，大刀和刺刀各十多把。

在白色恐怖笼罩胶东大地的艰难日子里，红军胶东游击队就这样在昆嵛山一带坚持斗争，依靠昆嵛山得天独厚的地理优势和群众基础，运用灵活的战略战术，在敌人重兵压境时能够诱敌搜山，成功牵制敌人“清剿”兵力。敌军人困马乏撤离后，游击队又秘密行动，迅速攻打敌人据点。游击队的行动震慑了敌人，振奋了民心，扩大了党的影响，巩固和扩大了昆嵛山革命根据地。

昆嵛山中国工农红军胶东游击队是土地革命战争时期中国共产党在山东保留下来的唯一一支红军队伍，是人民军队在山东的起点。1937 年 12 月 24 日，昆嵛山胶东红军游击队奔赴天福山，参加抗日武装起义，成为胶东抗日武装的一支重要力量。

百折不挠的中共胶东特委

韩立娟

中共胶东党组织成立后，党员和组织较长时期处于隐蔽分散、多头领导、多渠道发展的状态。到1932年底，烟台市区、莱阳、海阳、蓬莱、龙口、掖县、文登、荣成等县区已建立党的组织，其活动陆续扩大至莱(阳)海(阳)、牟(平)海(阳)、莱(阳)栖(霞)、莱(阳)招(远)边界。

中共胶东特委的建立

为了加强对胶东地区党的工作的指导，中共山东省委早在1931年2月就制定了《山东省委工作计划大纲》，明确提出了对烟台党的工作的指示和要求，即"整顿所属各县工作，准备成立中共胶东特委"①。1933年1月底，张静源赴济南向省委汇报莱海地区党组织的发展及工作情况。新成立的中共山东临时省委指示张静源以莱阳为中心，将党组织向胶东各县发展，待时机成熟建立中共胶东特委。

张静源按照中共山东临时省委指示精神，偕妻子李淑德到牟平县刘伶庄村，先后与宋绍九、刘经三取得联系，在牟平、海阳交界的霄龙寺建立了党的秘密联络站，对外称"霄龙寺鸡鸭公司"，刘经三任经理，侯岳西等为职员，以此与胶东各地党组织进行联络。3月，张静源与刘经三在牟平县刘伶庄秘密建立了中共胶东特别委员会(简称"中共胶东特委")，是为第一届胶东特委，张静源任书记，刘经三和刘松山为委员。中共胶东特委领导莱阳、牟平、

---

① 常连霆主编，中共山东省委党史研究室编:《山东党的革命历史文献选编(1920～1949)》第2卷，山东人民出版社2015年版，第220页。

海阳、招远、文登、荣成、栖霞、蓬莱、黄县、掖县、福山等县的党组织。从此，胶东共产党组织有了统一的领导机构，开始由分散发展、多头领导走向统一领导、统一行动和斗争。

1933年7月，中共山东临时省委遭破坏，中共莱阳县委和中共胶东特委与上级党组织失去联系。张静源即北去天津，与中共中央北方局代表接上了关系。回莱阳后，按北方局代表指示，张静源在莱阳县水口村建立了莱阳中心县委并兼任书记。在莱阳中心县委领导下，各县党组织蓬勃发展。1933年下半年，莱阳中心县委举办了三期党员训练班，为各县培养党员干部60余人。接着又建立了莱阳县西北部、西南部和东部三个区委。同时，莱阳中心县委积极开展莱招和莱海边区党组织工作，仅莱阳、海阳两县就发展党员900余人，建立党支部100余个。同年8月，莱阳中心县委在莱阳、海阳边界成立了一支40余人的武装游击队，并突袭了羊郡盐务所，消灭盐警5名，缴获长短枪60余支。

莱阳中心县委成立后，县委书记张静源与刘兰芳在莱阳、招远边区一带发展党员，建立党的组织。1933年8月，中共招莱边区特别支部组建，下设莱阳边区委和招远边区委，拥有党员130余人。在中共招莱边区特支的领导下，从1933年7月到1934年初，东到栖霞县的毕郭、孙家庄，西到掖县(今莱州)的四大涧，南到莱阳县的马连庄，北到招远县的西疃补庄，方圆700多平方公里，有40多个村庄建立了党组织，被誉为招莱边“小苏区”。

中共胶东特委的第一次重建

中共莱阳中心县委成立后，混进党内的分裂分子徐元义拉帮结伙、争权夺利、闹宗派、搞分裂，并于1933年6月另立了中共莱阳县委。9月，中共青岛临时市委派李林(李仲翔)到莱阳处理两个县委问题。10月初，根据李林的协商意见，中共胶东特委书记兼中共莱阳中心县委书记张静源去徐元义家处理两个县委合并的交接工作，结果被徐元义等歹徒残忍杀害。同时，国民党莱阳县县长梁秉锟到处抓捕共产党员。第一届中共胶东特委和莱阳中心县委遭到重大破坏。

张静源遇害后，1933年11月中旬，中共胶东特委委员刘经三在文登乡师紧急召开胶东七县党组织代表联席会议。会议决定立即派刘经三去北平、天津寻找党的关系。刘经三辗转一个多月，在北平通过从事党的地下工作的同乡王心一，与中共中央北方局取得了联系，请求派人到胶东领导党的工作。1934 年 1 月，中共中央北方局派常子健随刘经三来胶东。2 月，中共胶东特委在文登县林子西村第一次重建，是为第二届中共胶东特委，常子健任书记，宋竹庭、刘经三、张连珠、李厚生、刘松山、邹恒禄、刘振民等为委员。

第二届中共胶东特委建立后，根据七县党组织代表联席会议的要求，各地积极发展党的组织。1934 年 3 月，成立了中共文登县委；5 月，成立了中共牟(平)福(山)边区委；7 月，成立了中共海阳县委。各地党组织得到迅速发展。

1934 年 8 月，经中共中央北方局介绍，中共胶东特委转由设在青岛的代行省委职权的共青团山东省工委领导。共青团山东省工委在"左"倾冒险主义影响下，于 8 月 15 日发出指示，认为胶东方面武装暴动的"客观条件已经成熟"，要求中共胶东特委立即组织武装暴动，并提出三条具体要求：(1)将特务队改称游击队；(2)在昆嵛山一带创建新苏区，作为游击根据地；(3)游击队在解决了几个敌人区公所或地主武装机关之后，立即召开群众会议，组织群众参加反对地租、捐税和高利贷的斗争。此外，还提出成立代表会议政权，由农民自己组织游击队，杀逐地主、豪绅和国民党反动官僚。

根据共青团山东省工委的指示，中共胶东特委在莱阳、海阳等县建立了几支小型武装游击队，开展了几次武装斗争，特委书记常子健也曾计划联合群众开展抢盐斗争，进而扩大为游击战，但告失败。

1934 年 9 月 23 日，中共胶东特委委员刘经三、张连珠、李厚生赴荣成、威海等地巡视工作，行至文登县崮头集宿店，刘经三随身携带的共产国际来信被国民党地方武装搜出，三人被捕后转押济南。此后，特委书记常子健去了青岛，第二届中共胶东特委遂告解体。

中共胶东特委的第二次重建

中共胶东特委委员刘经三、张连珠、李厚生被押送到济南后，在韩复榘审问时，三人假称宿店偶遇，并不认识。为了保存力量，刘经三公开承认自己是共产党员，使张连珠、李厚生二人得以具保释放，刘经三则被转至济南反省院关押。

张连珠、李厚生获释后，途经青岛找到共青团山东省工委，汇报情况并请示今后工作，返回胶东后继续组织和领导胶东地区党的工作。1935 年 1

月，根据共青团山东省工委的指示，张连珠、李厚生在文登县西院下村二次重建中共胶东特委，是为第三届中共胶东特委。张连珠任书记，委员有刘振民、邹恒禄、曹云章等。中共胶东特委重建后，特委书记张连珠便到荣成县寻山一带组织发动群众，开展抗租、抗债、抗高利贷的斗争。然后和特委其他成员一起在昆嵛山东麓积极开展工作。这届特委的主要工作，就是经过10个月的组织准备，发动、领导了声势浩大的胶东农民武装暴动，即"一一·四"暴动。

从1935年11月29日(农历十一月初四)起，以张连珠为书记的第三届中共胶东特委，在文登、荣成、牟平、海阳等县领导了农民武装暴动，暴动指挥部设在昆嵛山无染寺，张连珠任总指挥，程伦任副总指挥，队伍的番号为"中国工农红军胶东游击队"。但在国民党军队的血腥镇压下，"一一·四"暴动很快失败了。中共胶东特委书记兼暴动总指挥张连珠、副总指挥程伦、特委委员曹云章等被俘，丁树杰、张贤和等在战斗中牺牲，大部分暴动队员被打散，仅有于得水、王亮等率领部分队员突出重围，转入昆嵛山区，坚持游击战争。

"一一·四"暴动失败后，暴动队伍遭国民党军队和民团的疯狂"清剿"、逮捕和屠杀。1935年12月13日，中共胶东特委委员程伦、曹云章等二十余人在夏村惨遭杀害。12月18日，中共胶东特委书记张连珠在文登县城英勇就义。1935年11月底至1936年1月中旬，文登县城被捕的共产党员及群众达3000余人，多次遭到屠杀，其中一次被杀害的群众达32人。海阳县200余名党员和群众被捕，二十余人被杀害。胶东特委主要领导人惨遭杀害后，党组织遭到重大破坏。

"一一·四"暴动之所以失败，一方面是因为国民党反动势力的强大，另一方面是因为党组织受"左"倾教条主义影响，在革命力量弱小的情况下发动武装暴动。暴动虽然失败了，但胶东的党组织和群众得到了锻炼。暴动突围人员组建的红军胶东游击队，后来成为天福山起义的骨干力量。

中共胶东特委的第三次重建

"一一·四"暴动失败后，胶东党组织受到重大损失，与上级党组织也失去了联系。1936年1月，共产党员理琪从上海辗转来到胶东，从事党组织的恢复工作。4月，理琪在文登县沟于家村成立了中共胶东临时特别委员会

(简称“中共胶东临时特委”),这是胶东特委的第三次重建,是为第四届胶东特委。理琪任书记,刘振民、邹恒禄、张修己任委员。中共胶东临时特委成立后,着手整顿党的组织,恢复和发展革命力量。

1936 年 8 月,理琪为了寻找上级党组织,将中共胶东临时特委秘密迁往烟台市区,与中共烟台工委书记吕志恒取得联系,并通过他与中共中央北方局接上了关系。10 月,根据中共中央北方局的指示,中共胶东临时特委改为胶东临时工作委员会(简称“中共胶东临时工委”),理琪任书记,吕志恒任副书记。12 月 29 日,由于叛徒出卖,中共胶东临时工委书记理琪和委员邹恒禄等 6 人被捕并被押往济南,中共胶东临时工委遭到严重破坏。1937 年 2 月,根据中央北方局的指示,中共胶东临时工委迁往威海,吕志恒任书记。

1937 年 12 月,理琪从济南国民党监狱出狱,回到胶东,在中共胶东临时工委的基础上重新组建了中共胶东特委,理琪任书记,吕志恒任副书记。12 月 24 日,中共胶东特委领导发动了天福山起义,建立了山东人民抗日救国军第三军。

1938 年 3 月,中共胶东特委在牟平县马石店(今属乳山市)召开会议,推举曹漫之[①]代理特委书记,并决定西进蓬、黄、掖,开辟抗日根据地。5 月上旬,中共胶东特委和山东人民抗日救国军第三军总部进入黄县(今龙口)。

同年 5 月下旬,中共中央决定将中共山东省委扩大为中共苏鲁豫皖边区省委,中共胶东特委隶属于中共苏鲁豫皖边区省委。为了加强胶东党组织和军队的领导,中共苏鲁豫皖边区省委决定派来自延安的王文[②]和高锦纯等人到胶东改组中共胶东特委,王文任特委书记,高锦纯任军政委员会主席和山东人民抗日救国军第三军总指挥。在中共胶东特委的领导下,胶东地

---

① 曹漫之(1913～1991),山东荣成城厢人。1931 年参加革命。1932 年 4 月加入中国共产党。1938 年 1 月,参加威海抗日武装起义,任山东人民抗日救国军第三军政治部主任;3 月,担任中共胶东特委代理书记;8 月,担任胶东北海区行政督察专员公署专员兼黄县县长。后历任胶东区行政联合办事处主任,胶东区行政主任公署副主任、代理主任、主任。1947 年,兼任胶东区支前司令部司令员。1949 年 5 月后,任上海市人民政府副秘书长兼民政局局长等职。1952 年后,任华东政法学院副院长、政协上海市委会常委等。1991 年 7 月病逝。

② 王文(1911～1943),陕西绥德耿家山村人。1930 年加入中国共产党,历任绥德县苏维埃政府主席和县委书记、中共吴宝县委书记、中共米脂中心县委书记。1938 年,受中共中央委托来到胶东,任中共胶东特委书记。1938 年,任中共胶东区委书记。1939 年,任山东省第三军区政治委员。1940 年,王文赴大泽山区调查研究后开辟了大泽山抗日根据地。1942 年任胶东区行政主任公署主任。1943 年因病逝世,年仅 32 岁。

区的抗战局面迅速打开。

8月，中共苏鲁豫皖边区省委决定在中共胶东特委的基础上组建中共胶东区委，以加强党对整个胶东的领导。12月，中共苏鲁豫皖边区省委改称中共中央山东分局。根据中共中央山东分局指示，中共胶东区第一次代表大会在掖县葛城村召开，大会选举产生了中共胶东区委员会，中共胶东特委随之撤销，胶东的党组织发展到一个新的阶段。

中共胶东临时工委

韩立娟

1935年12月“一一·四”武装暴动失败后，胶东大地处于白色恐怖之中。12月13日，中共胶东特委成员程伦、曹云章等20余人在夏村惨遭杀害；18日，中共胶东特委书记张连珠在文登县城英勇就义。胶东党组织，特别是牟平、海阳两县的党组织遭到严重破坏，与上级党组织也失去了联系。在胶东革命形势低迷的情况下，1936年1月共产党员理琪辗转来到胶东，成为胶东和烟台市的党组织得以恢复和发展的关键。

理琪重建中共胶东特委

1936年1月，理琪经在中共河南省委工作的邓汝训（文登县西子城人）介绍，从上海秘密来到胶东，与中共文登县临时委员会书记张修己接上关系，开始艰难地恢复遭到破坏的胶东党组织。后因韩复榘第二次派兵到文登“清剿”，理琪暂时离开文登去威海活动。到威海后，因与当地党组织没有接上关系，理琪离威赴济。在济南住了一段时间后，他又返回文登。

4月，在既未能与上级党组织取得联系，又未经上级党组织批准的特殊情况下，理琪在文登县沟于家村成立了中共胶东临时特别委员会（简称“中共胶东临时特委”）并任书记，刘振民、邹恒禄、张修己任委员。胶东临时特委成立后，着手整顿党的组织，恢复和发展革命力量。在半年多的时间里，理琪亲自到文登、牟平、海阳等地调查走访，实地了解情况，先后与暴动中失去联系的党员重新取得联系。

为了恢复和发展胶东党组织，总结“一一·四”暴动的经验和教训，理琪深入基层，做了大量的调查研究，于6月份亲自撰写了1.3万余字的《给各级党同志的一封信》。在这封信中，理琪从思想、政治、组织、军事等方面总结了胶东党组织在前一时期特别是“一一·四”暴动前后的工作，深刻分析了暴动失败的原因，指出了存在的问题，在分析当时斗争形势的基础上明确了胶东党组织的工作任务以及完成任务的策略方法。经过油印，这封信秘密下发到各级党组织和党员手中，对胶东党组织后来的发展产生了深远且有益的影响。

1936 年夏，为在党内和人民群众中进行抗日救亡的宣传教育，以“胶东抗日救国会”的名义，理琪创办了《真理报》并亲自出任主编一职，王台负责刻印。《真理报》是一个不定期的油印小报，先后出版了 5 期，在当时起到了教育群众、打击敌人的积极作用。

1936 年 8 月，为了寻找上级党的关系，理琪将中共胶东临时特委由文登县沟于家村秘密迁往烟台市内。在烟台，他以求学为掩护，在烟台山东省立第八中学开展党的工作。在烟台山东省立第八中学，理琪结识了中共烟台工委书记吕志恒。吕志恒是受中共中央北方局派遣回到烟台，于 1936 年 8 月组建了中共烟台工作委员会，并担任书记。由此，理琪通过吕志恒与中共中央北方局正式取得了关系。9 月，胶东临时特委利用“九一八”纪念日，开展了一次规模较大的抗日宣传活动，理琪撰写了《“九一八”告同胞书》。

同年 10 月，根据中共中央北方局的指示，胶东临时特委改称中共胶东临时工作委员会(简称“中共胶东临时工委”)，理琪任书记、吕志恒任副书记(兼任中共烟台工委书记)，邹恒禄任组织委员，郑耀南任宣传委员，李厚生、张修己任委员。中共胶东临时工委下辖中共烟台工委、中共牟福边区委、中共招莱边区委、中共荣成特支和中共威海卫特支。中共胶东临时工委成立后，继续坚持对胶东各地农村党组织的领导，积极开展烟台市内党的工作和群众工作，建立秘密工会，推动工人运动发展，组织青年学生开展抗日爱国活动。12 月 10 日，中共胶东临时工委创办了党内刊物《战斗》，郑耀南任主编。

同年 12 月 29 日，由于叛徒告密，驻烟台的中共胶东临时工委机关遭到严重破坏，临时工委书记理琪和组织委员邹恒禄、委员李厚生等 6 人被捕，并被押送济南监狱。中共胶东临时工委遭破坏后，原中共烟台工委委员李丙令成为烟台党组织负责人，继续领导市区党员开展抗日救亡活动。

1937 年 2 月，根据中共中央北方局指示，中共胶东临时工委在威海卫重建，吕志恒任书记，柳运光、张修己、李紫辉等任委员，隶属于中共中央北方局。中共胶东临时工委宣传党的抗日主张，发动青年教师参加抗日救国活动，并在青年教师和学生当中发展中华民族解放先锋队队员。同时，积极发展胶东各县的党组织，筹集枪支弹药，为抗日武装起义做好了准备。

中共胶东特委开创抗战新局面

全面抗战爆发后，在抗日民族统一战线形成的有利形势下，大批党员出狱回到胶东。他们根据上级党组织的指示，抓紧恢复和建立全面抗战前被破坏的党组织。

1937 年 10 月，理琪从济南国民党监狱获释，受中共山东省委的指派回到胶东。12 月，在中共胶东临时工委的基础上，重新成立了中共胶东特委，理琪任书记，吕志恒任副书记，林一山、张修己、柳运光、李紫辉任委员。12 月 24 日，中共胶东特委领导发动了天福山起义，建立了山东人民抗日救国军第三军，至此胶东人民有了自己的抗日武装。1938 年 2 月 13 日，山东人民抗日救国军第三军奔袭被日伪占领的牟平城，与日军激战于雷神庙，打响了胶东人民武装抗日的第一枪。

理琪在雷神庙战斗中壮烈牺牲后，中共胶东特委率领山东人民抗日救国军第三军总部转战文登、牟平地区。同年 3 月，在牟平县马石店村（今属乳山市）召开中共胶东特委会议，推举曹漫之为代理书记，吕志恒仍任副书记，委员有林一山、柳运光、张修己、李紫辉和宋澄，并决定西进蓬、黄、掖，开辟抗日根据地。5 月上旬，中共胶东特委和山东人民抗日救国军第三军总部进入黄县。

同年 5 月下旬，中共中央决定将中共山东省委扩大为中共苏鲁豫皖边区省委，中共胶东特委隶属于中共苏鲁豫皖边区省委。为了加强胶东党组织和军队的领导，中共苏鲁豫皖边区省委决定派来自延安的王文和高锦纯赴胶东任职。6 月初，根据中共苏鲁豫皖边区省委指示，中共胶东特委及山东人民抗日救国军第三军领导班子进行了改组，健全了领导机构，王文任书记，林一山任宣传部长，吕志恒任组织部长，高锦纯任军事部长，柳运光任统战部长，于克恭任民运部长，林乎加任青年部长，李紫辉任妇女部长；同时，高锦纯兼任军政委员会主席和山东人民抗日救国军第三军总指挥。

在中共胶东特委的领导下，胶东地区的抗战局面迅速打开。中共胶东特委和山东人民抗日救国军第三军总部在蓬莱、福山、掖县、黄县等县成立了抗日民主政权,各种群众抗日团体也陆续建立健全起来,8月,胶东抗日游击第三支队编入山东人民抗日救国军第三军。9月,山东人民抗日救国军第三军改编为山东人民抗日游击第五支队。12月,山东人民抗日游击第五支队改编为八路军山东纵队第五支队,抗日武装得到统一,中国共产党在胶东人民中确立了抗日战争的领导核心地位。

抗日战争全面爆发前后,是胶东党组织发展的重要时期。这一时期,遭到破坏的组织得到恢复,失去关系的党员身份被重新确认,空白地区发展了党员、建立了党的组织,可以说这一时期是全面抗战爆发后胶东党组织发展壮大的起点。1938年8月,中共苏鲁豫皖边区省委决定在中共胶东特委的基础上组建中共胶东区委,以加强党对整个胶东的领导。12月,中共苏鲁豫皖边区省委又改称中共中央山东分局,根据中共中央山东分局指示,中共胶东区第一次党员代表大会在掖县葛城村召开,大会选举产生了中国共产党胶东区委员会,王文任书记,王文、高锦纯、吕志恒、林一山、宋澄、贺致平、曹漫之7人为区党委常委,中共胶东区委隶属于中共中央山东分局。

中共胶东区委是山东第一个区党委,也是山东存在时间最长的区党委。中共胶东区委成立后,胶东地区又先后成立了中共东海、北海、南海特(地)委和中共西海地委等。1939年9月,中共烟台市委成立。到1940年底,胶东区各级党组织机构全部建立起来,使党对各项事业的领导有了可靠的组织保证。

崂山下的抗日游击队

王华东

七七事变后，中共中央北方局发出了共产党员“脱下长衫，到游击队去”的号召。毗邻青岛市区东北部的崂山[①]，群峰林立，地势险要，是开展游击战争得天独厚的地方。青岛地区党组织在此组建了抗日游击队。这支队伍集中了当地革命力量的精华，播下了革命火种，奠定了进行敌后武装抗日斗争的群众基础。

成立中共毕家村党支部　点燃崂山抗日烽火

1937 年 9 月，中共东北军工委[②]随国民党东北军五十一军进驻崂山沙子口一带。山东大学中华民族解放先锋队主要负责人李欣与中共东北军工委接上组织关系。李欣按照中共东北军工委指示，尽快发展党员，建立青岛党组织，在青岛地区领导和开展抗日斗争。

李欣向中共东北军工委推荐了陈振麓[③]、王艺入党。不久，他们成立了

① 崂山是中国海岸线第一高峰，有着海上“第一名山”之称。东高而悬崖傍海，西缓而丘陵起伏，山区面积 446 平方公里。山脉以崂顶为中心，向四方延伸，尤以西北、西南两个方向延伸较长，形成了巨峰、三标山、石门山和午山四条支脉。

② 全称为“东北军工作委员会”，是 1936 年中共中央北方局设在东北军中的秘密组织机构。它在东北军中进行联共抗日宣传，积极开展抗日救亡活动，有力地推动了西北地区东北军、西北军与红军的军事大联合。

③ 陈振麓，山东平阴北辛村人。出生于一个知识分子家庭。1920 年前后举家迁居济南。1935 年加入中国共产主义青年团。1937 年 9 月任中共青岛特支委员，带领山大学生到毕家村参加抗日游击队；11 月任中共青岛市委书记。1938 年 1 月，任中共鲁东南工委委员；是年秋，与日军作战，缺食三天，晕倒在战场，后被送往日照、济南治疗。1939 年 2 月 11 日病逝。

中共青岛特别支部(简称“中共青岛特支”),李欣任书记,陈振麓任组织委员,王艺任宣传委员。中共青岛特支由中共东北军工委领导,任务是动员各界群众,组织武装起义,准备在日军侵占青岛后开展游击战争。

中共青岛特支的建立,为不久后组建崂山抗日游击队确立了领导核心。中共青岛特支成立后,一批从国民党监狱释放、与组织失去联系的老党员,如王景瑞、王焕章、李西山、李明海、姜明吾、高嵩等,纷纷前来与中共青岛特支取得组织联系。中共青岛特支考察后,报请中共东北军工委批准,先后为他们接上了组织关系。此后,他们以设拳房练武等名义,宣传党的《抗日救国十大纲领》,组织发展当地中华民族解放先锋队队员,使中华民族解放先锋队队伍迅速壮大起来,为组建抗日游击队奠定了基础。

鉴于青岛党组织过去几次遭受重大破坏的惨痛教训,王景瑞、李西山、王焕章等老党员主动且郑重地向特支建议,把青岛地区党的活动中心由市内转向农村,实行知识分子和工农相结合,在崂山一带群众基础较好的农村地带建立抗日游击队。中共青岛特支采纳了这个建议,选择以群众基础比较牢固的崂山北宅毕家村、蓝家庄为活动中心,集中力量组织抗日武装。

1937 年 11 月,陈振麓和王艺带领中华民族解放先锋队队员章茂桐、王儒林、王桂荣等到毕家村,以埠落小学为据点,发动群众,组建崂山抗日武装,开展抗日活动。为了加强党的领导,首先成立了毕家村党支部,陈振麓任书记,王景瑞任组织委员,李西山任宣传委员。中共毕家村党支部的建立,标志着崂山地区党组织在抗日战争中获得了新生,不但令遭到破坏达六年有余的党组织恢复了勃勃生机,而且为党组织的发展壮大奠定了基础。

成立中共青岛市委　壮大人民抗日武装

毕家村党支部建立不久,党员们便积极到各地联络老党员、老熟人,努力扩大党的组织,大力发展中华民族解放先锋队队员,为建立抗日游击队做准备。由中共青岛特支领导、中华民族解放先锋队队员和本地老党员共同组成的这支队伍,深入农村,放手发动群众,组织群众积极参加中华民族解放先锋队组织,张贴标语,印发传单,演出抗日救亡戏剧,教唱抗日歌曲,教练武术,讲授游击战术,在很短的时间内就把崂山毕家村、蓝家庄、枣行一带的群众发动了起来。李西山的父亲李崇汉是埠落小学校长,在当地享有很高威望。他积极支持组建抗日游击队工作,学校成了这支队伍的“司令部”。

这对社会各阶层影响很大，一些开明地主也主动参加抗日活动。毕家村的武术教师朱中堂，带领他的一些弟子也参加了活动，并热心地向参加这支队伍的青少年传授拳术。以埠落小学为活动中心的唱歌、演戏、练操、学武术、讲授游击战术等活动搞得热火朝天。群众被发动起来后，表现出极大的抗日爱国热情。住在埠落小学的中华民族解放先锋队队员和其他外地人的食宿均由毕家村群众自愿提供，本地人员食宿及其他费用则自行解决。

鉴于党的力量迅速扩大，中共东北军工委决定撤销中共青岛特支，成立中共青岛市委，由陈振麓任书记，王景瑞任组织部长，李西山任宣传部长，王焕章任职工运动部长，李明海任武装部长，王艺任秘书；市委机关设在埠落小学。中共青岛市委建立以后，加紧组建崂山抗日游击队。为集中力量发动民众，市委成员按地段分片负责，陈振麓负责全面工作，王焕章负责崂山的浮山后、登瀛和王哥庄一带；李西山负责市区；王景瑞负责崂山的杨家村、桃林、北疃和大北曲一带；李明海负责沧口附近的十梅庵、娄山后和大枣园一带。

按照中共青岛市委的原计划，在崂山成立一个抗日武装大队，包括四到五个中队。第一中队在崂山的浮山后、沙子口、登瀛等沿海地带，包括李村，由王焕章负责。第二中队在崂山的桃林、北疃、大北曲一带，由王景瑞负责。这里的村庄大，党的影响好，而且一个中队已初具规模。第三中队在沧口附近的十梅庵、娄山后、大枣园等村，由李明海负责。这里党员多，基础好，有斗争经验，工厂停工后回到农村的工人觉悟高，李明海、姜明吾等早已发动了当地一些失业工人和贫苦农民，准备成立队伍。第四中队在崂山的毕家村、蓝家庄一带，由陈振麓负责。中共青岛市委计划待条件成熟再成立第五中队。

最先成立的是崂山抗日游击队第四中队，由当地群众和山东大学生等六七十人组成。陈振麓任中队长，宋中堂任中队副，王儒林任指导员，高蒿担任战术教练。中共青岛市委又从中发展了一批新党员。对一些失掉组织关系的老党员，因来不及查审其历史，市委决定他们重新入党，党龄以后再定。这个中队新老党员多，政治素质和文化水平很高，集中了青岛革命力量的精华。由于崂山抗日游击队第四中队成立后不久即进行战略转移，其他中队因时间仓促未能成立。因此，我们习惯说的崂山抗日游击队，就是崂山抗日游击队第四中队。

揽兵集材壮大实力　斗智斗勇为国为民

崂山抗日游击队组建起来后，武器装备极其缺乏。第四中队只有王儒林带着一支手枪，其他人都是赤手空拳。于是，队员们千方百计地收集武器和军需物品。张战戈通过各种渠道从市里弄来四颗手榴弹和两把大刀，邹铎和王翀等从邹家山水源地弄来四颗地雷，王景瑞从市里日本中学弄来一把指挥刀和一大箱电子管，又从杨家村矫恒成家弄来一支土枪，陈振麓弄到两个玻璃灭火球，兰孝永弄来两颗手榴弹和一把大刀，王哲、聂士秀从市立医院和李村医院弄来一批药品和医疗机械，还有一些同志弄到一些武器。这样，游击队用大刀、土枪等武器武装了自己。

1937 年 12 月 23 日，日军渡过黄河。国民党顽固势力也趁机在崂山周围一些地方拉起了一些杂牌武装，打着抗日旗号，趁机扩充实力。中共青岛党组织在崂山地区组建的抗日游击队，不可避免地既要同国民党顽固势力进行激烈的斗争，也要注意防止地方游杂武装的偷袭。当时，国民党青岛市党部成员孙殿斌也拉起了一支队伍，驻扎在崂山地区北面的惜福镇。他们通过青岛市警察局弄到不少枪支，但是枪多人少。当他们知道崂山抗日游击队深得群众拥护，就想以合作为名，以武器为诱饵，合并这支队伍。

孙殿斌多次派代表到埠落小学说和，并做出保证：只要崂山抗日游击队开到惜福镇去与孙殿斌的部队合作，就发给枪支弹药。中共青岛市委进行内部讨论后一致认为，要有条件地与孙殿斌的部队合作，要坚持独立自主的原则，不同国民党队伍合编。孙殿斌同意了中共青岛市委提出的条件后，陈振麓、王焕章、李明海带领部分游击队队员，带着一些武器，用大车拉着医药用品等，前往惜福镇，见机行事。王景瑞、李西山带领另一部分队员留在外面接应，以防不测。

12 月底，崂山抗日游击队部分人员到达惜福镇之后，坚持独立的原则，集中住在一个院内。孙殿斌以为计谋得逞，食言反目，不但不发给武器，还要强行把抗日游击队的人员分散编入他的队伍。崂山抗日游击队据理力争，毫不妥协。孙殿斌软硬兼施，将崂山抗日游击队员围困起来，与外界隔绝。由于中共青岛市委事前有安排，自从队伍进到惜福镇后，王景瑞和李西山经常到惜福镇一带打听消息，并派人与陈振麓、王焕章、蓝孝永等联系，商定与国民党顽固派进行斗争的计划。

鉴于孙殿斌没有合作的诚意，中共青岛市委决定找机会脱离孙部。一天黄昏，王景瑞在桃林得到情报：即墨县韩炳宸的常备队要攻打惜福镇。孙殿斌也获得了这一情报，决定傍晚转移到流亭。王景瑞在行军路上把紧急情况向陈振麓、王焕章通报后，就借机领着自己的队伍脱离了孙殿斌的部队。

崂山抗日游击队组建的过程也是同反动势力作斗争的过程。沙沟村地主李代华在游击队从孙殿斌部返回途中暂住沙沟小学的第二天，便伙同几名反动分子，趁游击队员上山训练的时候枪杀了在屋内看守物品的队员肖维成，抢走了游击队的物资。事后，李代华惧怕游击队报复，托人求情，表示愿意向游击队赔偿 1200 块银元了事。中共青岛市委研究决定，要凶手，不要钱。李代华求饶不成，便出钱贿赂了即墨县常备队，请他们攻击游击队。几天后，即墨常备队派来三卡车的人员，用迫击炮轰塌了游击队驻防的临时驻地——埠落小学，由于游击队及时转移到蝎子山上，没有造成人员伤亡。

未雨绸缪战略转移　坚持斗争续燃烛火

1938 年 1 月 10 日，日军在崂山东头登陆，侵入青岛。中共东北军工委马上做出决定，中共青岛市委率领崂山抗日游击队离开崂山，转移到诸城，与中共高密游击队工委掌握的力量会合，新组建高密游击队第四中队。这支队伍名义上属高密游击队蔡晋康部，实际上是中国共产党领导的独立自主的抗日队伍。崂山抗日游击队番号从此撤销。

转移前夕，邹鲁风代表中共东北军工委在崂山召开了干部会议，进行了动员。中共青岛市委和游击队员服从命令，按上级指示不带武器，化装成百姓，分三批出发，于 1938 年 1 月底先后到达诸城，与高密游击队会合。中共青岛市委与中共高密游击队工委组成中共鲁东南工委，武志钢任书记，邹鲁风、赵志刚、董坤一、王景瑞、李明海、李西山、王焕章、王艺、陈振麓、李欣任委员。游击队合并后，由于蔡晋康部顽固分子制造事端，胁迫第四中队离开该部，中共鲁东南工委只好带领全队 108 名同志向徐州转移。队伍到达徐州后，根据中共中央长江局的指示，队员们被分配到抗日斗争的各条战线。

蓬黄掖抗日根据地的形成

于　宁

1937 年 12 月 24 日，中共胶东特委举行天福山起义，山东人民抗日救国军第三军诞生。

天福山起义后，山东人民抗日救国军第三军第一大队由大队长于得水、政委宋澄率领，向西进行抗日宣传。当部队行至文登县米山乡岭上村时，遭到国民党文登县县长李毓英指挥的地主武装的包围。李毓英将准备谈判的政委宋澄等 29 人扣押，并杀害了邢京昌等 3 人，制造了“岭上事件”。其间，奉胶东特委之命赴牟平、海阳宣传的于克恭、丁希昆等人也遭到了国民党海阳县县长赵长江所辖部队的袭击。

尽管遭到国民党顽固派的破坏，各县党组织仍在中共胶东特委的领导下发动起义，建立抗日武装。1938 年 1 月 15 日，中共胶东特委举行威海起义。18 日，中共荣成特支发动埠柳乡校起义。19 日，中共胶东特委决定成立山东人民抗日救国军第三军司令部，理琪任司令员；山东人民抗日救国军第三军所属部队整编为两个大队和一个特务队。

2 月 3 日，日军第五师团 3000 余人沿烟青公路东侵，占领福山、烟台后，兵分两路，一路攻陷牟平，一路西犯蓬莱、黄县（今龙口）、掖县（今莱州），并在各地扶植伪政权。

2 月 7 日，为壮大抗日武装力量，中共胶东特委决定山东人民抗日救国军第三军西进蓬莱、黄县、掖县等地，开辟抗日根据地。13 日，山东人民抗日救国军第三军第一大队和特务队在理琪的指挥下攻克牟平城，并缴获枪支、弹药若干。战斗结束后，理琪率部撤至牟平城南的雷神庙休整。驻守烟台日军获悉后将雷神庙团团包围。经过数小时的激战，山东人民抗日救国军第三军毙伤日军50余人。此役打响了胶东武装抗日的第一枪。雷神庙战斗后，中共胶东特委率领山东人民抗日救国军第三军在文登崔家口进行整训。其间，中共胶东特委总结了前期武装斗争的经验和教训，并结合当前形势，决定按原计划继续西进。

与此同时，胶东多地党组织纷纷发动武装起义，建立抗日民主政权，壮大抗日力量。3月9日，中共掖县县委领导“掖县民众抗敌动员委员会”发动玉皇顶起义，攻克掖县城，活捉伪县长刘子容，建立掖县抗日民主政权①。

同年1月，日军占据青岛后不久，国民党蓬莱驻军二十师及蓬莱县县长董干卿逃之夭夭。潮水镇的国民党员张琪瑞、张仲绩勾结原县自卫大队一中队队长郭丹枫、二区乡校中队长蔡禾生等人，宣布成立“蓬莱县临时政府”。担任县长后，张琪瑞令人张贴布告，强令民间枪支一律在限期内交出，违者严惩。此外，他还派人侦察中华民族解放先锋队的活动情况，准备伺机采取行动。

蓬莱县党组织也积极筹划武装起义。2月3日，蓬莱各区参加起义的中华民族解放先锋队队员和“抗战服务团”成员共150余人，齐聚艾崮山区的西宋家村，并于当晚成立山东人民抗日救国军第三军第三大队，于仲淑任大队长，于眉任政委。随后，起义部队赶往栖霞县整训。10日，在苏晓风②的动员下，潮水镇镇长兼新民小学校长周雍鹤和镇自卫队队长张少申等人率领自卫队百余人赶往栖霞，请求加入山东人民抗日救国军第三军第三大队。为了团结上层进步人士，周雍鹤任大队长，于仲淑改任副大队长。14日，起义部队返回蓬莱。不久，中华民族解放先锋队队员郝斌和三区乡校队长郝铭传率领百余人加入山东人民抗日救国军第三军第三大队。至此，起义部队已发展至350余人，番号也改为“山东人民抗日救国军第三军第二路”，周雍鹤任总指挥，于仲淑任副总指挥。山东人民抗日救国军第三军第二路下辖两个大队，赵一萍任第一大队长，苏晓风任政委；郝铭传任第二大队长，郝

---

① 中共掖县县委联合各界抗日人士成立抗日民主政权——掖县县政府，张冠五任县长。这是山东第一个县级抗日民主政权。县政府设民政、财政、建设、教育四科，地方设立区、乡(镇)、村公所。

② 苏晓风，原名张尔乙。1915年4月出生。蓬莱潮水一村人。中共党员。1934年考入北平镜湖中学。在北平求学期间，他逐步接受了革命思想，并于1936年加入了中华民族解放先锋队。1939年春调任八路军山东纵队第五旅十三团政委。1940年12月，十三团在掖县上庄村宿营，由于坏人告密，落于敌手，惨遭杀害。

斌任政委。

3月4日，由大辛店出发的山东人民抗日救国军第三军第二路抵达蓬莱城外，张琪瑞被迫开门迎接，并假称“愿意抗日”，周雍鹤则率部退出蓬莱县城。山东人民抗日救国军第三军第二路将收编的二、四、八区乡校中队改编为第三、四、五大队，崔仁安、郑君仪、赵莲溪分任大队长。至此，山东人民抗日救国军第三军第二路已发展至5个大队，600余人。其间，张琪瑞寻求烟台伪道尹公署的支持。日军派遣汉奸周东华率180余名伪军政人员开赴蓬莱。周自任警察局长。3月18日夜，山东人民抗日救国军第三军第二路攻打蓬莱城，连续三日激战，伪县长张琪瑞被迫投降。入城后，部队将伪军缴械，并逮捕了周东华，还从吴佩孚的吴家大楼找到一挺马克沁重机枪。山东人民抗日救国军第三军第二路两次攻打蓬莱城给地方武装带来极大触动。形势所迫，原伪政府第五、六区乡校中队同意接受改编。两个中队被分别改编为山东人民抗日救国军第三军第二路第六大队和第七大队，王绍先、许子东分任大队长。

3月25日，山东人民抗日救国军第三军第二路通知所属各区、乡、镇长到蓬莱城开会，选举民主政府组成人员。26日，蓬莱县抗日民主政府宣告成立，于仲淑当选为县长；县政府下辖秘书、财政、政训、教育、民政、建设、司法、总务等8处。

4月4日，中共鲁东工委在龙池召开第七支队、第八支队大队长以上干部会议。会议决定两个支队合并成立八路军鲁东游击指挥部，由马保三任指挥，季方华任政委。八路军鲁东游击指挥部下辖第七支队、第八支队以及特务大队和骑兵队。同时，会议决定部队东进胶东，“与中共胶东特委领导的山东人民抗日救国军第三军共同建立山区根据地，开展胶东山地游击战争”。与会绝大多数代表认为，第七支队、第八支队东进“既可摆脱昌潍地区现实的困难环境，又便于利用胶东的物产丰富、民间枪支较多的条件，筹集给养，巩固部队，提高部队的战斗力；也更符合长期坚持抗日游击战争的战略要求”。10日，由寿光、潍县出发的八路军鲁东游击第七、八支队抵达平度县新河镇并在此休整。随后，部队沿烟潍公路继续东进。

在掖县沙河镇，马保三等人遇到前来联络的中共胶东特委副书记吕志恒、中共掖县县委书记张加洛和黄县山东人民抗日救国军第三军第三大队负责人仲曦东等人。随后，双方召开联席会议，商讨下一步东进招远、黄县的行动。会上，中共胶东特委的同志介绍了当地国民党顽固派的情况、胶东各县国民党顽固派和土匪势力较大，栖霞的辛诚一、招远的焦盛卿、黄县的王景宋等都打着“抗日”旗号拉队伍、抢地盘。相比之下，共产党领导的军事力量薄弱，发展困难，还时常被侵吞。黄县建立的八路军第三大队被王景宋合编为第二支队，掖县三支队的部分军事指挥权也掌握在国民党顽固派手里。鉴于上述情况，中共胶东特委急切盼望第七、八支队迅速东进，遏制胶东的国民党顽固派。随后，指挥部决定，兵分三路：第七支队的第一、三大队进军黄县县城，第八支队的两个大队进军招远，指挥部和直属特务大队则进驻黄山馆，策应两支部队的行动。

驻扎掖县期间，指挥部曾派遣赵修德随同仲曦东与国民党黄县县长王景宋进行谈判。经过数轮艰苦的谈判，王景宋勉强同意让指挥部及后勤机关进驻黄县。

4 月 26 日，第七支队抵达黄县城西北部的北马村时，王景宋派其秘书前来，阻挠第七支队指战员入城。此时，王景宋下令紧闭城门，并作防守准备。见此情形，第七支队开赴西门，在负责守城的二支队配合下顺利进入城内，并控制城内交通要道，将王景宋部压缩至县府大院。王景宋企图依仗 300 余支枪，负隅顽抗。此时，准备攻打招远城的第八支队临时改变部署，转而开赴黄县城。经过一昼夜的战斗和政治攻势，王景宋被迫缴械投降。此役的胜利一方面使第七、八支队缴获了大批物资装备，包含长短枪 300 余支、弹药一大批，以及汽车、被服和军用物资一宗；另一方面也极大地削弱了胶东顽固派势力，振奋了胶东军民抗战必胜的信心。

5 月上旬，中共胶东特委及山东人民抗日救国军第三军直属部队也陆续抵达黄县，并与八路军鲁东游击第七、八支队会师。为开展民众抗日救亡运动，八路军鲁东游击指挥部政治部主任王一之建议山东人民抗日救国军第三军第三大队立即筹建黄县抗日民主政权，并强调“我们抗日，既要有武装，又要有政权，革命就是为了夺取政权”[①]。随后，由中共胶东特委及八路军鲁东游击队第七、八支队负责人出面召集黄县各界代表 50 余人，商讨选举黄县行政委员会成员事宜。经选举，开明绅士袁义亭任行政委员会主席。黄县抗日民主政府下设行政、财政、教育、司法、民运 5 部，袁义亭任主席。不

① 中共龙口市委党史资料征集研究委员会编：《龙口市党史资料》第 2 辑，1988 年，第 129 页。

久，王纬仲替代袁义亭任主席。同年 6 月，黄县抗日民主政府改行县长制，王纬仲任县长。

鉴于掖县、蓬莱、黄县已先后建立抗日民主政权，中共胶东特委筹划设立一个新机构，以统一三县的行政领导机关。中共胶东特委经研究认为，既然抗日民族统一战线已经建立，新机构可以沿用国民党山东省政府行政派出机构的名称，即行政督察专员公署，以取得国民党政府的承认。又因蓬莱、黄县、掖县三地北临渤海，新机构定名为“北海区行政督察专员公署”。8 月 15 日，北海区行政督察专员公署正式成立，中共胶东特委派政府工作部部长兼宣传部部长曹漫之担任北海区行政督察专员公署专员兼黄县县长。北海区行政督察专员公署下设民政、财政粮食、教育、国民经济四科，分别由王纬仲、陈文其、李国屏、赵笃臣任科长；胡亦农任办公室主任。北海区行政督察专员公署的成立，标志着胶东第一个抗日根据地——蓬黄掖抗日根据地基本形成。

青石岭歼灭战

王华东

“老五营”诞生

1937年冬，中共胶东特委组建的山东人民抗日救国军第三军在文登天福山举行抗日起义后，便西上蓬莱、黄县、掖县等地开辟敌后根据地。山东人民抗日救国军第三军走后的近两年时间里，文登县内没有八路军。日军来文登“扫荡”时，国民党军队都是“油饼队，吃饱睡，鬼子来了往后退”①，扔下枪炮，匆忙换上老百姓的衣服逃跑了，任凭日军在文登烧杀抢掠、横行霸道。

1940年初，中共东海区特委决定举行“东海二次起义”，建立新的抗日武装。中共文登县委根据指示，马上开会动员。大河、下徐村、山前庄等村庄的党员群众，纷纷捡起国民党部队丢下的枪支弹药。青石岭村党员群众王树林、侯奎清、侯贵生等人也捡了许多枪支，还找到一门土炮，藏于青石庵东面王卓清南院②的房屋（原学校）里。3月6日，中共文登县委聚集400余名党员群众，在青石庵举行起义，建立了文登县抗日大队。青石庵路北东面的三间空房是起义指挥部，青石庵大院的戏台成了起义“点将台”。

两天后，起义军改名为“山东人民抗日救国军第九军独立第五营”。从此，文登县又有了八路军，唤作“老五营”。

---

① 中国民间文学集成全国编辑委员会、中国歌谣集成山东卷编辑委员会编：《中国歌谣集成·山东卷》，中国ISBN中心2008年版，第150页。

② 今威海市文登区岭上王家村、岭上孙家村（由原青石岭村分设）青石岭战斗遗址。

姥姥，外甥来啦！

军队初建，首先要解决的是食宿问题。指战员起初在附近的青石岭村食宿，后来轮流在青石岭、口子后、山后王家、山后张家、汤村店子、小台等几个村里食宿。其中，在青石岭村食宿的次数最多，时间也最长，一是因为“老五营”诞生在青石岭村，和当地民众感情深厚；二是因为青石岭村风淳朴，村民憨厚，管“老五营”吃饭不收钱；三是因为驻青石岭村安全，青抗先、少先队、儿童团等轮流站岗放哨，从来没有发生鬼子偷袭的事情。

此时，外面传来一个不利的消息：青石岭村最应提防的是孙锡志，他学问高，通晓英语，在国民党秦部当指导员，在村里秘密发展了不少国民党党员。共产党员王锡明、卢世昌、孙文珠等就去做孙锡志母亲的工作。孙母想通后就到昆嵛山把孙锡志找了回来。孙锡志回村后，立即联合村里十五六个国民党员跟共产党合作，管“老五营”的饭，给“抗属”做“助工”。国共加强合作，军民融洽，青石岭成了最可靠的根据地。东海区新组建的党政机关及军区司令部也进驻村里，负责人蔡雍泉带领八路军帮助村民麦收，还在劳动中领唱和教唱《三大纪律八项注意》，直到 7 月 7 日才离村转向昆嵛山区。军爱民，民拥军，军民形成深度的默契。“老五营”每逢完成打鬼子的任务、深夜开进青石岭村，总是轻轻叩门：“姥姥，外甥来啦！”村民一听就知道是八路，马上开门迎接，腾房铺草，刷锅做饭。“姥姥村”的称呼由此流传开来。赛时礼[①]当时是“老五营”一连三排排长，他和战士们叫起“姥姥”格外甜。

青石岭越安全越好客，“老五营”就越爱来，有时长驻好多天。“老五营”有事开走了，二营来了，威海卫大队来了，县机关、区公所也来了，那一句“姥姥，外甥来啦！”的叫门声依旧响起。一个营 400 多人，平均 4 天来食宿一次，每家管 4 个人的饭，每日三餐，一共管了 5 年零 6 个月。有的村民家里穷，花生种也甘愿拿出来炒了，给“老五营”当饭。

青石岭歼敌

1940 年 8 月 11 日(农历七月初八)上午，侦察员回青石岭村报告：大水

① 赛时礼(1919～2001)，山东文登人。1938 年 1 月参加革命，1940 年 5 月加入中国共产党。历任班长、排长、连长、营长、作战参谋、作训科长、代理团长等职。1955 年被授予上校军衔。中国作家协会会员，代表作品为《三进山城》(后改编成同名电影文学剧本，由长春电影制片厂搬上银幕)。

泊据点的13名鬼子和16名伪军要经过这里。杨岫庭[1]营长迅速带领军民在村内仔细布置一番，做好了巷战的准备。但是，日伪军竟然没有进村，而是沿着村北马子沟高处，居高临下径直向西走，原来要去参加登登口据点落成仪式。

敌人肯定还要返回。杨营长布置好部队，同时通知本村和邻村的自卫团、青抗先、儿童团团带着猎枪、土炮、刀片、锄头来助战。军民在村东低凹处的周围山上布置了一个大“口袋”。

临近中午，敌人还没有返回的迹象。准备作战的上千人午饭怎么解决？昨天农历七月七，正是七夕节，家家户户烙花吃，把烙好的花穿成一串一串的，挂在墙上或挂在小朋友的脖子上。这本来是个风俗，如今却派上了大用场，“姥姥”们背着、提着一串串的烙花上山来。

下午，日伪军开始返程。伪军人数未变，日军人数增加到23人，其中有个镶着金牙的大官骑着马。那匹马原先是驮子弹、炮弹的，这样弹药只好由士兵扛着。日伪军还想沿原路返回，走高处，且只过一条小河。

不能让鬼子再走原路啦！会点功夫的共产党员侯奎清被村里安排重要任务。他装作故意让鬼子看到，趁机“被抓”，帮日军扛炮弹！他引领鬼子蹚过两条大河（青龙河[2]的西支流），从西面进村。共产党员李平邦也故意“被抓”，帮助扛子弹。二人终于把日伪军领进了村东早已设计好的大“口袋”。

东山上的杨营长，朝着三个尖兵连开三枪。领路的两个共产党员马上把肩上的弹药箱朝路南的水沟一扔，回头跑进村里。北岭、东岭、南岭的军民一齐朝敌人开火，自卫团成员侯贵生操起土炮朝下轰。日军大官落马毙命，士兵伤亡了好几个。

伪军迅速逃回了村里，日军小队长命令两个腿脚还能正常行走的伤兵，

① 杨岫庭，泽头镇杨家疃人，出身农民家庭。1931年1月加入中国共产党。1933年受组织派遣回家乡以教学为掩护，发展杨振卿、杨秉吉、杨振国入党，成立泽头镇第一个党小组。1934年10月，任中共文登县委书记。1938年2月，参加山东人民抗日救国军第三军。1940年3月，任东海军分区独立团第五营营长。抗日战争期间，参加文登境内与日伪顽军的数十次战斗，立下赫赫战功。解放战争时期，历任华东野战军第九纵队后勤运输团团长、华东野战军后勤部第二运输处处长等职。1957年2月，转到南京地方工作。

② 发源于驾山山脉的岳家口、天福山一带，天福山西南、驾山窑村西北，原有古刹曰“清凉寺”，因此得名“清凉河”，日久音转为“青龙河”。该河流经大水泊镇西部、口子乡东部、高村镇中部，在今望海倪家村西南入黄海，全长31公里。

进村追回伪军参战。两个伤兵跑回村里后到处寻找，但没有找到伪军。原来，伪军有的藏在民房之中，有的向北山跑，结果被王锡坤等自卫团员和县社会部的人追上活捉。两个伤兵只好分头突围。北头的伤兵向北跑，侯奎清、李平邦在后面追赶。他们追到马子沟，发现伤兵藏在草丛下，二人举起石头往下砸。“老五营”王熙基排长跑来打了两枪，伤兵丧命。南头的伤兵顺着南河（青龙河西支流）的芦苇荡拼命向东跑，爬过东面的帽子耩，沿着东大河（青龙河干流）的西岸又转向北跑。青抗先、儿童团员后面边喊“打鬼子”边追。此时，北面陈家埠村的村民举着棍棒土枪迎面堵过来，大家联手将日本兵击毙。

青石岭村东面的主阵地上，日军向北面高处“老五营”的阵地发起了冲锋，但被打退，只好抢占一片坟地，用掷弹筒朝山上轰，用机枪向山上扫。“老五营”的冲锋被压制，伤亡不小，邻村第一天当兵的王善模脚骨都被打碎了。“老五营”没有机枪，每人分的六七发子弹基本打光了，杨营长急得掉了泪。小战士张猛看在眼里急在心上，顺着沟底爬到日军机枪旁边，一跃而起抓住机枪就夺。日军用刺刀捅他，他的肠子流了出来，但仍然不松手，日军机枪哑了。“老五营”和自卫团乘机冲锋歼灭了日军，张家村的张治坤用锄头把大官的金牙抠下来。

杨营长立即决定让老乔马上带领二连去大水泊据点端掉敌人的老巢，于是老乔领着二连向大水泊跑去。杨营长来不及仔细打扫战场，马上动员村民掩埋尸体，派人通知周围村躲避鬼子报复，迅速带着一连、三连向山前庄转移。

二连跑了 15 里路，包围了大水泊日军据点——原启民小学并发起了进攻。炮楼上的日本兵架起机枪开火，一个伙夫帮运子弹。乔连长在戏台上指挥，不幸牙被打断。军民数百人当晚未能攻克据点，有些伤亡。

第二天清晨，文登的日伪军赶到大水泊，救走了那个日本兵，用汽车拉走了设备，放弃了据点。

不久，日军部队来到青石岭村抓了 40 多位老汉，威逼他们挖昨日的尸体。王镇春、寿海的爹和爷爷、侯锡亨四人故意怠工，结果被残忍地砸死。日军又威逼老汉们用门板顶着尸体送文登。王日清的爷爷已经 85 岁，行动不便，被打得遍体鳞伤，抬回村后不久离世。

青石岭战斗，全歼 23 名日军，生俘 16 名伪军；八路军不幸牺牲 7 人，村民遇难5人。

打了胜仗，士气高涨，村民荣信芝编了《青石岭战斗之歌》:“七月那个里，日头热似火，日本鬼子驻在大水泊，占去我中学，出发去交战，鬼子一十三，个个死在青石岭东山，埋在了沙河滩。”①

过了一段日子，长年在沈阳打工的侯贵振、王瑞亭、王全清等人回到村中说:“沈阳给一个叫藤田的司令出殡，说是在文登青石岭遇难。”村民这才知道在这村里被打死的大官是藤田司令。

① 济南军区政治部宣传部、山东省作家协会编:《一口英雄气　赛时礼纪念文集》，山东人民出版社2002年版，第265～266页。

许世友在牙山

吴一平

临危受命赴胶东

牙山山势险峻，峰峦矗立，犹如锯齿，而且土地肥沃，物产丰富。牙山位于（栖霞）县城东南22.5公里处，绵亘于唐家泊镇东部和桃村镇西部地域。主峰有三，分称大牙、二牙、三牙。“大牙、二牙山势陡峭险峻，令人望而生畏；三牙较低缓，林木整齐茂密。”[①]三峰耸立，攒聚如笔，古时称“聚笔山”。牙山是胶东名山之一，宛如胶东的心脏，它北控烟台，南瞰海莱平原，连接胶东昆嵛山和大泽山东、西两大山系，历来为兵家必争之地。清初，于七率领的抗清起义军雄踞牙山，与清政府对抗16年。抗日战争时期，牙山抗日根据地建立。

1939年10月，许世友[②]进入太行区中共中央北方局党校学习。就在许世友在北方局党校学习期间，国民党顽固派发动了第一次反共高潮。中国共产党为了适应抗日战争新形势，从主力兵团抽调大批干部帮助新部队巩固新开辟的根据地。1940年9月，许世友被任命为八路军山东纵队第三旅旅长，在清河地区坚持抗战。

---

① 栖霞市红色文化建设领导小组办公室、中共栖霞市委党史研究室编：《印记——栖霞革命史料通览》，中国教育文献出版社2015年版，第30页。

② 许世友，湖北省麻城许家洼（今属河南新县）人。1926年加入中国共产主义青年团。1927年加入中国共产党，同年11月参加黄麻起义。1934年，任红四军军长并参加长征。1935年，任红四方面军骑兵师师长。全面抗战爆发后，历任八路军第三八六旅副旅长、山东纵队第三旅旅长、山东纵队参谋长、胶东军区司令员等职。

1941 年，胶东国民党顽固派蔡晋康在日军的拉拢和影响下，组成“抗八联军”，公开反共，占领了牙山，部队驻扎在唐家泊、下张家、大杨家、亭口等地，切断了东海、西海两区抗日根据地的联系，并向东海地区发动进攻，气焰十分嚣张。

出于战略需要，也为打击胶东地区投降势力、振奋军民士气，中共中央、中共中央山东分局和八路军山东纵队决定委派敢打硬仗、刚勇威猛、善于指挥的许世友赶赴胶东，加强对胶东人民力量的统一指挥，发起反投降战役，收复以牙山为中心的根据地，突破日伪的分割包围，从根本上扭转斗争形势。

1941 年 2 月 17 日，许世友正式接到命令，率清河独立团挺进胶东。在中共中央山东分局驻地，分局领导向许世友交代了任务：要以胜利的战斗粉碎投降派的进攻，收复牙山为中心的广大地区，使根据地连成一片，巩固阵地，为继续坚持斗争奠定基础。同年 2 月下旬，清河独立团在广北成立并举行誓师大会，许世友和刘其人到会讲话。清河独立团的此次行动极为隐蔽，部队中多数人在到达胶东后才得知行动的目标。部队在清河平原是夜间行军，渡小清河，经寿光、昌邑、潍县，再渡胶河，抵达大泽山抗日根据地。进入胶东山区后才改为白天行军。清河独立团在掖县西，与负责接应的第五旅十四团会合。

集思广益定方略

3 月 13 日，许世友赶到蓬莱黄城阳村，同林浩等胶东区党委的领导同志见了面。此后数年中，作为胶东区党委书记，林浩始终与许世友并肩战斗，共同领导和指挥了胶东的反投降和抗日斗争，为胶东抗战的最终胜利做出了不可磨灭的贡献。许世友详细听取了林浩对烟台和胶东敌我形势的介绍。林浩指出：“目前胶东各据点敌人屡屡增加，调动频繁，时常出动。如上月 20 日，平、莱、掖之敌人配合出动至我平、招、莱、掖根据地……本月 5 日，敌人出动至郭家店。这一次活动是武装侦察，建立据点，作为对我大扫荡的准备。因此我们估计，胶东目前正处在(日寇)大扫荡的前夜。”许世友又仔细、全面分析了通讯员送来的材料。战役怎么打，他的心中慢慢有了底。

3 月 14 日，许世友与中共胶东区委的同志召开作战会议，并在会后成立了胶东反投降战役指挥部，许世友任指挥，林浩任政委，吴克华任副指挥，第五支队司令王彬任参谋长。许世友分析了敌我力量对比，认为现在投降派虽然在兵力数量上暂时占优，但他们卖国求荣、人民愤恨，本质上是虚弱的；我军数量上虽然少于投降派，但战争正义、人心所向、士气高昂，只要同心协力，指挥得当，就可以从弱者变成强者，取得反投降作战的胜利。许世友还特别向与会同志强调，投降派貌合神离，各股势力之间争夺权势、抢占地盘的斗争很激烈。

许世友的分析让大家心里顿时亮堂起来，也被许世友的情绪所鼓舞，对首战的胜利充满了信心，纷纷表示坚决拥护和执行党中央、毛主席和中共中央山东分局的指示，立即组织对国民党顽固派的反击。大家认为，这次反投降战役是胶东八路军第一次大规模作战，关系到全局，必须集中兵力，出其不意，打中要害，不打则已，打则必胜。大家一致认为，现在日伪正在"扫荡"于西，投降派的兵力麇集于东，正是我集中兵力突袭牙山、避实击虚、实行中心开花的良机。

会议决定，以第五支队和第五旅十四团为东路军，由第五支队司令员王彬、政委王文指挥，从东向西进击牟平观水之陈昱部，堵截可能从牙山向东逃窜的蔡晋康部，然后在牙山以南桃村一带与西路军会师；胶东抗大校长贾若瑜、政委廖海光指挥该校学员和西海、南海军分区部队，负责保卫大泽山区，巩固后方。根据大家的意见，许世友提出："我们事不宜迟，趁投降派气焰嚣张之时，出其不意发起反击是有利的。现在盘踞牙山的是投降派中较弱的蔡晋康。此人不会打仗，人送外号'菜包子'。"牙山有他的兵工厂。首先夺取牙山，既符合毛主席说的"先拣弱的打"，又可以缴到大量枪械、子弹，利于今后作战。说到这里，许世友一拳砸到桌面上，又道："牙山又是胶东的磨子心，夺取牙山之后，就可以居高临下，四面出击，打通东西两块根据地，控制胶东的心脏地区。然后再在海、莱边歼灭赵保原主力，解决李先良，全盘掌握胶东。"[①]许世友用他炯炯有神的虎目扫视一周："对于这个方案，大家还有什么意见补充。如果没有什么意见，我们就决定十五日准备一天，做好政治动员工作，当晚就动手！"

① 中共栖霞市委党史研究室编：《见证——栖霞革命遗址通览》，中国古籍文物出版社2012年版，第107页。

奇袭牙山传捷报

3月15日上午，胶东区党委在蓬莱县吴家村召开了战前干部动员大会。许世友指出："胶东不太平，太平我不来；我来要打仗，打仗要死人。你们怕不怕？反正我不怕！"[①]战士们群情激昂，高呼"不怕"。许世友在战前动员大会的讲话给干部战士们的印象极深。响亮的革命口号震荡在艾崮山区，回响在胶东大地。"八路五旅打牙山，打得老蔡没处钻；八路五旅打炉房，打得老蔡没处藏；八路五旅打亭口，打得老蔡没处走。"[②]这首胶东民谣述说的就是许世友领导的胶东反投降战役的首战——牙山战役。

3月15日傍晚，太阳刚刚落山，许世友就下达了出发的命令。许世友根据牙山山高坡陡、沟深路狭的地形特点，分兵三路向牙山进发。清河独立团为左路，从牙山西北向亭口进击；第五旅十三团为中路，十五团为右路，分别从牙山的西面和西南向刁崖后合击。战斗打响前一刻，许世友再次对所有的指挥员下达命令：这是我们在胶东打的头一个硬仗，过去打游击战，打得赢就打，打不赢就走，这次不行，只许进，不许退。[③] 许世友率部翻山越岭直扑牙山。次日凌晨，三路大军神不知鬼不觉地同时出现在牙山蔡晋康部驻地。骄横的敌人做梦也没有想到他们的末日已经降临。三路大军如神兵天降，突然出现在敌人面前，以勇猛的气势向敌人发起了猛烈的进攻。蔡晋康惊恐万分，不知所措。中路十三团以迅雷不及掩耳之势包围了牙山西侧的大杨家，敌人一个营还没来得及战斗就被歼灭，营长也被我英勇的战士击毙。十三团随即向泉水夼方向发起猛攻。右路十四团连克下张家、唐家泊，直逼蔡晋康司令部所在地刁崖前、刁崖后。左路清河独立团也迅速包围了牙山背后的北亭口。经过一天的激战，十四团攻占刁崖前，十三团将向其反扑的敌主力击溃，并会同十四团向刁崖后进击。

蔡晋康见我军来势勇猛，锐不可当，脚底抹油，溜之大吉。十三团、十四团不畏疲劳，当即分兵尾追，复将敌人包围在桃村。当夜再次发起攻击。至

---

① 栖霞市红色文化建设领导小组办公室、中共栖霞市委党史研究室编：《印记——栖霞革命史料通览》，中国教育文献出版社2015年版，第32页。

② 山东省栖霞县志编纂委员会编：《栖霞县志》，山东人民出版社1990年版，第784页。

③ 参见孙洪宪：《在许世友身边的日子：我给许世友当秘书》，广东人民出版社2011年版，第135页。

18 日下午，蔡晋康部大都被歼，蔡负伤逃跑。许世友率领部队紧追不舍，胜利攻克桃村。清河独立团将北亭口之敌一举歼灭。与此同时，在许世友指挥下，第五支队主力由昆嵛山出发，一路向西猛插，直扑“抗八联军”的左路，准备全歼其敌。敌左路指挥洪彪见势不妙，不战自溃。第五支队顺势直下牟平城南的观水，18 日将驻扎在观水的投降派陈煜部四面包围，经过数小时激战，将其大部歼灭，陈煜率残部狼狈逃窜，观水也为我军占领。

巍峨的牙山，见证了八路军将士们的英勇。牙山战役，从 3 月 15 日打响，至 18 日结束，歼敌 1800 多人。至此，我东、西两路大军胜利会师于牙山之巅，取得了反投降作战第一仗的完全胜利。毛泽东曾动情地说：“了不起，了不起！许世友打红了胶东半边天。”[①]饱受敌顽欺压的胶东百姓载歌载舞，他们在街头扭起了欢快的大秧歌，歌唱子弟兵的英勇善战，欢庆胜利到来。率领部队凯旋的许世友，看着老百姓开心的笑脸，一向严肃的他脸上也露出了难得的笑容。

---

① 栖霞市红色文化建设领导小组办公室、中共栖霞市委党史研究室编：《印记——栖霞革命史料通览》，中国教育文献出版社 2015 年版，第 33 页。

1942年反“扫荡”

于 宁

1941年太平洋战争爆发后，日军为了将华北地区变成“大东亚战争的后方基地”，全面推行所谓的“治安强化运动”。日军还将华北划分为“治安区”、“准治安区”和“非治安区”三类，并分别采取“清乡”“蚕食”“扫荡”等政策。日军“把胶东视为海上与华北之间赖以运送兵员、军火和其他作战物资的交通要道和补给基地”。胶东地区因此成为日军“扫荡”的重点区域。

第五旅粉碎日军春季“扫荡”

随着胶东抗日游击战争的蓬勃发展，八路军在重新打开牙山中心根据地以后，依靠牙山，稳步向东、西两翼发展，巩固并扩大了昆嵛山、大泽山抗日根据地，大大改变了胶东的战略态势。

胶东抗日根据地的发展、壮大逐渐引起了日军的恐慌。1942年3月25日，在海军的配合下，日军第十二军出动内田银之助的独立混成第五旅团和盘井虎次郎的独立混成第六旅团，对山东半岛东部及海岸地带的八路军及国民党地方抗日武装展开大规模“扫荡”。日军第十二军司令官土桥一次指挥由济、青、烟、威出发的日军在莱阳、掖县、栖霞、牟平、文登完成集结后，对胶东抗日根据地实施“铁壁合围”，企图消灭胶东的抗日武装，特别是中国共产党领导的抗日根据地。

日军所到之处大肆实施“三光”政策，在20多天内抓走群众5000多人，抢走牲口5000余头，仅26日文登县营南村惨案中，就枪杀群众130余人，烧毁全村房屋。

与此同时，国民党顽固派加紧配合日伪军“扫荡”抗日根据地。除派一个团公开投敌外，赵保原部连续向平、招、莱、掖边区的八路军发动五次进攻。此外，蔡晋康、秦毓堂、郑维屏部或公开投降日军，或接受日军改编。

胶东军民遵照年初山东军政委员会制定的斗争方针，即“粉碎日伪军的连续‘扫荡’、‘蚕食’和分割封锁，保持山东各区的联系，实行‘敌进我进’之‘翻边战术’，坚持边沿区斗争，制止敌人的‘蚕食’推进”。八路军山东纵队第五旅采取避其锋芒、打其弱点、适时转移、分散活动、互相配合的作战指导原则，以主力部队为骨干，组织地方部队和民兵开展群众性游击战，积极打击敌人。其间，十三团先是袭击招远玲珑金矿的日军据点，歼敌百余人；后又伏击日伪军的一个自行车队；紧接着，十三团再次在招远槐树庄伏击日军运输队，击毁汽车 11 辆，缴获军用物资一批。

3 月 29 日，日伪军 800 余人，装备重机枪 2 挺、钢炮 2 门、迫击炮 1 门、轻机枪 20 余挺、掷弹筒 4 个，向第五旅十三团驻地招远县南、北冯家村扑来。因十三团携带大量辎重，无法迅速撤退。获悉敌情后，第五旅政委高锦纯决定就地消灭这股敌人，他当即下令部队“迅速集合，上好刺刀，沿小路迅速隐蔽地抢占仰望顶制高点”①，并命令一营做好阻击准备。一营派一连占领仰望顶，二连占领顶峰以东高地，三连保卫旅部转移。仰望顶位于南冯家村以东三里处，山高林密，适合伏击作战。部队沿小路迅速开赴预定位置。战斗中，一营指战员利用刺刀、手榴弹多次打退日伪军的进攻。其间，一营教导员孙同盛指示一连、二连指导员：“对党支部支委、小组长进行战斗动员，要求党员在战斗关键时刻起模范带头作用，敢于和敌人肉搏拼刺刀，一定要坚守住阵地，掩护旅部安全转移。”②战至中午，日军增援部队在通过仰望顶以东大沙河时，遭到旅部机炮连等的猛烈轰击。其间，青年营也攻击日军侧翼。见久攻不克，日军利用掷弹筒发射烟幕弹和催泪瓦斯。下午，完成阻击任务的一营安全撤出阵地。此役共毙伤日伪军 330 余人，其中日军百余人。十三团第一营为此付出了巨大代价，牺牲 80 余人，伤 300 余人，牺牲团级干部 1 名、营级干部 3 名。30 日，十三团八连在黄县丰仪老鼠尾山头截击撤退的日军。弹药用尽后，八连战士与日军进行白刃战。此役毙伤日军

① 招远县政协文史资料征集研究委员会：《招远文史资料》第 3 辑，1987 年，第 35 页。

② 政协烟台市文史资料委员会《烟台文史资料》编辑部：《烟台文史资料》第 20 辑《纪念抗日战争胜利五十周年专辑》，1995 年，第 126 页。

五六十人，八连的56名战士壮烈牺牲。

在地方部队的配合下，八路军山东纵队第五旅粉碎了日军的春季“扫荡”。在一个月的反“扫荡”作战中，第五旅攻克敌据点15处，毙伤日伪军2511人(其中大队长、营长以下官佐160余人)，俘日伪军734人，缴获迫击炮3门，钢炮1门，重机枪两挺，轻机枪19挺，长、短枪812支，炸毁日军汽车15辆。

第五旅粉碎日军夏季“扫荡”

4月初，日军又发动了夏季“扫荡”，调转兵力至东海军分区，重点“扫荡”昆嵛山根据地。第五旅指挥所属三个军分区，利用西线日军兵力空虚的弱点，主动出击，配合东线战场。

第五旅主力一部与北海军分区独立团在蓬莱、黄县一带开展伏击战，共毙伤日军71人、伪军50余人。与此同时，十四团和特务营、骑兵营将作战引入外线，深入平度、胶县敌占区，开辟新的抗日根据地。10日，十五团一部在招远县二区区中队队员冯官令的指引下，袭击玲珑金矿日军卫兵所，毙伤日军18人，缴获长短枪20余支、子弹1000余发。24日，东海独立团在荣成独立营和区中队、胶东军区第三兵工厂爆破队的配合下，夜袭石岛日军据点。此役毙伤敌军百余人，缴获枪45支、子弹万余发、电线千余斤，炸毁日军控制的石岛发电厂及陆军仓库，破坏日军在石岛的统治机关“华成公司”。28日8时，十三团二营在招北县地方武装的配合下，在龙(口)招(远)公路槐树庄伏击了由龙口返回玲珑金矿的日军9辆运输车，击毙日军十余人，俘虏日军2人，俘获伪军20余人，缴获轻机枪两挺，小炮1门，长、短枪20余支以及军用物资若干，焚毁汽车3辆。

5月下旬，第五旅主力粉碎了日、伪、顽军4000余人对海莱边区的“扫荡”，向牙山转移。此后，尽管日伪军对根据地实施多次小规模“扫荡”，但各区军民英勇反击，迫使其退出根据地。7月1日，八路军总部和山东军政委员会决定成立胶东军区，统一指挥胶东八路军各部，许世友任司令员，林浩任政委。

第五旅粉碎日军秋冬“扫荡”

两次“扫荡”接连被八路军粉碎后，日军并无撤军迹象。“连日来，日军往胶东大量增兵，车辆不断，调动频繁；各据点日、伪军纷纷出动，抓丁拉夫，抢粮、抢牲口；挖掘封锁沟的范围扩大，速度加快；烟台日军加强警戒，封锁消息；伪军驻守的一些据点，已经由日军接防，或由日、伪军共同驻防；日、伪军派往我根据地的特务增多，活动加剧；与日军勾结的国民党暂编十二师赵保原等投降派也蠢蠢欲动。”①许世友感到日军发动更大规模的军事行动已迫在眉睫。11 月初，日军华北方面军司令官冈村宁次飞赴烟台，调集日军独立混成第五旅团主力和第五十九师团、独立混成第六、七旅团的部分兵力，企图围歼胶东军区的山东纵队独立旅，巩固其在山东半岛的统治，确保烟青公路。日军集中 1.5 万余人兵力，在伪军和国民党投降派赵保原部 5000 余人的配合下，自 11 月 19 日至 12 月 29 日，分三个阶段对胶东抗日根据地进行规模空前的“拉网合围大扫荡”。

结合以往反“扫荡”经验，胶东军区制定了“保存有生力量，保卫根据地，分散活动，分区坚持”②的方针，将主力部队和地方武装分为两个指挥系统：第五旅指挥烟青公路以西的十三、十四、十五团及西海、南海、北海三个军分区；胶东军区直接指挥烟青公路以东的十六、十七团及抗大胶东分校、军区直属部队、东海军分区。

11 月 19 日至 28 日，日伪军以胶东军区领导机关所在地牙山为目标，沿烟青公路持续推进，采用“多路平推、步步进击的战术，白天见山搜山、逢村‘梳’村，每天只前进 10 余公里。夜晚每隔五六十步燃起一堆火，在沿海各港口则以海军舰艇进行封锁，并在山口要隘设置铁丝网，沿青公路北段两侧又挖筑了‘隔断网’”③。

胶东军民积极投身反“扫荡”斗争，各村普遍实行“坚壁清野”，以“搬空、藏空、躲空”对付日军的“抢光、杀光、烧光”。此外，民众大力通过各种方式支援八路军的作战，如当向导，递情报，送给养，挖地道，隐藏军用物资，掩护与疏散伤病员等。为粉碎日伪军的“扫荡”，胶东区党委、胶东区行政主任公

---

① 常连霆主编，中共山东省委党史研究室编：《山东抗战口述史》(上)，山东人民出版社 2015 年版，第 134 页。

② 常连霆主编，中共山东省委党史研究室编：《中共山东编年史》第 4 卷，山东人民出版社 2015 年版，第 107 页。

③ 中共山东省委党史研究室编：《中共胶东地方史(1919.5—1949.10)》，中共党史出版社 2005 年版，第 250 页。

署和胶东军区及主力部队撤离牙山中心根据地，待机跳出包围圈。胶东区公安局负责干部与警卫连组成“胶东军区战时戒严指挥部”，在中心根据地组织和领导群众坚持反“扫荡”。23 日，日军逼近牟海、莱阳两县交界的马石山，将 2000 余名群众驱赶至包围圈内。为掩护群众安全突围，胶东军区公安局警卫连王殿元等 18 人和十七团七连与日军展开激战。他们将日军引至马石山主峰，使 1000 多名群众得以安全转移。终因寡不敌众，七连仅有 5 人生还，其余全部壮烈牺牲。日军占领马石山后，将搜捕到的老弱妇孺 500 余人残忍杀害，制造了骇人听闻的马石山惨案。

由于无法找到胶东军区主力，11 月 28 日，日军改变部署，调集重兵对昆嵛山、文登、荣成一带实施“铁壁合围”。日伪军 5000 余人沿烟青公路以东呈一线推进，并以军舰 6 艘、汽艇 20 余艘在海岸线游弋，“意图彻底围歼由牙山、马石山突围东进的抗日部队”。十六、十七团指战员多数系胶东当地人，他们以营、连为单位，化整为零，穿隙插孔，破“网”突围。此时，胶东军区主力正配合地方部队和民兵开展游击战，破坏敌人的交通线。烟青公路以西的部队切断了烟青公路即（墨）莱（阳）段和栖（霞）福（山）段，破坏了烟（台）潍（县）公路、高（密）平（度）公路、平（度）掖（县）公路等。日伪军“合围”荣成崂山一带前，胶东兵工厂警卫排指导员张君毅率领 20 余人疏散至滕家及崂山一带。当日军在宁津所一带进行大屠杀时，为保护人民群众，张君毅等人不顾个人安危，与日伪军展开激战。最后，仅剩 7 人的小分队弹尽援绝，他们毁枪投海，壮烈牺牲。

12 月 13 日，日军西犯平度、掖县、招远等地，追击八路军山东纵队第五旅和西海区游击队。其间，日军制造了招远惨案，共杀害抗日军民 500 余人，奸污妇女 285 人，打伤致残无数，抓走群众 1000 余人，烧毁房屋 422 间，抢劫财物 730 多万元。第五旅则在福山猴子沟、莱阳北孔家等地开展伏击战，打得日伪军丢盔卸甲，鬼哭狼嚎。

1942 年，日军发动的“扫荡”不仅用兵多、时间长，而且一次紧接一次，其战术也更加凶残、狡猾。尽管如此，胶东军民仍成功粉碎了多次“扫荡”。正如林浩所言：“他们在合围区内无山不搜，无村不查，到处都有我们牺牲的同志和群众。但胶东军民没有被敌人的气势汹汹所吓倒，与敌展开了艰苦卓绝的斗争，经受住了这一血与火的考验。我广大民兵和武工队，坚持敌后，发挥人熟、地熟的有利条件，积极配合主力开展麻雀战、地雷战、袭击战，英勇地打击了敌人，保存了力量，保卫了抗日根据地。”[①]为取得反“扫荡”斗争的胜利，胶东军民也付出了巨大代价，胶东军区卫生部政委夏云超、十六团政委张寰旭、团参谋长陈子英，西海军分区政委兼西海地委书记于己午、参谋长于一心，胶东青联主任林江等同志在战斗中牺牲，胶东军区部队减员2000余人，民兵和群众被害1183人，群众被抓8675人。

① 中共烟台市委党史资料征集研究委员会编：《胶东烽火（1937.7—1945.8）》，1990年，第287页。

胶东兵工成长记

王华东　许以民

抗战烽火中诞生的胶东兵工，随山东抗战形势而跌宕起伏、逐渐成长起来。胶东兵工“由小到大、由弱到强，在胶东陆续建立起 9 个兵工厂，拥有职工 10000 余人，筹建了设备基地、技术中心及专门培养技术人才的胶东工业学校，形成完善且强大的胶东兵工体系”[①]。胶东兵工为抗日战争和解放战争的胜利做出了巨大贡献。

战火硝烟中诞生

全民族抗战爆发后，中共山东省委根据中共中央关于《发展游击战争与建立游击区的根据地为中心》的指示，向全省发出了“有人出人、有钱出钱、有力出力、有枪出枪”[②]的号召，积极动员人民群众抗战。

1937 年 10 月，理琪等人受中共山东省委派遣到达胶东地区，迅速恢复了基本处于停顿的中共胶东特委，使胶东人民兵工的诞生具备了最重要的组织基础。1937 年底天福山抗日武装起义后，部队编为山东人民抗日救国军第三军第一大队，为胶东人民兵工的诞生提供了必要的武力后盾。其间，曾为昆嵛山红军游击队修过枪的小炉匠王凤祥等三人参加了起义部队，随身携带必备的简单手工工具和十分有限的兵工材料，跟随部队流动修理枪械，成为胶东最早的人民兵工战士。

---

① 栖霞市红色文化建设领导小组办公室、中共栖霞市委党史研究室编：《印记——栖霞革命史料通览》，中国教育文献出版社 2015 年版，第 145 页。

② 常连霆主编，中共山东省委党史研究室编：《中共山东编年史》第 2 卷，山东人民出版社 2015 年版，第 470 页。

1938年1月30日，由人民抗日救亡团体组建的山东人民抗日救国军第三军第三大队在黄县发动武装起义。当时第三大队只有30支残枪，弹药奇缺。为了解决非常关键的枪支弹药紧缺问题，第三大队的组建人范心然等立即酝酿筹建兵工厂。然而，严峻的斗争形势令兵工厂建设一再拖延。其他陆续建立的人民抗日武装力量也尝试进行了小规模的兵工建设。2月3日，中共蓬莱县委发动抗日武装起义，成立山东人民抗日救国军第三军第三大队（由于蓬莱和黄县的部队番号相同，当月改为山东人民抗日救国军第三军第二路），并成立了隶属于第三大队军械处的随军修械所，约20人，主要任务是修理枪械。3月，山东人民抗日救国军第三军总部在牟平县崖子村成立了修械所，所长为王政安，技术骨干有王凤祥、孔宪义、张永德等人员。其任务包括修理枪械、复装子弹、试制手榴弹等。同月，山东人民抗日救国军第三军在龙口接管了国民党海关修械所，顺便接收了4名修械工人和简单的手工工具，后来又吸收了一名小炉匠，将原来的修械所改称山东人民抗日救国军第三军后勤修械所，随后勤部行动。3月3日，山东人民抗日救国军第三军第三大队（后改为山东人民抗日救国军第三军第四路）进驻黄县县城，范心然立即委派周吉隆筹建兵工厂。经过权衡，最终将兵工厂厂址选定在黄县县城东南20余里的圈杨家村，在村东头莱茵河①畔的古庙创建了圈杨家兵工厂，隶属于山东人民抗日救国军第三军后方司令部，并由司令员高嵩②和参谋长赵锡纯亲自领导，周吉隆为第一任厂长。这个兵工厂最初有职工50余人，拥有机械加工设备26部、柴油机4部、小汽油机1部、翻砂设备4套以及各种电焊等。圈杨家兵工厂是胶东也是山东第一个较为正规的人民兵工厂，标志着胶东人民兵工正式诞生。

相对安全中成长

1938年8月15日，北海区行政督察专员公署成立，标志着蓬黄掖抗日

---

① 莱茵河位于山东省黄县东南部文基乡南，发源于莱山和绛山之间，流经七甲乡和文基乡入黄水河。全长12公里。

② 高嵩（1908～1940），山东蓬莱人。曾任国民党青岛海军教导总队第四分队队长、教导总队副队长。九一八事变前加入中国共产党。1932年受中共上海中央局指示独立从事青岛党的地下工作。1934年9月，组建中共青岛市委，任书记，不久被捕。七七事变后获释，参加崂山抗日游击队。1938年到胶东参加山东人民抗日救国军第三军。1940年8月，在日军的一次“扫荡”中牺牲。

根据地正式形成，为胶东人民兵工的发展提供了相对稳定的环境。

在根据地创建过程中，为便于加强领导、提高技术、提升质量、增加产量，胶东党政军机关共同决定，将山东人民抗日救国军第三军各部队所属的修械所全部合并到圈杨家兵工厂，归山东人民抗日救国军第三军后方留守处领导。根据指示，5～6 月，各修械所陆续并入圈杨家兵工厂，胶东人民兵工进入速度较快、质量较高的茁壮成长时期。

兵工生产从无到有、从分散发展进入初步规模化。兵工生产的初步规模化基本表现为两个方面。第一，人员初步规模化，即兵工队伍的壮大。从创立之初，胶东人民抗日武装千方百计搜寻、延揽、培养兵工人才。至 1938 年 4 月，兵工技术和管理人员增至 200 余人，至 7 月增加到 300 余人。截至年底，圈杨家兵工厂的兵工队伍扩充到 500 余人。第二，生产初步规模化，即生产组织和场所的扩大。到 1938 年下半年，原圈杨家兵工厂划分为南厂和北厂；总厂厂部和北厂仍驻在圈杨家，南厂设在距离圈杨家村两华里左右的院下村。

兵工管理、生产初步专业化。其一，管理初步专业化，包括管理机构的专业化、人员管理的专业化、产品管理的专业化。在组织机构上，厂长、副厂长、政委为主要负责人，在主要负责人之下设总务处、工务处和会计处，同时明确各工种的技术负责人，如总技师、榴弹技师、地雷技师等。在人员管理上，工人工资待遇、生活作息基本实行军事化管理。入厂即入伍，按照士兵的标准保障其基本生活，家属以抗属（抗日军人家属）对待，享受各种相关优待。除正常工作外，工人还必须做早操，上政治课、文化课、军训课。在产品管理上，兵工成品一律正规化，油漆包装。手榴弹按号排列，步枪、迫击炮必须打钢号和生产厂记，包装箱皮上必须打号标记出厂年月日。其二，生产初步专业化。圈杨家兵工厂根据战争需要和技术力量的实际状况，将全厂的生产组织划分为九个工种部，试行初步的专业化分工和生产。这九个部分别为手榴弹部，主要试制、生产手榴弹；地雷部，主要试制、生产地雷；子弹部，主要复装战场上部队急需的子弹；烘炉部（炉工部），主要制造、生产各种兵工用、军用铸件；木工部，制造手榴弹柄、弹药箱和翻砂模子箱等；翻砂部，铸造手榴弹壳、地雷壳和迫击炮弹弹体，以及现有机器的配件；钳工部；机工部，主要试制、生产迫击炮和迫击炮弹；造枪部，仿制、试制步枪，同时担负修理枪械的任务。这种生产的初步分工和专业化，实现了各工种间的互补与协作,有利于技术攻关和产品的流水化生产。

兵工生产技术持续改进,产品品种、质量和数量不断提升。在技术上,由简单修理枪械逐步转向批量仿制步枪、少量仿制迫击炮;由少量复装子弹到大量复装子弹,批量生产手榴弹、地雷、迫击炮弹;由纯手工工具生产为主逐步转向以机器和半机器生产为主。在圈杨家兵工厂成立之前,各随军修械所的最主要任务就是及时修理战士手中时常出故障的破、旧、杂、少各型枪支,尽力支援战场。随着人民抗日武装部队的壮大,出于巩固抗日根据地的现实需要,制造数量充足并有较高质量的枪炮成为更迫切的要求。因此,圈杨家兵工厂从建立伊始就十分重视枪炮的试制。1938 年 5 月,北厂技师开始试制迫击炮。6 月,成功仿造八一式、七五式迫击炮,并很快在战斗中发挥了实战和震慑作用。此后,兵工厂开始批量生产该型号迫击炮,可月产 3～5 门;月产炮弹 500 发。几乎与此同时,仿造汉阳造七九式步枪的工作也开始了。通过积极工作,首先解决了枪管材料匮乏的问题,其次自制拉枪膛来复线的专用手工工具,攻克了关键的技术难关,终于在 1938 年 7 月试制出样枪。经试射检验效果良好,此后投入批量生产。在质量上,仿制的枪炮和制造的弹药的质量多有提升。其中,手榴弹的质量提升最具代表性。最初试制的手榴弹爆炸时间不稳定、爆炸杀伤力小。但经过科研和生产人员的反复试验,不断改进产品设计和生产工艺,最终生产出爆炸时间稳定、杀伤力巨大的高质量手榴弹。在数量上,1938 年下半年至 1939 年 1 月,圈杨家兵工厂共造出迫击炮 8 门(上交 6 门,待装配 2 门),迫击炮弹 800 余发,生产7.9 毫米口径步枪 200 支(上交 100 支,待装配 100 支),造成各类子弹 13000 余发,修理长短枪 600 余支,做匣皮 40 余个,做军镐、锹 100 余件,做军用锅灶 20 余套,自制压子弹头引火帽压力机十余台,做手榴弹 5000 余枚、地雷 100 余颗。

艰苦环境中壮大

1938 年 12 月,日伪军两次进犯蓬黄掖抗日根据地,对圈杨家兵工厂形成极大威胁。翌年 2 月中旬,为避免损失,圈杨家兵工厂执行山东纵队第五支队后方司令部关于转移的命令,连夜突击疏散埋藏机器设备,来不及疏散和埋藏的物资连同厂房和仓库全部烧毁。兵工人员经 20 余天的长途跋涉,于 3 月转移至平度县涧里村,并改称山东纵队第五支队兵工厂。此时,由于技术人员、工人的逃亡和战斗部队的抽调,兵工厂严重减员,仅剩 200 余人,而且组织管理和生产机构遭严重损坏，机构人员不整。在生产条件方面，除随身携带的简陋手工工具外，没有机器设备，物资亦相当匮乏。但形势逼人，急需恢复兵工生产。现有的工厂领导马上组织相关人员将原兵工厂埋藏在圈杨家村和院下村的机器设备与物资秘密抢运到涧里村。全厂职工日夜突击安装、调试机器设备，并很快在当月恢复生产，实现月产手榴弹约3000枚、迫击炮弹100余发、地雷100余颗。

1939年5月13日，中共中央发出《关于胶东的指示》要求：胶东党及军队应该努力争取山地，以建立巩固的胶东抗日根据地；要继续巩固和发展部队等；要"扩大兵工厂，解决子弹及武器问题"。这是中共中央发出的以"胶东"命名的、与胶东兵工直接有关的指示，进一步引起了中共山东省委和胶东党政军组织的重视。6月2日，八路军山东纵队第五支队后方司令部军事部在胶东《大众报》上刊登启事，招募制造刺刀的技术人员，也欢迎投标包作，报酬从优。此举意在扩大兵工队伍，提高军队的装备水平和实战能力。6月3日，《大众报》刊载八路军山东纵队第五支队后方司令部《给兵工厂工人同志的信》，表彰了兵工厂工人在"敌人加紧进攻我们的时候，生产（复装）这么多、这么好的子弹供应前方，鼓舞了全体将士，提高了抗战情绪，值得钦佩！"并希望工人同志能够"再接再厉"，以更多数量、更高质量的弹药、服务于前线战斗需要。在中共山东省党政军层面上，1940年是一个新的起点。中共山东省级党政军系统在兵工政策上反复强调、及时调整，着力指导包括胶东人民兵工在内的山东各地兵工的发展。1940年1月，八路军第一纵队司令员徐向前在干部会上提出：各部队要在战斗中注意搜集弹壳，打一枪后，马上把弹壳搜集起来，不但搜集自己的，而且要搜集敌人遗弃的。其他凡是兵工厂需要的材料用品，各部队都需注意搜集，以利生产。同年2月7日，中共山东省委机关报《大众日报》发出号召：组织各地产业工人彻底粉碎敌人"以战养战"[①]的阴谋，广泛发动组织农村工人开办小型修械所或兵工厂，充实抗战资源，冲破敌人封锁；扩大工人武装，大批培养干部。4月，山东军政委员会向所属各部队发出扩军扩枪的指示："努力扩军，尤应扩枪，因有

① 即利用战争中获取的人力、物力和财力继续进行战争，以此来扩大战果。"以战养战"政策是二战期间日本用以维系和扩大战争的基本政策之一。"以战养战"使日本在战时的经济得以维持。而驱使占领区的人民强制劳动和充分利用战争中获得的大量俘虏以补充劳动力的不足就成了日本用以维系和扩大战争的必然途径之一。

枪就有兵”“努力收集铜、铁、弹壳、兵工器材、硝磺炸药，大量生产刺刀、手榴弹、步枪弹、炮弹等。”①

1942 年春至 1943 年底，是胶东抗战和胶东人民兵工面临困难最多、最危险的阶段。其间，日寇利用“远途奔袭，拉网合围”“梳篦战术，掘地清剿”“强化治安，推行伪化”等残酷手段实行“三光”政策，对胶东抗日根据地进行大规模的“扫荡”“蚕食”。而国民党顽固派在日军诱降的政策下不断制造摩擦。日军与国民党顽固派的勾结和频繁“扫荡”极大增加了胶东人民兵工发展的困难。胶东军区后勤部政委高达三率第一兵工厂职工向文登、荣成两县疏散。八路军山东纵队第五旅和第五支队会同兄弟部队，历经 40 多天血战，粉碎了日寇对胶东抗日根据地最大规模的“扫荡”和“清剿”。胶东人民兵工自此获得了十分宝贵、不可多得的相对稳定的生产环境。12 月，第二兵工厂奉命迁到海阳县咀前、咀后，不久又迁回牙山原驻地。

虽然炮声隆隆、硝烟滚滚，人民兵工面临前所未有的困难，但兵工事业仍克服艰难险阻，达到新的水平。

（一）管理不断加强

胶东军区党政军工机关主要从三方面加强对人民兵工的管理。胶东军区根据本区实际，适当设立或裁撤管理机构，为人民兵工的生存、发展提供极其必要的指导、服务和保障。胶东军区党政军机关积极响应中共中央和山东省委的号召，努力开展专业性的生产运动和劳动竞赛，以灵活的方式促进对人民兵工的管理。胶东人民抗日武装通过缴获日伪顽的军备物资和军工器材和转移、保护兵工财物尽力补充兵工生产必需物品。1942 年 4 月中旬，第三兵工厂爆破队支援荣成县武装部队和东海独立团攻入敌军石岛敌发电厂和军用仓库，夺取了大批医疗药品。5 月中旬，胶东军区组织了反击赵保原部的战役，缴获其全部兵工厂。11 月上旬，胶东军区各兵工厂埋藏机器，疏散人员，反“扫荡”后大部分成功回归原驻地。

（二）技术继续革新

在技术和生产上，胶东人民兵工非常重视将技术革新和生产实际与战斗需要相结合，实现三者良性互动。

---

① 戴玉刚：《黄土地　红土地》，北岳文艺出版社 2015 年版，第 72 页。

1942年2月，胶东兵工生产委员会派邢友三[①]赴东海工业研究室学习化学和制造硝酸、硝化棉、无烟药、炸药的技术。次年，在胶东军区司令员许世友的直接指示、要求和指导、关怀下，第一兵工厂试验室在主任邢友三的领导下，成功制成烈性甘油炸药，硫酸、盐酸、硝酸、硝化棉、硝酸甘油、乙醚、丙酮等原材料，为制成质量更高、更利于兵工生产和更能发挥武器效能的单双基无烟药和更具爆炸威力的无烟炸药等高能炸药奠定了基础。1943年春，军区司令员许世友根据战斗实际提出了研制掷弹筒和掷弹的要求，第一兵工厂立即成立专门小组，仿制日本七七式、八八式掷弹筒。同年夏，许世友再次指示掷弹筒的射程要比日本掷弹筒射程远50米，要用爆炸力更大的苦味酸炸药。第一兵工厂最终成功研制并生产出射程远、威力大、性能优的掷弹筒和掷弹，极大提升了胶东人民抗日部队的战斗力。

1943年9月，还试制了手提式机关枪，但由于子弹和枪管材料的质量问题未投入生产。到1942年底，第一兵工厂的兵工生产已达到相当规模，可月产迫击炮弹1000余发，复装子弹6万余发，生产手榴弹1万余枚，生产地雷1000余个，月产捷克式轻机枪[②]十余挺；日产硫酸200～300公斤，日产单双基无烟药二三十公斤。实现了技术与生产的双突破。

第二兵工厂在恢复生产中开展了劳动竞赛，工人们积极生产，钻研技术，改进工具；地雷、手榴弹的装配用上了压力机，大大提高了工效。1942年5月，第二兵工厂机工部技术工人利用缴获的旧山炮筒，成功制成一门平射炮。年内可大批量生产八二式迫击炮和炮弹，还试制了日制四一式山炮、三八式野炮钢炮弹。据统计，仅1942年的6个月内，第二兵工厂就生产了迫击炮炮弹700多发、地雷1000多颗、手榴弹8000多枚、子弹10000发。

第三兵工厂为适应抗战的恶劣环境，1943年初实行精兵简政。同年3月，东海工业研究室姜一萍和荀培萱等借助陶罐密闭蒸馏法用黄铁矿石与木炭制出硫黄。这不仅满足了山东抗日根据地的需要，而且还支援了苏中地区抗日根据地。山东军区从胶东军区抽调兵工技术人员王振帮、周辛勤、

---

① 邢友三，山东招远槐树庄人，1934年9月加入中国共产党。曾担任第三兵工厂厂长。离休时为南京化工厂厂长。

② 捷克式轻机枪是捷克国营兵工厂生产的一款轻机枪。此枪外表最大特征是其装弹匣在枪身上方，这令其瞄准基线要移向弹匣左侧，而其轮型表尺也是其外形特征之一，另一个特点是枪管过热可快速更换，其枪管上的提把不仅方便更换枪管，而且也方便持枪。

解春生，支援、加强滨海军区兵工力量。本年，军区指令将该厂生产的轻机枪、掷弹筒等产品送延安参展，当周恩来得知是自己制造的，夸奖胶东兵工“了不起”，并指示延安自然科学院派人到胶东兵工考察。

胜利在望中精进

1944年春，胶东抗日武装开始向日军发起局部反攻，胶东抗日根据地不断扩大，逐步连成一片，极大地鼓舞了兵工人员。胶东各兵工厂的立功创模运动掀起了新高潮，兵工职工决心生产更多的武器、弹药支援前线，为早日夺取抗战的最后胜利做出贡献。1945年初，为适应战争形势发展，贯彻以弹药为主的生产方针，胶东军区后勤处决定按专业化要求，对工厂的生产结构进行调整，军工生产在此期间有了更大的发展。

（一）走向成熟

首先，胶东人民兵工在继续研制、改进武器的同时，逐步将重点转向以生产弹药为主并取得巨大成绩。这一阶段，胶东第二兵工厂机工部和弹药部夏岐山、翟玉康、于得水等以火车轮轴做炮筒材料，试制出一门平射炮，许世友将其命名为“牙山炮”，并随即在攻打水道据点中发挥了决定战局的作用。在武器制造热处理等方面也取得了不小的成果，但在弹药的升级和生产上表现得更为明显。其一，子弹和炮弹生产方面。第一兵工厂能够自制机枪子弹壳；第二兵工厂用球墨铸铁和铜板做弹体和弹壳，制成“开花”（瞬发）、“穿甲”（延发）两种平射炮炮弹；第三兵工厂子弹部自造镀铜铁壳子弹成功，解决了锌料缺乏、银料昂贵的问题；弹药部主任张云组织技工吕耀东制造了铁壳擦光机，不仅提高了效率，而且也提高了电镀质量。每日自造铁壳镀铜子弹5000～6000发，并能用于机枪连发；研制了燃烧瓶、燃烧弹、信号弹、宣传弹等多种用途的弹体。其二，原材料方面。第一兵工厂可以电解铜和提炼纯锌；王旭久等技工利用卫生球、硫酸铵等原料，试制二硝基萘、梯恩梯、铝粉混合炸药成功，爆炸威力增大5～10倍，并继续生产制造甘油炸药，苦味酸炸药；各厂弹药部逐步以高能混合炸药代替黑色炸药装制迫击炮弹和手榴弹。其三，以新方法成功试制弹药生产的“化学之母”——硫酸，并设厂进行大批量生产，为胶东人民兵工即将到来的飞跃式发展奠定了关键性的基础。

其次，人民兵工组织持续壮大。为解决弹药供应困难的问题，顺利完成担负烟青路西的供应任务，胶东军区十三团从军区和兄弟兵工厂借调 16 名工人，利用十三团缴获的战利品，在驻地西栖曲家沟建立了一个小型弹药厂，每天生产手榴弹 100 枚左右。11 月，胶东军区后勤部以十四团弹药厂为基础，从第三兵工厂抽调 30 余名骨干，利用缴获国民党顽军王豫民部的兵工设备，在栖霞县缴沟村成立了第四兵工厂。第四兵工厂有职工 100 多人，主要生产迫击炮弹和手榴弹。12 月，以第一兵工厂化学实验室为基础，胶东军区供给处成立了第五兵工厂。除此之外，根据山东军区的指示，胶东抗日根据地各海区级以及更小的兵工厂纷纷建立，逐步形成了分布较广泛、规模较适合、结构较紧密的兵工生产体系。

(二)进一步专业化

兵工事业的专业化分工既是人民兵工发展的必然要求，亦是革命形势发展的必然要求和必然结果。只有实现了专业化分工，才能极大地提升兵工生产的效能，更好地服务于抗日战争。胶东人民兵工在不断总结自身发展的经验教训和领会中共中央相关指示与精神的基础上进一步专业化。

兵工事业的专业化方面，胶东军区的直属兵工厂迅速实现更高程度的专业化，由原来内部的专业化向内外结合的专业化提升。1945 年 1 月，胶东军区后勤部成立胶东军区兵工总厂，以加强对兵工生产的领导和管理，为战略大反攻准备更充分的弹药。此时，兵工总厂与兵工科合署办公，但明确了分工:兵工总厂负责各兵工厂的武器弹药生产，兵工科负责部队军械弹药供应。不久，胶东军区后勤部召开兵工会议，决定贯彻以弹药生产为主的方针，根据各厂的技术、设备等情况进行生产专业化调整，将同时生产多种产品调整为以生产一种产品为主，从而改变了原来“小而全”的生产模式，为组织管理的科学化、有效性与提高产品质量和产量奠定了最重要的组织基础、制度保障。会后，立即开始了以产品专业化为目标的调整。总厂决定以兵工一厂试验室为基础，成立第五兵工厂，专门生产无烟药、高能炸药和部分化工原料；第一兵工厂子弹部并入第三兵工厂；第三兵工厂机工部并入第一兵工厂，调整后的第一兵工厂专门生产机枪、加工炮弹壳、掷弹筒和掷弹，并生产少量的钢炮弹；第二兵工厂专门生产大口径迫击炮和炮弹，并试制和修理平射炮。第三兵工厂成为一家单纯生产枪弹的专业厂；第四兵工厂专门生产八二式迫击炮炮弹。与生产的专业化相适应，生产工具的专业化和管理的专业化同时进行。根据产品调整后的专业分工和本厂的生产特点，各厂发动职工积极改进和制造专用机床和工卡量具，调整生产线，实现专业化流水作业，同时也逐步建立了专业化的产品质量管理和检验制度，试行成本核算制度，工人试行三等九级考核评等制度，加强了生产调度，大大提高了生产效率，形成了批量生产规模，为前线提供了更多更好的武器弹药。例如，第二兵工厂奉命制造一批伪装成罐头、秤砣、棒槌等物品的手榴弹、手雷，支援了中共在胶东城市中的地下武装斗争。

兵工事业的发展方面，在提升产品的质量、数量、种类的同时，还取得了很多成绩。1945 年上半年，第三兵工厂生产出 7.9 毫米钢壳枪弹，使枪弹的大批量生产成为可能，亦为铜壳枪弹的生产奠定了可靠的技术与物质基础，实地培养与集聚了一批优秀的机械专业技工；成功制造了杀伤力巨大（口径 10 厘米）的迫击炮；第二兵工厂在总结经验教训的基础上制定了新的操作工艺规程，确保任务按时完成；胶东军区后勤部在牟平卧龙村引进两套塔式硫酸制造装置，可月产 6～8 吨浓硫酸，解决了当时火药生产的急需；培养了一大批劳动英雄和模范，涌现出了王旭久、陈惠人、殷逢林、孔宪义、牛书开、刘卉卿、杨冠春、董永芳等数百名“胶东工业英雄”和劳动模范。

胶东地雷战

周子添

爆炸战，爆炸战，唏哩哩哩轰隆隆隆翻了天。乱草堆里会爆炸，路旁石头能开花，门上悬，锅底下，不知哪里碰上了它。鬼子算盘打不清，伪军哪敢作聪明。探头探脑有危险，动手动脚要狗命。[①]

歌曲《爆炸战》是孔健飞创作的一首长歌，歌颂了胶东民兵爆炸战英雄的光荣历史，也反映了胶东平度、海阳等地区广泛开展的地雷战的场景。

研发石制雷

由于受到日本帝国主义的残酷压迫，胶东人民不得不在艰难困苦中充分发挥自己的聪明才智，同敌人进行较量。在特殊情况下，胶东抗日武装力量没有什么优势，只得就地取材，研制出石制地雷，在民兵抗击日寇的斗争中发挥了重要作用。

全面抗战初期，平度城及其周围地区成为沦陷区。1940 年 9 月，在中国共产党领导的大泽山抗日根据地成立了平度县抗日民主政府。其间，日军图谋以平度城为基地，进而控制胶东，并在大泽山抗日根据地实行“三光”政策。日军的一系列举动让人民对他们恨之入骨。为了改变状况，扭转局势，在党组织的领导下，民兵联防组织应运而生。民兵联防就是依靠自己的力量保卫家园。在当时缺少物资的情况下，我们的武器十分落后，也非常短缺，拼不过日本兵。然而，经历不断的摸索、实践，民兵们发挥聪明才智，发

① 陈志昂主编：《胶东解放区歌曲选》，解放军文艺出版社 2003 年版，第 78～79 页。

明了自己的武器。

大泽山沟壑纵横,最多的材料就是石头。山民一直都有放炮打石头的传统,民兵联防队员根据这个传统,触类旁通地联想到了新的理论——炮打石头,石头打敌人。有了想法就需要付诸实践。实践初期,民兵们就着手布置石炮“测试版”,在山上凿开炮眼,装满炸药,用芦苇伪装,静待鬼子上山。结果因为过早引爆,离敌人还有几十米的时候,石炮就爆炸了。失败并没有让民兵们气馁,他们越挫越勇,将初级版本“石炮”不断优化为“拉雷”:将能搬得动的石头从中间凿出圆洞,把炸药放进去,然后在敌人经过时拉动引线轰炸敌人,这是升级版。经过试验,民兵们发现,拉雷与起石炮相比有了很大进步。但是,民兵们很快又发现“拉雷”在很大程度上受到地形限制,也不便于操作的人隐蔽,进而又发现直孔的石雷因为孔眼太小,能装的炸药少,对周围杀伤力较弱。

由于民兵不断在敌人行动的地方埋雷,敌人也不断变换策略,寻找石雷的引线然后剪断,而民兵又继续发明了“连环雷”“子母雷”“空中雷”“水雷”等40多种雷。敌人开始放弃原先路线,改走偏远的小路,以躲避石雷。民兵则迅速调整策略,将石雷埋在山坡上、田野里等敌人意想不到的地方。

据史料记载,1941年秋,日军进山“扫荡”,高家联防民兵利用新凿的石雷封锁道路,炸死炸伤日伪军50多人,首次石雷炸敌行动取得成功。1942年冬,日军1500多人“扫荡”大泽山地区。在不到1平方公里的范围内踏响石雷30多枚,炸死炸伤日伪军70多人。1943年10月,平度、掖县日军3000多人联合对大泽山抗日根据地进行大规模“扫荡”,当地民兵布下的地雷阵令日军寸步难行,炸死日军250余人。

初试地雷战

海阳在胶东半岛南侧,大泽山抗日根据地地雷战的胜利给了海阳人民很大的鼓舞。大泽山民兵的斗争经验火速传到海阳地区,海阳民兵采取了“两手抓”策略,一手抓学习地雷战术,派人前往大泽山地区学习地雷战经验;一手继续发展民兵。同时,不断进行演习、演练,确保在地雷战中一次能多消灭几个鬼子。

1941年6月,海阳县的东董格村等8个村组成联防村。根据游击小组和主力部队便衣得到的可靠情报——6月28日盘踞莱阳的赵保原部要出兵骚扰抢粮，总指挥于九成带领八村联防的爆炸小队在敌人必经的沿线连夜布设地雷，绵延 20 里地。凌晨，敌人刚进入海阳境内，就听到枪声响起，一时惊恐莫名，以为后面还有民兵大部队埋伏，纷纷卧倒。敌人万万没想到，只有山坡上几个人顺着山坡向前飞奔，于是气急败坏地向前追赶。这正好落入民兵的圈套，敌人被带入了大泊子村和小泊子村之间的河道峡谷地带，定时雷顿时炸得敌人人仰马翻。后面的敌人惊慌失措，有的踩上了两边的地雷，有的在浓烟中向山上逃窜时触发了小道上的架子雷。山顶的民兵开始向山下扔手榴弹和手雷。更有狗急跳墙的骑兵，开始闯向峪谷中间的正路。于九成安排的爆炸队员早就埋伏在大树两旁，待他们经过则点燃导火线。不死心的敌人仍然向村里进军，刚进村头不到一个小时，就被民兵主力打得丢盔卸甲。地雷的威力让民兵在这次的斗争中大获全胜，歼灭了敌军两个营，共计 630 多人。地雷战在海阳地区初战告捷。

1941 年 8 月 10 日，日伪军在三本太郎的指挥下进行“拉网大扫荡”，沿东海沿线蠕动。八村联防民兵连和兄弟连联合民兵分工把守，分片布雷。八村联防连选中了海阳县小纪区、槐树底村、纪家店村、百家岭村中间的一个大河套，这里路边树木成林，遮盖河边大路，大路两侧是山路和丘陵。他们在大路中间和两侧布设脚踏雷；轰击骑兵的雷埋在大路两侧的大树底下，把导火线挂在树上；拉雷和定时雷埋在山坡羊肠小道和灌木底下。他们在日伪军必经之路上共布置了三道地雷防线。

日军先头部队缓缓移动，进入地雷网。上午，一个骑兵中了脚踏雷，然后另外两个骑兵中了空雷。埋伏在各高山上的民兵不断摔手榴弹，以步枪排枪射击，引诱敌人涌上大路。敌人又中了地雷，乱成一锅粥，只得分兵两侧前进，这正好中了两侧的拉雷和定时雷，敌军一个营全部陷入地雷网。敌军共 300 多人全部被歼灭在槐树底村。不仅如此，我民兵团还缴获了轻机关枪 8 挺、步枪 170 支、小坐地炮 10 门、弹药数十箱，战果颇丰。

进阶地雷战

1943 年 5 月，于凤鸣得到情报，驻守行村据点的日伪军要到附近村庄抢粮食。于凤鸣开始研究日军的行动路线，准确判断敌人回来时的必经之路，在敌人必经的两条公路上埋下两颗地雷，然后自己带着民兵们躲在路边等候鬼子来临。傍晚，沉浸在喜悦之中的鬼子缓缓经过。“轰隆”一声巨响，炸死5个日本兵。紧接着，在于凤鸣的号令下，一阵乱枪打的敌人抱头鼠窜，全然不顾刚才掠夺过来的粮食。这次地雷的首次成功引爆，显示出了地雷的威力，海阳地雷战也揭开了序幕。

1943年7月，行村区武委会派驻小滩村工作的徐先更、杨世禄和邵长太3人从武委会拿回一颗地雷。邵长太指导小滩村村民们学习埋设地雷的方法。演练了一段时间以后，小滩村的民兵们基本掌握了埋雷技术。但是，在何时炸鬼子成了小滩村的难题。大堰桥是行村敌兵来往的必经要道，也是青威公路的咽喉。当时驻守行村的日军白天到附近村庄逼迫群众替他们修桥，晚上群众解散回本村，日军则回到行村据点，修桥的工地无人看管，这正是埋雷炸鬼子的好时机。7月下旬一天晚上，民兵孙纯帆、孙纯协、孙纯业、孙永田4人奉命携带地雷向大堰桥悄悄摸去。同时，还安排了两人在桥两端放哨，担任警戒任务，以防备敌人突袭。剩下的两人精心地把地雷埋于施工料石的石缝中，并故意让地雷皮露在外面。果然，驻守行村的日军来到工地，果然发现了地雷皮。他们一时慌了手脚，赶紧退开，命令小滩村伪保长孙会早去拿绳子拉雷。孙会早赶紧小跑回村拿来一些稻草绳，日军不满意，觉得绳子不够好，又要孙会早再去取好的，结果迟迟不见孙会早回来。在等待的过程中，个别日伪军不耐烦，就自己上前搬弄石头。哪知石头一移动，夹子就随着蹦起来，地雷随即炸响，搬弄石块的伪军当场毙命。第一颗夹子雷的成功大大鼓舞了人民群众对敌斗争的士气。

1941年冬季，赵疃成立游击小组，也叫青年抗日先锋队。赵疃初次开展地雷战就取得了很好的战果。1943年冬天，赵疃民兵队长赵同伦从区武委会领了两颗大地雷，一开始不会用也不敢用。后来，他和赵守福、赵新瑞等人一起研究出了拉弦、拌弦等几种埋雷的方法。冬天，日伪军300多人到赵疃来抢粮。敌人刚出据点，赵疃民兵就得到情报，民兵们兴奋不已，正想着如何教训一下日本鬼子，结果他们自己送上门了。民兵们摩拳擦掌，决定狠狠教训鬼子一番。赵同伦等人率领民兵在敌人必经的大路上布好地雷阵，然后埋伏等待机会。敌人快到埋伏点时，突发一个小插曲，他们没有按民兵预计的前进轨迹前行，而是向西转过去。赵同伦果断做出决定：立刻打枪，把敌人吸引过来。敌人听到枪炮声刚开始吓了一跳，随后以为是一小撮民兵的挑衅，想趁机歼灭他们，便立即向民兵埋伏的地方扑去。民兵趁机放两枪，然后将敌人引向雷区，然后继续打冷枪。敌人被惹恼，穷追不舍，掉进了民兵布好的地雷阵。轰隆声此起彼伏，浓烟滚滚，十五六个敌人死的死，伤的伤。

与此同时，其他村的民兵也都积极行动起来。1940 年，于化虎在赵疃经邹太吉的介绍加入中国共产党。抗日战争爆后，胶东军区经常派人到文山后一带开展敌后工作。1941 年秋，独立营在望格庄树岚里开会学习埋雷，于化虎和李树梓被派去学习埋雷技术，并带回两颗地雷。回来后，他们利用手中的地雷结合所学的技术，很快教会了其他民兵如何埋雷。民兵学会了埋雷，都想一展身手，炸死几个鬼子解解气。但是，敌人是狡猾的，他们一直没有机会下手，尽管手痒得难受，也只好耐心等待。1943 年秋的一天，他们得知驻守行村的敌人 100 多人到河崖、寨头、小纪一带“扫荡”，觉得机会难得，是手中的地雷派上用场的时候了。于是，李树梓、于化虎等人率领爆破组迅速抢先占领村边的野虎岭。他们根据敌人的行动规律，在山顶、山前巧妙地埋了数颗地雷。伪装完毕，他们立即转移到东山顶，隐蔽在山头的密林中，窥探敌人的行动。等了好久还没有看到敌人的影子，民兵们有些倦怠了。下午 3 点多，一个眼尖的民兵看到“扫荡”的敌人从小纪转回来了。敌人突然出现，大家顿时来了精神，抬头一望，敌人的队伍远远地向他们所在的位置移动。观察到敌情，大家立即握紧手中的武器，做好了战斗的准备。敌人刚走上野虎岭就踩上了一颗地雷，几个日本鬼子被炸开了花，顿时慌成一团，一不留神又踩中一颗，又炸死三个敌人，吓得其他敌人纷纷逃回据点，一个多月没敢再出现。

随着斗争的深入，民兵们开始升级战术，由原来的点线爆炸发展为面上爆炸，而且将地雷战同麻雀战有机结合起来，紧密配合，以更有力地打击敌人。一天上午，驻守行村据点的 200 多名日军窜到小纪村，在村子里住了下来。看架势鬼子是妄图在这里修筑工事，安设据点。当天夜里，民兵东放一枪、西放一枪骚扰敌人。敌人出来他们就跑，敌人回去他们就又回来打枪，就这样折腾得敌人一夜不得安宁。第二天一早，小纪村调集几百名民兵，配合主力部队，决定把鬼子赶走。早饭后，纪斌带领 3 个联防队的民兵先在小纪村北山山脚下埋设了地雷，然后留下麻雀组诱敌，其余的民兵都转移到东北口子，架起 4 门土炮，埋伏下来。另外两个联防队的民兵和八路军山东纵队第五支队十六团侦察连一起，运动到小纪北山的西北山头埋伏下来。八九点的时，麻雀组的民兵东一枪，西一枪，打打停停，边打边走，被骚扰了一夜的敌人有些恼怒了，穷追不舍，正好被民兵们引进了雷区。几声巨响过后，七八个敌人倒下了。敌人怒火中烧，像发了疯一样发起攻击，正中民兵下怀。山上民兵的土枪、土炮一起怒吼起来，敌人被打得抬不起头来。他们又调头，想要抢占西北的山头。哪知，八路军主力和民兵早已等待在此。他们刚刚爬到半山腰，就被打得滚下山来。就这样，敌人的进攻接连受挫，损伤严重，急忙撤退。下午，他们抬着死尸和伤兵狼狈逃回了行村。敌人在小纪村建据点的阴谋彻底破产。后来，敌人想出了卑鄙的手段，他们从驻地附近村庄抢来一些牲口，抓来一些老百姓，强迫他们走在前面踏雷开路，自己则在后面远远地跟着。他们认为这样既能保住性命，又能抢到粮食。民兵只得强压怒火，放敌人过去。敌人的阴谋暂时得逞了，他们有些忘乎所以。第二天，正当他们趾高气扬、放心大胆地跟在开路的群众后面走路时，忽然脚底下响起了炸雷。他们哪知民兵们连夜发明出一种长藤雷，把引爆索线加长，等前面的群众或牲口安全走过以后，埋伏在旁边的民兵迅速扯动长线，使地雷专在敌人脚下开花，炸得敌人血肉横飞，他们的“绝招”不灵了。

再后来，敌人挨炸实在是挨怕了，他们知道大街大路很容易被民兵埋地雷、设埋伏，因此不敢走大街和大路，专走小路和村边的庄稼地。敌人这一招果然得了一阵便宜，但是民兵们很快就发现了，就把地雷埋在小路和庄稼地里。鬼子又想出一个花招，对他们要走的路，用望远镜观察，发现破绽就起雷。民兵马上研制出了“马尾雷”，这种雷弦细如马尾，不到跟前仔细观察很难发现，任敌人的望远镜再先进，这时也派不上用场。

进入1945年，抗战胜利的曙光已经在眼前。盘踞胶东腹地的日伪军明知大势已去，惶惶不可终日，但他们困兽犹斗，继续垂死挣扎，试图挽救败局。为了打通海莱、青威公路，保住他们的海陆退路，敌人妄图重新控制海阳沿海一线。1945年5月上旬，青岛日军总部纠集了日伪军3000余人，分南北两路，重新占据了盆子山区。在中共海阳县委的领导下，海阳民兵全力配合主力部队大摆“地雷宴”，对敌展开了规模空前的地雷爆炸战，取得了重大胜利。

在大摆“地雷宴”行动中，整个盆子山区共炸死炸伤日伪军1000多人，战斗中涌现出许多模范集体和英雄个人。小滩、文山后、赵疃、“五虎村”、小纪、叶家、孙家夼、夼里、栾家等村的“地雷宴”摆得很成功。其中，文山后、赵疃、小滩3个村被誉为“胶东模范爆炸村”。从5月10日到6月17日，仅这三个村埋下的地雷就爆炸近40次，炸响120多颗，炸死炸伤敌人300多人。

盆子山战斗区包括行村、大山所、小纪、磊石等行政区，面积有几百平方公里。敌人窜到这里以后，除重新侵占行村之外，还在何家、索格庄、野口、孙家夼、夼里等地安设了据点，并在南北长50余里的60多个村庄疯狂地实行“三光”政策，不断进行“扫荡”和“清剿”，杀人放火，奸淫掳掠。

敌人的反扑非但没有吓倒海阳人民，反而更激起了海阳人民强烈的反抗。在中共海阳县委的正确领导和指挥下，全县人民紧急动员起来，群众有组织地进行转移，坚壁清野，县、区成立战斗指挥部，划分战斗区域，配合主力部队开展麻雀战和地雷战，各自包打一方。全县人民万众一心，同仇敌忾，决心彻底打败狗急跳墙的日本侵略者。

从5月25日起，日伪军开始在孙家夼、夼里安设据点。据点里的敌人每天白天派一个班到黄山顶放哨，晚上撤回据点。哨兵负责监视沿海一带村庄民兵的活动，以便伺机袭击、“扫荡”，对民兵活动和群众安全威胁很大。对于身边的这一眼中钉、肉中刺，民兵和群众都恨之入骨，大山区民兵决心除掉它。大山区作战指挥部抽调叶家、修家、代格庄、槐家泊等几个村的20多名爆破能手，由区武委会主任于东山率领，组成临时爆破队。一晚，他们携带地雷偷偷摸上黄山顶。山顶上敌人临时搭建了个棚子，还有一张破桌子、几条破板凳，放哨的敌人就在里边值班。于东山先在桌子底下挖了个洞，把一颗大地雷埋进去，然后把雷弦挂在旁边的板凳上。其他人在棚子周围也布好了雷。伪装完毕，大家安全撤下山来。第二天，敌人上山放哨。来到棚子里，敌班长拉过板凳刚想坐下，桌子底下的大地雷便“发怒”了。“轰”的一声，敌班长当场毙命，其他的敌人也被掀翻在地，其余的敌人混乱中又踏响了周围的地雷，一个班的兵力伤亡过半，剩下的敌人慌忙逃下山去。但是，挨了炸之后，日伪军仍不肯放弃山头要地，继续派兵上山放哨观望。民兵们便夜夜上山埋设地雷，敌人天天挨炸，死伤累累，最终不得不放弃。

1945年5月26日下午，驻索格庄据点日伪军600余人，分兵三路，要南撤到夼里和孙家夼据点。文山后的民兵在于化虎的带领下准确分析判断出敌人的逃跑路线，迅速在敌人要经过的路口密布了20多颗地雷。结果，第二天便有200多名伪军窜到文山后村西，一连踏响3颗地雷，死的躺在地上挺尸，活的也被吓蒙了。正当这部分伪军不知如何是好的时候，200多个日本兵赶来，一见伪军被吓成这副模样，为首的日本军官气得吹胡子瞪眼，一边骂一边命令伪军跟他们一起向村北绕。伪军无可奈何，只好战战兢兢地跟在后面。敌人浩浩荡荡的队伍刚到村西北角，也不知是谁又踏响了一颗地雷，一死两伤。转到村东北，又遭雷炸。敌人无可奈何，只能挪到村东停下，晚到的200多名敌人又在河边接连踏响连环雷，死伤不少。

据统计，1940～1945年，"海阳县的民兵配合主力部队作战和独立作战两千多次，击毙、俘敌一千五百多人，缴获武器六百多件"①。胶东地雷战的胜利是人民战争的胜利，体现了人民群众的伟力。陈志昂创作的《海阳的铁西瓜》精彩描写了海阳的地雷战：

> 海阳的铁西瓜，威名传天下，海阳的铁西瓜，鬼子最害怕。今天炸，明天炸，今年炸，明年炸，直到把他们打发回老家。蒋介石，野心大，发了大兵进攻咱，三大协定他不管，一心要把内战打。房子他烧，百姓他杀，他想把咱老民重新来糟蹋。
>
> 海阳的铁西瓜，离开了家，上了胶济线，去把顽军打。陈桂香，赵守福，赵同伦，于化虎，老辈的英雄一齐出了马。大路上，山坡下，埋好了西瓜，悄悄趴下，顽军来了，把弦一拉，西瓜开了花！轰隆隆，哗啦啦，炸得顽军丢盔撂甲，翻身滚下了马，叫妈妈！
>
> 海阳的铁西瓜，威名传天下，海阳的铁西瓜，人人口中夸。打东洋，用着它，自卫战，用着它，海阳县的铁西瓜。②

---

① 烟台地区行政公署出版办公室编：《胶东风云录》，山东人民出版社1981年版，第398页。

② 陈志昂主编：《胶东解放区歌曲选》，解放军文艺出版社2003年版，第184～185页。

三、红色文化潮起胶东

战火中的胶东公学

王华东

全面抗战烽火燃起之时，中共胶东特委决定成立胶东公学。学校以培养革命干部和中小学师资为己任，承担起了民众教育和抗日救亡的使命。学校几经迁址、合并，不断发展壮大，先后培养了6200多名毕业生，为革命事业做出了巨大贡献。

辗转迁徙的办学历程

(一)胶东公学初创

1938年4月，中共胶东特委在牟平县马石村召开会议，决定仿照延安的陕北公学筹建胶东公学。8月下旬，胶东公学正式成立，校址设在黄县中学旧址(今龙口市第一中学)。

北海区行政督察专员公署专员、黄县县长曹漫之兼任校长，赵野民[①]为专职副校长，学校分设社会科、师范科和普通科，教师有罗竹风、王卓青、苏振民、于大申、迟剑敏、李国屏等十余人，在当时堪称一流师资队伍。如罗竹风和他的爱人张秀珩是北大本科毕业，迟剑敏是国立北平师范大学的高材生。

1938年12月，蓬莱县抗日中学并入胶东公学，学生人数大大增加。1939年元月，胶东抗日军政干部学校由掖县迁至胶东公学校址。2月，日军

① 赵野民，山东东平人，1937年7月在威海卫参加革命，曾任胶东区行政公署外事办公厅主任等职。新中国成立后，历任华东人民监察委员会政法文教处处长、华东政法学院副院长、中国科学院上海实验生物研究所副所长等职。

占领了掖县(今莱州市)县城,黄县岌岌可危。为了坚持抗战,胶东公学撤离黄县城,退往周边山区。3月,因时局紧张,胶东公学暂时停办。师范班的学生大多分配到党、政、群系统工作,大大充实了抗战干部队伍。

(二)血雨腥风中成长

1940年3月,部分胶东公学教员在掖县举办了短期师范班,王纯任校长。5月,为适应抗日形势的变化,北海区参议会和中共山东第三区委政治部撤销蓬黄联中与招掖联中,着手恢复胶东公学。以苏振民为首组成恢复胶东公学筹备组,开始办理招生复学事宜。

1940年6月,日军纠集伪军数千人,兵分多路进行了二十余天的合击大“扫荡”,又称“六一大扫荡”,使胶东公学复校工作受阻。12月,中共胶东区委决定以掖县短期师范为基础重建胶东公学,学校驻掖县过西村、包上村一带。

1941年以后,抗战形势逐渐转好,胶东抗日根据地面积不断扩大。2月,中共胶东区委任命校长赵野民兼任教导主任。教导处下设科,王纯任指导科长,迟剑敏任教育科长,辛紫上任总务主任。3月初,王纯率十余名教员到栖霞县与黄县交界处山区的林家村开办了胶东公学北海分班。

5月,北海分班遭到日伪军袭击。在突围过程中,有5名学生牺牲、4名学生受伤,教职员中也有数人受伤。中旬,胶东公学本部开始转移。行至掖县海神庙时与日军遭遇,所幸师生都安全脱险,无人员伤亡。由于胶东抗战军民粉碎了国民党顽固派军队与日伪军的进攻袭扰,在栖霞县牙山前形成大片地区(包括栖霞、海阳、牟平三县交界地带),成为胶东抗日根据地的中心地带。

8月,胶东公学奉命从掖县东迁,到达栖霞蒲夼村,与已在此地的北海分班汇合。之后,他们又一起东迁到牟平县的郝格庄和柳林夼。其后又数度迁徙,先后到过牟海县的凤凰崖、西涝口村和海阳县的宅善、山角村等地。不久,抗战形势恶化,学校被迫迁徙。至年底,随着局势稳定,胶东公学重回凤凰崖、涝口一带,学校规模继续扩大。

1942年1月到7月,是胶东公学师生与日伪展开“扫荡”与反“扫荡”时期。年初,胶东公学师生由掖、黄一带长途行军,东移至文登、荣成两县的滨海地区,学习、生活改为以小队(学习小组)的形式分散进行。学校教师分散到各个小组教学。学校此时也办起了民众夜校。5月，胶东公学师生返回到凤凰崖、涝口一带。

7月7日，胶东公学师生到马石店村会同女子中学和当地群众联合举行了全面抗战爆发五周年纪念大会。在演出将要结束时接到日军将要袭击学校驻地的通知，师生立即转移，当夜急行军，第二天拂晓进入磨山南岭两侧隐蔽休息。

9月，胶东区行政主任公署决定，胶东女子中学与胶东公学合并，学校进入正规化建设时期。行署教育处副处长李芸生任校长兼指导主任，赵野民任副校长兼教务主任。学校成立党总支，李芸生任总支书记。11～12月，日寇实行冬季“拉网扫荡”，学校东迁至文登、荣成两县边区，办学分散在东西五六十里、南北四五十里的范围内。

（三）正规化发展

1943年，胶东抗日根据地继续扩大，胶东公学有了很大发展。从3月开始，胶东公学师生集中于牟海县珠埠、峒岭、徐家、宫家、南口村一带，驻地相对固定，教学工作得以稳定持续开展，教学时间相对固定。当年3月，为了加强群众基础教育，学校将牟海县峒岭村[①]小学作为胶东公学附属实验小学。7月，胶东公学在牟海县珠埠村进行了正式书面考试。8月，胶东公学集中到峒岭村和徐家村一带，招生规模继续扩大，在校生达到800余人，共计16个班。学校的教学秩序逐步走上正轨。尽管日寇的“扫荡”仍然不断，但相对而言，这是胶东公学鼎盛时期。12月，胶东公学改称“山东省立胶东公学”。

1944年夏秋之际，海阳中学并入胶东公学。1945年2月，胶东区行政公署任命姜守迁为胶东公学校长。3月，胶东公学派30多名师生到莱阳中学和十一联合中学开展改组工作。4月，根据抗战形势发展的需要，包括胶东公学在内的六处中学、十四处县师停办。当时，胶东公学的学生“大部参军、参政，少数走上教育战线”。11月26日，胶东区行政公署以莱阳中学为基础，恢复重建了胶东公学，并任命姜守迁为校长、王本贤为副校长兼指导

① 峒岭村位于今乳山市徐家镇西部，是胶东古老的村庄之一。相传，公元前221年，秦始皇东游，康公子孙隐居通天岭（今徐家镇西北）避难，公元前210年始皇崩，择此地定居，为念其先祖通天岭隐居历史，故取村名峒岭。

主任。

1946年3月，胶东公学根据胶东区行政公署指示，抽调部分领导干部和师生到烟台市接管烟台东山中学(即原芝罘中学)和烟台师范学校。三校合并后改称“山东省立胶东公学总校”，总校仍由姜守迁任校长，王本贤任副校长。19日，在原东山中学校址举行合组典礼。胶东公学总校新设立师范部。在莱东县南务村设山东省胶东公学分校。

1947年秋，因国民党军队重点进攻胶东地区，胶东公学总校奉命撤离烟台市，转移疏散到乳山县草铺村一带，与从烟台市转移出来的烟台一中、二中组建了临时烟台联中。至1948年元月，胶东地区各学校的学生都被迫疏散，胶东公学停办。

火红的青春年华

(一)胶东公学驻青山村纪事

1942年清明节后，胶东公学师生长途跋涉西行，直抵牟海县青山一带。青山村①是牟海县的一个大村庄，村外向南、向西就是望不到边际的青纱帐。

每天清晨，起床的哨子一响，胶东公学师生就开始了一天紧张的战斗、学习生活。学生的一切行动全都军事化，他们在这没有灯光的草铺里，从迅速打好背包，背起行装和手榴弹，到全副武装地在门口列队，只需几分钟就够了。然后，中队长喊着口令，在作为操练场的开阔地上跑步、出操、练习各种军事动作。

虽然处在敌后艰苦的战争环境里，但胶东公学师生的学习和生活都十分丰富多彩。住在青山村的一个多月，上午通常是上文化课，下午大家按计划去参加各种劳动或去做群众工作。做群众工作是胶东公学学生每天的必修课。做社会调查，向群众宣传抗战道理，帮助群众干活。吃的粮食，是由自己到十几里以外的村庄搬运来的；烧的干柴，是自己翻山越岭到山上去扛抬的。粮食搬回后，各小队又到房东家里用磨子磨成粉，几乎每隔几天，学生就要围着磨子转一下午。这些都是响应党中央发出的“自己动手，丰衣足食”的号召。通过这种锻炼，学生增强了战胜困难，渡过难关，打败日本侵略

① 今乳山市崖子镇青山村，接近乳山地界的最西边。青山村，村如其名，坐落于青山环绕之中。

者、为战争服务的意识。

然而，在鬼子频繁“扫荡”的环境里，像这样宝贵的学习时间，也只能是短暂的瞬间。转眼到了7月7日，这天下午，全体师生与当地群众联合举行全面抗战爆发五周年纪念大会。校长赵野民慷慨激昂地做了一个多小时的关于抗战形势的报告，会场上不时响起“打倒日本帝国主义”“坚决抗战到底”等口号声。晚上要演戏，晚饭后由校剧团演出话剧《中国人》。戏台是临时搭起来的，台下坐满了人。

夜幕降落时，天阴得厉害，漆黑一片。一盏高挂的汽灯，照得戏台前后通亮。戏持续了近两个小时。最后，一曲豪迈悲壮的主题歌响起。正当歌声进行时，忽然会场上吹响了阵阵急促的哨子声，接着各中队长发出“起立”的命令。很快，学生们迅速背起背包，立刻向各自的宿舍奔去。像这样的紧急情况，学生们经历得多了，早已习以为常，大家只是不声不响地迅速做着急行军准备工作。

已到子夜，胶东公学全体教职员按照往常的军队编制和行军序列集合于村南场地，在简短的动员后就开始向东北方向急行军。天黑得伸手不见五指，山路崎岖，加之超过承受力的负荷，同学们面临的困难是不言而喻的。然而，经受过磨炼的同学们，似乎对这些困难并不介意，一个个一往无前的身影，不停歇地在奔腾。

敌情来得火急。各中队传达上级的军事通报说，水道据点的鬼子兵已经出动，目标直指胶东公学，正向青山村突袭“扫荡”；胶东区行政主任公署命令胶东公学马上向东北转移。就这样，胶东公学大队人马按指令开始了急行军。

夜越来越深，但队伍行进得十分迅速。到了崖子村以西的西沙河西岸，先头部队发现崖子村有火光，可以听到嘈杂声，传来了“迅速前进，不准有声音”的口令。按原来的路线是要取道崖子村的，现因崖子村情况不明，就避开崖子村，取小路北行。

清晨，胶东公学的大队人马跋山涉水，胜利抵达目的地——垛山[①]以西的山区地带。临近中午，传来了第一个消息：昨夜行军至崖子村西沙河，发

① 又名发云山，曾名堕山，位于乳山、牟平区两地的交界，面积13.5平方公里。山势雄伟陡峭，主峰海拔612.6米，是周边地区海拔最高的山峰。

现村中的火光，正是从水道据点出来“扫荡”的鬼子兵。敌人的目标就是要在清晨奔袭驻在青山村的胶东公学。

当晚，中队奉命转移到东面的大山上。在攀登高山之时，忽然暴风雨来了。经受锤炼的胶东公学学生，迎着暴风雨，于午夜时分登上了陡峭的高山之巅。黑夜沉沉，雨越下越大，风越刮越大，借助闪电的光亮，学生们纷纷跑到树下避雨。

第二天清晨，云收雨止，东方天际浮起了朝霞。学生们站在这莽莽苍苍的高山之巅，极目向东远眺，原野、山峦、村落、河流，一片葱绿，生机勃勃。

(二)迁徙中的青春

1942 年 7 月 9 日凌晨，连夜冒雨急行军的胶东公学全体师生到达了垛山脚下的磨山钟家附近。中午传来一个震惊的消息，从青山出发的病号队拂晓与日军遭遇，有 11 名学生牺牲。一个从威海敌占区来的女青年刚到就跟着急行军，也牺牲在了路上，她的姓名还没有来得及登记。噩耗传来，全体学生异常悲愤！

第二天，天气放晴。当学生们睁开眼的时候，从垄沟里爬起来的第一件事便是从背包里把水湿的油印讲义拿出来，小心翼翼地一页页揭开，用石头压好，在太阳下晾晒。这些书籍和讲义是胶东公学师生唯一的财富。至于身上的单衣，大半已经由体温烘干。不久，学生们以小队为单位分散开，在山上寻找“住处”，做长时间露营的打算。多是两人搭伙，找块稍为干净平坦一点的地方，上面把背包绳拉在树间，搭一件大衣或油布，以遮露水；下面用碎石砌成比较平坦的炕，铺一件大衣，作为褥垫。

第三天，便在林中支起活动黑板开始上课。这样的野营生活，大约过了一个星期。大家以小队为单位疏散到群众家里，每人一家，在房东家吃住，粮食由公家统一拨付。白天农民干活时，学生也跟着下地。晚上到夜校去，参加村民集会，帮助村干部传达、讲解上级下发的文件，动员继续准备反“扫荡”。白天只要不下地干活，学生就到打谷场上，赤膊光脚，围坐在树荫下，看书、讨论。在蓬家夼正学习毛主席的《论持久战》时，讨论到抗日战争三个阶段，对当时究竟属于哪个阶段，争论得非常激烈。

过了将近一个月，敌人的这次“扫荡”结束了，全校又回到磨山钟家集合。学生们相见，好像分别了很久。有人牺牲了，再也回不来了，负伤的还住在医院。

从磨山钟家来到牟海县的西涝口村，已是秋天。上级决定胶东女中合并到胶东公学，增加了 200 多名女学生及教职员。在这里有近两个月的安定时间。西涝口也是山区，村外打谷场边上，金黄的柿子挂满枝头。各中队小队的活动都是在打谷场上进行。晚饭后，场上就到处飘起歌声：

十月里的柿子呀，满山红呀，咿呀咿呀嗨，中国出了个毛泽东……

两校合并，各班建制未动，大集合时各班的啦啦队就互相拉歌。原女中的学生比较活跃，歌也多。除了当时流行的抗战歌曲，教员还编写了辅导教学的歌曲。例如，学习世界地理时美洲国家的名字最不易记，有位教员就想出办法，把美洲国家的名字编成歌，套用《延河水》的调，“加拿大，洪都拉斯，尼加拉瓜，秘鲁，智利，阿根廷，墨西哥，巴拿马和哥斯达黎加……”唱起来有趣易记。

10 月底，日寇新的“扫荡”又开始了。胶东公学奉命即刻东移，到文登、荣成一带分散隐蔽。当时，学生每人只有两枚手榴弹，校部有少数枪支，仅供站岗放哨及必要的自卫用，没有抵抗能力。反“扫荡”的主要办法就是化装分散到群众中去，同群众一起坚持斗争，保存自己。

刚到文登、荣成交界处，敌人就已经逼近了。学校师生立刻化整为零。学生以小组为单位，由教职员带领安排疏散。日寇铁蹄所至，惨绝人寰。有的地方，整个村子被烧成废墟。

12 月底，日寇的“拉网扫荡”结束，全校师生又从四面八方集合起来，陆续返回学校。而学校就在文登县东桥上村附近。讲授社会学的迟剑敏先生没有回来，他在海边小船下被敌人发现，惨死在敌人的屠刀下。一位伙食管理员，身上带有盖着胶东公学印章的单据，被敌人搜出，敌人把他吊在树上活活烧死。在东桥上村，全校师生做了反“扫荡”总结。一个多月的反“扫荡”过后，学生们觉得似乎又长大了几岁。掩埋了牺牲者的尸体，学生们又开始上课了。

1943 年，抗战环境相对安定，学校教学也相对地正规了一些，文化课的内容增加了。当时学政治是为了确立革命的人生观，是为了坚定打败日本侵略者的信念；学文化是为了将来参加新中国的建设。

火一样的青春年华，如饥似渴的求知欲望。统一安排的课程已不能满足学生的学习要求。一部分学生在课余钻研数理化，不少学生喜欢文学。除了五四时期的进步小说如鲁迅的著作以外，主要是读苏联的文学作品，如《铁流》《毁灭》《静静的顿河》等，最受学生欢迎的是《钢铁是怎样炼成的》。几本书传来传去，书角都磨圆了。从保尔身上，学生们开始思索自己的一生应当怎样度过。

胶东公学十分重视文娱活动。"五四"青年节，全校在峒岭集合，举行大规模的纪念活动。胶东区行政主任公署、参议会、文协的一些同志也赶来参加。中共中央山东分局社会部长刘居英当时正在胶东检查工作，也在大会上讲了话。他穿双草鞋，衣着朴素，给学生们讲述了中共中央山东分局驻地艰苦奋斗的情况。剧团演出了大型歌剧《农村曲》，全校师生表演了团体操。没有统一的运动服装，男学生上身赤膊，下身把裤子卷到膝盖以上；女学生则把袖子和裤脚卷起。男女一律赤脚，看来居然十分整齐，而且洋溢着青春之美。

1944年，全校在珠港一带开荒种田。到秋天，未及收获，8月学校拉到海阳县高家村附近的当道村参加了一场政治运动之后，高年级的几个班便结业分配工作了。

从学习、生活走上工作岗位，是一大转折。朝夕相处两三年，一旦要分别了，又都流露出依依惜别之情。小山村的打谷场上，三个一堆，两个一簇，在亲切交谈，相互赠言。小河边上响起歌声："在田野里我们相见，在山林间我们别离，从此我们又将各奔东西，走向斗争的最前线。别了，别了，不要再依恋，让我们在庆祝民族解放胜利的大会上，我们再见，我们再见。"歌声随着溪流漂去，在远方消失。离校的学生，一部分参加了政权建设和民运工作，一部分到了军队，还有一些从事新闻工作。

一年后，日本投降。胶东公学的许多学生没有来得及参加胶东各界人民举行的庆祝民族胜利的大会就又投身解放战争，之后又参加了抗美援朝战争。从松花江畔到珠江之滨，到处都有胶东公学学生的身影……

惊心动魄的故事

(一)赵野民沉着退鬼子

仓上村位于掖县城西北方向，是一个距海边只有几里路的渔村。1941年夏天，胶东公学迁驻这里。

当时，胶东公学校长赵野民和师生刚转移到仓上村，对村子周围情况还不太熟悉。赵野民为了深入群众、熟悉环境，刚放下行李就到老乡家里做起了群众工作。赵野民走进一家村民院子里，摘下枪，和房东老大爷亲切地聊起了家常。姜明老师(赵野民的爱人)则在一边帮忙做起了针线活。这是八路军的老传统，到了老乡家也不闲着，随时做群众的宣传工作。

天气炎热，房东大爷随手从小菜园摘了几根黄瓜，放在小桌上，准备招待赵野民。赵校长抓起一根黄瓜，边吃边和老乡聊了起来。

正在这时，院子里突然闯进了一群日本鬼子！情况很意外：村口放着岗哨，鬼子怎么突然就过来了呢？事后才明白：原来鬼子是从海上登陆，哨兵没有发现。此时赵野民想掏枪已经来不及了。

赵野民马上镇定了下来，一边与老乡聊着，一边抬头看了看进来的鬼子。鬼子看到他们在吃黄瓜，叽里呱啦地连喊带比划，夹杂着几句汉语说道："黄瓜的，哪里的有？"这一问，赵野民马上就明白过来了，原来鬼子并不是冲着自己和胶东公学来的，很可能是口渴了想找黄瓜吃。他立刻装作似懂非懂的样子指指黄瓜，又比划了个挑担的动作，意思是从小贩那里买的。鬼子很失望。其中一个鬼子发现了墙边的水缸和水瓢，顿时齐声欢呼。几个鬼子一起抢过去喝水。喝完后把水瓢往地上一摔，"啪啦"一声，碎块迸到房东大爷脚上。鬼子似乎很开心，哈哈地怪笑着挥挥手掉头便走了。赵野民和一直低着头的姜明老师这才松了一口气。

事后他们分析，这些鬼子登陆以后，因为天气热得受不了，临时起意，想进村找点儿吃的喝的解暑。不巧，这村子有两个入口，岗哨没有设在靠海这边，结果赵野民他们就与鬼子直接撞上了。幸好赵野民两口子平时就很朴素，和老乡坐在一起活脱脱就是一个胶东农民家庭，鬼子根本就没怀疑他是抗日干部。赵野民后来在担任华东政法学院副院长时还时常和学生说起这次遇险。

(二)迟剑敏临危救百姓

1942年,抗日战争正处于相持阶段,是敌后抗战最艰苦、最困难的时期,也是中国人民坚持抗战、最终战胜敌人的极其关键的时刻。

11月8日,日军华北方面军司令官冈村宁次亲抵烟台发动和指挥了"第三次鲁东作战"。日军采用"拉网合围""分进合击""梳篦式"等战术,对胶东抗日根据地分区进行毁灭性的大"扫荡"。随着日军"扫荡"的逼近,胶东公学东迁到文登、荣成一带,师生化整为零,全部疏散到周边群众家中,坚持反"扫荡"。

12月6日,鬼子窜至荣成东部,合围了崂山脚下的小落村。胶东公学的教师迟剑敏就在这个村庄。迟剑敏一条腿有残疾,行动不便,平时行军时总骑一匹骡子。这次鬼子来"扫荡",他不能同大家一起行动,就在海边一条小船下悄悄藏着。

鬼子把村里男女老少围到一起,驱赶到海边的一块空地上,逼他们说出村中隐藏的八路。村民们无一人吭声。鬼子见无人肯说,就从人群中顺手拖出三个人,疯狂地拷打,当即打死一人、打残两人。

当鬼子把第四个人拖出时,迟剑敏再也忍不住了,从容不迫地走出来,大喊一声:"不要残害老百姓,我是八路军!"几个鬼子立刻端着枪围了上来,问:"八路的,什么的干活?"本是文人且身有残疾的迟剑敏说:"扛大枪,打鬼子。"

鬼子立刻把迟剑敏的双手紧紧捆住,然后将他拴在马后,随即打马狂奔。至数里外的小落村时,鬼子下马察看,见他还活着,于是拔出刀狠狠地朝他脖子砍去。迟剑敏疼得在麦地里直打滚,终因流血过多而牺牲。

鬼子走后,群众自发地去寻找迟剑敏。当找到时,群众看到迟剑敏被拖得身上没有一处好地方,十个手指深深地扎进冻土里,两只眼睛瞪得大大的,怎么抚也合不上。群众含泪收尸,悲痛欲绝,这更加深了对鬼子的仇恨。

(三)李飞被围斥汉奸

李飞是胶东公学的一位历史课程教员,性格直率而刚烈。1942年日军冬季"扫荡"中胶东公学师生在文登一带整天和日军周旋,李飞这时正患着病,加上连日劳累,实在走不动了。

他本来身上有枪,考虑自己可能无法突出包围,就把手枪交给了枪法很好的指导员杨文玉，说："这支枪放到你那儿，比放在我这儿用处更大，你用它带着同学们设法突出包围圈吧。"然后就正襟危坐在道路旁，准备以身殉国。他大义凛然地对学生说："平日教你们怎样做文天祥，老师今天就从自己做起吧。"

不久，鬼子赶来，将李飞和村里老百姓赶到一处，接着派汉奸进行审问。来审问的汉奸是个东北籍的翻译官，一看李飞气宇轩昂的样子，就抡起棍子打他，喝问他是不是八路。李飞坦然伸出两根手指，比画了一个"八"字，然后斩钉截铁地说道："我就是八路，一个老八路！"接着，李飞就指着汉奸大骂："你们这群卖国求荣的狗东西，帮助日本人残杀自己的同胞……"骂得那个汉奸翻译官满脸通红，一时愣在那里竟说不出话来。

这时，一个鬼子端着带刺刀的大枪跑过来，听到李飞滔滔不绝的骂声，叽里呱啦地问翻译官。李飞略懂点日语，知道他问的大约是"他的，什么的干活？"这时，那个翻译官咽口唾沫，说了句话，连李飞都感到惊讶。原来，这个翻译说："神经病的，是个老疯子！"日本鬼子看了看李飞那病恹恹的样子，似信非信地点点头，转身走了。

过了半天，看鬼子走了，那个翻译问李飞："先生，你说中国人打得赢日本人吗？"李飞答道："我是中国人，我就要抗战。我看日本灭亡不了中国，我绝不做亡国奴！"这时，那个翻译官很意外地抱起拳向李飞拱了拱手，说了声"对不起"就放过了他。就这样，李飞以他做人的骨气和革命战场上的过人胆识镇住了敌人，保护了自己，赢得了人心。

河山话剧社和国防剧团

吴一平

胶东抗日根据地十分重视文艺团体建设。抗日武装斗争和革命文艺工作紧密结合,带动了根据地群众文艺运动的开展。

应运而生的河山话剧社

1937年8月,烟台中等学校的学生要求宣传抗日救亡,芝罘中学的袁侃如、崔砚如、邵砥如三位进步教师出面联系各方爱好戏剧的人士,召开了业余话剧组织筹备会,决定将剧团命名为"河山话剧社",取意于岳飞"还我河山"的题词。河山话剧社的社徽是由美术教师梁坤生设计的,中国版图形状,白底嵌有"河山"两个红字,东北三省部分则是黑色(表示沦丧之意)。不久,在进德会召开成立大会,会员近百人,但是到会人员却有300多人,大多数是学生,也有一部分工人和社会青年。大会讨论通过了剧社的命名和社章,选出了社务委员,分别是袁侃如、崔砚如、张梅林、王梅村、刘景祥(刘景毅)、邵砥如、崔辛灵,刘景祥为委员长。河山话剧社成立后,首次演出多幕剧《秋风秋雨愁煞人》,第二部多幕剧是《我们的故乡》。为了适应抗日救亡新形势的需要,河山话剧社与其他剧团在一起排演了风行全国的三幕剧《保卫卢沟桥》,仅一周时间就将戏排了出来,在进德会、丹桂戏院演出数场,效果很好,鼓舞了广大群众抗日救亡的爱国热情。从七七事变到11月,河山话剧社及其他社会团体的各种文艺宣传活动,如歌咏、演讲、演唱、街头剧等也十分活跃,甚至连基督教会的唱诗班也将《圣经》诗曲谱改编为抗日歌曲到街头或剧场参加演出。

为了更广泛、深入地进行抗日救亡宣传,1937年河山话剧社组织了一个

“抗敌巡回演剧队”到芝罘东西各县去演出。演剧队共有 12 人，计划用半年的时间在胶东各县演出，重点放在乡镇，多在广场演出；演出安排是沿公路经过牟平、威海、荣成、海阳而后返回烟台。

演剧队坚持演到龙口。演剧队最后一场演出，是在龙口港的一个老剧场，看戏的多是码头工人。演出时，场内挤满了人，在演出《保卫卢沟桥》时，有一个工人十分激动地跑到台上，向大家叙述东北沦陷时他全家遭受蹂躏的惨痛情景，激起了全场观众极度愤怒。

由于客观形势的变化，舍弃莱阳、招远、栖霞，由龙口返回烟台时已到年底，河山话剧社结束了自己的活动，随后许多社员投奔革命。

1936 年 6 月，曹漫之、李耀文(原名张锡绅)、王骏超(原名李光熺)等人在荣成县城成立了青年剧团，以文艺形式进行抗日救亡运动的宣传。1937 年 7 月 15 日，青年剧团改称烟台河山话剧社荣成分社，下设演讲队、歌咏队、戏剧队。人员开始有二十多人，后来发展到四五十人。分社成员大多是青年学生。话剧社起初只在成立地点演出，后来在全县范围进行宣传演出，先后到过埠柳村、俚岛、寻山所、崖头、滕家、石岛、河南、龙山、荫子夼和藏村等较大的村镇。他们每到一处，都深受群众欢迎。演出时，首先由演讲队向观众进行演说，揭露日本侵略者的暴行，宣传抗日政策，号召民众起来抗日。之后由歌咏队高唱抗日救国歌曲，主要有《抗日进行曲》《流亡三部曲》《毕业歌》《抗日救国歌》等。最后是戏剧队演出节目，主要剧目有《放下你的鞭子》《血洒卢沟桥》《不平则鸣》《五月的鲜花》《布袋队》等。最吸引观众的还是戏剧队的演出，因为过去一说看戏就是古装京戏，新式、新内容的戏还从来没有听说过，观众把这种全新的戏称作“文明戏”。

后来，话剧社为了取得合法的地位，不得不归属国民党荣成县政训处，改为宣传队，仍由曹漫之负责，名义上是政训处的宣传队，实际上还是在共产党领导下进行革命活动。

1937 年底，剧社主要成员大都从事组织武装，配合天福山起义，河山话剧社及其分社的大部分青年都参加了山东人民抗日救国军第三军(胶东八路军的前身)，分社活动至此停止。

名噪一时的国防剧团

1938 年秋，国防剧团在掖县成立，隶属于八路军山东纵队第五支队

(1940年9月后，隶属于八路军胶东军区)。成立之初，剧团负责人是王绍洛[①]。

1939年3月，日军大举进犯胶东，掖县、黄县、蓬莱相继沦陷，抗日部队转入山区根据地。国防剧团的大部分同志到部队去了，团里只剩下少数同志。八路军山东纵队第五支队政治部从北海民众剧团、胶东公学和部队宣传队等单位抽调了一部分同志，充实了国防剧团。王绍洛调到八路军山东纵队政治部宣传大队，剧团团长先后由姜即吾、冷云、虞棘[②]担任。张萍任副团长，左平、曲枫分别任正副导演。剧团成员30余人，绝大部分是城乡知识青年，也有个别工人、农民出身的同志。

从1939年7月到1940年春天，国防剧团主要活跃在莱阳、掖县、栖霞、平度、招远边区，演出的主要是外来话剧，包括《血洒卢沟桥》《卢沟桥之战》《最后的晚餐》《胜利的微笑》《布袋队》《流寇队长》等。

1940年夏，国防剧团还成立了一支舞蹈队，被称为胶东第一支舞蹈队。这年春天，山大宣传队的舞蹈演员朱芸芳随一批上级派来的老干部来到胶东。国防剧团从各单位抽调一批小同志——最大的十五岁，最小的十岁——成立了舞蹈队，朱芸芳任队长，排演了《儿童舞》《快乐舞》《海军舞》《叮铃舞》《黑人舞》等舞蹈节目。在这支舞蹈队的影响带动下，前线剧团、抗大宣传队也相继成立了舞蹈队，各军分区宣传队也派人前来学习，西海军分区宣传队也成立了舞蹈队。1942年冬，由于形势恶化，部队实行精兵简政，宣传队缩编，舞蹈队解散。

1941年后，国防剧团基本上演出自己创作的节目，当然也有少数从外面传来的作品。自己改编的剧目有《东京的五一节》《五三的血债》《最后的晚餐》，左平编导的反映胶东抗战的《血战雷神庙》，反映新区斗争的四幕话剧

---

① 王绍洛(1909～1990)，山东昌邑夏店村人，青年时代即考入刘海粟开办的上海美术专科学校，参加了鲁迅直接领导下的中国左翼美术家联盟。他为组织和开展胶东地区的革命文化工作做出了突出贡献，先后创办了国防剧团、鲁迅艺术学校、鲁迅宣传大队等，培养了大批艺术人才，有力地推动了山东的文化艺术运动。

② 虞棘(1916～1984)，原名于家骧，著名戏剧家，掖县(今莱州市)路宿村人。1938年参加胶东抗日游击队第三支队，任抗日剧团团长。1939年加入中国共产党，任八路军山东纵队第五支队国防剧团团长。1950年任山东军区文化部副部长。1951年调任解放军总政文化部，任电影处处长、副部长等职。1984年病逝。代表作有《群策群力》《雨过天晴》《改邪归正》《张德宝归队》《虎头牌》等。

《雨过天晴》(出版时改名为《救星》),揭露日伪压榨沦陷区人民的《半升米》,揭露国民党顽固派压榨人民的《人间地狱》,揭露皖南事变阴谋的《望江南》,以动员参军为内容的《刘金福从军记》,反对汉奸特务以教观众提高政治警惕性的《公审赵保原》和《汉奸了缘》等,还有虞棘编导的历史京剧《戚继光平倭传》和《明末遗恨》,以及后来同样是虞棘创作的反映减租减息的三幕话剧《群策群力》。

1940～1941年,国防剧团编印了《新年春节文娱材料》7册,《沂蒙山战斗特辑》《郭家店战斗特辑》《皖南事变特辑》3册,供部队和农村剧团使用。这就大大地推动了根据地文化活动的开展。

在军队精兵简政时,国防剧团只剩下13个人,但是他们个个是多面手,足以应付各种场面的需要,而且总是千方百计地为部队和群众演出。什么时候国防剧团一到,驻村及附近的群众从孩子到老人都如过节一般地兴高采烈。人们说:"一个骡子就驮来了看不完、听不厌的好戏和好歌。"这种赞扬他们的确是当之无愧的。以艰苦的1942年来说,虽然战斗频繁,环境动荡,全团的同志还编演了大小节目120多个,演出了100多场。

国防剧团还利用京剧形式表现新的内容,对话剧道白和京剧唱腔及表演程式加以改造,创造出一种新的形式——"大众剧",老百姓称为"锣鼓戏",编演了许多现实题材的剧目,如以动员参军为内容的《刘金福从军记》,揭露日伪压迫中国人民的《半升米》,揭露国民党顽固派反共、反人民罪行的《人间地狱》和《望江南》,揭露汉奸特务罪行的《汉奸了缘》和《公审赵保原》等。这些剧(节)目取材于现实斗争中,政治性强,战斗气息浓,形式通俗,生动、新鲜、活泼,有着强烈的时代感,得到较好效果,为群众所喜闻乐见,这种运用京剧程式的规律,保持了京剧艺术特色而又有所革新的尝试,开胶东京剧现代戏之先声。

国防剧团还积累了丰富的活动经验。每次去部队演出前,剧团都要先派几个人去了解情况,收集英模事迹和好人好事材料并迅速编成小节目。剧团一到,就立即赶排,当天晚上就可以演出。战斗间隙,他们就分成小组到战壕里、工事里给战士演出。没有演出工具就用代用品,把小梳子蒙上纸当乐器吹奏,用脸盆、水壶、子弹壳、茶缸、水壶当管乐器,用牙粉、锅底灰、红药水、松香、棉花、豆面粉代替化妆用品。部队发起冲锋,他们就随队呼喊口号,鼓舞士兵士气。伤员抬下来,立即趋前慰问,有的把自己的鲜血输给受重伤的战士。因此，国防剧团深受根据地部队战士的欢迎。当时胶东部队最著名的战无不胜的是十三团、十四团、十五团。部队和群众都把国防剧团的名字排在十五团之后，国防剧团成为和王牌战斗团齐名的剧团。不管战斗多么残酷，伤亡多么大，战后只要看国防剧团演出一场戏，吃一顿饺子，部队情绪很快就会恢复正常。新战士迅速补充进来，就能立即投入战斗。政委在战前动员中少不了这样一条："打了胜仗回来请国防剧团来给我们演戏庆功。"战士们把国防剧团的演出当成他们英勇杀敌的鼓舞力量。国防剧团曾送戏到火线上，送到敌人炮楼下面，送到敌后农村，一个几十人的小小剧团，竟使日、顽闻声丧胆。

胶东抗战诗歌

韦晓彤

诗歌是动员民众抗战的有力武器。这些诗歌的作者既有专业作家，也有党员干部、战士和农民。诗歌按题材分为抒情诗、民歌体、朗诵诗、讽刺诗，也有快板诗、街头诗、民谣等。诗歌的作者从亲身经历和所见所闻中获得创作灵感，以饱满的热情揭露了日本侵略者的反动本质，呼唤中华民族共同抗战，讴歌抗战中的英雄儿女。

广为传颂的两首诗歌

在胶东地区，比较有代表性的诗歌有灼夫的《大嫂子劝郎打东洋》、萧艾的《我们是来自田间的战士》、李实的《反攻小将》、宋花泉的《还乡歌》、王良平的《在山这边》、大芳的《张大嫂分果实》、申均之的《生活就是战斗》等。其中，马少波的《爱的，请你撒开手》和谢青的《胶东是我们的》，传唱较广。

较早反映抗战内容的诗歌是马少波[①]创作于 1937 年的《爱的，请你撒开手！》。这首诗描述了新婚青年要奔赴抗战前线与妻子告别时的动人情景。诗人用最简短也最紧迫的语言写道："爱的，请你撒开手！"诗人用这个命令式的句子，来表达一种奔赴战场的决绝，为了不让爱人产生误解，紧接着用稍微缓和的语气说："你晓得这是啥时候。"最后，向爱人说明了自己对日本侵略者的仇恨和抗日到底的决心。

---

① 马少波(1918～2009)，原名马志远，笔名有志远、志援、苏扬、肖白、红石、司马文、夏凌江等，1918 年出生在山东省掖县(今莱州市)朱由村。曾任中国艺术语言研究会会长、中国戏曲学会副会长、中国京剧艺术基金会副会长、中国戏曲学院名誉教授、《中国京剧史》《中国京剧百科全书》编辑委员会主任、中国京剧院副院长。

爱的，
请你撒开手！
你晓得这是啥时候。
看：昨日后院进贼寇，
今日前堂扼咽喉。
多少大娘在呼救！
多少父老尸不收！
多少姐妹蒙尘垢！
多少兄弟断了头！
秋海棠叶传代久，
片片撕裂逐水流。
怎肯低眉田园守？
男儿不堪亡国羞！
听：门外同伴催我走，
干粮带好不须愁
爱的，
请你撒开手！
你晓得这是啥时候。①

1941年《胶东大众》②第五期刊登了谢青的诗歌《胶东是我们的》，表明了胶东人民对日本侵略者的仇恨和誓死保卫家乡的决心。诗中写道：

哼，疯狗
你来，我们——
在这里。
钢的眼，

① 作于1937年7月，原载《抗战日报》1938年3月，转引自马少波：《从征拾零》，文化艺术出版社1990年版，第5页。

② 《胶东大众》是综合性杂志，月刊，1941年1月创刊，出至26期休刊。1946年1月复刊，由第27期出至第63期，于1948年12月停刊。《胶东大众》由胶东文化界救亡协会胶东大众社编辑，由联合社出版。为适应胶东人民日益发展的抗日斗争的需要而创刊，《发刊词》中说它“是胶东大众自己的喉舌，因此，它将发出胶东大众的吼声，这吼声要反映出胶东人民的迫切要求，也要反映出胶东人民光荣传统的斗争精神”。

盯着你。
血、汗
大家的力气，
团结
和武器，
早为你，
准备好葬身地。
胶东，
是我们的。[①]

包干夫及其诗歌创作

包干夫[②]是胶东解放区优秀的诗人。1938 年 2 月，包干夫与吴善昌、鲁农等编辑一份油印小报《简报》。之后先后加入七二一剧团、北海专署剧团——国防剧团、胶东抗日军政学校宣传队、鲁迅剧团、鲁迅艺术学校、胶东大众报及八路军山东纵队第五支队六十二团宣传队，当过演员、编导、编辑和教员等。1941 年 7 月，包干夫调胶东文协工作，先后负责编辑《文艺短兵》《胶东大众》等。他创作了大量的具有战斗性的诗歌，如《雨中》《落网》《诗寄敌区友人》《青年英雄》《风雪中》《周大妈》等。

1943 年 4 月，包干夫加入中国共产党。毛泽东的《在延安文艺座谈会上的讲话》传到了胶东后，他愈加坚定了做好党的文艺工作的信心，创作热情日益高涨。1944 年秋天，他连续创作《写一个海上英雄》《送艺人出征》《到哪都是好汉》《春到人间》《青年与海》等诗篇。这些作品均取材于抗日战争时期的斗争生活，深刻展现了胶东地区广大军民的抗战热情，歌颂了中华民族精神，展现了丰富多彩的抗日斗争生活的画面。如《写一个海上英雄》，字里行间赞美了英雄男儿大无畏的气概，歌颂了中华民族不屈不挠的斗争精神和革命乐观主义胸怀。

---

① 穆敏编著:《山东抗日根据地的文化》，中共党史出版社 2005 年版，第 125～126 页。

② 包干夫(1920～2008)，笔名戈振缨、扬帆等，山东蓬莱人。抗战爆发后先后任蓬莱抗日救国军第三军第二路宣传队员、胶东军校宣传队编导、《胶东大众》编辑组组长、烟台文协主任、胶东文协文工团团长、《山东文学》副主编等职，创作了大量革命诗歌，这些诗歌均带有强烈战斗性和现实意义。

诗歌《青年与海》气势磅礴，寓意深刻，指明了一个有志青年应如何开始自己的航程，那就是走革命的道路，投身抗日战争的洪流，为民族的解放、为人民的翻身英勇战斗。诗歌《到哪里都是好汉》塑造了一个战斗英雄的崭新形象，感情真挚，展现了根据地火热的生活场景。

1945 年 10 月，包干夫调回胶东文协担任《胶东大众》副社长。他把部分诗歌加以整理，结集为《初航集》（笔名扬帆），于 1946 年由胶东新华书店出版。他的诗来源于生活，散发着时代的清新气息，给人们鼓舞和力量。

掀起街头诗歌热潮

街头诗歌是一种最简捷有效的文艺形式，兴起于全面抗战中期的延安。1941 年 8 月 29 日，《大众报》登载署名阿江的文章《把诗歌写上街头》。文章号召胶东的诗歌工作者向延安学习，很快地开展这一活动。此后，街头诗歌在民间迅速传播开来。1941 年秋，刊载在《大众报》上的《募衣曲》就是一首较好的街头诗。这首诗写道：

秋风凉！
秋风凉！
抗日战士无衣裳，
南北奔驰杀敌寇，
为国为民求解放。
秋虫叫！
秋虫叫！
家家户户缝棉袄，
做件旧的自己穿，
省个新的前线捎。
好秋光！
好秋光！
妇救儿童一齐忙，
她募一件毛背心，
他捐一套棉衣裳。
秋光好！

秋光好！
抗日军人真活跃，
穿得暖吃得饱，
猛冲猛打把家乡保。[1]

1943年后，胶东地区街头诗歌广为流行，逐渐成为群众文艺活动的重要组成部分。天刑（迟剑敏）的《街头诗歌之研究》一文，对当时的街头诗歌进行了研究。他从街头诗歌之价值、街头诗歌的来源、街头诗歌的创作等几方面做了阐述。胶东地区颇为流行的街头诗按照所要表达的内容或者形式大致分为以下几类。

一是群众在自己的生活中的亲身感受，进而产生想象而流为诗歌的。

日本鬼，喝凉水儿，破了船，沉了底儿。

高粱叶子青又青，一九四二夏反攻，工农大众联合起，管叫日本把命送。

王老大，大老王，听我把家乡说端详，家住山东××县，家中颇有钱和粮，自从今年春天里，鬼子来了个大扫荡，家具骡马都抢走，剩下的东西火烧光，一心一意把仇报，把鬼子打到鸭绿江。[2]

二是利用旧形式灌输新内容，把旧有的好歌加以改造就可以成为一首很好很合时的歌曲。

早打铁，晚打铁，打把剪子送姐姐，姐留我歇一歇，我不歇，我要回家去打铁。

从南来个花哥哥，身背花鼓手拿锣，走一步唱一声，老头老婆都来听。听说要钱啦，走的干干净，听说不要钱，回来再听听。[3]

三是根据当时政治形势的变化、客观环境的需要来创造，或者像联句那样集体写作。

---

① 于清泉等主编：《光辉的业绩——胶东革命文化论文集》，青岛海洋大学出版社1995版，第98～99页。

② 刘增杰等编：《抗日战争时期延安及各抗日民主根据地文学运动资料（下）》，山西人民出版社1983年版，第131～132页。

③ 刘增杰等编：《抗日战争时期延安及各抗日民主根据地文学运动资料（下）》，山西人民出版社1983年版，第131～132页。

小学生，吃了饭，跑到学校把书念；用心学，用心念，样样功课都喜欢；先生也称赞，父母也称赞。这样小学生人人都称赞。

六月里来热难当，鬼子又要来扫荡，蚊子咬胸膛，天天爬山岗，打不完鬼子我不回家乡。

说减租、道减租，减了租来衣食足。说减息，道减息，灭了息来有利益。说改善，道改善，改了待遇真能干。

小馒头，真好吃，可是来的不容易，百姓的力量生产的，八路军用血肉换来的。儿童吃了去宣传，青年吃了打游击，只有那投降派吃了去亲日，要想永远吃馒头，必须打倒投降派和日本帝国主义。①

四是利用旧有的现成的诗歌。

流自己的汗，吃自己的饭，自己的事自己干，靠人靠天靠祖上，不算是好汉。

人生两件宝，双手与大脑，用手不用脑，快要被打倒；用脑不用手，饭也吃不饱。手脑都会用，才算是开天辟地的大好老。②

这些民谣类作品短小精悍、明白晓畅、朗朗上口，便于记忆和传诵，故能为老百姓所喜闻乐见。

① 刘增杰等编：《抗日战争时期延安及各抗日民主根据地文学运动资料（下）》，山西人民出版社1983年版，第132～133页。

② 刘增杰等编：《抗日战争时期延安及各抗日民主根据地文学运动资料（下）》，山西人民出版社1983年版，第133页。

北海银行的红色岁月

董　琼

全面抗战爆发后，针对敌后抗日根据地面临的极其严峻的经济形势，毛泽东在《论新阶段》中阐述了全面抗战时期的财政方针，党中央亦及时作出指示：要着手发行自己的货币，并整治当时混乱的市场，稳定经济形势，增强抗战的经济力量。在这样的情形下，胶东抗日根据地建立了自己的地方银行——北海银行。

北海银行的创立与发展

北海银行是在胶东抗日根据地建立起来的银行，历经抗日战争、解放战争，逐渐遍及山东各个抗日根据地。1938 年，掖县政府为筹措财源、保障供给创建北海银行，发行北海币（见图 1）。负责银行筹备的是担任过青岛中鲁银行经理的张玉田。掖县三支队得知他是银行家，就委托他进行筹备工作。由于根据地北面临海，因而取名"北海银行"。张玉田担任北海银行首任行长。当时北海银行是官民合办性质，资金 25 万元，其中民股 17.5 万元，官股 7.5 万元。"当时出的票子，有 1 元、5 角、2 角、1 角四种票面。票版用的是铜版，由掖县一家私人印刷局印刷。"[①]这一时期大约发行了九万五千元北海币。北海银行成立之初，没有建立印钞厂的条件，一度让私人印刷局代为印钞，由银行进行监督。还曾委托关系在敌占区制作印钞票版、购买票纸。首版北海币于 1938 年投入掖县市面，同国民政府发行的法币等值流通。北

① 中共龙口市委党史研究室编：《革命之家：龙口市第一位共产党员陈文其家族记忆》，中共党史出版社 2018 年版，第 16 页。

海银行发行的北海币赢得了好信誉,深得胶东人民支持和拥护。

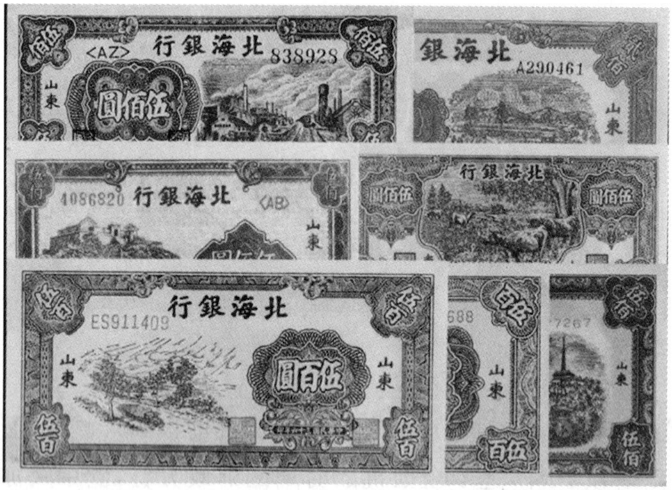

图1　北海币

民众对北海银行的票币的信任,导致伪钞受到很大的冲击。原因是北海银行发行的钞票是民众自己的,北海银行在成立的时候是由黄、蓬、掖三县的人民群众共同凑股。国币多半被民众埋了起来,用北海币向县政府缴款,在市面上买卖东西。北海币在非沦陷区和沦陷区,如在黄县城,在龙口特区,甚至在伪军中都广泛流通和使用。敌人虽三番五次下令禁止,但没有收到任何效果。有一次,一名伪军在黄县城里使用,被张宗援查出,捉去打了一顿。至于“准备银行”的伪钞,虽然借着日伪的军政势力强力推行,但也没什么效用。普通百姓即使在不得已时收了,也马上拿到黄县城里和龙口特区买成货物,可见他们对伪钞的不信任。后来因日伪军入侵胶东,蓬黄掖政权转入山区进行游击战,北海银行也撤出掖县,暂停工作。

后来,根据上级指示,北海银行重建。陈文其到莱阳找到张玉田,又在蓬莱取回票版、账册等,委托《大众报》印刷厂代为印制北海币。1939年八九月间,北海银行恢复营业,陈文其担任行长。在艰苦的环境下,北海银行曾使用“天兴福”“东记栈”等代号。由于敌人的封锁,北海银行的票纸、油墨等要到敌占区去购买,条件比较艰苦。这一时期印制的票子,“往往同一种票版，却纸型不一，颜色不一”。[①] 票面上也带有“发”“展”“农”“村”“经”“济”等不同字样。随着抗战不断深入，北海银行的条件逐渐改善，也有了胶版机，有了制版工厂。

1940年8月，鲁中成立了北海银行总行，胶东和各战区的北海银行都称分行。北海银行在山东全省铺开发展。几经革命发展的需要，北海银行在全省保留了北海银行总行、渤海分行、鲁中南分行和胶东分行。1948年全国解放前夕，北海银行同华北银行、西北农民银行合并为国家中央银行，即中国人民银行。从无到有的北海银行见证了党的金融事业的创业经营历程。

北海银行的金融争夺战

1935年时，为遏制白银外流、改善国内经济萧条的现状，防备日本扩大对中国的侵略，国民政府推行了法币本位的币制改革。抗日战争年代，胶东抗战军民坚决维护法币，北海币同法币联手，对抗日伪的联银券。

敌人极力推行“以战养战”政策，大量掠夺与低价收买粮食、棉花及各种生活资料，限制向抗日游击地带运输各种日用品，用收买、禁用法币与大肆滥发伪币等方法来破坏胶东市场，变本加厉。通过烧杀、抢掠来破坏抗战经济，这些残暴破坏活动给敌后抗战造成严重威胁。针对敌人的这一系列破坏活动，开展金融争夺战，保证敌后抗战的胜利，成为各抗日政府、军队、团体与全体民众共同的刻不容缓的任务。

首先，要在自力更生的原则下展开各种生产建设运动。其次，有计划地统制出入口，保护与奖励商业，鼓励非日用品生产出口，严禁粮食及日用必需品出口。再次，安定地方金融，整理地方财政。为了保障抗战财政收入，整顿税收是必要的、重要的。要采取累进税的原则，建立统一税收的制度与制定严明的法令。要巩固法币的信用，禁止法币流出，禁止伪币流入，发行地方流通券以保护法币的信用，以资流通金融。要建立正常的供给制度，以公平合理的负担办法来保障抗日部队的给养。

在遭受敌人封锁、经济极端困难的时期，根据地经济生产尤为重要。根据地政府领导下的北海银行开展低利农贷业务，扶持根据地农业发展，同时

---

① 中共龙口市委党史研究室编：《革命之家：龙口市第一位共产党员陈文其家族记忆》，中共党史出版社2018年版，第18页。

开展对手工业、工业、商业的贷款，开展盐业投资、商品贸易等多种投资经营活动。

北海银行的成立带有战时财政的特点，有力地支持了根据地生产建设、军备供应，打破了敌人的经济封锁，抑制了高利贷资本，抵御了日伪货币入侵，有力地推动了对敌斗争。另外，北海银行坚持物价本位和资源本位的原则，积累了货币发行和金融事业创办管理经验，是党控制和发展地方经济的典范。

曾任北海银行总行业务员的黄炎在长诗《咏北海银行》中写道：

缅怀北银史，
胶东开新篇。
烽火燃半岛，
北海建政权。
义旗既高举，
急需五铢钱。
北银应运生，
宏图起掖县。
熠熠小纸币，
融通新人间。
换来锅中米，
拂去战士寒。
救国又利民，
前程何灿烂！[①]
……
伪钞似虎狼，
吞噬民财狂。
法币如游魂，
居间为虎伥。
资材流失巨，

① 中共龙口市委党史研究室编：《革命之家：龙口市第一位共产党员陈文其家族记忆》，中共党史出版社2018年版，第122页。

人民受祸殃。
奋起反掠夺，
手中有利枪。
北币为本位，
挺立何煌煌！
游魂归地府，
伪钞还东洋。
筑起金长城，
占领银市场。
独立又自主，
物价日安详。
人民乐陶陶，
建设有保障。[①]

① 中共龙口市委党史研究室编:《革命之家:龙口市第一位共产党员陈文其家族记忆》,中共党史出版社 2018 年版,第 124 页。

四、红色人物星耀胶东

战斗英雄 英名永垂——任常伦

孟 军

在山东省栖霞市英灵山的胶东抗日烈士纪念碑左侧，有一尊手握钢枪的烈士全身铜像，其原型就是任常伦，胶东著名的战斗英雄，参加过120多次战斗，9次负伤，令敌人闻风丧胆。

黄县孙胡庄的人

1921年，任常伦出生于山东黄县南部山区的孙胡庄，家境贫寒，只有祖传的两间草房、二三亩耕地，难以维持生计。父亲常年在外面给地主打活。6岁那年，父亲因重病去世。10岁那年，母亲也辞别人世。后来，叔父收养了他，并送他入学读书。特殊的身世让他成为早熟的孩子。14岁那年，他不忍叔父于艰难困苦中节衣缩食供他读书，中途辍学，靠打短工帮叔父挑起生活重担。

任常伦童年时代听过很多“御外侮”“杀赃官”的传奇故事，这与义和团在他家乡活动过不无关系。而幼年的经历也让他对剥削人、压迫人的社会有了更深刻的认识。

1938年5月，黄县抗日民主政府建立后，孙胡庄也建立了自卫团，任常伦成为第一批自卫团员。他多次与同志们一起埋地雷、打伏击、破坏道路，打击日伪军。在这个过程中，任常伦表现出了过人的机智和勇敢。

打仗像猛虎

1940年8月，19岁的任常伦加入了八路军，先是在地方武装——黄县抗日大队当战士，后成为八路军山东纵队第五旅十四团二营五连的战士。任常伦每次战斗都冲锋在前。由于部队武器缺乏，任常伦没有发到枪，他表示要亲自从敌人手里夺一支枪。

1941年1月，部队在掖县城南与日军激战，任常伦负责运送弹药的任务。战斗异常激烈，子弹打光后进入白刃战。在混战中，他看到一名战友体力不支，便飞速从身后抱住一个日本兵，另一名战友趁机刺中这个日本兵肩膀，他趁势夺下了日本兵手中的三八大盖。战斗结束后，营里把这支枪发给了他。

1941年，胶东部队奉命组织了反击投降派赵保原的战役。3月底，八路军打响了围攻赵保原老巢——发城的战斗。到7月下旬，敌人只剩下城北菜园北山上的三个三层大碉堡了。任常伦所在的五连一排负责攻打中间最大的一个。在战斗中，任常伦承担为部队扫清障碍的任务。他虽多处负伤，但坚持战斗，最终成功完成任务。当看到战友史德明被敌人用石头和开水打昏，任常伦挪动受伤的身体，靠惊人的毅力攀登梯子。快到碉堡枪眼时，被敌人的砖头击中头部，仍拼尽全力把手榴弹扔进敌人碉堡。战友们冲进碉堡，全歼守敌一个排。发城战斗后，任常伦光荣地加入了中国共产党。

救出史德明

任常伦不仅作战勇敢，而且团结同志，关心战友。战友们都说，他关心别人胜过关心自己。1941年冬天攻打小栾家据点，在决定撤出战斗、清点人数时，发现掩护撤退的三班班长史德明不在。任常伦冒着敌人的炮火，用裹腿把负伤的史德明从战场上拉出来，后又背着他赶上了部队。1942年6月，因为表现优异，任常伦升为班长。1943年，在诸城附近的一次战斗中，任常伦面对凶残的敌人，冲过敌人的火力封锁区，把手榴弹和炸药包扔进敌人的碉堡，剩余的敌人全部缴械投降。任常伦常说："为了党和人民的利益，该流血的时候就毫不顾惜地去流血。"

牺牲为民族

1944年7月，任常伦被全团评选为战斗英雄。8月，出席了胶东军区和山东军区战斗英雄大会，被选为主席团成员，并荣获山东军区"一等战斗英雄"光荣称号。大会结束不久，日伪军对牙山根据地进行"扫荡"。他拒绝了部队首长考虑让他休养的建议，主动要求上前线。他升任副排长，参加战斗。团首长决定在海阳长沙堡的西北面布下口袋阵，伏击日伪军。日伪军在遭到打击后开始疯狂反扑，占领了制高点左侧的小高地。担任副排长的任常伦带领九班战士英勇机智地夺取了小高地。敌人在小钢炮的掩护下，企图夺回这一制高点。任常伦和九班战士抗击着十倍于我的敌人，打退日军五次疯狂反扑。子弹打光，手榴弹用完，增援部队没有赶到，但日军反扑又开始了。任常伦带领战士与日军展开白刃战。面对三名日军的围攻，任常伦沉着迎战。当他看到战友纪绍信被遭日军杀害后，左冲右杀，又刺死四名日军。素有武士道精神的日军看到任常伦，掉头逃跑。任常伦被敌人的子弹击中倒地。战士们高呼“为副排长报仇”，猛扑向敌人，阵地守住了。后来，十四团发起总攻，取得了战斗的最后胜利。因伤势过重，这位先后参加过 120 多次大小战斗，9 次负伤，11 次挂彩的“猛虎”最终为国家与民族献出了年轻、宝贵的生命，年仅 23 岁。

时为胶东文协专职创作人员的陈志昂闻讯之后，不胜哀悼，吟成词曲《英雄哀歌》，发表于《胶东画报》。歌曲唱道：

> 啊！任常伦同志，你的名字是胶东的光荣，你的声威像雷震长空！你是一块坚铁，在战斗的火里烧炼成钢。你从一个士兵，磨炼成威震山东的英雄！
>
> 你从群众里成长，为群众而流血拼命。你是人民的儿子，人民的警卫兵。但是，你英勇地牺牲了，在保卫人民的战斗中！
>
> 噩耗传来，八百万军民愤恨填胸，个个咬碎牙关，握紧拳头，热血沸腾！看吧，看吧，看吧！广大的战斗正在开展，无数的英雄将要不断涌现在胶东。
>
> 啊！任常伦同志！你恬静地安息吧！在你的血洒过的土地上。你的神威凛凛，像牙山一般震慑敌人。你的英名永垂，像五龙河永远流向南方！[①]

英名永流传

得知任常伦牺牲的消息，胶东军区司令员许世友一天汤水未进。许世友在埠西头沙河举行万人追悼会，把任常伦生前所在的第五旅十四团一营

① 陈志昂：《解放之歌——陈志昂声乐作品选集》，解放军文艺出版社 2003 年版，第 67 页。

五连命名为“任常伦连”，他牺牲的 11 月 17 日被定为建连纪念日。任常伦用鲜血铸就的“轻伤仍杀敌、重伤不叫苦，舍命杀顽敌、坚持干到底”[①]的任常伦精神成为连队的连魂。

1945 年 2 月，黄县人民政府决定将任常伦的家乡孙胡庄更名为常伦庄，永远缅怀这位从这里走出去的人民英雄。在英灵山革命烈士陵园的胶东抗日烈士纪念碑左侧，修建了手握钢枪的任常伦铜像。2011 年 6 月，龙口市田家完小五年级一班，被教育部命名为“任常伦班”，每年他牺牲的日子都举行“任常伦纪念日”主题报告会。2009 年 9 月，在中宣部、中组部等 11 个部门联合组织的“双百人物”评选中，任常伦入选“100 位为新中国成立作出突出贡献的英雄模范人物”。2014 年 9 月，任常伦入选民政部公布的首批 300 名著名抗日英烈和英雄群体名录。他生前亲自从日军手里夺下的伴随他度过四年战斗生涯且屡立战功的三八大盖，现在仍保存于中国革命军事博物馆，枪上还嵌着一颗日军打进去的子弹。

任常伦牺牲后，胶东国防剧团的文艺工作者栾少山、漠雁父子在大雪纷飞的天气下，躲在一个破门楼里，一边编词，一边编曲，相互推敲、切磋，终于完成了朗朗上口、朴实无华的《战斗英雄任常伦》（栾少山词，漠雁曲）。直到今天，在“任常伦连”，在英雄的故乡，这首歌曲仍然经常唱响：

> 战斗英雄任常伦，他是黄县孙胡庄的人，十九岁参加了八路军。
>
> 打仗象猛虎，冲锋在头阵，完成任务坚决又认真，为人民牺牲了也甘心。
>
> 对待同志们，关心又热情，危险情况下，不顾自己的命，小栾家救出了史德明。
>
> 他在战场上，负过九次伤，轻伤不退后，重伤不惊慌，战斗中缴获了无数枪。
>
> 党的培养下，自己苦用功，帮助同志们，学习不放松，四四年当上了战斗英雄。
>
> 长沙堡战斗中，光荣地牺牲，他的名字人人记心中，任常伦敬爱的英雄。[②]

---

① 王贞勤：《许世友麾下的抗日“猛虎”任常伦》，《党史纵览》2019 年第 4 期。

② 李继涛主编，山东省龙口市史志编纂委员会编《龙口县志》，齐鲁书社 1995 年版，第 664 页。

以身许国　壮志凌云——许端云

王晓霞

许端云(1905～1931),字祥五,1905年出生于山东省乳山县招民庄一个农民家庭。幼时在家乡读了一段私塾之后,随经商的父亲到烟台上学,就读于烟台先志中学。1924年,许端云考入当时烟台的最高学府——益文学校(1929年改名益文商业专科学校,以下简称"益文商专")英文科,走上革命道路。1927年冬,他加入中国共产党,成为烟台最早的共产党员之一。他积极从事党的地下工作,参与组建烟台党组织,秘密发展党员。1930年春,担任中共烟台临时市委书记。1931年2月9日,被军阀逮捕,押往济南。1931年8月19日,在济南英勇就义,时年26岁。

坚定踏上革命路

许端云就读的益文商专是美国教会长老会办的学校,虽然宗教势力较强,但阻止不了当时的新文化、新思想在校传播。许端云在课余时间如饥似渴地阅读了《新青年》等进步书刊,接受了反帝、反封建的爱国主义思想的熏陶。他目睹军阀混战、官僚卖国、洋货倾销中国市场、民族工商业萧条、民不聊生的现实,生发强烈的爱国心和责任感。1924年,国民革命统一战线的形成和全国革命运动的发展,鼓舞了他的斗志,促使他踏上追求真理的征程。

在校期间,他和进步同学徐约之、陈恒荣等经常一起论时事、谈理想,交换进步书刊,团结同学办壁报、演节目,揭露社会黑暗,与邪恶势力作斗争。他曾夜晚带头在校园贴出"打倒军阀""劳工神圣""打倒帝国主义"等标语。同时,还仿效济南、青岛等地,在同学中发起成立反基督教学生同盟会的秘密组织,发动学生不读《圣经》,不做礼拜,对当时烟台各教会学校产生了很大影响。

“四一二”反革命政变中，许端云不顾危险，主动与共产党员徐约之秘密联系。徐约之对许端云的思想、性格、品质、经历很熟悉，经过一段时间的培养和考验，在1927年下半年吸收他参加了中国共产党。当时，烟台市还没有正式的党组织，他俩一方面继续在青年学生中做宣传教育工作，另一方面秘密筹划发展新党员，创建地方党组织。1928年春，延伯真、胡世星、赵横之等几位外地的共产党员先后来烟台活动，徐约之、许端云和他们逐步取得了联系。经过一段时间的酝酿，中共烟台特别支部于1928年5月成立，许端云任宣传委员。自此，许端云把全部身心投入革命工作。尽管处境非常险恶，工作十分困难，但他勇敢地把党的宣传工作承担起来。特别是在同中共山东省委接上关系，收到省委捎来的党刊《红旗》和其他宣传品的时候，他欣喜若狂，瞒着父母和弟弟，躲在卧室里，点起煤油灯，通宵达旦地复写刻印，以便把这些材料尽快散发到革命同志和青年学生中去。当时，他还是益文商专的学生，白天上学，夜间秘密做党的工作。他的卧室既是党的秘密联络点，又是地下编辑部的印刷所。他购买了钢版、铁笔、油印机，自编自印自发宣传材料。很长一段时间，烟台市街头散发的大量传单和小报，就是他经过许多个不眠之夜在这间小屋里编印出来的。同时，许端云还领导举办“平民夜校”，加强同工人的联络，宣传革命思想。

1929年秋，中共中央敏锐注意到烟台军阀刘珍年对共产党采取的暂不触犯的特殊对策。周恩来迅速从上海派胡萍舟(化名克波)以中央军委特派员的身份带领数十名同志来到烟台，分别安插在地方政府、军队、警察各处，秘密发展组织，并谨慎进行争取刘珍年的统战工作。同时，对烟台特支进行了改组，许端云任支委，继续分管宣传工作。彼时烟台地下党组织是在党中央直接领导下进行工作的。有了党中央的指示，得到了有斗争经验的同志的指导和帮助，许端云感到浑身是劲，亲自参与领导了泗兴印刷社和远东洋行工人的罢工斗争，迫使资本家答应工人提出的增加工资和改善生活待遇的条件。

危难关头担重任

许端云忘我的革命斗争精神，赢得了中央军委特派员胡萍舟的赞扬。1930年初春，蒋介石电令刘珍年逮捕共产党员，在外省籍党员准备撤离烟台的紧急时刻，胡萍舟把领导地下党的重担交给了只有25岁的许端云。3月，胡萍舟根据党中央指示，主持召开了当地党员骨干会议，决定成立烟台市临时市委，并指定由许端云担任市委书记。

受命于危难之际的许端云，送别了领导和战友，继续领导全市50余名共产党员坚持地下斗争。事隔不久，中共山东省委遭到了破坏，许端云同党中央和省委的联系都中断了。而这时军阀刘珍年的反共活动达到了猖狂的程度。面对严峻的考验，许端云丝毫没有动摇自己的信念和决心，他一面到养正学校以教学为掩护，领导学生开展斗争；一面暗地里千方百计寻找上级党组织。最后，他决定亲自去上海，通过胡萍舟向党中央汇报工作。

6月初，许端云辗转到了上海，按照原先胡萍舟留下的地址，在北四川路找到了党中央的地下联络站——秋阳书店。这个书店的董事长就是胡萍舟。许端云向胡萍舟汇报了烟台的危急情况，要求党中央派人到烟台领导斗争。胡萍舟非常关切，答应向党中央请示，并约定次日仍到书店接头。然而，就在第二天的上午，当许端云到来时，发现书店已被国民党查封，胡萍舟被捕。这突如其来的变故，使他刚接上的关系又断了线，许端云人地两生，不宜久留，便返回烟台与同志们继续开展革命斗争。

创办党报唤觉醒

许端云创办了烟台市第一份共产党报纸——烟台市委党报《胶东日报》。在党的初建时期，急需一份为群众发声、为革命呐喊的报纸。当时的烟台虽是一个小城市，但因开埠较早，已有不少报纸，如《爱国报》《钟声报》《芝罘日报》等。这些报纸，有的是宣传宗教迷信，愚弄麻痹工农；有的粉饰太平，追求低级趣味；也有的是国民党的喉舌，专门歪曲事实，欺骗群众。许端云从党支部建立之日起，就渴望有朝一日能亲手办一份宣传革命理论、激发群众斗志的报纸。

1929年，随着中共烟台党组织的较快发展，党的文件、刊物及宣传材料等通过各种途径转来。许端云代表中共烟台特支与军事特支秘密磋商，决定以自己和赫联基为主，共同创办一份党报。赫联基来自上海，对烟台情况不熟，虽为总编辑，但创办工作多由许端云承担。首先，许端云通过各种关系办理了报刊登记手续，接着又托人租借了社址。而最困难的是经费，他除了靠发动党员、亲友捐献外，很大一笔资金是说服父母同意由自家拿出来的。出版印刷也是依靠许端云的父亲帮助解决的。因其父在英商仁德洋行任职，该行有一个印刷部，经他出面洽商，答应承印。许端云立即组织力量进行撰稿、译文、编辑等工作。为此，他废寝忘食，常常彻夜不眠。

经过一个盛夏的紧张筹办，《胶东日报》终于问世。《胶东日报》及时报道工运、学运及红军胜利的消息，揭露帝国主义对中国实行经济文化侵略的本质，控诉蒋介石叛变革命、屠杀人民，破坏国共合作的血腥罪行，还介绍马列主义理论、科学知识和文艺作品，激励劳苦大众组织起来参加反帝、反封建、反剥削压迫的斗争。

由于《胶东日报》如实反映了广大群众的心声，因而受到人民群众的欢迎，市民争相购阅，最初发行600份，半月后即增至6000份。它的出版，使烟台的政治气氛空前活跃起来。报社也成为地下党的秘密活动地点，地方、公安、军事特支的同志常在这里接头开会。

尽管报纸注意了斗争策略，不去触动当地军阀刘珍年，但它的内容及其在群众中的巨大影响，使反动当局惊恐万状，不到两个月便被勒令停刊。后来，虽曾改名《胶东新闻》又出刊了一个月，最后还是迫于形势不得不停办。

铁骨忠心勇就义

许端云进行的卓有成效的革命活动很快引起了敌人的注意。早在1928年12月25日，国民党烟台市党务指导委员会就向南京国民党中央填报了一份“共党党徒调查表”，其中注明许端云视国民党“狗屁不如”，是笃信共产主义、活动力很强的骨干分子。1929年2月，国民党南京政府又密令山东省政府予以严办。1931年2月初，刘珍年再次接到国民党山东省党部的电报：“许端云住三马路卿云里一号，……逮捕送省。”① 当即批交公安局和政训处查办。2月9日晚11点，许端云赶写完一份宣传材料，收藏停当，刚要上床休息。突然，几名持枪的军警破门而入，他不幸被捕。因许端云是国民党山东省政府严令缉办的政治要犯，故在烟台停留不久即被押到位于济南市的山东第一监狱。

许端云被捕后，将生死置之度外。在监狱，他多次受到严刑拷打，始终

① 中共烟台市委党史资料征集研究委员会编：《胶东英烈颂》第1辑，山东省出版总社烟台分社1985年版，第122页。

坚贞不屈。他理直气壮地宣传自己是中共党员、中共烟台市委执委，承认几年来烟台市出现的革命宣传品大都是经他手印刷散发的。但当敌人逼他说出共产党的组织和同志的时候，他回答敌人的则是“不知道”。敌人审讯逼问他：“共产党给了你什么好处，你这么拼命到底图什么？”许端云轻蔑地看着敌人说：“共产党人的愿望就是用个人的一切去换取全社会、全人类的幸福……”敌人恼羞成怒，用筷子粗的铁丝穿过许端云的锁骨，将他吊在半空严刑拷打。半年的狱中煎熬，许端云受尽酷刑，却始终大义凛然，视死如归，始终没有泄露党的半点秘密。

年迈的父亲费尽周折赶来探望。看着锁骨被穿透、浑身是血的儿子，老人的心都碎了，泪水瞬间夺眶而出。隔着冰冷的铁窗，许端云伸出手来为父亲擦去眼泪，内疚但坚定地对父亲说：“我的时间不多了，父母大人不要过于伤心，一定要保重。我对得起组织，也对得起祖宗，活得无愧，死而无悔！”

谁承想，这次相见竟成永别。

敌人无计可施，决定处死许端云。1931 年 8 月 19 日清晨 5 时，国民党军阀韩复榘在济南市纬八路侯家大院杀害了许端云。刑场上，他忍着剧痛高呼：“中国共产党万岁！”“跟着共产党，将革命进行到底！”就这样，年仅 26 岁的许端云战斗到生命最后一刻，从容就义。

竭尽忠诚　矢志不渝——张静源

王晓霞

在胶东有这样一位革命者，为了党的事业背井离乡，到处奔波，竭尽忠诚，矢志不渝。他走到哪里，革命的种子就在哪里生根、开花、结果。他就是中共胶东特委第一任书记张静源(1901～1933)。

张静源，曾化名舒实夫，山东博兴县高渡村人。张静源早年毕业于山东省立第一师范学校。在成为中共党员之前，他曾在滨州和青岛的多所小学和中学任教、任职。1928年，他加入中国共产党，担任青岛沧口区宋哥庄小学党支部书记。1929年冬，他领导创办“平民夜学班”，亲自讲授马克思主义学说。1932年4月，他受党组织委派到莱阳县工作，先后建立了三个区委、两个特支和两个党支部。同年8月，张静源担任中共莱阳县委书记。1933年春，他调任中共胶东区特别委员会首任书记；同年6月，他主持成立了莱阳中心县委并任书记。其间，他辗转于胶东各地，发展壮大地方党组织，积极开展武装斗争。1933年10月12日，张静源在莱阳小徐格庄遭歹徒暗杀，时年32岁。

追求真理的好后生

张静源，1901年10月出生在山东省博兴县高渡村的一户家境富裕的农民家庭。他在7岁的时候开始上私塾，后入县城高等小学。他自幼勤奋好学，刻苦钻研，尊老爱幼，和睦乡里，被乡亲们亲切地称为“有出息的好后生”。

1917年，张静源考入山东省立第一师范学校。在俄国十月革命及进步师生的影响下，张静源如饥似渴地阅读进步书刊，并开始研究马克思主义学说，为以后走上革命道路奠定了重要基础。求学期间，适逢五四运动波及济南，他激情满怀地投入到运动中去，呼吁民众团结起来，同广大师生一道参加罢课、游行、抵制日货等活动。

民主运动的领路人

1921年，张静源在省立一师毕业后返回原籍，在史口小学教书。1923年，受博兴县教育局局长邀请，张静源任教育局督学。1924年后，他远离家乡，在崂山九水、李家庄小学任教，后在青岛礼贤中学(今青岛第九中学)附属小学任副校长。1927年春，张静源被聘为青岛沧口区宋哥庄小学校长。他办学热心，带头捐献并募集资金，扩建校舍，增设高级班，尽力招收贫苦子女入学，并免收贫困学生的书杂费，使这所原本只有百余名学生的小学很快扩大到500多人的规模。

"四一二"反革命政变后，张静源愤然退出国民党。1928年，他加入了中国共产党，担任宋哥庄小学党支部书记。不久，根据中共青岛市委的指示，他负责领导沧口、李村、大枣园、南曲、赵哥庄一带党组织的工作。上任后，他致力于教育事业，创办平民夜学班，教百姓识字，传播革命道理。为了传播马克思列宁主义，他筹集资金，建立了广益图书馆，购买了《十月革命》《莫斯科印象记》《马列主义浅说》等进步书籍，供党员、积极分子和群众学习、研究。

1929年冬，张静源领导创办了"平民夜学班"，并动员宋哥庄附近30余名青年妇女入班，上文化课，进行革命思想教育。村长刘作澍坚持"男尊女卑"的封建礼教，攻击平民夜学班，鼓吹"臭娘们上学，大逆不道，有伤风化"。张静源义愤填膺，组织了部分进步学员，针锋相对地与之进行了斗争。

按照上级党组织的指示，张静源积极地在工人中培养革命斗争的骨干。他发动宋哥庄周围村庄在日本富士纱厂做工的50多名工人参加平民夜学班，并亲自去上政治课，讲授马克思主义的剩余价值学说，揭露地主、资本家剥削的秘密，教育工人为争取自身的权益而斗争。

1930年，适逢五四运动爆发十一周年，张静源在全校师生大会上发表讲话。他慷慨陈述五四运动爆发的原因、经过，揭露军阀政府的卖国罪行，对广大师生进行爱国主义教育。会后，他又组织游行，一些工人和雇农也加入了游行队伍，壮大了游行的声势。

1932年春，张静源按中共青岛市委的指示，组织富士纱厂工人反抗厂方的压迫和虐待，举行罢工斗争，迫使厂方给工人增加工资，答应不再随意加班加点，不再打骂工人，取得一定的胜利。后来，日本资本家探听到张静源的革命活动，便向青岛市警察局发出通牒，要求逮捕张静源。由于张静源结交甚广，有个熟识的警长给他报了信，他立即处理文件，之后带着妻子渡过白沙河，到即墨县赵村一位朋友家暂避。张静源走后，敌人当晚搜查了宋哥庄小学，张静源闻知后请示中共青岛市委批准他转移。

足迹遍踏胶东的党委书记

1932 年 4 月，上级党组织派张静源到莱阳工作，当时莱阳的党组织处于瘫痪状态。张静源以教学为掩护，先后在万第、水口等地开展党的工作。几个月时间便建立起 3 个区委和莱招、莱平两个特支，并在莱阳乡师、莱阳中学分别建立了党的支部。他介绍莱阳乡师学生刘松山入党。同年 8 月，经刘松山介绍，张静源前往海阳香山小学任教，为海阳党组织的发展做了大量工作。11 月，在海阳成立了海(阳)莱(阳)特支并兼任书记。

张静源在香山小学期间一天只挣一元钱，他节衣缩食，资助学生购买《铁流》《母亲》等进步书刊，指导学生阅读。他经常对学生讲："日寇侵我东北三省，有血气的炎黄子孙，决不能等闲视之。我们要学祖逖，挥师渡江，中流击楫，收复国土；要学岳飞、戚继光，驱逐倭虏，还我河山；还要学祖逖闻鸡起舞，健身壮魄，捍卫中华民族。"①他多次带领学生向群众宣传抗日救国的道理，揭露日军的侵华暴行，积极进行募捐与抵制日货斗争。此后，上级党组织派他到牟平工作，临行前，他饱含革命激情，为党员、学生题诗一首："香自寒来梅傲雪，山色皑皑梅更洁。春风送暖融六出，凤鸟欢唱颂梅歌。"②这首诗寓意共产党人在强大的敌人面前，在白色恐怖下蔑视困难去争取胜利的坚强信念。

1933 年 2 月，受中共山东临时省委委派，张静源到牟平、海阳边区筹建中共胶东特委。经中共山东省委介绍，到牟平县刘伶庄以教学为掩护，进一步开展党的工作。1933 年 3 月，中共胶东特委在牟平县北河崖小学成立，张

---

① 刘舒秋：《胶东革命摇篮——香山小学》，中国人民政治协商会议海阳县文史资料委员会：《海阳文史资料》第 7 辑，1991 年，第 22 页。

② 荆甫斋、刘志耘主编，山东省海阳县志编纂委员会编纂：《海阳县志》，内部资料，1988 年，第 982 页。

静源任书记，刘经三和刘松山为委员，这是中国共产党在胶东设立的第一个统一领导机构。中共胶东特委下辖 8 个县，分别为海阳、莱阳、栖霞、牟平、黄县、掖县、文登和荣成。为了指导开展各县党的工作，张静源指派刘经三（时任中共牟平县委书记）在牟平、海阳两县交界处的霄龙寺（今乳山市白沙滩镇小侯家村东）设立党的秘密联络机关，对外称“霄龙寺鸡鸭公司”，由刘经三任经理。以饲养鸡、兔和蜜蜂为掩护，在此密藏枪支弹药、党内文件和油印机等。各地的同志以买卖家禽为名到霄龙寺进行联络。

张静源经常以教书先生的身份深入农村办夜校，秘密发展觉醒的群众加入党组织，派党员渗透到国民政府和军队内部，扩大党的影响力。

1933 年春，中共山东省委连续两次遭到破坏，中共胶东特委和省委失去了联系。在这种情况下，张静源到天津与中共中央北方局（兼中共河北省委）接上组织关系。中共中央北方局指示成立中共莱阳中心县委，张静源回胶东后，于 6 月主持成立了中共莱阳中心县委并就任书记。在中共莱阳中心县委的领导下，同年夏莱阳党的组织得到迅速发展，党员发展到八九百人，建立了 100 多个党支部。张静源根据上级党的指示，积极活动，很快与海阳、牟平、文登、荣成、烟台、福山等县的党组织取得了联系。

由于长期奔走革命，他积劳成疾，但仍夜以继日地工作。他的胃病时常发作，还患有严重的贫血病，但他不肯休息。他和爱人李淑德每月工资共 68 元，本来生活可以过得较为富裕。可是他俩约定，每人每月只开支 5 元饭费，每人每年做一套衣服，其余全部用于交纳党费，购买进步书籍，周济穷苦工农同志。同志们劝他注意身体，张静源说：“我为党的事业奋斗到底。如果我死了，能立 2 尺长的小牌，写上‘社会主义者张静源’我就心满意足了。”①

在斗争实践中，张静源逐步深刻认识到建立革命武装的重要性。1933 年 7 月，中共莱阳中心县委在海莱边区成立了 40 余人的武装游击队，由姜忠太任队长，辖莱阳、海阳两个分队。这支革命武装打土豪，锄恶霸，镇压叛徒，并夜袭金口盐务局，缴获长短枪 60 余支。张静源还动员同志们募枪、买枪，收集散留民间的枪支。他规定党的领导人要配备短枪，注重军事学习，

① 烟台市民政局编：《永垂千古：胶东革命烈士事迹选》(1)，山东省出版总社烟台分社 1989 年版，第 76 页。

派人到外地学习游击战术，并聘请有武装斗争经验的军事人员当教练，为各地培训武装游击队。

魂归红土崖的英雄模范

1933年8月18日，为方便同各县联系工作，中共胶东特委机关迁到烟台市北大街一所租来的旧房里，以张静源妻子李淑德开缝纫铺为掩护开展工作。此时的李淑德带着尚未满月的孩子跟随丈夫一路颠簸到烟台。因经费缺乏，他们夫妻俩只能每天到小饭铺喝两碗稀粥，勉强充饥。刚住下六七天，家里还没有安顿好，就接到了上级党组织派他到莱阳处理问题的通知。妻子认为他们刚到烟台，衣食无着，再加上儿子幼小，含泪劝张静源不可远行。张静源安慰爱妻说："这是党的大事，我必须要去，无论如何要为党的工作负责到底。淑德，委屈你先凑合一下吧，放心，我最晚八月十五回来，跟你一起过中秋节。"[①]说完，他就骑着旧自行车出门了。谁知这一去竟成了永别。

混进党内的坏分子徐元义为了扩充私人势力，到栖霞、莱阳边界以"拉夫"的手段发展了一批党员。徐元义又拉帮结派，背着莱阳中心县委与中共青岛临时市委联系，另行成立中共莱阳县委，与中共莱阳中心县委分庭抗礼。张静源为了维护党的团结统一，多次对其进行批评教育，徐元义对张静源怀恨在心。9月，中共青岛临时市委派李仲翔到莱阳处理两个县委合并之事。李仲翔分别找张静源、徐元义谈话，在小徐格庄的一个祠堂里召开了党员会议，着重指出两个县委合并的重要意义。此后，他又召开两个县委负责人会议，研究合并事宜。会议决定：合并后的县委由张静源兼书记，宋华鹏、徐元义为副书记。会后，李仲翔返回青岛，合并工作交由张静源负责。可是，徐元义拒不配合。10月11日，张静源亲自去小徐格庄找徐元义处理交接事宜。有的同志劝他不要涉险前往。张静源说："为了挽救党组织和同志，就是虎穴也要闯！"[②]阴险狡黠的徐元义暗中纠集徐元璋、李文芝等叛徒，于1933年10月12日晚上9时许将张静源骗至村东芦口沟河滩残忍杀害。

---

① 高玉山编著：《红色乳山》，山东人民出版社2016年版，第62～63页。

② 中共烟台市委党史资料征集研究委员会编：《胶东英烈颂》第1辑，山东省出版总社烟台分社1985年版，第39页。

中共胶东特委委员刘经三派人去莱阳查访张静源的下落，发现小徐格庄村外有一个新坟。刘经三与当地同志一起连夜掘坟检验，一看果然是张静源的遗体。刘经三和同志们悲愤万分，定要找出凶手，为张静源报仇。中共莱阳县委很快查明事情真相。11 月初，县委派林月樵等人将徐元义处决，纯洁了党的组织，告慰了已逝的英魂。

新中国成立后，在莱阳红土崖革命烈士陵园，党和政府为张静源修墓刻石，建立了纪念碑，永远缅怀这位为民族牺牲的烈士。2009 年，张静源入选“烟台市为新中国成立和烟台建设做出突出贡献的 100 位英雄模范人物”。

忠心耿耿　英勇就义——张连珠

孟　军

张连珠，代号珠子，1904 年出生于山东牟平县九区南长岚村的贫苦农民家庭中。1935 年任胶东特委书记期间领导发动了“一一·四”暴动，后不幸被捕，在敌人的屠刀面前，面对敌人的威逼利诱，不为所动，大义凛然，英勇就义，时年 31 岁。

寻求革命真理

张连珠的幼年和少年是在穷苦的山村中度过的。他的父母都是老实巴交的农民，育有六个子女，张连珠排行老大。在地主的残酷压榨下，尽管父母终年艰辛劳作，但仍过着贫苦的生活。他八九岁的时候，看到农村地主恶霸欺压群众，就问母亲：“为什么他们那么富，咱们这样穷？”母亲回答：“孩子，这都是咱们命不好啊！”[①]目睹地主恶霸、军阀官府对穷苦农民的剥削压榨，张连珠幼小的心灵就埋下了要改换“命”的种子。

张连珠天资聪颖，求学愿望强烈。在多次恳求父母后，得到了亲朋好友的资助，14 岁得以进入私塾学习，成绩优异。20 岁时，因父亲去世，他被迫辍学回家，挑起生活重担。1929 年，25 岁的张连珠考入牟平县立小学，在学校里刻苦学习，并结识了刘经三等进步学生。1931 年，他又以优异成绩考入牟平中学师范班。他努力学习，并且阅读了大量进步书刊，参加了“读书会”“反帝大同盟”等进步团体，经常在校内外参加革命进步演讲活动。他慷慨激昂、正义凛然的演讲往往能让听者感同身受、热血沸腾。张连珠还经常在

① 中共威海市委党史研究室编：《威海著名英烈》，中国文史出版社 2007 年版，第 8 页。

校刊、壁报上发表进步文章。这一系列革命实践锻炼了他的斗争才干，增长了见识，也在同学中获得了很高的声望。后来，他的进步言行遭到学校当局的反对，被开除学籍。

此后，张连珠回到家乡务农，后来经人介绍当了小学教员和校长。他以教学为名，向农民和学生宣传抗日救国道理。张连珠还组织过南黄渔民抗税大示威，捣毁了反动政府的税收所。后来，他还在牟平县段家一带组织了农民反苛捐杂税的斗争。张连珠不断探求革命真理，阅读了介绍马克思主义的书籍，对中国共产党也有了更深入的了解。1932 年 5 月，经中共胶东特委委员刘经三介绍，张连珠加入了中国共产党。此后，他以小学教员的身份投入党的事业。

组织武装暴动

1932 年冬天中共牟平县委成立后，张连珠担任中共牟平县委九区区委委员。1933 年，张连珠任中共牟平县委九区区委书记，秘密发展党员，建立党的基层组织。他奔波在昆嵛山地区，在文登、牟平两县的工厂、农村宣传党的政策，发展党员。由于工作繁忙，饮食没有规律，张连珠身体越来越差。妻子劝他注意身体，他总是说："共产党员活着就要工作，要斗争，为了劳苦大众的利益，再苦也是高兴的。"

1935 年 4 月，他在文登县与曹云章等一起宣传党的政策，用半个月的时间起草了《告胶东工农群众书》。在这篇文章里，张连珠痛斥日本帝国主义侵略中国、国民党反共反人民的罪行，号召有血性的中国人民在共产党的领导下组织起来闹革命，坚决不做亡国奴！在张连珠等同志的努力工作之下，胶东党组织不断壮大，人民群众的觉悟也提高很快。

1934 年，张连珠任中共胶东特委委员。1934 年 8 月，中共胶东特委在牟平开会后，张连珠与刘经三等去荣成、威海等地检查工作，在文登县崮头集被敌人逮捕并被押到文登县监狱。张连珠隐瞒自己的身份，骗过敌人，不久被无罪释放。1935 年 1 月，张连珠担任中共胶东特委书记，根据上级指示，决定发动农民武装起义。他和特委委员开办军事训练班，多次召开会议，研究暴动的有关问题。农历十月二十三，胶东特委在文登县沟于家村天寿宫召开军政联席会议，讨论组织暴动的事宜。在这一关键的会议上，张连珠分析了国际国内形势，指出武装暴动的意义和必要性；程伦就暴动时间、组织分工、暴动的进攻路线等做了说明。暴动具体分为东西两路行动，确定成功后队伍西上。队伍的番号定为“中国工农红军胶东游击队”。会议经过认真讨论后确定暴动的详细计划。暴动的具体时间确定为农历十一月初一，指挥部设在昆嵛山无染寺。张连珠任总指挥，程伦担任副总指挥。会议后，张连珠等同志为起义忙碌，后因准备工作不充分，召开紧急会议，把暴动时间往后推迟三天。

农历十一月初四，中共胶东特委领导的武装暴动在文登、牟平、荣成、海阳等地展开。暴动的队伍袭击了鹊岛盐务局、截山等地的地主武装。武装暴动遭到了国民党的残酷镇压，韩复榘命令八十一师师长展书堂对暴动队伍进行“清剿”。“一一·四”暴动在国民党部队的镇压下失败了，参与暴动的人员陆续转移。

英勇就义

农历十一月初十清晨，张连珠等在文登县汪疃镇底湾头村召集贫苦农民开会，宣传共产党反对苛捐杂税，打土豪分田地的政策。广大农民积极响应，积极参加革命活动。上午十一时左右，国民党军队展书堂部和文登地方反动武装包围了村子。张连珠组织群众转移，部署部队突围。张连珠留在最后，在掩护同志们顺利突围后，因寡不敌众，再加上气管炎发作，不幸被捕。

根据和张连珠住在一个监狱的柏永昶回忆，我们今天能知道他被捕后的一些情况，也能感受到张连珠的凛然正气。

在底湾头被捕当晚，张连珠就被带到汪疃，关押在伪区长杨玉洲的区队部里。张连珠伤口流血，但一声不吭。午夜时分，杨玉洲和两个地主审问他，张连珠厉声呵斥：“不要脸的狗杂种，别高兴得太早了，你们是逃不了人民审判的，杀了我张连珠，也改变不了你们灭亡的下场！”[①]敌人见势不妙，连夜把他送到了文登县监狱。

敌人得知他是胶东共产党的主要负责人，多次想从他口中得知胶东共产党的情况。敌人先是收买利诱，说：“你年纪轻轻，很有前途，只有你说出胶东共产党的情况，保你平安无事，全家荣华富贵。”张连珠说：“你们想知道胶东共产党的底细，很容易，整个胶东到处都是共产党人，你们抓吧！”“我早

① 中共威海市委党史研究室编：《威海著名英烈》，中国文史出版社 2007 年版，第 13 页。

就想好了，消灭了你们这些狗杂种，国家才有希望，人民才有安宁，我们才有前途！”敌人恼羞成怒，吼叫着说：“难道你不想活了，脑袋搬家也不怕吗？”张连珠慷慨地说道：“我很想活下去，因为活着就可以同你们这些家伙作斗争。但是，背叛共产党而活着却是可耻的！”敌人见利诱不成，多次动用酷刑，致使张连珠多次昏死过去。但张连珠每次苏醒过来，都怒斥国民党反动政府、地主恶霸残酷屠杀共产党员、压迫剥削劳动人民的罪行。他还在狱中加强活动，给狱友讲革命道理，鼓励狱友坚定立场，斗争到底。入狱不到半个月，韩复榘从济南发来电报，命令就地处决张连珠。

农历十一月二十三，北风怒吼，乌云密布。一大早，刽子手就闯进监狱，去掉张连珠的脚镣，绑起他的双臂。狱中的同志们知道敌人要对张连珠下毒手了，义愤填膺，流下了悲痛的泪水。张连珠从容不迫，与同志们告别。

张连珠被敌人押赴文登县城西关门外一草地，国民党县长刘崇武问：“张连珠，你还有话讲吗？”张连珠斩钉截铁地说：“有！你们国民党反动政府对日本帝国主义的入侵不抵抗，对中国共产党人和劳动人民镇压屠杀，真是卑鄙无耻，罪恶滔天。中国共产党是全国人民的救星，只有共产党才能救中国。你们这些汉奸、走狗、卖国贼再嚣张、再猖狂，也抓不完、杀不绝共产党人！乡亲们，不要怕汉奸、卖国贼，不管他们多么凶残，早晚也逃脱不了灭亡的下场。共产党领导的革命一定会成功，劳动人民受剥削和压迫的日子很快就要过去了。”敌人慌了手脚，命令立即行刑。张连珠高呼“打倒帝国主义”“打倒国民党反动派”“中国共产党万岁”等口号，昂首挺胸，慷慨就义。

张连珠虽然牺牲了，但他好学上进、追求真理的进取精神，对党的事业兢兢业业、忠心耿耿的高尚品质，在敌人屠刀下威武不屈、英勇就义的英雄气节都值得我们铭记。他大义凛然的英雄气节，鼓舞着胶东人民为争取民族独立、翻身解放继续不懈奋斗。

张连珠领导的“一一·四”暴动虽然失败了，但是动摇了国民党反动政府的统治，唤醒了胶东广大民众的斗争意识，在残酷的革命斗争中锻炼了革命队伍，播下了胶东红色革命的火种。

忠心无悔　血洒他乡——理琪

王玉兰

理琪，本名游建铎，河南太康人，中共党员。他先后在河南、上海多地开展地下工作。1936年，理琪到胶东领导革命工作。1938年，在雷神庙战斗中不幸中弹，壮烈牺牲，年仅30岁。理琪祖籍虽不在胶东，但他永远是胶东人民的儿子。

坚定信仰　投奔革命

1908年，河南省太康县游家村一个富足的人家，一个小男孩出生了，家人给他取名游建铎。爷爷希望孙子延续游家香火，光耀游家门庭。然而，少时的游建铎在看到家中长工的艰辛后开始思考"何以辛勤劳作的人却吃不饱穿不暖、是否命由天定"等问题。

爷爷一直秉承"学而优则仕"的理念，游建铎得以在开封城内上好的中学学习。这里开明的学习环境带给他许多新的感受和收获。他常常和同学为现实政治生活中的问题争得面红耳赤，也常会跑到图书馆去借阅政治、经济、历史和哲学方面的书籍。

20世纪20年代，河南军阀割据、狼烟四起。游建铎中学毕业后，考取冯玉祥将军在开封举办的无线电学校。在校期间他结识了自己的革命引路人——邓汝训并加入中国共产党，踏上了革命道路。在国共合作的大趋势之下，游建铎毕业后回到家乡，进入国民党县党部做事，参加县党部的筹建工作。虽然是在国民党内工作，但是游建铎从未放弃自己的信仰，经常与邓汝训联系，探讨中国发展的现实和个人政治愿望等问题，并表示希望能够脱离国民党组织，参加党的活动，发挥党员作用，走革命道路。在邓汝训的帮助下，游建铎成为冯玉祥部队的一名军人和专业电报报务员。

转战地下　奉献革命

1927年4月，蒋介石发动“四·一二”反革命政变，残忍屠杀和逮捕共产党人和革命者；汪精卫发动“七·一五”反革命政变。革命志士血流成河，全国革命处于低潮。革命心切的游建铎多次要求党组织同意他马上离开国民党军队，到战斗第一线发挥作用。但是鉴于他的政治身份尚未暴露，职业比较特殊，上级党组织让他留在国民党部队里面，以特殊的政治身份和职业为掩护，继续秘密为党工作。从此，游建铎开启了长达四年的潜伏，为人民革命事业做出了重要贡献。

1931年12月14日，地下党员赵博生和国民党二十六军第七十三旅旅长董振堂一起，带领1.7万余名官兵在江西宁都一带举行革命武装起义，加入中国工农红军，游建铎积极响应，带头参加。部队起义成功后，游建铎跟随队伍到达江西瑞金。游建铎充分利用自己的优势，在国民党军队中做策反工作，利用操控无线电设备的便利条件，侦听国民党军动向，及时向红军汇报。在瑞金工作的三年多，游建铎为红军成功粉碎国民党的围追堵截做出重大贡献。

1934年秋的一天上午，上级组织的一位领导人突然找他进行单独谈话，让他尽快离开苏区，利用自己的特殊身份到上海开展地下工作。彼时的上海处于腥风血雨和白色恐怖的笼罩下，很多地下党领导机关遭到严重破坏和威胁，共产党员和革命者不断遭到逮捕和杀害。党的活动非常艰难，也极度危险。游建铎坦然接受了党组织的安排，并坚定表示：“请组织上一定放心，我坚决服从党组织的安排，一定圆满完成组织交给的工作任务，绝不做出对党组织不利的事情来。我以党性担保，绝不当叛徒，绝不当逃兵，不会给党组织丢脸。”游建铎开始了在上海长达一年的地下工作。然而，由于王明的“左倾”冒险主义路线的蔓延和国民党的不断绞杀，上海的地下党组织再次遭到严重破坏，革命形势越来越紧张，驻上海市区的中共中央领导机构被迫撤到苏区，上海的地下工作者与组织彻底失去了联系。游建铎恰好收到邓汝训的来信，推荐他到胶东半岛领导开展党的地下工作。作为一个全新的开始，游建铎更名理琪，与胶东结下不解之缘。更名理琪是出于工作需要和个人安全上的考虑。理琪，“就是理想的‘理’，琪花的‘琪’。主要是取苏联领导人列宁的名字‘弗拉基米尔·伊里奇·列宁’中的‘里奇’二字，只是音同字不同罢了”。[①]

奔赴胶东　领导革命

1936年1月下旬，历尽艰辛的理琪在春节前夕来到文登县沟于家村。此时恰逢胶东“一一·四”暴动失败，广大党员干部和群众的革命信心受到极大打击。为了提振革命精神，重聚革命力量，理琪初来胶东便帮助当地党组织深入分析了革命失败的原因，认为必须从党组织内部查找问题，从党员领导干部思想深处查找原因，整顿思想，根除“左”的思想根源。为了让胶东地区的党员干部和人民群众能够听到上级党组织的声音，理琪还亲自主笔编写了党内宣传小报《真理报》。这份深受喜爱的小报背后，理琪经历了怎样的艰难？由于水土不服，理琪患上了严重的胃病，常常痛得汗如雨下，可为了能给迷茫中的人民以指引，他从不肯轻易停下手中的笔。

理琪以党内通信的形式撰写了《胶东特委给各级党同志的一封信》。在这封长信中，理琪大胆运用马克思主义的立场观点和科学分析方法，正确、全面、客观地总结和分析了胶东地区的政治形势和基本特点，指出了过去工作中存在的问题和错误，批判了某些错误做法，并提出了加以改正的具体措施。理琪的这封信，像久旱后的甘霖，给困顿的胶东地区党组织和革命事业以极大的振奋和鼓舞，更为后来胶东地区党组织的发展确立了目标，指明了方向。这封长信发出之后，他终因劳累过度和胃病加重，病倒在张修己[②]家的土炕上。

在理琪的主持下，中共胶东特委迅速恢复并积极展开工作，首要任务就是集中分散在各地的武装力量，组建地方人民武装。为增强部队战斗力，理琪提议开设政治训练班，选拔和培养队伍骨干力量。后因敌人的干扰，培训班不得不中断，但胶东的革命斗争却没有因此停滞。

---

① 滕振贤、滕达：《特殊使命：理琪与胶东》，山东画报出版社2017年版，第86页。

② 张修己（1908～1986），又名铁夫，代号老铁，文登县（今文登市）天福山乡人。1934年加入中国共产党。1935年任中共胶东特委巡视员。1935年12月任中共文登县委临时书记。1936年4月任中共文登县委书记。1937年12月，任中共胶东特委委员。1938年任中共胶东军政委员会会员兼山东人民抗日救国军军械部部长。后曾任胶东各救会总会会长、胶东农民总会会长等职。新中国成立后，任北京建筑学院党委第二书记、淄博市副市长等职。1986年病逝。

1936 年下半年，为方便与党组织取得联系，在理琪的坚持下，中共胶东特委迁到了敌人最集中、环境最危险的烟台市内，并成功跟北方局派往烟台的吕其恩取得了联系，将中共胶东临时特委改组为中共胶东临时工委。由于叛徒刘忠善的出卖，理琪在裕盛胡同被捕。面对敌人的刑讯逼供，理琪几次昏倒，但始终面不改色，大义凛然。狼狈不堪的敌人不得不草草收场，把理琪从烟台押往济南。国民党山东高等法院的审讯同样无果，敌人对理琪动用大刑。英勇的理琪怒斥敌人，揭穿了敌人的虚伪面目。恼羞成怒的敌人草草结案，当庭判决理琪有期徒刑 5 年。即使被判入狱，理琪也没有停止革命工作。他秘密联络狱中的党员，并与姚仲明、赵长健一起建立狱中地下党支部，并领导狱中的革命运动，声援中国的抗日救国运动。

1937 年 11 月，在姚仲明的多方努力下，理琪重获自由。出狱后的理琪很快与省委取得联系，重返胶东，领导恢复和重建当地党组织，并领导了天福山和威海抗日武装起义，使整个胶东地区的抗日形势快速出现了新的可喜的变化。

再返胶东　血洒疆场

1938 年 2 月 3 日，日本全面侵占烟台。2 月 5 日，日军东进，目标是离烟台城区不远的牟平县城。面对复杂的形势，中共胶东特委召集紧急扩大会议，立即进行战略调整，着手转移，跳出东部地区，西进抗日，进而展开全面抗日斗争。2 月 9 日，理琪告别张修己，率领全体机关人员和部队官兵离开村子，迈出西进转移的第一步。这次的秘密大转移非常谨慎，也异常艰辛。作为中共胶东特委书记，为了尽快实现西进抗日，理琪身先士卒。一夜的急行军，连续赶了 100 多里地，理琪的脚掌上磨出很多水泡。他忍着疼痛，抢在队伍最前面，激励着大家继续前行。2 月 12 日上午，部队顺利抵达牟平崔家口村。

了解到牟平城内伪军兵力空虚，中共胶东特委经过紧急商量，决定攻打牟平城。为保留实力，部队兵分两路：吕其恩带领第二大队和全体军政机关人员继续留在崔家口村，随时机动；理琪带领第一大队和特务队的 100 多人参加攻打牟平城的战斗。一夜急行军，部队顺利到达牟平城南门外，仔细观察地形后理琪当机立断，下达战斗命令，即刻攻打牟平城。由于决策周密，攻城一举成功，并活捉了牟平汉奸县长宋健吾。成立仅 7 天的伪牟平县政权顷刻瓦解。为了保存实力，继续抗日，攻城部队迅速撤离牟平城并分头转移。理琪则带领数十人赶到牟平东南的雷神庙休整，并商讨接下来的行动计划。

突袭牟平城的一举取胜，激怒了烟台城里的日本人。日本司令官土桥一次调集各方力量，展开疯狂反扑。其间，日军的飞机三次飞临雷神庙上空，但由于负责警戒的战士严重缺乏战斗经验和思想准备，明明发现公路上日军的运兵车正在加速扑来，却没有及时示警，而是自己先行撤出警戒区，导致日军长驱直入，迅速包围雷神庙。理琪在短暂思考之后果断下达命令，集体突围。然而，外面的火力实在太猛，理琪带领和组织的几次突围都没有成功。为节约弹药，理琪调整战略，要求大家在"准"字上下功夫，给予敌人有效杀伤。日寇开始了更加疯狂的进攻，隔着厚厚的门板，子弹不断地扫射进来，其中两颗正射中忙于指挥战斗的理琪腹部，肠子流到了外面，鲜血刹那间染红了衣裳。经过半天多的激战，终于冲出敌人的重围。然而，理琪却由于失血过多光荣牺牲，生命永远定格在了30岁。

理琪在胶东党组织发展、人民军队的建设和抗日斗争的组织领导上都发挥过非常重要的历史作用，备受胶东人民的尊重与爱戴。他的陵墓被安排在英灵山胶东革命烈士陵园第一主墓的位置，寄托着胶东人民对他的深深敬仰之情！

1962年6月，郭沫若来山东视察时写下了《纪念理琪同志》的诗。他在诗中赞道：

> 天福英雄是理琪，献身革命国忘私。当年猛打雷神庙，今日高标宿星旗。万代东风吹海隅，一方化雨仰宗师。文登多少佳儿女，接力还须步伐齐。[1]

---

① 中国人民抗日战争纪念馆编著：《抗战英烈谱》，团结出版社2017年版，第115页。

鞠躬尽瘁　光耀千秋——郑耀南

李　准

1946年清明节，乍暖还寒，天空被厚厚的乌云笼罩着。这一天，中共掖县县委、县政府在平里店召开了一场庄重肃穆的追悼大会，参加追悼大会的党、政、军、群共计两万多人，人们的心情也像那天气一样低沉。人们聚集在一起，悼念掖县人民的好书记——胶东游击第三支队支队长郑耀南。

郑耀南(1908～1946)，字盛宸，号耀南，1908年出生于山东省掖县(今莱州市)西障郑家村的一个贫农家庭。他是胶东抗日游击第三支队(简称"掖县三支队")的主要创始人之一，历任掖县县委书记、掖县三支队支队长、八路军山东纵队第五支队团长和旅长、中共中央社会部副组长等职。

求进步，参加革命

18岁那年，郑耀南考入山东省立第九中学。当时省教育厅长王寿彭在中小学中推行读经和会考，进行封建文化教育，禁锢学生的思想。九中校长李浩光，秉承上司旨意，不遗余力地推行读经和会考。郑耀南接受五四运动后的新思潮，不满学校的封建反动教育措施，发动和领导学潮，反对李浩光，反对读经和会考。因此，他被开除学籍。回到家乡后，郑耀南做了乡村小学教师，并积极参加农会的革命活动，组织农民进行抗捐抗税的斗争。1928年，郑耀南加入中国共产党。1930年，中共掖县县委正式成立，他被选为县委书记。

遭出卖，转战关东

1932年春，中共山东省委遭到破坏。由于叛徒的出卖，郑耀南遭到通缉和追捕。在白色恐怖下，他没有因为艰险而消极。相反，在他被迫出走与党失掉联系时，仍然独自为战，时刻不忘党的工作。第一次出走北京、张家口、万全等地，曾经打算去陕北，但由于反动派的严密封锁，没能如愿。1933年2月，党组织决定让郑耀南同志再次出走，寻找关系，扩大宣传，开展工作。这一次，他几乎跑遍了东北三省，到过沈阳、吉林、鞍山、抚顺、哈尔滨等地。他曾以看相算卦为掩护，与东北抗日联军取得联系，并为其做过情报工作。他曾参加吉林省拉法山区游击队的抗日斗争，也曾在抚顺煤矿发动工人进行争取提高工资福利的罢工斗争。1935年，郑耀南第二次回到掖县，和掖县县委的同志一起紧张地为党工作。由于反动派还在通缉他，所以县委便要他到中共胶东特委(驻地在烟台)工作。不久，特委遭到破坏，他又前往青岛、高密、即墨等地寻找党的关系，继续坚持地下斗争。

拉队伍，扩大力量

1937年9月，郑耀南返回故乡，立即同县委领导同志一起，投入了紧张的发动与组织抗日武装的工作。在县委领导下，经过全县党员的共同努力，一两个月的时间，公开的、半公开的武装组织相继诞生。其中，“人民抗日义勇队”“战地服务团”“抗日锄奸队”“人民抗日救国会”等组织都是在党直接领导下建立起来的。在发动与组织抗日武装中，郑耀南不仅筹划领导了全县的工作，而且亲自发动组织了“人民抗日义勇队”。由于他的积极努力与忘我工作，这个组织由开始时人枪极少，很快发展成为枪支较齐全的拥有六七十人的武装，成为当时中国共产党领导下的胶东地区的一支重要武装力量。

攻掖县，巧施计策

1938年2月，日寇侵占掖县城，成立了以汉奸刘子容为县长的伪县政府。当时，全县十个区每个区都有30～70人的“联庄会”区队。刘子容一上台就召开区队长会议，对他们封官许愿，进行拉拢，企图控制全县。为了粉碎刘子容收编区队的阴谋，郑耀南立即召开县委会议，确定摆在眼前的中心任务是：抗敌除奸，开展广泛的游击运动，并迅速建立军政抗敌政府。会后，郑耀南签批了《争取区队到抗敌前线上来》和《乡村民众自卫组织大纲》两篇文章并刊登在《民声》上。郑耀南亲自出面，做通了争取六区区队长周亚泉和七区区队长徐承助的工作。在县委的号召下，经过一个月的努力，绝大部分区队都参加了民众抗敌动员委员会（简称"民动"）。到二月底，"民动"发展到六七百人，刘子容仅守一座孤城，成了瓮中之鳖。

3 月初，"民动"成立了武装起义指挥部，郑耀南任指挥。3 月 8 日夜，"民动"四五百名战士集合在掖县城北玉皇庙山顶。郑耀南健步走上玉皇庙台阶，向"民动"战士下达了武装起义、攻打掖县城、活捉汉奸刘子容的命令。命令一下达，起义战士奋勇向前，把周围十华里的掖县城团团包围起来，小分队迅速切断掖县城通往青岛、烟台、潍县等地日军的电话线，部队只等内应打开城门。但是内应被捕，偷开城门的计划落空。面对新情况，郑耀南立即召开紧急会议，命令部队在军事进攻下对敌开展强大的政治攻势，一面组织战士对城上的伪军喊话，一面派人捉拿刘子容的家属到城下做人质。"汉奸刘子容赶快开城投降吧！再不投降只有死路一条啦！""伪军弟兄们，我们都是中国人，你们不要给日本鬼子卖命了！"①城下战士舒臂挺枪，喊声震天。城上伪军缩头缩脑，胆战心惊。在伪军人心溃散的时候，刘子容的家属被押到城下。刘子容见此情形，顿时吓得魂飞魄散，瘫倒在城门楼里。其卫队长见兵临城下，大势已去，慌忙下令开城。郑耀南率领起义部队雄赳赳、气昂昂地进了城，占领了县政府和公安局，缴了伪军的枪，救出了内应，活捉了汉奸刘子容。

1938 年 9 月，上级决定把胶东游击第三支队和山东人民救国军第三军合编为八路军山东纵队第五支队，郑耀南被任命为六十二团团长。三支队有些同志想不通，"对部队的合编和对耀南等同志的任命提出怀疑和异议"②。郑耀南顾全大局，耐心向大家说明情况，坚决执行党的决议。中共胶东特委书记王文听取合编工作汇报后说："老郑真是一个好同志"。

---

① 中共烟台市委党史资料征集研究委员会编：《胶东英烈颂》第 1 辑，山东省出版总社烟台分社 1985 年版，第 26 页。

② 烟台地区行政公署出版办公室编：《胶东风云录》，山东人民出版社 1981 年版，第 287 页。

到延安，忘我工作

1939年3月，郑耀南离开二十一旅，担任山东报告团党支部书记，到中央汇报工作。他怀着对党中央、毛主席的无比敬仰，对革命圣地延安的崇高向往的心情，克服了脊背的病痛，冲破了敌人的重重封锁，历时半年多，终于在同年10月到达中央所在地——延安。他在向中央和中央军委汇报工作之后进中央马列学院学习。

由于长期艰苦转战，到1940年下半年他的脊椎更加酸痛。同志们多次劝他进院治疗，他总是说："学习机会难得，革命需要知识，我可以坚持。"他知识渊博，学习刻苦认真，成为小组讨论发言的骨干。由于工作需要，1940年秋郑耀南还没有毕业就被调到中央军委一局工作。1941年4月，郑耀南病情更加严重，不得不入院疗养。疗养期间他仍然坚持学习，热情为病员服务，被评为"模范休养员"，出席了军委直属队党员代表大会。1941年8月，中共中央决定将中央军委一局和中央社会部合并，郑耀南调到社会部一室任组长。1942年2月，他又调到社会部二室指导组任组长。他工作认真负责，精益求精，从未出现差错。在中央工作期间，郑耀南聆听了毛主席很多重要报告，学习了很多中央重要文件和马列主义著作。1942年4月，延安整风运动全面展开，郑耀南参加了社会部二室整风领导小组的工作。通过整风运动，他的马列主义水平进一步提高。

1943年冬，郑耀南脊椎疼痛异常，经中央医院检查，被确诊为腰椎结核。他再也不能坚持工作了，只好接受组织的决定入院医疗。1945年，他下肢瘫痪，卧床不起。郑耀南知道自己时日不多了，但依然很乐观，天天坚持读书学习，对中国革命的胜利充满了信心。他向从掖县来看望他的同志询问掖县党的发展情况，给胶东党组织捎信介绍掖县的党员干部情况，向身边的警卫员传授知识，教他识字写字。一个珍视革命的人，最懂得生命的价值，他决心在生命最后的一刹那发出更多的光和热。1946年2月23日，年仅38岁的郑耀南为革命献出了自己光辉的一生。

为革命，鞠躬尽瘁

郑耀南逝世后，他的家乡西障郑家村为其竖立了纪念碑，碑文写道："郑耀南同志参加革命十八年来，多经颠沛艰险，辗转往复，但坚持革命始终如一，尤以忠心对党，联系群众，气魄宏伟，堪称楷模，事变后发动抗战，即为其执行政策尽瘁革命之范例。”郑耀南烈士逝世50周年时，中央军委副主席迟浩田为其题词：“峥嵘岁月渤海湾，忠魂千秋留延安。”

如鱼得水　转战胶东——于得水

王晓霞

于得水(1906～1967)是胶东家喻户晓的英雄人物。著名小说《苦菜花》中的于得海团长和《山菊花》中的主人公于震海队长,都是以于得水为原型来塑造的,被当地群众誉为飞檐走壁的传奇英雄。

自古英雄多磨难

于得水,原名于作海,1906 年出生于山东文登洛格庄一个贫苦农民家庭。于得水的乳名是展羽,寄托了家人对他的美好期望:将来像大鹏一样展翅翱翔,光宗耀祖。祖父于老三是挑脚小贩,活活饿死在烟台。父亲于连登是泥瓦匠,二叔种地,三叔是苫匠,全家 13 口人,生活艰难。他 15 岁那年,春上久旱无雨,秋天雨涝成灾,地里几乎颗粒未收,租息交不上,狠心的地主"二面狼"上告于得水的父亲抗交租息,文登县衙将其父抓去监押。为了赎保父亲,弄得家业破败,债台高筑。由于过分劳累和饥饿,大哥早逝,弟弟得急病夭折,三叔上吊自缢,奶奶也病饿而死。

18 岁时,仇恨满胸的于作海开始拜师学武,他决心学习梁山好汉,以"武术会"之名安营扎寨,招兵买马,为穷苦人争出头之日。他白天种庄稼,夜晚练武术。几年后,练就了一身好武艺,刀枪棍棒样样精通,身体也练得结结实实。

早期革命多坎坷

于得水出身贫苦,斗争意识强,又经常接触共产党员邹恒禄、于绍先等人,阶级觉悟不断提高。1931 年 5 月,经邹恒禄介绍,他参加了农民协会。

1933年春,经刘振民、于绍先介绍,他加入了中国共产党,改名于海。在党组织的直接教育下,他和其他党员一起,通过武术会、农民协会等渠道宣传党的主张。按照上级党组织的指示,在牟平、文登、海阳一带广泛开展革命活动,积极进行抗日救国宣传,建立党的秘密联络站,组织革命武装,受到了人民群众的拥护,但也招致了敌人的仇视。

1933年7月12日晚,按照事先的约定,邹恒禄、于绍先、吕以明等人在于得水家开党员会议,不料被本村坏人告密,葛家联庄会会长丛镜月带领百余人包围了于家的茅屋。幸好于得水的妻子吕凤斯听到门外响起杂乱的脚步声,急忙将熟睡的于得水推醒。这时,几个敌人已端枪冲进了院子,用力踢门叫骂。于得水一个急翻身,顺手摸起挂在墙壁灯窝里的一把菜刀,猛地向炕上一拍,大吼一声:“哪个想死就过来!”他大声吆喊妻子:“快拿枪来!”敌人早就闻知于得水武艺高强,又听说有枪,更加害怕,已经冲进屋里的敌兵急忙退回到院子里。于得水趁机一个箭步从炕上跳到桌子上,再跃到箱橱上,用肩膀将屋顶一扛,房子被顶破一个大窟窿,然后他飞身蹿上屋顶,躲进了邻居孙树堂家的炕洞里。敌人没有抓到于得水怎肯罢休,翻箱倒柜,将于家人全部赶到院子挨个盘问,一无所获的敌人把于得水年仅5岁的儿子打得鼻口出血,然后扬长而去。于得水的妻子急忙找出于得水的衣服,又找出了粪篓子、蓑衣和草帽,让人给他送去。于得水钻出炕洞,装扮成拾粪的,混杂在上山干活的人群中出了村。

从此,于得水离开了家。1934年初,他任中共文登县委武装小组组长,并化名林得胜隐蔽在昆嵛山区进行武装游击活动。凭着过人的胆略和高超的武艺,他先后几次孤身御敌,最终都以少胜多,化险为夷。1934年11月,党组织决定让于得水暂离胶东,到大连躲避追捕。他先在大连码头做装卸工。由于码头人员复杂,容易暴露,他又到老虎滩花园做工,不料被日本翻译——同村人宋文峰认出,幸亏及时转到宫本木厂做杂工才免遭毒手。在此期间,他先后化名为高德胜、刘二伦。此后,他又到偏僻的锦州小孤山教武术。1935年6月,于得水接到组织来信,信中写道:“……父亲病很重,赶紧回家看看。我们都很忙,老百姓盖房子要用砖,我们都在烧窑……”[①]在反复研究信件后,于得水决定遵照组织指示迅速返回胶东。

---

① 许建中:《昆嵛英雄于得水》,解放军出版社2012年版,第36页。

率众暴动立奇功

1935年11月29日,中共胶东特委发动了农民武装暴动,于得水参加了暴动前的准备工作,被任命为东路一大队大队长。

11月28日晚,他和政委刘振民带领特务大队奔袭石岛。不料,敌人有所觉察,警戒很严。于得水随机应变,分兵两路,连夜西上,两天一夜未休息,奇袭人和集镇公所、鹊岛盐务局、黄山区公所、宋村盐务局,然后按原计划与一、二大队会合。

11月29日早上,于得水一行9人赶到人和集。他让两个队员装作吵架打官司的,自己假装劝架,吵吵嚷嚷,靠近了镇公所。"干什么的!"两个镇丁扔掉烟蒂,呵斥道:"穷鬼,没事找事,滚开滚开!""哎……人家要上镇上打官司,你们凭什么不让进!"于得水说着走到两个镇丁跟前,两个大手像老虎钳一样,分别抓住两个镇丁的枪,一拉一推,就把枪夺了过来,递给自己的队员。两个镇丁还没反应过来,就被几个队员死死摁住了。

紧接着于得水率队乘胜北上,直奔鹊岛盐务局,敌人早已闻风而逃。队伍又直扑宋村盐务局,在张家埠南,与逃回的盐警队相遇,歼灭盐警30余人。前后两天一夜,于得水带领部队行程300余里,缴获长短枪80多支、刺刀50余把、土枪30多支,子弹2000余发,受到胶东特委书记张连珠的表扬。

12月5日,张连珠等率领的第一、三大队被展书堂的八十一师包围在底湾头村。于得水带领队伍到达潘格庄一带,与敌人遭遇,经激烈战斗,互有伤亡,被迫撤出战斗,跨过母猪河,进入昆嵛山。"一一·四"暴动被残酷镇压,中共胶东特委领导人张连珠、程伦、曹云章等人牺牲。面对白色恐怖,于得水毫不畏惧,带领游击队员在昆嵛山区坚持武装斗争,与敌人巧妙周旋,积蓄力量等待时机。

于得水和他的战友们以昆嵛山为根据地,采取分散与集中、秘密与公开相结合的方式,了解暴动失败的情况,总结经验教训。同时,与各县党组织取得联系,多方寻找特委领导人,并教育群众化悲痛为力量,继续坚持斗争。于得水常常乔装外出,冒着生命危险慰问烈属,联络同志,营救战友。海阳、牟平、文登、荣成的广大地区,都留下了他的足迹。为了减轻党和人民的损失,于得水还指挥游击队员在山上放火,放石炮,引诱敌人"剿山",用少数人牵着敌人的鼻子转,消耗敌军。敌人"剿山",他就率领同志们于夜间袭扰敌军。当敌军回窜平原时，他们又转移到上山。遇上小股敌军，就猛冲狠打，搞得敌人惶恐不安。

1936年春天，于得水和大家一起研究决定，在昆嵛山群峰隐蔽、地势险峻的老蜂窝举办学习班，参加学习的十几名同志多是武装游击队员。他们学习从苏区转来的《苏联革命经验》《中国工农红军游击战术》等小册子，结合“一一·四”暴动的情况进行讨论，初步认识到这次暴动犯了“左”倾盲动的错误，也认识到革命斗争的长期性和复杂性，在思想上和战术上都提高了一大步。生活虽苦，但大家的情绪却饱满高涨。休息时，于得水领着大家小声哼唱《大雪飘飘在天空》等自编歌曲，鼓舞大家奋勇战斗！在举办第二期学习班时被敌人发现，敌人出动200余人搜捕。在打退敌人后，学习班就此结束，但是游击队员们收获很大，积累了反“围剿”的经验。

英勇负伤夺界石

于得水率领的这支游击队在昆嵛山区神出鬼没，敌人奈何不得。敌人不甘心失败，就让靠近昆嵛山的界石区队千方百计侦察游击队的活动，并在昆嵛山东、南、北面的交通要道设埋伏，对游击队和老百姓威胁很大。于得水等同志请求中共胶东特委拔掉这个钉子，特委书记理琪同意了他们的计划，他们认真制定了奇袭敌界石区队的具体作战方案。

昆嵛山东的界石村驻守着文登县国民党反动派地方武装“联庄会”的50多名匪丁，他们横行乡里，祸害百姓，残杀革命同志。1936年6月2日夜，于得水率领部分游击队员用计引出门岗哨兵，冲进大门。冲在前面的于得水被一颗子弹击中腹部，会些武功的敌小队长张牙舞爪地扑了上来。在这千钧一发之际，于得水大吼一声：“谁动，老子就砸死谁!”他扬起拳头朝敌小队长猛砸过去，接着又朝他胯裆猛踹一脚，敌小队长“啊”的一声便栽倒在地。不巧，又一颗子弹击中了于得水的腹部，他强忍伤痛，指挥战斗取得了胜利。之后，他被安排在当地的老乡家里养伤。伤势略微好转后，为了不连累老乡，他躲进无染寺附近的一个石洞里养伤，这是一个非常小的石洞，高约一米，深约两米，周围昏暗潮湿。于得水在此一边养伤，一边运筹帷幄，指挥战斗，石洞因此被称为“帷幄洞”。

革命征程多捷报

1936年秋，于得水伤未痊愈就赶到烟台向中共胶东特委汇报情况。他与领导们共同分析了当时的形势，提出了攻打垒子盐务局的建议，得到了理琪等特委领导的赞同。1937年春，于得水带领20多名游击队员化装成农民，混在买盐的群众当中，趁盐警吃午饭的时候打倒门岗，冲进屋内，全俘敌人。

1937年12月15日，中共胶东特委在文登沟于家村召开紧急会议。根据中共山东省委在胶东成立山东人民抗日救国军第三军的指示，中共胶东特委决定以于得水率领的游击队作为起义的主要武装基础，编成第一大队，于得水任大队长，宋澄任政委。会议决定于12月24日举行抗日武装起义，组建山东人民抗日救国军第三军。就是在这个时候，他改名为于得水，寓意得到人民群众的支持，如鱼得水。如果没有人民群众的帮助和拚死保护，于得水就没有今天。12月24日，中共胶东特委发动了天福山抗日武装起义，打响了胶东人民抗日救国的第一枪。胶东人民的抗日烽火从此便熊熊燃烧起来。

1938年3月19日，于得水奉命率队攻打福山县城，在兄弟部队的配合下一举成功，县保安队300余人被改编，成立了福山县抗日民主政府。

刚刚诞生的山东人民抗日救国军连破牟平、福山二城，敌人惶恐不安。派人侦察后，于得水提出了袭扰驻烟敌军的计划。经上级批准，于得水率领部队于夜里突然攻占了西沙旺警察所，并放起了大火。这一仗搅得敌人失魂落魄，坚定了军民抗战必胜的信心。

1938年7月20日，胶东军政委员会将山东人民抗日救国军整编为5个营，于得水任二营营长。他带领二营担任蓬莱城西、北两面的警卫任务。在戚继光曾经抗倭的蓬莱水城，他给战士们讲古代的爱国故事。不久，于得水接到命令，带领部队出发。

1938年9月18日，山东人民抗日救国军第三军改编为八路军山东人民抗日游击第五支队，于得水被任命为六十三团团长。部队开到黄县、招远边界，主要任务是保护兵工厂和玲珑金矿，保障第五支队的军需物资和经费来源。在这期间，国民党山东第九区行政专员兼保安司令蔡晋康组织顽固派两次向玲珑金矿发起进攻。于得水率六十三团迎头痛击，毙伤敌人百余人，俘虏50多人，给敌人以重创，确保玲珑金矿安全生产。

1945年8月，于得水被任命为东海军分区副司令员兼烟台警备区司令员。为了粉碎美蒋反动派企图在烟台登陆的阴谋，中央军委指示胶东部队迅速占领烟台市。于得水与其他军分区领导率部解放了烟台。自9月29日开始，美军第七舰队黄海舰队公然要挟我军撤离烟台，还要强行登陆。在这剑拔弩张的时刻，于得水常常彻夜不眠，部署部队沿烟威一线构筑工事，严加防范。最后，经过我方的坚决斗争，美军终于放弃登陆的企图。10月19日，伪军张立业部打起了国民党"山东保安三十七旅"的旗号，由天津驾驶武装船只占领了烟台港外的崆峒岛，企图侵占烟台市。29日，于得水奉命派东海军分区特务二团主攻，在兄弟部队的配合下向崆峒岛敌军两次发起猛烈攻击，击毙、俘虏敌军200多人，其余敌军逃窜，我军收复崆峒岛。

1946年1月，于得水升任胶东军区第一军分区司令员，率部坚持内线作战，牵制了大量国民党军，为胶东解放做出了巨大贡献。1949年4月，他奉命率部队渡江南下剿匪，出任浙江军区第六军分区司令员。

英雄蒙冤终昭雪

新中国成立以后，于得水继续为社会主义革命和建设事业呕心沥血，忘我奋斗。1950年5月，他调任浙江省军区后勤部副部长兼军区建筑委员会主任。1955年被授予大校军衔。1958年7月，任南京板桥工程区建设指挥部总指挥。1961年8月4日，组织批准于得水转业，到安徽省任民政厅副厅长，同时担任政协安徽省第三届常委会委员。

于得水没有忘记人民群众。他保存着一张长长的单子，上面写着近百个人名和地址。"每月领来薪金，他的家属就照着名单上的地址忙活：给这个人寄多少钱，给那个人寄多少钱；给这家老人寄双鞋，给那家的儿子寄床棉被；给这家姑娘寄几本书，给那家刚生孩子的媳妇寄几斤红糖……常常是，寄走了钱和东西，剩下的仅够全家精打细算的生活费。有时不够，就得去借债！"①

1967年2月，这位屡建奇功的英雄在"文化大革命"中被迫害致死。3月，周恩来总理亲自安排，让军管会将于得水的遗体迁入合肥西郊大蜀山的

① 许建中：《昆嵛英雄于得水》，解放军出版社2012年版，"序言"第5页。

墓地。重新安葬于得水时，子女们遵其遗愿，将其部分骨灰送回山东，安放在栖霞英灵山胶东革命烈士陵园。1979 年 2 月 19 日，于得水追悼会在合肥举行，于得水得到彻底平反昭雪，恢复名誉，被追认为革命烈士。

在于得水曾经战斗过的昆嵛山前，他住过的两间茅草房保存完好，记录他传奇人生的石碑竖立在一旁，仿佛诉说着这位屡立奇功的英雄的故事。

文韬武略　忠孝英雄——于己午

战　承

于己午(1915～1942),原名于纪武,山东牟平县上庄村人。曾任胶东区党委秘书长、政府工作部部长,中共西海地委书记、西海指挥部、西海军分区政治委员等职务。1942年冬,日军对胶东抗日根据地进行"拉网大扫荡",于己午在率中共西海领导机关转移过程中被敌包围,战斗过程中身负重伤,壮烈牺牲。

于己午幼年时代受过良好的家庭教育。父亲于立仁是清末秀才,当了一辈子私塾先生,为人正直,治学严谨,兼通医道。1924年,于己午在本村上小学,1932年考入烟台山东省立第八中学。于己午虽自幼家境小康,但很能吃苦,从上庄镇到学校路程90里,他来往都是步行。在班里,他年龄最小,但天资聪颖,又刻苦认真,学习成绩总是名列前茅。

青春励志　热血救国

在烟台山东省立第八中学学习期间,他发奋苦读,常常学习到深夜,又时常彻夜不眠。时值九一八事变之后,于己午从报刊上看到日寇侵占东北,东北人民陷入水深火热之中。他目睹军阀争雄,兵连祸结,民生涂炭。内忧外患之困境更坚定了他救国救民的宏伟志向。北平爱国学生的抗日救国运动,影响到胶东地区,于己午满腔热忱地投入抗日激流,和同学们组成"御侮兴华"队伍,走出学校,开展抗日救国运动,进行宣传、募捐、抵制日货等活动。

1934年,于己午考入山东省济南师范学校,继续求学深造。济南师范学校的革命氛围浓厚,早在20世纪20年代就建立了中国共产党的组织。他沐浴着中国共产党的阳光雨露，茁壮成长。1935年，经刘清禄介绍，于己午加入中国共产党。入党后，他苦读《湖南农民运动考察报告》和《共产党宣言》等革命读物，并与在威海师范读书的胞兄于一心交流读书心得。兄弟二人，书信来往，互相勉励，共同进步。

年少忧国　弃笔从戎

1936年7月，于己午从济南师范学校毕业，到济宁的乡村建设研究院受训。1937年，他被分配到黄县北马乡校任校长。他以此做掩护，秘密进行革命活动，以讲坛为阵地，向学生宣传革命理想。

1937年全面抗战爆发后，日军很快占领华北，逼近山东。于己午与上级党组织派回胶东的林一山取得联系，积极发动群众，进行抗日救亡宣传。于己午回到家乡，脱下长衫，奔赴抗日一线，在牟平发动、联系青年进行抗日活动。

1938年2月，烟台、牟平相继沦陷。2月13日，山东人民抗日救国军第三军一举攻克牟平城，接着与日军激战于雷神庙。于己午听到这些消息，振奋不已。他看到了抗战的光明前途，坚定了抗战胜利的信心。他把这胜利的消息一遍又一遍地念给全家人听。他与新婚不久的妻子商议，响应中共中央北方局“每一个优秀的共产党员，应该脱下长衫到游击队去”①的号召，投笔从戎，奔赴抗日第一线。1938年3月17日，于己午告别亲人，踏上抗日救国的征途。

1938年，时入仲春，余寒未消，于己午到达敌后抗日根据地，先是在中共胶东特委工作。1938年11月，于己午到东海特委执行任务。路经家门，便将妻子也带出来参加革命。当他们回到部队时，大家见他妻子是个弱不禁风的大家闺秀，对她能否经受住艰苦斗争的考验感到担心，就跟于己午开玩笑说：“你老婆是青岛圣公教会学校的学生，只配做贤妻良母，哪能到前线来受这份苦？”于己午听后收敛了笑容，严肃认真地回答道：“狼闯进了屋子，咬伤了母亲，孩子不拿起枪来反抗，行吗？”②

---

① 欧阳淞主编：《中国共产党人的故事·政治坚定卷》第1辑，中国方正出版社2017年版，第238页。

② 常连霆主编，中共山东省委党史研究室编：《中共山东编年史》第4卷，山东人民出版社2015年版，第271页。

1939年7月，于己午任中共胶东特委秘书长，后又兼任政府工作部部长。1940年7月，他被调到山东第三区委工作。工作期间，他在《大众日报》上发表社论《向三纵五旅的保证与希望》，产生强烈反响。

1940年底，西海根据地仍处于开创时期，主力部队东去牙山，只留少量地方武装坚持斗争。日伪军和国民党顽固派互相勾结，乘机向西海抗日根据地频繁进攻。1941年秋，在严峻形势下，西海地方武装配合主力部队首先痛击了投降派高玉璞部，然后一鼓作气，接连打了几次胜仗，拔除了几个日伪据点，打通了西海和掖北抗日根据地，并与清河抗日根据地连成了一片，扭转了西海地区孤立、被动的局面。

肝胆相照　精诚团结

于己午虽出身书香门第，但生活朴素，平易近人，谦虚谨慎，受到西海地区干部和群众的尊敬和爱戴。

1940年5月，于己午任胶东区党委秘书长时带领巡视团到掖县巡视工作。在20多天的时间里，他和大家一样跋山涉水，不辞艰辛，深入农民家中，嘘寒问暖，认真检查党的政策的贯彻情况。这种深入实际的工作作风，给在县里工作的同志留下了深刻的印象。当年，于己午从胶东区党委调往西海地委时，妇女干部李桂枝也同时调往西海。一路上，于己午让李桂枝骑马，自己步行。由于他平易近人，战斗间隙和工作之余下级都喜欢跟他学文化，和他聊天。每逢传统节日，他都和大家一起过。西海区的干部、战士都说："于政委就像一团火，他走到哪里，哪里就有温暖。"①

于己午是个乐观而又风趣的人。在西海时，由于敌人的频繁进攻，有时一天要转移数次，生活环境很不安定。有一次，管理员好不容易搞到一点牛肉，刚要动手包包子，敌人就来了。大家只好起来收拾，跟敌人转山头，一转就是好几天。牛肉馅变酸了，同志们还是舍不得扔掉。于己午和大家席地而坐，一块吃着酸馅包子，风趣幽默地说："真该感谢敌人的这次进攻，我们吃包子用不着花钱买醋了。"②大家在一片欢笑声中忘掉了几天奔波的疲劳。

---

① 山东省民政厅编：《光照千秋——山东革命烈士事迹选》(12)，天津人民出版社1992年版，第66页。

② 山东省政协文史资料委员会编：《山东抗日殉国将士》，中国文史出版社1995年版，第491页。

1942年3月，西海地区各界人民代表大会召开。各界人民代表怀着喜悦、观望、怀疑等复杂心情，出席这次史无前例的会议。于己午登台发表了“军民鱼水情”的讲话。动人心弦的话音刚落，立即响起经久不衰的掌声。这无疑表达了人民群众对以于己午为代表的共产党干部的信赖与期望。对于群众代表提出的一件件议案，于己午都亲自过目，并和主要领导人及工作人员认真研究，做到一步一个脚印地实施生效，赢得群众的信服和拥护。

1942年春，于己午领导西海人民开展减租减息和改善雇工生活的群众运动。这次运动减轻了贫雇农的负担，调动了农民群众参加抗日和发展生产的积极性，使西海地区出现了党政军民齐协力、团结抗日保国家的大好形势。在创业的艰苦斗争中，于己午非常重视党的宣传工作。他到西海不久就提出创办《西海导报》以及《团结》党刊，并为报刊撰写了发刊词。他还亲自审阅、修改重要文稿。

痛击日寇　壮烈陨落

1942年冬，严寒、朔风冷酷地侵袭人间，日军华北派遣军司令官冈村宁次比严冬朔风更加无情。日军两万余人侵入胶东抗日根据地，进行惨绝人寰的“拉网大扫荡”。敌人分进合击，密集平推，步步紧逼，甚至疯狂叫嚣“逢山必梳，遇匪必剿，土八路插翅难逃”，妄图把胶东地区的抗日力量一网打尽。

于己午领导西海军民坚守根据地进行反“扫荡”斗争。他率领军队，指挥民众，先后配合主力部队袭扰招远、夏甸、驿道、朱桥、平度城等日伪军据点，杀得敌人心惊胆寒，不敢出兵援助正进行大“扫荡”的敌人。西海地区斗争的节节胜利，有力地配合了兄弟部队和其他地区的反“扫荡”斗争。

1942年11月11日，正在冰天雪地中指挥西海根据地军民进行反“扫荡”斗争的于己午在行军途中偶遇胞兄于一心。于一心比于己午年长三岁，在威海师范学校毕业后从事教育工作，后参加山东省人民抗日救国军第三军。兄弟二人沙场偶遇，喜出望外。

次日拂晓，于己午等率中共西海地委和军分区机关转移至夏甸的柳连庄时与大批敌人遭遇。于己午等干部率部且战且走，撤至莱西、招远交界的萌山山区，依托群山、深谷与敌周旋。面对穷凶极恶的敌人，军分区司令员赵一萍、地委书记于己午、参谋长于一心各率一个警卫排，掩护机关人员分头突围。

战场硝烟弥漫，枪弹呼啸，战斗异常激烈。于己午边指挥边射击杀敌。战斗正激烈之时，一颗子弹射穿于己午的左臂，灼痛如焚，而他坚持指挥战斗，若无其事。于己午、于一心合兵一处，全力杀出重围，赵一萍带领机关人员突围而出，于己午、于一心率军转至一座古刹，据刹而战，与敌人展开殊死搏斗。

经过几个回合的拉锯式攻守，在敌人第三次进攻时，于己午不幸胸部中弹，倒地前高呼："宁为玉碎，不为瓦全！"行至僻处，举枪自尽，壮烈牺牲。

于一心目睹胞弟血洒古刹，肝肠寸断。战斗日益激烈，于一心腹部中弹，倒在血泊中，临终之时竭力而呼："打倒日本帝国主义！救国拯民！"①

① 赵冰姿：《一门三烈何悲壮　两代英豪照汗青——祭于己午、于一心、于凤祥烈士》，烟台市民政局编：《永垂千古：胶东革命烈干事迹选》(2)，山东省出版总社烟台分社1991年版，第72页。

大智大勇　剿匪英雄——杨子荣

王锦远

1947年2月22日，牡丹江军区二团得到情报：一个名叫郑三炮的土匪在闹枝沟一带活动。团里决定由杨子荣（1917～1947）带领小分队前去清剿。

当日晚，小分队一夜急行军，天亮时分抵达闹枝沟。杨子荣发现一处马架子窝棚。根据经验，他断定土匪就在里面。杨子荣悄声喊道："跟我上。"迅速靠近窝棚，一脚将门踹开，大喊一声："不许动！"只听得屋内一阵大乱，传来拉枪栓的声音。杨子荣当即扣动扳机，枪没响。这时，从屋里射出一颗罪恶的子弹，打中杨子荣的胸膛。他晃了几晃，倒在了门旁，血流如注。

孙大德扑上去，紧紧地抱着杨子荣的身体，杨子荣的嘴唇轻轻颤抖了几下，想说什么。孙大德把耳朵贴近他的嘴边，艰难地把他断断续续的遗言连接成一句完整的话："大德……任务……"

杨子荣的枪为什么没有打响？杨子荣是谁？

杨子荣，原名杨宗贵，字子荣。1917年3月3日，出生于牟平嵎岬河村的一户贫苦人家。父亲杨世恩是个泥瓦匠，母亲宋学芝是个农村妇女。

杨宗贵兄弟姐妹六人，他在家中排行老三。4岁时，与家人去东北安东（今丹东）谋生。当年秋，除父亲和姐姐留在安东外，母亲又领着其他孩子返回胶东。1925年，要强的宋学芝决计不让儿子做睁眼瞎，咬着牙让杨宗贵念了四年私塾，这为儿子以后成长为侦察英雄打下了一定的文化基础。

1929年，胶东地区军阀混战，民不聊生，家乡生活更加艰难，12岁的杨宗贵在母亲的安排下再次去安东找父亲。九一八事变后，日军侵占安东地区，父亲被迫去当劳工后杳无音信，无奈之下杨宗贵只好到姐姐做工的缫丝厂去当童工。在日本商人的挤压下，缫丝厂也很不景气。三年学徒期未满，他就被赶出工厂大门。之后，十五六岁的杨宗贵辗转底层谋生，到码头当搬运工，搬木头、扛大包，后又到鸭绿江上当船工，顺水放排，逆水拉纤。小小年纪就饱尝生活的艰辛。

1938 年底，21 岁的杨宗贵在千山采矿区当矿工。5 年多的时间里，杨宗贵不仅生活艰辛，还经常遭受日本监工的毒打。1943 年的一天，杨宗贵看到日本监工又在毒打自己的工友。他忍无可忍，夺过监工的皮鞭猛揍监工。事后，他连夜逃离矿山，辗转回到牟平。

在东北生活十几年，杨宗贵对东北的风土人情、野史轶闻、行帮活动以及土匪黑话等都有较深的了解。他虽然文化水平不高，但聪明好学，酷爱读书，特别喜欢《三国演义》《水浒传》等古典文学小说。为了少受欺负，他还跟跑江湖的人学过武术，身手不凡。这些为他后来成为一名出色的侦察员打下了一定的社会基础。

1943 年，杨宗贵从东北回到家乡。这时，牟平已成为抗日根据地，建立了抗日民主政府，开展了减租减息运动，群众生活水平明显改善。杨宗贵家也买了一头耕地的小毛驴，与周围群众互助合作，开荒种田，开始过上了安稳生活。回家当年，在母亲的张罗下，杨宗贵和邵家沟村的许万亮结婚。

参军入伍

家乡的稳定生活，让杨宗贵初尝做人的尊严，也使他认识到只有共产党才能让人民幸福，八路军才是真正为劳苦百姓打天下的队伍。他主动加入民兵组织，站岗放哨，埋设地雷，勇敢作战，积极参加抗日斗争。1945 年 8 月，解放牟平城的战斗打响，他勇于参战，与民兵配合主力部队，一举解放牟平城，将日寇赶出了牟平大地。

日本投降后，国民党反动派急于夺取胜利果实，大举向解放区进攻，为保卫解放区，保卫胜利果实，胶东地区开展了大参军运动。杨宗贵得知消息后，没等跟家里人商量，就偷偷用“杨子荣”的名字报名入伍。

参军后，他被编入胶东军区牟平独立营。自此，牟平少了个杨宗贵，八路军里多了个杨子荣。

杨子荣入伍后，指导员见他是个“年龄不轻、军龄不长”的“老兵”，便安排他到炊事班当炊事员，他愉快地接受了组织的安排。在偷偷学习杀敌本领的同时，杨子荣还积极参加政治学习，通过学习他进一步了解了我军的性质、宗旨等，杨子荣心里就像打开了天窗，坚定了人生的信仰。

内战爆发后，东北成为国共两党必争之地。我党制定了"向北发展，向南防御"的方针，中央命令山东根据地立即派主力部队开赴东北。牟平独立营编入了胶东军区海军支队，准备开赴东北。

1945 年 10 月 25 日下午，杨子荣所在部队分乘 10 只大帆船和 3 艘渔轮驶向辽东半岛。10 月 27 日，胶东军区海军支队在辽宁庄河登陆，旋即改番号为"东北人民自卫军辽南第三纵队第二支队"。

创建东北根据地经历了艰苦、曲折的斗争过程，其中尤以清剿土匪最为复杂和激烈。

人说东北有三宝：人参、鹿茸、乌拉草。但在过去，东北的土匪也臭名昭著。这些土匪占山为王，打家劫舍，人民群众深受其害，严重威胁了我党在东北建立的民主政权。要建立稳固的东北根据地，第一件事就是剿匪。杨子荣所在部队，就是在这种情况下开进了牡丹江。

杨子荣到牡丹江不久就收获了他参军后的三个第一次。他借老百姓的碗用，发现有损坏，自费赔偿，指导员在队列前表扬他纪律观念强。杨子荣第一次受到上级表扬。进军途中，他发动青年参军，一个人先后动员了 30 多人入伍，被评为"扩军模范"。这是杨子荣第一次被评为模范。

入伍之前，杨子荣在东北闯荡了十几年，饱尝生活的艰辛，这不仅使他熟悉这一带的风土人情，更使他积累了与土匪周旋的丰富经验。尽管他是一名炊事员，却利用送饭的时候察战况、想招数，帮助连、排长出主意，表现出过人的侦察才能。一次，杨子荣送饭途中，发现路旁的一个屋子里有土匪，他急中生智大喊一声："一班封门，二班堵窗，三班准备手榴弹！"然后一脚踢开门，喊道："缴枪不杀！"就这样，独自一人将 7 个土匪全部活捉，显露出超人的胆略和机智。这一次战斗后，杨子荣由炊事班调到了侦察班。这是他第一次参加剿匪。

这些第一次，使杨子荣从一个农村入伍的新兵很快成长为一名合格的优秀的革命战士。

1945 年冬，部队接到命令，要渡过松花江奔袭乌拉街。杨子荣自告奋勇寻找渡船，几经周折，找到一只小木船。但船少人多，时间急迫，首长决定泅渡过江。当时正值 11 月，天寒地冻，水情又不熟，杨子荣主动要求下水试探。寒冷刺骨的江水冻得他浑身打战，他咬着牙坚持，半个多小时后，终于探明了水情。大部队顺利渡江，消灭了乌拉街的敌人，活捉匪首关铁良。

在队伍中，杨子荣看到冲锋在前的是党员，撤退在后的也是党员，这使他对中国共产党和共产党员有了新的认识，立志要加入中国共产党，并向连队党支部请求加入中国共产党。

十天后，组织批准他加入党组织，并任命他为侦察班班长。面对鲜红的党旗，杨子荣宣誓："一定要在党的领导下，和阶级兄弟一起，把阶级剥削、压迫的根子拔掉，打出一个共产主义来！"

东北剿匪

作为党的战士，杨子荣意志更加坚定，作战更加英勇。

1946年2月，他和战友夜袭郑马匪部，活捉匪首郑云峰，接着击溃马喜山，攻战五凤楼。17天打了21仗，歼匪1600人。仗仗杨子荣冲锋在前，接着又参与了解放柴河、五河林、北甸子，马桥河、板院等战斗，最后将残匪包围在杏树村。

在这里杨子荣创造了一个奇迹。

杏树村集结了各处逃窜来的残匪400多人，企图负隅顽抗。为了减少部队和群众的伤亡，杨子荣自告奋勇前去劝降。杨子荣只身进村，令土匪大为震撼，他的劝说句句在理、字字像刀，听得土匪胆战心寒。土匪权衡再三，迫于我军的强大压力，乖乖缴械投降。一场血战被杨子荣的智勇成功化解，百姓免于战火，部队保存了战斗力，还缴获了土匪手中大量的日军留下的精良武器。经此一战，杨子荣一下子出名了，被评为"团战斗模范"。

接下来的几场战斗，是杨子荣在东北剿匪作战过程中的经典之作。

智擒"姜左撇子"战斗中，杨子荣协助部队活捉老奸巨猾的"姜左撇子"及姜部百余人。围袭亚布力后堵战斗中，杨子荣所在部队歼敌千余人，活捉了匪首许大马棒。八面通战斗中，杨子荣临危不惧，单枪匹马打退了敌人的突袭。之后，杨子荣又化装侦察匪情，帮助部队全歼了马喜山匪帮。

经过近一年的战斗，牡丹江地区大股土匪基本被消灭，但二三十人一伙的小股土匪仍有不少，而且更加隐蔽、更加狡猾。他们残杀干部群众，抢劫粮食财产，垂死挣扎。针对新情况，军区调整作战部署，决定组建短小精悍的武装侦察小分队，出其不意地消灭残匪。有独立指挥作战能力、智勇双全又熟悉东北各方面情况的杨子荣被选为小分队负责人。小分队驰骋在林海雪原上，侦打结合，像一把锋利的尖刀，插向敌人的心脏。

智擒“座山雕”

“座山雕”本名张乐山，原籍山东昌潍，出身土匪世家。从他的爷爷起到他，已是三代惯匪。“座山雕”15 岁进山当土匪，号称有三绝——枪绝、眼绝、腿绝，又叫张三绝，18 岁他便当上匪首。此人老谋深算，诡计多端，在匪徒中颇有声望，人称“三爷”。

1947 年 1 月 26 日，杨子荣等 6 名侦察员化装进山，在蛤蟆塘找到了一座“窝棚”，“窝棚”内有十几个十分诡异的人。经过一番对话，杨子荣立即觉察到他们是土匪。杨子荣故意用黑话试探：“三老四少行个方便，娘家失火烧了，想借个道，找小孩子他娘舅去。”意思是自己遇了难，走投无路，想请人帮忙牵线投奔个山头。这几个诡异的人也不时地用黑话考问他们，杨子荣等人对答如流，滴水不漏，几个回合下来，杨子荣得知他们正是“座山雕”的部下，便趁机说出想投奔“座山雕”，想请他们引荐。之后，又经过十几天的反复试探和考验，土匪终于相信了杨子荣等人。

一天后的下午，“座山雕”的联络官突然从山上下来，说明天上午接他们上山。情况十分紧急，回去搬兵已无时间。可是 6 人去对付一群顽匪实在是太过危险，怎么办？杨子荣沉思良久，想出一个妙计。

第二天，土匪的联络官如约而来，按照商定的计策，杨子荣和战友们趁俩土匪不备，将其绑住，假意解释说：现在不知道是否是自己人，只好先委屈一下，到了山上再说。有土匪联络官带路，他们一路上又顺手解除了三道岗哨，并将十几个土匪一一绑住，顺利来到了“座山雕”的马架房子前。

在几盏昏暗的油灯下，“座山雕”和几个土匪正躺在床上抽大烟。杨子荣一进门，枪就掏了出来。“座山雕”一看来人阵势不对，忙向枕头下摸枪。杨子荣身手比他快得多，飞起一脚把枕头连着下面的枪踢开了，接着匪气十足地大嚷道：“三爷不仗义，害得我们忍饥挨饿了十多天，让人寒心。”这样嚷其实是怕暴露了身份，“座山雕”被唬住了，连连说自己“礼数不周”。

杨子荣继续装着怒气冲天，说不准备投靠“座山雕”了，让他引荐去吉林，投奔国民党军队。路上要“委屈三爷”，需要绑起来，到了吉林再给他松绑。“座山雕”被枪口指着，心有不甘，也没别的办法，只能被绑了个结实。

其余几个土匪也被缴了械，捆绑起来。杨子荣亲自领着“座山雕”走向山下，一路上杨子荣唱着酸曲，说着笑话，并允诺“座山雕”到了山下要送给他们一挺机枪和十支步枪，直说得“座山雕”心花怒放。

到了山下，天已经大亮。远远地看到我军两辆拉木头的大车停在山口。“座山雕”见杨子荣他们和来人对口令，大吃一惊。他结结巴巴地问杨子荣：“你们……”杨子荣哈哈笑起来：“不瞒你说，张三爷，张司令，兄弟我们就是共军的侦察员，你落网了！”“座山雕”听了，一下子瘫坐在地上。

杨子荣等人没费一枪一弹就抓获了东北名匪“座山雕”，铲除了牡丹江地区最大的祸患，搬掉了压在群众心头几十年的大石头。

消息传遍了整个海林，人们欢欣鼓舞，奔走相告。2月19日，《牡丹江日报》刊登了《以少胜多创造范例，战斗模范杨子荣六人等活捉匪首座山雕》的消息，写道：“牡丹江分区某团战斗模范杨子荣等六位同志……勇敢深入匪巢，一举将蒋记东北第二纵队第二支队司令‘座山雕’张乐山以下二十五名全部活捉……”

血洒黑土地

1947年2月23日，在清剿顽匪郑三炮的战斗中，杨子荣血洒闹枝沟。

杨子荣的枪为什么没有打响？这个问题一直困扰着他的战友。他们回忆，可能枪栓被冻住了。那天特别冷，零下三四十摄氏度。杨子荣倒下了，永远地倒下了。这天，离杨子荣30岁的生日仅有8天。这是我军在牡丹江地区剿匪的最后一次战斗，杨子荣却未能与战友一道分享最后胜利的喜悦，把鲜血洒在了闹枝沟，也把英名永远留在了林海雪原。

2009年，杨子荣入选“100位为新中国成立作出突出贡献的英雄模范人物”。

英雄虽逝，英魂永驻。杨子荣大智大勇的英雄事迹通过《林海雪原》《智取威虎山》等一系列文艺作品家喻户晓。

胶东虎将　雄才大略——夏侯苏民

孟　军

夏侯苏民(1919～1946),原名张培礼,是一位有着虎将雄才的胶东战斗英雄。他屡立战功,打遍胶东四个滨海分区。解放战争中,在高密战役中掩护部队后撤时壮烈牺牲,年仅 27 岁。他的英雄事迹至今仍激励着胶东人民。

投身救国　虎将扬名

1919 年,张培礼出生在蓬莱第七区兴村(今蓬莱市大辛店镇夏侯村)。他从小就勤奋好学、富有正义感。15 岁考入烟台山东省立第八中学。学校的师生很多都是从东北流亡过来的,他们经常用演讲、墙报等形式控诉日军的暴行,诉说东北人民的遭遇,这培养了他强烈的爱国主义意识,树立了抗日救国的理想。在民族危亡的关键时刻,他义无反顾地加入了抗日游击队。

1938 年,张培礼担任山东人民抗日救国军第三军第二路中队长,并经大队长苏晓风介绍成为中国共产党党员。苏晓风将其姓名改为夏侯苏民,取姓"夏侯",是要像三国时期的魏国名将夏侯惇一样英勇善战;取名"苏民",是要在我国建成像苏联一样的社会主义社会。当时在胶东改名几乎形成风气,既是为了蒙蔽敌人,避免家庭成员受到敌人的迫害,也是为了展示自己的政治抱负和远大理想。

此后,在少年排,他是一位好排长,将少年排带成了一支既能战斗又能学习的少年学校,建设成了一个朝气蓬勃、能打胜仗的战斗集体。1939 年,在十五团任连长时,他利用战斗间隙潜心学习军事著作,初步掌握了一定的军事理论。他赤着脚,光着膀子,在敌人住的房顶上指挥战斗,初显虎将的威名。据说当时有个老学究听说此事，感叹道：三国有虎侯许褚裸衣战马超，当今胶东有虎将夏侯苏民裸衣战高炳旺。此后，夏侯苏民的名气便在胶东大地迅速传开。

战斗结束后，他率领部队经过家乡。但为了躲过敌人耳目，令亲人免遭迫害，他匆匆过家门而不入。敌人得知夏侯苏民的真实身份后，对其父亲严刑拷打。后来，其父被乡亲联名具保出狱。夏侯苏民在后来寄给父亲的信中悲痛地写道："爹爹，儿对不起你，战斗频繁，不能回家看你。你受的折磨，儿全知道，爹爹，好好养病吧，等杀净了鬼子，儿再回来侍候爹妈。"①遗憾的是，从参军直到牺牲，夏侯苏民再也没有回过家，父亲也没有再见过儿子一面。忠孝不能两全，夏侯苏民心中装的是全中国受苦的人民。

巧克黄城　转战山区

1940年，攻打黄县的黄城集战斗中，在反复研判的基础上，利用夜幕掩护，夏侯苏民率部仅用5分钟就摧毁了敌人的中心碉堡，为胜利奠定了基础。此后，他凭借赫赫战功升任十四团三营营长，并先后成功指挥了黄龙岘、南黄童伏击战、水磨涧战斗等。1941年，他先后晋升十五团副团长、团长，并率部参加了五龙河畔的河马崖战斗、淖泥沟战斗，还化装成日军奇袭三都河。1943年，夏侯苏民改任军分区参谋长，率领南海独立团七连和特务二连深入青岛敌占区，三进崂山，在崂山坚持斗争15个月，为开辟崂山抗日根据地创造了有利条件，打出了八路军的威风，振奋了民心，打击了日伪军的气焰。当年在胶东流传着一首"祝捷歌"，传颂了夏侯苏民率领武装小分队在崂山的英勇斗争，歌曲唱道：

卧龙河的水哟映红了天，
大泽山葡萄哟香又甜，
夏侯苏民的武工队凯旋了，
还有英勇善战的十三团。
河水清清哟花儿红艳艳，
解放区的人儿哟笑开颜，

---

① 中共烟台市委党史资料征集研究委员会编：《胶东英烈颂》第1辑，1985年，第76页。

送一缸米酒哟给子弟兵，
送一口肥猪哟给英雄汉。
锣鼓咚咚响秧歌扭得欢，
欢送咱们亲人赴前线，
早日打败小日本，
咱们老老少少哟得团圆。[①]

屡建功勋　壮烈牺牲

抗日战争胜利前夕，夏侯苏民就任胶东军区主力团十三团团长，率领部队进行对日大反攻，先后攻克即墨，收复平度，全歼汉奸顽敌王铁相部。胶东民心军心大快，十三团成为胶东人民部队一面光辉的旗帜。

1946年初夏，夏侯苏民指挥十三团参加胶县、高密、即墨战役，击毙了大汉奸赵保原。此次战役历时八昼夜，夏侯苏民和十三团立下不朽功绩。蒋介石发动全面内战，在胶东主力挺进东北之际，夏侯苏民率十三团“向南防御”，保卫胶东。夺回灵山，把守大门，受到许世友司令员的赞誉；在张鲁寺歼敌一个团，遏制了国民党军的进攻。1946年10月，十三团奉命袭击高密守敌，在掩护部队后撤，撤到东岭娘娘庙村南时，夏侯苏民不幸被敌人的炮弹弹片击中胸部，壮烈牺牲，年仅27岁。夏侯苏民的遗体从前线抬下来，许世友将自己身上的军大衣脱下来盖在夏侯苏民身上，表达了对他的无尽哀思。

胶东军区五师在师部驻地举行了追悼大会，沉痛悼念夏侯苏民，师长、政委在大会上号召全体指战员学习夏侯苏民不怕苦、不怕死，英勇善战，为人民的解放事业不惜献出自己宝贵生命的奉献精神。1947年2月，胶东军区追授他“胶东战斗英雄”和“模范干部”的光荣称号。同年，蓬莱县人民政府把他的出生地改名为“夏侯村”，并在村里建立了夏侯苏民纪念馆(2007年正式对外开放，迟浩田将军题写馆名)，收藏并展出珍贵的烈士遗物。他的遗体安葬在英灵山胶东革命烈士陵园，在他的牺牲地——高密拒城河镇革命烈士陵园建有他的衣冠冢。

---

① 张克勤等:《虎将夏侯苏民》，江苏人民出版社2017年版，第90页。

无尽哀思　雄风永存

当年胶东人民群众中广为流传的一首歌谣唱道："当兵要到十三团，拿起枪来上前线，毛主席把命令传，夏侯苏民领着干。"[①]胶东千千万万的子弟兵就是被这首歌感染参加八路军的，迟浩田将军就是其中一位。

1996年，为纪念夏侯苏民牺牲50周年，时任中共中央政治局委员、军委副主席迟浩田为老团长夏侯苏民的纪念碑题词"气壮山河，雄风长在"。2007年9月，迟浩田偕夫人来到高密革命烈士陵园悼念夏侯苏民，题词"秉承先烈遗愿，铸就高密辉煌"。夏侯苏民牺牲70周年时，迟浩田将军专程来山东祭奠，挥笔写下"纪念夏侯苏民团长壮烈牺牲七十周年，攻无不克战无不胜，英雄虎胆智勇双全"。后来在参观纪念馆时，用硬笔题词"夏侯苏民团长永远活在我们心中"。正如迟浩田在《虎将夏侯苏民》的序言中所言："夏侯苏民的一生是短暂的，但是对我的影响是巨大的，他的一言一行感动着我，鼓舞着我，使我终生难忘。他勇敢顽强的战斗精神，炉火纯青的指挥艺术，严于律己的人格魅力，无私奉献的高尚品德，谦虚谨慎的宽阔胸怀，至今还在激励着我们为祖国的繁荣富强、民族的兴旺发达而努力奋斗。"[②]

胶东人民没有忘记夏侯苏民。2009年，夏侯苏民入选"烟台市为新中国成立和烟台建设做出突出贡献的100位英雄模范人物"。

① 张克勤等：《虎将夏侯苏民》，江苏人民出版社2017年版，第189页。
② 张克勤等：《虎将夏侯苏民》，江苏人民出版社2017年版，第3页。

爆破大王　威震敌胆——于化虎

张国华

战火纷飞的年代里，无数优秀的中华儿女为了保家卫国抛头颅、洒热血，他们是真正的民族英雄。“爆破大王”于化虎（1914～2004）便是这些英雄的代表。

崭露头角

1941 年秋到 1942 年夏，于化虎的地雷战就开始崭露头角，他用土制地雷将日军炸得胆战心惊，谈“虎”色变。文山后四面环山，只在西南墨石棚和障子山的夹缝中有一个山口，沿河道通向赵疃和行村。于化虎多次在这里埋下地雷，回回都“开花”。有一回，招远县（今招远市）武委会送来一颗 25 斤重的大地雷，上写“活雷化虎”四个字。于化虎提着地雷，埋在墨石棚石堆里。不过半个小时，300 多名敌人就不请自来，要从这里经过。结果“活雷化虎”开花，11 名敌人顿时命丧黄泉。从此，“活雷化虎”的威名传遍胶东。从此，盘踞在胶东的日本鬼子把这个山口叫作“老虎嘴”。当时，流传着一句顺口溜：“进了老虎嘴，有来没有回，不是地下躺，就是天上飞。”

为了对付于化虎的土地雷，日军专门组织了地雷探索队，发现地雷就用绑着铁钩的长杆拉，拉响几个之后，日军高兴得手舞足蹈。不想，几天后日军拉出一个屎尿罐子，大叫“晦气”，上前猛踹了一脚，却踏响了于化虎埋下的连环雷，17 名日军被炸死。

一计不成，又生一计。日军改用小铁锹起雷。于化虎将计就计，搞了个真假挨雷，顶上为假，底下为真。结果，日军挖出假雷后，真雷随即爆炸。后来，日军变得更狡猾了，挖雷的圈开得大大的，坑挖得深深的，然后剪断真假雷相连的引火弦。但好景不常，于化虎和爆炸队员们又试制成功了土定时雷。一天，日军地雷探索队挖出四个定时雷带回炮楼。结果，没过多久，定时雷炸了窝，七名日军被“活雷化虎”的新产品送回了老家。

“土八路”能造定时雷，日军不肯相信这是真的，怀疑于化虎请来了地雷专家。明察暗访，一顿忙活，查来查去，毫无结果。日军气急败坏，到处悬赏要抓于化虎。日军要抓于化虎，于化虎的“虎气”更加抖擞，频频率领民兵展开地雷战。日军防不胜防，叫苦不迭。于是，日军紧急行动，在疑有地雷的地方用石灰画圈圈，在疑有雷群的地方写上“雷田”两个字。这一来，左一个圈，右一个圈，有些地方圈连圈。日军出动时，为了躲避圈圈，一个个眼睛瞪得圆圆的，嘴巴张得大大的，脖子伸得长长的，腿儿抬得高高的，落地放得轻轻的，远远看去，鬼子们就像是在表演“东洋体操”。因此，于化虎他们就疑生疑，在日军画圈的地方之外另外画圈，并在圈与圈之间埋上地雷。所以日军的“东洋体操”表演得再好，也无济于事。

黔驴技穷之后，日军从青岛调来了工兵和探雷器。于化虎和他的队员们又成功地制成了胶皮雷、头发丝雷、梅花雷等，几个回合下来，把青岛的日军工兵和探雷器也一同送上了天。

得名“化虎”

1943 年 7 月 1 日，为了庆祝建党 22 周年，也为了纪念卢沟桥事变爆发六周年，胶东军区在海阳县战场泊西沙河召开英模大会，于晋生（原名于化虎）应邀参加。大会刚一结束，许世友司令员就健步走下讲台，朗声询问哪个是于晋生。于晋生跑步来到许世友司令员跟前。许世友司令员笑着挥起拳头，照准于晋生的胸脯就是一拳。众人不解，哪知许世友笑着夸赞于晋生一颗雷吃掉两对半敌人还嫌少，于晋生嘿嘿一笑。

许世友司令员提到的事就发生在前几天。那天，鬼子一个中队来抢粮，走在前面的尖兵班闯进了地雷圈。骄横的敌人哪曾想到脚下会埋有民兵准备的地雷呢！随着惊天动地一声响，一个铁家伙吃掉两对半敌人，好几条腿嗖嗖腾了空……

许世友紧紧握着于晋生的两只手，希望他像一头猛虎，建议于晋生改名。于晋生满脸绯红，“啪”地又敬了一个标准的军礼。许世友司令员欢喜地又捶了他一下，然后指着他，转向在场的人们，满脸带笑，不断夸赞他是个爆破英雄，一颗雷能搞定两对半敌人。之前渤海出了条龙（林化龙），现在东海又要出只虎，所以直接给他改名叫于化虎。

敌穴埋雷

日军屡屡败阵，简直被民兵的地雷吓破了胆。到1944年春天，他们竟然不敢轻易迈出炮楼一步，整日龟缩在据点里。既然日军不出来，他们就主动送雷上门。县、区武委会指示于化虎率爆炸队寻机潜入敌人据点内部进行爆炸。

于化虎当时率领的爆炸队，是从各村抽调的爆炸能手组成的，住在离行村据点三里的泊子村。他们接受这个任务后，整天地雷不离身，每时每刻都在寻找战机。但是日军防守十分严密，单独住在行村的西寺，据点四面是两人多高的围墙，外设三道铁丝网，外面还有一道壕沟。不要说是老百姓，就是伪军也不能随便进出。怎么才能进去呢？于化虎他们一连盯了好长时间，一直没有找到合适的机会。

于化虎他们着急，而据点里的日军也整天像热锅上的蚂蚁，日夜不得安宁，于是便向青岛的日军总部求援。青岛的日军先向莱阳的穴坊派出300名日军，准备秘密移兵行村。于化虎他们任务还没有完成，听说敌人又要增兵，心里更加焦急。

一天深夜，天阴沉沉的，日军炮楼里的灯光如鬼火时隐时现，加上日军偶尔放上一两声凄厉的壮胆枪，越发增添了炮楼的阴森和恐怖。于化虎和侦察员老王带着四颗25斤重的大地雷，还在野外侦察敌情，伺机进入敌人的据点。

老王有些丧气，于化虎不断鼓励老王，然后他带着老王向行村西面摸去。

他们走到行村西面几里外的地方，隐隐约约听到一种奇怪的声响。于化虎精神一振，迅速隐藏到路边的水沟里。

"咕咚、咕咚……"由远至近，声音越来越大。于化虎和老王看见黑暗中四匹高大的战马向着行村方向而来。那马蹄不知钉着什么还是包着什么东西，马跑起来发出的声音既轻又小。

老王耐不住性子，想过去看看。于化虎按住了刚想起身的老王。他知道这是敌人在探路，并且可能敌人的增援部队很快到来。这四个前哨兵后面肯定是大部队。于是他让老王留守，自己跟随鬼子进炮楼。

老王连连摇头，不同意。于化虎说这是一个好机会，“过了这个村，就没这个店了”，他便脱了衣服，老王也开始脱衣服。他不同意，以别的任务要求老王。老王无奈，只好接受命令。他在身边的泥塘里一滚，成了泥人。随后往两条裤腿各装进一个地雷，套在脖子上，手里拎着两个地雷，又用老王的皮带把八颗手榴弹捆在腰里，挂一把刺刀和一把小镢头。

正说着，西面大路上过来一大队日军。敌人的人马刚过完，于化虎“嗖”地爬起来，他光着脚，身负百斤地雷，尾随在敌人队伍的后面。敌人快走他快赶，敌人慢走他慢跟，始终同敌人的队伍保持着不远不近的距离。来到西寺，他三步两步靠上去，紧贴在敌人队尾，借着微弱的灯光，于化虎斜眼瞅了瞅门口的哨兵，只见日军哨兵挺胸鼓肚，眼睛朝上，活像个拴马桩。日军哨兵做梦也不曾想到这个“土八路”会如此大胆，竟然敢从自己的眼皮底下溜进炮楼。趁敌人进门拥挤的机会，于化虎顺利地混进了据点。

随着一声口令，日军停立在操场上，于化虎借机闪身钻进了厕所。敌人的厕所是用木板隔开的，分多格的小门。不久，日军队伍解散，日本兵一个个向厕所涌来。于化虎在里面用力挣着小门，敌人往外挣，他便装出用力大便声，几次都混了过去。危急时刻，于化虎手扯一根雷弦，做好了与鬼子同归于尽的准备……不过，日军没有发现于化虎！十几分钟后，厕所静了下来。于化虎蹑手蹑脚地摸到操场，卧在地上，拔出刺刀和小镢头轻轻地掘着，凭着娴熟的埋雷技术，半个时辰后一组子母雷便全部埋好。随后，于化虎攀上墙头，把绳子绑在墙垛上，身轻如燕一滑到底，剪断了三道铁丝网，安全回到老王身边。

于化虎回去一宿没睡，吃了碗面汤，第二天拂晓，他和老王还有参谋长杨兆龙到据点北面观望。9 点来钟，日军集合出操。不一会儿，只听到“轰、轰、轰!”操场上霎时泛起滚滚黑烟……

烟散后，于化虎他们亲眼看到敌人把 16 具尸体抬到门东，又把 21 个重伤的敌人抬到门西，扑灭他们身上的火，抬走四个活的，轻伤者无数。

不几日，出于对于化虎地雷战的惊惧，炮楼里的日军竟全部逃到青岛。

智救婴儿

1945 年 5 月上旬，日伪军集结 400 余人企图消灭于化虎领导的爆破队，重新占领了海阳盆子山区。一天早上，村头突然响起枪声和地雷的爆炸声。民兵们一边大声喊着鬼子来了，一边照顾老人小孩撤向北山。

刚生下小孩不久的村妇孙言竹听到民兵的喊声，支撑起虚弱的身子跌跌撞撞地奔向北山。孙言竹在北山上看着村子陷入一片火海，才想起丢掉了孩子。为了救出孙嫂的孩子，民兵于振兴和年逾六旬的赵锡匠下山，不幸被日军捉住押着去踏雷。鬼子的兽行令于化虎义愤填膺，他冲动地抓起一根柴棍折成了两截，让孙言竹放心，只要有于化虎，孩子就有救。

夜半时分，于化虎带着几个队员围着村子观察敌情，摸清了敌人的岗哨，救孩子的战斗计划在他脑中形成了。第二天半夜，于化虎带领民兵下山，干净利落地摸掉了伪军岗哨。民兵们全部换上了日伪军服。此时已是凌晨 1 点 15 分，离日军放流动哨的时间只有 45 分钟。

于化虎下令：一排在村头放哨；二排、三排进村埋雷；四排掩护。于化虎带两个民兵找孙嫂的孩子，听到猫头鹰叫三声，立即撤离。部署完毕，于化虎直插村北孙言竹家。屋子里黑洞洞的。布置好警戒，于化虎先到西间，摸了半天，炕上没有孩子，于是他转身进了东间，发现炕沿上躺着 4 名伪军。于化虎灵机一动，大模大样地喊道：“起来站岗去。”

伪军全然没有发现丝毫异样。于化虎凑近了说太君要来看看孩子是死是活。伪军睡意正浓，斜着身子把孩子递过去，倒头又打起呼噜来。于化虎把耳朵贴在孩子鼻子上，一听孩子呼吸均匀，睡得正香。他解开衣襟，把孩子贴在胸脯上捆扎好，大吼一声自报姓名。4 名伪军睡意顿消，触电一般，唰地爬起来，哆哆嗦嗦直喊饶命。于化虎轻蔑一笑，押着伪军，发出了撤离的信号。随即，放哨的、埋雷的民兵一个不少地陆续回到集结地。于化虎轻轻拍着怀里的孩子，活捉了十余名伪军，大踏步朝北山走去。

救回孩子后，于化虎心生妙计，又穿上了伪军的衣服偷偷地在村中布雷。随后，他们撤出村子，开枪引诱前来进攻的敌人上钩。瞬间地雷遍地开花，敌人慌乱中四处乱跑并到处射击，造成 47 人伤亡。迫于于化虎的地雷的威慑力，困守海阳县城的日军甚至连门都不敢出，最后只能在青岛日军的接应下逃走。

培育人才

抗战时期，于化虎受命或主动为地方民兵和主力部队培养地雷骨干，教授他们制雷、布雷方法。他培养的爆炸模范就多达20余人,会使用5种及以上布雷技术的战士就多达2000余人,为后来的地雷战做出了巨大贡献。

抗战胜利之后,于化虎心系家乡,回村担任了党支部书记,带领村民建设了大量的便民基础设施,极大地便利和改善了当地百姓的生活。

地雷大王　民兵英雄——赵守福

张国华

赵守福(1919～2001),原名赵良桂,参加战斗200余次,曾研制出30多种地雷,培训民兵爆炸手12000余名,依靠地雷给日军以沉重打击。在战争年代和新中国成立初期,先后荣获胶东军区“爆炸大王”、“胶东军区民兵英雄”、“山东民兵英雄”和“全国民兵英雄”等光荣称号。

赵疃爆雷歼日伪

1940年2月,日军由青岛侵入海阳县西部的行村。几天之后,日军又侵占了海阳县城,并先后在县城、鲁古埠、行村、大山所等地安设据点。以这些据点为依托,日伪军不断四处侵扰,蹂躏百姓,海阳人民予以强烈反击。

赵疃距离日军行村据点仅几里,受日军危害比较大。赵疃的民兵在赵守福等人带领下,同仇敌忾,并肩对敌,用地雷和土枪土炮狠狠地打击了日寇。

1943年10月的一天,赵疃第一次炸响了地雷。这一天,200多个日伪军从行村据点出来到寨头“扫荡”,民兵探知敌人下午要从赵疃西大道回行村据点。得知这个消息后,民兵飞报赵守福。这时,已近中午,赵守福正在家里吃饭。听到这个消息,他顿时来了精神,把筷子往桌上一扔,霍地从凳子上站了起来。

他边想赶紧边往外走。他大步流星地来到赵同伦和赵乾江家,人还没有进院,敞亮的嗓门已经提了起来。正好,二人都在家。赵守福把民兵报告的情况向他们谈了谈,这二人一听,觉得的确应该趁这个机会下手,炸炸鬼子的威风。于是,赵守福、赵同伦和赵乾江三人提前来到村南的山枣埠顶,在通往行村的路上埋下两颗绊雷,一颗埋在路西的石堆里,另一颗埋在路东侧的地瓜地里。然后,他们三个隐蔽在山顶的丛林里观察动静。

下午三四点钟,敌人成群结队地往回走。由于抢了不少东西,一路上他们有说有笑,简直有些得意忘形。走着走着,“轰”的一声,一个尖兵绊响了石堆里的地雷,后边的敌人慌忙向东跑,又绊响了地瓜地里的那颗地雷。这两颗地雷炸死了七八个敌人。

“走,回去吃饭!”躲在暗处的赵守福兴奋地拍了拍赵同伦和赵乾江的肩膀。赵疃第一次炸响地雷就取得如此战果,这让赵守福他们着实高兴了一番。

行村布雷困顽敌

1944 年,在八路军主力部队、地方武装和民兵爆炸队的沉重打击下,驻守行村的敌人龟缩在据点里,一连数月不敢出动。为了彻底消灭敌人,民兵爆炸队配合主力部队在行村据点周围活动,对敌人进行封锁、围困、袭击,通过政治攻势瓦解伪军。不少伪军主动向我方通风报信,有的送出枪支弹药,有的三三两两或成小队向我投诚。

如此一来,驻行村据点的敌人如坐针毡,惶惶不可终日。出于安全的考虑,也是为了控制残局,他们把据点的四个围子门堵死三个,只留下南门进出。即使这样,敌人还不放心,又在南门护城壕下专门设了一个“登记所”,盘查过往行人,避免民兵趁机混入据点。这个登记所的所长姓刘,长了一对三角眼,满脸都是大麻子,人称“刘大麻子”,是日本人的忠实走狗,对出入行村的群众极尽百般刁难之能事,稍不顺眼,就给加上各种罪名,非关即押。他还对群众雁过拔毛,只要带着东西进出行村的,想不留下点恐怕是万难办到的。对经过此地的有些姿色的年轻妇女,这小子常常是嬉皮笑脸,动手动脚。因此,广大群众对他恨之入骨。为了替乡亲们解恨,更是为了借机震慑据点里的敌人,民兵们决计要除掉这个汉奸看门狗。

一天深夜,天气酷热难耐,除了远处水塘里的蛙声和草丛中昆虫的鸣叫声,四周一片静寂。借着浓浓的夜色,赵守福、赵学法、赵华义和三名民兵悄悄摸到了行村据点南门东侧的灵山上。赵守福让赵华义和另外三名民兵留下监视敌人动向,负责掩护。然后他把衣服脱下,全身抹上一层稀泥,变成和地皮完全一个颜色。他和赵学法每人各带两个地雷,匍匐着继续向前摸。

赵学法在东南角碉堡下的门口和南门外的围门下各埋下一颗“封门雷”。赵守福顺着壕沟爬到登记所的屋后，看屋内没人，就撬开登记所的木棂窗跳进屋里，首先在门上拴了一个“开门雷”，又把另外一颗大地雷放在“刘大麻子”办公室桌旁的废纸篚里，雷弦拴在椅子腿上。

第二天一大早，敌人刚开围门，就吃了个开门炸雷。碉堡里的敌人听到响声慌忙下来询问情况，几乎同时报销。刘大麻子担心皇军找他算账，惊魂未定，急忙赶来登记所，准备严格盘查行人，捉拿凶手，立功赎罪。但是，这个恶贯满盈的家伙一推门就被炸雷的气浪掀倒，脑袋开了花。几个敌人进来收尸，毛手毛脚地碰倒了椅子，触发了废纸篚里的大地雷，这几个人顷刻也成了死鬼。这一次，就有十几个敌人被炸死。敌人恨得咬牙切齿，到处张贴布告：“谁捉着赵守福赏1万元，割着他的头者赏5000元……”①但赵守福毫不畏惧。

1944年8月中旬，胶东军区发起强大的秋季攻势，地方武装和广大民兵积极配合，很快拔除了烟青公路两侧的数十处日伪据点，行村、大山所的敌人逃往青岛，海阳全境得到解放。

巧设雷阵建新功

1945年，中国人民的抗日战争即将取得最后胜利，但是疯狂而又狡诈的日军并未放弃垂死挣扎的任何一个机会。5月上旬，青岛的日伪军3000余人重新占据了海阳县的盆子山区，并先后重建和恢复了原来的据点。赵疃位于行村据点和孙家夼据点之间的道路上，是两个据点敌人外出的必经之地。为了减少损失，村里的老百姓全部转移到敌占区以外的村庄，只有坚持麻雀战和地雷战的70多名民兵留在村里同敌人周旋。当时正值青黄不接，为了防止敌人劫掠，仅有的一点粮食也藏了起来。赵疃的民兵有时一连几天都没有饭吃，实在饿极了，民兵们就挖野菜充饥。条件如此艰苦，民兵们还是照样坚持战斗，打起仗还是格外有精神。赵守福因病住院，听说敌人又来“扫荡”，顿时怒从心头起，不顾别人的劝阻，顶着重病赶回了赵疃。5月18日，驻守行村据点的四五百名日伪军从石人夼、西村庄方向朝赵疃扑来，

① 中共山东省委党史资料征集研究委员会编：《山东抗日根据地》，中共党史资料出版社1989年版，第425页。

企图趁民兵们不注意偷袭赵疃，打民兵们一个措手不及。可是，陷入人民战争汪洋大海的敌人，他们的一举一动怎么能瞒得过民兵侦察员雪亮的眼睛呢？通过侦察员的情报，赵守福、赵同伦等预先获取了敌人的动向，马上召集民兵开会。会议很简短，当机立断做出决定：引敌进村，关门打狗，炸他个人仰马翻！

敌人杀气腾腾地闯进村口，见村子里空空如也，不要说人，连只鸡也看不到，他们好生疑惑。

但是，敌人万万想不到此时民兵已经为他们这些远方来的“朋友”备好了丰盛的“地雷宴”。眼见敌人进了村，隐蔽在村口两旁的民兵迅速跃出，挂好雷弦，然后故意暴露行踪，引诱敌人上钩。敌人不知是计，看到人影一边打枪一边追，丝毫没有留心脚底下，他们刚刚跑出百十步，忽然觉得脚底下被什么东西绊了一下，心中暗叫不好，可是已经晚了。“轰隆！轰隆！”村头的“夹子雷”“连环雷”一齐开花，跑在前面的五六个敌人应声倒下，其余的慌忙躲闪，四处散开。慌乱之中又踏响了几个大地雷，霎时硝烟滚滚，尸首遍地。活着的敌人失魂落魄地趴在地上，吓得连大气都不敢喘。民兵们像耍猴一般，趁着敌人混乱之际，对准他们就是一阵射击。

伪军首先意识到中计，赶快报告给鬼子。骑着高头大马的日本军官像输红了眼的赌徒，一边“哇啦哇啦”地狂叫着，一边挥舞着东洋刀，威逼着手下的士兵向村里追赶。敌人硬着头皮重整队伍，然后仗着胆子向村里挺进。民兵见敌人追来，赶紧进村分片挂好地雷。赵国湖在北街十字路口牌坊下挂上雷弦迅速隐蔽好，赵新瑞和赵炳坤两人故意在离敌人 100 多米远的地方暴露一下目标。日本军官一见人影拍马挥刀就追。刚到牌坊下，“轰”的一声巨响，一个特大的“箱子雷”在马肚子底下开了花，大洋马和日本军官同时倒在血泊中，身后紧跟的几个敌人也跟着一起见了阎王。当官的一死，敌人顿时没了主心骨，树倒猢狲散，纷纷夺路而逃。事后，赵疃的民兵把马肉分送到邻村的民兵部队。赵疃这次摆的地雷阵，共毙伤包括一名日军军官在内的日伪军 16 人，炸死战马一匹。

赵疃成功地摆雷阵不只是这一次，还有一次也非常成功。1945 年 6 月初，赵守福、赵同伦等预先得到情报，驻孙家夼据点的日伪军要到行村搬运物资。得知这个消息后，大家非常兴奋，认为这是个千载难逢的好机会。既能借机打击敌人，又能得到敌人送上门的“礼物”，一举两得，可千万不能错过。于是，等孙家夼据点的敌人过去之后，赵守福、赵同伦估计敌人一定还会原路返回，于是带领民兵在赵疃东埠前嘴下长达二里的路上密密麻麻地布下了地雷，摆下“长蛇雷阵”，然后埋伏在路边丛林中，等待敌人经过。下午二三点，从行村方向过来300多名日伪军，他们马车上满载粮食、弹药等物资。

一路走来，敌人一边说笑一边赶路，行动迟缓。走着走着，前面的敌人和车马触响了民兵埋下的地雷，顿时人仰马翻，敌人陷入一片慌乱，旁边的马也一片嘶鸣之声。为首的日军军官见状，害怕民兵们趁机袭击，顾不得前头的日伪军挨炸，高举指挥刀狂叫：“快快地开路！”敌人的队伍向旁边绕行。可是，他们已经陷入赵疃民兵用地雷布下的天罗地网，虽左躲右闪，地雷却在脚下连续轰鸣，总躲不开挨炸。敌人像一群闯入火阵的野牛，急得团团乱转。短短的二里路，成了敌人的鬼门关，一路之上，敌人的哀鸣声和马的嘶鸣声不断。这个“长蛇雷阵”摆得真是精彩，共毙伤日伪军30多人，还缴获了敌人的大量物资。

一根竹竿　支前模范——唐和恩

国　婷

唐和恩(1911～1992)在淮海战役后荣获“华东支前英雄”称号，他所在的小车队被评为“支前模范队”，被授予“华东支前先锋”锦旗。电影《车轮滚滚》就是以唐和恩的感人事迹为素材编导的。唐和恩在支前途中随身携带的小竹竿上密密麻麻刻着他所经过的88个地方的名字，成为记录军民鱼水情的重要物件，后来被中国人民革命军事博物馆收藏。

报名支前　运送粮食

唐和恩是莱阳市龙旺庄镇陡山村(当时属于莱东县陶漳区)一名普通的共产党员。1948年，山东解放区的人民纷纷参军支前。当上级支援淮海战役的指示到达陡山村时，时年37岁的唐和恩正在地里收割庄稼。他听说村里要组织民工队到淮海前线去，立刻放下手里的农活，急急忙忙跑往村支委会请求参加支前。

唐和恩组织的运输小组参加了陶漳区运输分队，他先后担任分队副指导员、小队长等职务。在欢送会上，唐和恩代表全队民工向乡亲们表示：绝不怕路途遥远，也不怕艰苦困难，保证完成上级交给的支前任务，把粮食尽快运到前线，让战士吃饱吃好，有劲儿消灭反动派，不打败国民党反动派，我们绝不回家。唐和恩启程时随身带了根一米多长的小竹竿。小竹竿虽然小，但是用处大，可以用来当拄棍，过河、涉水、踏雪时则用来探路。半年多的时间里，他和队员们推着木轮小车，跋山涉水，随军转战，先后支援了济南战役、徐东阻击战和淮海战役。

唐和恩带领大家学习上级指示，学习毛泽东思想，提高大家的政治觉悟,同时组织大家制定“支前规章制度”和“立功竞赛计划”。唐和恩每到一处,就向当地群众宣传解放战争的形势和党的政策,并自编故事、笑话等,以消除征途上的疲劳。在运粮的过程中,唐和恩以身作则,号召全体队员开展节约粮食的活动。民兵们推的是小米、白面,他们自己吃的是“三红”(红高粱、红胡萝卜、红辣椒),以便省下细粮给解放军吃。在支前运粮的5个月中,唐和恩带领的民工运输小队节省了300斤粮食,还节省下了不少菜金。

在运粮过程中,唐和恩的运输队千方百计保护粮食不受潮、不被污染,即使是在风雪交加的冬天也坚持行军。下雨天,就把自己穿的蓑衣、棉衣等盖在粮食上。运粮的过程非常艰辛,道路崎岖不平,雨雪天气之后更是道路泥泞,行进困难。在小车运粮的过程中,两人一辆车,一个肩膀上搭着带子推车,另一个在前面用绳子拉车,双方共同努力才能保证车辆正常行进。在山东临朐附近的一次运粮过程中,小车不慎陷到泥坑中。唐和恩用力拉绳,连续多次都没能奏效。唐和恩后来大吼一声,结果用力过猛栽倒在泥坑里,摔掉一颗牙齿,满嘴都是血。唐和恩却说:“没事。解放军打蒋介石,命都舍得。我掉颗牙没关系,以后回家能镶上一个,运粮可是大事,一分钟都不能耽误,前线的战士还等着我们呢。”

一个冬日的下午,急速行进的小车队被一条数十米宽、结着薄冰的河面挡住了去路,近处又没有桥梁可以通过。绕道过河要多花费两三个小时。唐和恩望着眼前的河水,看着停在河边的一车车粮食,急得两眼冒火。他果断脱下棉衣扛起一包粮食,第一个跳下河去,在前面破冰探路。队员们被他的精神感动,也纷纷扛粮抬车,在齐腰深的冰冷刺骨的河水里跟着他徐徐前进。队员们虽然冻得唇青脸紫,直打哆嗦,但他们相互鼓励,彼此照顾,顺利地达到彼岸。可是,还没来得及穿衣服,国民党的飞机就来了,他和队员们迅速疏散,一口气跑了半里多路,避开了空袭,按时将粮食送到人民子弟兵的手里。晚上休息之前,唐和恩把从老乡那里打听来的村名“郭庄”在小竹竿上刻了下来。

一根小竹竿　村镇刻分明

唐和恩从家乡出发的时候就带着一根一米多长的竹竿,以备疲劳时当拐棍使用。在运粮过程中,幼年读过私塾的唐和恩有了一个想法,要把一路上经过的村镇名字记下来,回家可以跟媳妇汇报,也给孩子们留个纪念。

因为没有纸笔，他就用随身带着的小刀在竹竿上刻上名字。于是，每天到达宿营地后，唐和恩利用休息时间，在竹竿上精心地刻下经过的地名。从出发到胜利返回，唐和恩的运输队经过了山东、河南、江苏、安徽四省的88个城镇、村庄，总行程粗略算下来有3000多里。

唐和恩支前竹竿刻记的行程路线如下：

1948年八月初十，路线（山东）莱阳县、水集、院上、李家庄、马岚、平度县、门度、大营、桃古庄、昌邑县、寒亭、潍县、住留店、肖格庄、昌乐县、团家坊子、益都县、三教堂、临淄、金岑镇、三组岳店。

8月15日，崔郡、桓台县、（运服装）张店、淄川县、孙家大庄。（节约粮）18日，博山市、南庙山。20日，莱芜县、颜庄。25日，新泰县、站里、洛阳县、东宋福、蒙阴县、青阳镇。9月9日，界牌、孟良崮、沂水县。10月初1日，青驼寺、临沂县。10月初六，郯庄、朱陈、苍山县、于家庄、赵北、张家桥。10月15日，小中村、石埠、蔺陵县（江苏）、泗湖、小岗子、渡水桥。10月20日，牌庄、邳县、岔河、（飞机轰炸）桥头、沙窝、夹口、泽县、吴家庄、芦塘、铁佛寺、官湖、运粮河、土山战城、睢宁县、沟北（河南）、线集（送弹药）、洪集、铜山县。

10月25日，武家村、徐州市、卧牛山、毛庄、肖县、里潮、瓦子口、桃园、红庙、陈士楼、黄口车站、（护军粮）大吴集、安徽、新围子（冬至）。11月20日，岱家围子、宿县、店集（磕掉牙）。阳历年，戈庄、濉溪口、（飞机炸）丰楼、大吴于、泮家楼、丁庵、太山营、徐州、薛城。12月17日，汉城（孟子庙）邹县、滕县。12月20日，兖州、阎家评功发奖。正月初一复员、孔子庙曲阜县、马庄重回兖州坐车。初3日，济南、昌潍下车。初7日，莱阳县。初八日，陶漳区。①

唐和恩的竹竿上密密麻麻刻着的文字，记录了他和队友们用血和汗支前的完整路线，也是人民拥护、支持解放军的最好证明。

回家务农之余　传承红色基因

1951～1973年，回到村里的唐和恩成了本村生产大队长、党支部书记。

① 马红军主编：《红色印记　中共莱阳党组织革命活动遗址纪实》，内部资料，2012年，第189～190页。

唐和恩带领大伙集体劳动挣工分。他还经常到部队、学校等单位进行革命传统教育，给孩子们讲革命年代的故事，教育孩子们不要忘记共和国的底色是红色的，今天的和平是来之不易的。

在唐和恩的儿子唐振明的家中，有他生前手书的一份材料——《淮海战役传统教育材料》(1983 年 3 月 2 日，第三次修整)。唐和恩写道："我仅是大海一滴水，应该在前进的道路上，多出一把力，多流一滴汗。"他还赋诗三首抒发豪迈情怀。诗曰：

太阳出来东方红，伟大领袖毛泽东。淮海战役打胜仗，消灭蒋匪百万兵。

千里迢迢去支前，不怕艰苦不怕难。决心消灭蒋匪贼，留下竹竿作纪念。

一根竹竿走万程，省县村镇刻分明。胜利回家留纪念，传给后代好革命。

1993 年 1 月 13 日，唐和恩病逝。2009 年，唐和恩入选"烟台市为新中国成立和烟台建设做出突出贡献的 100 位英雄模范人物"。这根记录了他支前过程的竹竿，被淮海战役纪念馆收藏，单辟展柜，独享殊荣。中国人民革命军事博物馆、国家博物馆、胶东革命纪念馆、胶东红色文化陈列馆等场馆都陈列着复制品，成为向后人讲述红色故事的重要素材。

大爱无疆　忠心向党——胶东乳娘

张国华

这是一种超越血缘的母子亲情，它发生在20世纪四五十年代的乳山。乳山，因山得名，以母爱闻名，80多年前建有胶东育儿所。1941年，胶东抗战进入艰难时期，八路军主力和党政军机关在突破日寇层层封锁中被迫频繁转移。为保全革命后代，中共胶东区委指示胶东区妇女抗日救国会筹办一处战时育儿所。1941年11月，胶东育儿所在荣成县岳家村依托胶东医院筹备成立。1942年4月，胶东育儿所秘密迁移到牟海县(今乳山市)环境隐蔽、群众基础好的东凤凰崖村。同年7月，胶东育儿所又转移至交通相对便利的田家村。乳娘是一项特殊的工作，带孩子不但要吃苦受累，而且要对外保密，承担很大风险。战争年代，300多名乳娘和保育员先后哺育革命后代1233人，在日军"扫荡"和多次迁徙中，孩子们无一伤亡，在那个新生儿死亡率高达24%的年代堪称奇迹，谱写了可歌可泣的感人事迹。胶东乳娘的爱党爱军的精神，无私奉献、诚信守诺的品质深深打动着我们。

山里有个田家村

卢沟桥事变后，日军迅速占领山东全境，开始了对山东人民血腥、残暴的迫害与掠夺。英勇的胶东儿女在中共各级党组织的领导下迅速组建了人民抗日武装，开辟了抗日根据地，组建了民主政权，与日伪军进行了艰苦卓绝的周旋与斗争。胶东地区的八路军主力和党政军机关在突破日寇层层封锁中被迫频繁转移，时刻准备行军打仗，孩子无法养在身边。有的将孩子送给老乡，有的忍痛直接把孩子放在路边，祈求能被好心人收养……

为了解除妇女干部的后顾之忧、保全革命后代、赓续红色血脉，中共胶东区委和胶东区妇女抗日救国会共同决定筹办一处战时育儿所。1941 年 11 月，育儿所在荣成县岳家村依托胶东医院成立。1942 年，为日寇对胶东抗日根据地进行春季大“扫荡”的严峻形势所迫，育儿所必须找个更安静更可靠的地方。

牟海县(大部分属于今乳山市)位于牟平南端、海阳东端，三面环山，一面环海，地理位置偏僻，是抗日战争时期的敌后根据地。1942 年 4 月，育儿所秘密迁移到了牟海县环境隐蔽、群众基础好的东凤凰崖村。同年 7 月，随着孩子的逐渐增多，育儿所又转移至交通相对便利的田家村。

当得知胶东育儿所要来时，田家村民兵自卫队指导员沙书尊把给兄弟刚刚盖好的两栋新房让出来给育儿所；村民沙民主动让出有火炕的屋子，每天为孩子们烧火取暖；同时，为确保育儿所安全，田家村自卫队每天安排民兵轮流在村头和路口站岗放哨，防止可疑人员进村。

另外，育儿所的一项重要工作是在周围村庄物色不脱产的乳娘。这是一项特殊的工作，带孩子不但要吃苦受累，而且要对外保密，要担很大风险。在较短的时间里，育儿所的工作人员就选择了一批乳娘。

随着抗日战争形势的变化，日寇开始对抗日根据地进行更加频繁、疯狂的扫荡。为了保护八路军的孩子，每当敌人要“扫荡”时，育儿所的工作人员就分散到孩子的住区，同乳母一起带着孩子反“扫荡”。

乳娘矫月志和姜明真

田家村乳娘矫月志抱养的八路军后代小名叫生儿。生儿刚来时，面黄肌瘦，老爱哭闹，喂养一段时间后不见丝毫起色。她十分内疚，人家爹娘为咱打鬼子，咱连个孩子都看不好，这说不过去啊！矫月志抱着生儿找到医务组。经过诊断，生儿严重贫血，急需输血。矫月志一听：要血还不简单，咱有！她撸起衣袖把胳膊伸给大夫。第一天输了 20 毫升，生儿没有一丁点变化，半夜还是不停地哭闹。第二天，矫月志抱着生儿继续输血，还是没有效果。第三天、第四天……直到第五天，生儿的脸才泛红。矫月志为此又接着输了 10 天血，生儿晚上才不哭闹了。见妻子身体虚弱，丈夫借了几个鸡蛋想给矫月志补补，她却说：“给生儿吧！他病了俺就没胃口。”

1942 年 9 月，东凤凰崖村姜明真给自己刚满 8 个月的孩子断了奶，从育儿所接来刚满月的婴儿福星。同年 11 月，日寇对马石山一带实行了惨绝人寰的“拉网大扫荡”。育儿所分散在各个村庄的二三十个孩子都在“拉网扫荡”范围内。

9月底的一天，乳母姜明真和婆婆抱着福星和自己的孩子跑到山上。姜明真找了一个隐蔽的山洞把福星藏在里面，为了避免暴露目标，把自己的孩子送到另一个山洞。她刚返回婆婆和福星藏身的山洞时，敌机就开始轰炸。在轰炸间隙中，她清楚地听到了自己孩子的哭声。婆婆忍不住要过去看看，姜明真忍痛对婆婆说：“妈，你千万别出去，你出去要是被搜山的鬼子发现了，福星的性命也难保了。”[①]鬼子走后，她扒开洞口，发现自己孩子的手脚磨得鲜血淋漓，小肚子哭得胀鼓鼓的，回家没几天就死了。

过了没几天，鬼子搜到他们藏身的山洞附近，姜明真的一个儿子突然哭起来。为了不被鬼子发现，她用力捂住儿子的嘴，因过度惊吓、窒息，这个孩子几天后也不幸夭折。接连失去孩子就像一次次割掉自己身上的肉，姜明真强忍着丧子之痛，把全部的爱倾注到福星身上，一直抚养到4岁，福星才被生身父母领走。随后，姜明真又先后收养过3个八路军子女，没有一个伤亡，而她自己的6个孩子因战乱、饥荒和疏于照顾夭折了4个。

我在孩子在

在反“扫荡”的艰苦岁月里，胶东育儿所的乳娘们立下“我在孩子在”的誓言，以自己的血肉之躯庇护着那些“红孩子”。

1942年9月，有一次敌机飞到育儿所上空，正在屋内给孩子们做衣服的王克兰等马上冲到院子里，像护崽的母鸡一样，张开双臂将孩子们护在身下。同年11月的一天，她们与20多个乳儿被“大扫荡”的日伪军赶进了马石山区。正当焦急之时，恰逢八路军战士掩护群众突围。乳娘们决定委托战士先将两个稍大点的孩子带出，自己则抱着孩子跟在后面突围。为了保证突围时乳儿不被子弹击中，大家发动身边群众将自己和孩子一层层围在中间，然后弯着腰一起往外跑。最终，大家逃出了包围圈，孩子们全部脱险，但保育员张敬芝不幸牺牲。

1942年初冬，胶东地区的抗战进入最艰苦的一年。日寇在乳山马石山

① 《娘啊，您在哪里？请一定等着我!》，威海大众网，http://weihai.dzwww.com/shxw/201902/t20190228_16826328.htm。

制造了骇人听闻的马石山惨案。惨案发生后，八路军育儿所所长张福芝秘密来到东凤凰崖村安置八路军子女。当天，23 岁的肖国英从村妇救会主任矫凤珍和治安主任杨锡斌手里接过了刚出生 12 天的男孩远落（音），当时肖国英的第二个孩子刚刚夭折。远落刚来时身体虚弱，经常拉稀。为了将八路军的孩子养好，经受丧子之痛的肖国英将 3 岁的大女儿杨德香送回莱阳老家，自己全心全意地照顾这个素昧平生的孩子。

1942 年 11 月开始，日军重点“扫荡”胶东地区。为了摧毁抗日根据地，日军在东凤凰崖村的每个胡同口都派驻了一名日本兵，还摆上了一口铡刀，甚至还准备火烧东凤凰崖村，逼问出兵工厂的位置。当时，胶东育儿所的二三十个孩子被包围在马石山一带，育儿所的全体工作人员和乳娘们提出的口号是：宁肯牺牲自己，也要保住孩子，人在孩子在。

当时裹着小脚的肖国英，一手抱着远落，一手拽着女儿杨德香往山上跑，躲避日本兵的追捕。半路上实在跑不动了，肖国英把一直哭的大女儿杨德香塞在半山腰的一个山洞里，在洞口盖上杂草，自己抱着八路军的孩子上山躲避。后来日本兵走了，肖国英带着远落回家做好了饭，给远落喂饱了，才想起自己的女儿还在山洞里，赶紧跑回半山腰，把又冷又饿的女儿抱回家。肖国英老人生前接受记者采访时说：“远落是八路军的孩子，八路军帮大家打鬼子，把孩子交给你了，这是信得过你。八路军的孩子可比俺自己的孩子重要。”①

在反“扫荡”过程中，乳娘宫元花同育儿所的工作人员李玉华一起，抱着刚满周岁的福永在凤凰崖一带的山上与敌周旋。夜里，宫元花把孩子包在自己的棉衣里，让孩子的脸紧贴着自己的胸口。她与李玉华面对面而坐，两人的手都插在对方的胳肢窝里，共同用身体温暖着孩子。从白天坚持到黑夜，从黑夜熬到天明，直到鬼子撤退，她们才带着孩子回到田家村。在 1944 年六一儿童节纪念大会上，宫元花和李玉华被授予“育儿模范”的光荣称号。

“庆荣命是拿丢掉姐姐命的危险换来的，你永远不能忘记妈妈的养育之恩啊！”小庆荣刚满月的时候，聂凤智要率领抗大分校马上移防，带着孩子不方便。聂凤智夫妇找到妇救会会长尹德芝，说：“大姐，我们想把儿子托付给

---

① 《胶东育儿所 300 多名乳娘用无私母爱抚育》，《青岛早报》2015 年 8 月 24 日；青岛新闻网，http://news.qingdaonews.com/qingdao/2015-08/24/content_11221344.htm。

您，行吗？”尽管自己的女儿也嗷嗷待哺，但她坚定地说：“庆荣是革命的后代，我保证把小庆荣抚养好，保证他的安全，你们就安心打日军去吧！”尹德芝把小庆荣视如己出，每次喂奶都是先紧着小庆荣，之后再喂自己的女儿。有一次，尹德芝正在给女儿喂奶，街上传来呼喊声：“日军来了，大家快跑。”情急之下，尹德芝把闺女扔在炕上，一把抱起小庆荣，跳下炕就往外跑，而没理会哇哇哭的女儿。聂凤智知道此事后，感慨不已。聂凤智夫妇在小庆荣四岁时把他接走，但这份养育之情没有断。两家人书信不断。聂庆荣后来无论是当兵还是提干都会向尹德芝妈妈汇报，后来当了将军也时常回忆与尹德芝妈妈在一起的岁月。

为了让孩子得到更好的照顾，1944 年育儿所将工作人员分成了总务组、医务组和巡视组三个小组，总务组负责生活供应。当时抗日根据地的经济也很艰苦，党组织和政府每月按孩子年龄的大小，分别发给细粮 22 斤、20 斤、18 斤；每年按春、冬两季把布和棉花发给乳娘，为孩子做衣服。前方部队从敌人手中缴获到的战利品，凡是育儿所能用得着的，部队都会想办法及时送到。医务组的同志经常深入到乳娘家，为孩子和乳娘检查身体，向乳娘宣传卫生常识，以预防各种疾病。尽管当时育儿所的孩子分散在 50 多个村庄，有些村子相隔百里，但为了孩子们能健康成长，育儿所严格规定每半月进行一次健康检查，每次都直接检查到每个孩子。育儿所要求每个乳娘做到春秋季节每三天给孩子洗一次澡，夏天每天洗一次或数次澡，冬天七至十天洗一次澡；孩子的衣服平时三天洗一次，夏天一天洗一次，绝不允许孩子喝生水、吃冷饭。

战争年代，乳娘和保育员先后哺育革命后代，无一伤亡，在那个新生儿死亡率高达 24%的年代，堪称奇迹。1947 年 8 月 1 日，胶东育儿所召开了庆功授奖大会，育儿所的领导代表胶东区党委向有功人员颁发了荣誉奖章，全所八成的工作人员都领到了奖。

1952 年 7 月，胶东育儿所彻底完成养育革命后代的使命，整体移交给乳山县人民政府，更名为乳山县育儿所。1955 年 8 月，乳山县育儿所撤销，9 名找不到父母的孩子由乳山县机关工作人员领养。

由于种种原因，这些在枪林弹雨中抱着乳儿突围的乳娘，大都没有留下名字，但她们用生命呵护乳儿平安的情景给人们留下了难以磨灭的印象。育儿所对外接收的第一个乳儿“小八一”4 岁那年回到生身父母身边，经常说要回家。父母问她:“你家在哪里?”“小八一”总是不假思索地回答道:“我的家是胶东育儿所!”

“乳娘精神”代代传

乳名“麦勤”的毛学俭甘心在乳娘身边当了一辈子农民。1955 年生身父母来接他,年幼的麦勤抱着乳娘王聪润不撒手,坚决不走。为此,麦勤的父亲说:“大姐,你把孩子带得这么好,我一百个放心,还是把他留下吧。”王聪润抱着麦勤潸然泪下,为了对得起这份情,王聪润一生没有再生养。

麦勤长大成亲后,王聪润对他说:“麦勤,到城里去找你的父母吧,我们也不能太自私,你得回去尽孝。”在王聪润的一再坚持下,麦勤带着妻子回到了安徽,找到了生身父母。相比于农村的简陋生活,城里的生活安逸舒适,但他心里却一刻没有踏实过。养父母为了自己连孩子都不要,自己这一走,他们将来老了连个烧纸的人都没有……想到这里,他带着妻子又返回乳山给养父母尽孝。就这样,50 多年过去了,他在对养父母的感恩中坚守到老,当了一辈子普普通通的农民。当记者采访麦勤时,他很平淡地回答:“爹娘为我付出了一辈子,我就要用一生来回报!”

同样,乳儿王庆林的生身父母为他在广州安排好了一切。他一口回绝,选择留在乳山这片乡土,一生教书育人,回报乳娘的恩情和乡亲的关爱,退休后仍住在乳山崖子镇哨里村。

笔枪并举　浩然正气——周浩然

孟　军

2021 年 9 月，一部名为《我是周浩然》的青少年红色教育题材电影上映。人们不禁问道：周浩然是谁？周浩然（1915～1939），原名周世超，字浩然，山东即墨人。优秀的中国共产党员、抗日英雄、山东省著名革命烈士。20 世纪 30 年代初，他走上新文学之路，参加了青岛的“新文学研究会”，并迅速成长为青岛革命文化战线的积极一员。全面抗战爆发后，他弃学从戎，组建抗日武装，领导了青岛地区武装抗日完胜第一战。1939 年 8 月，他担任中共即墨县委委员兼组织部长；9 月，周浩然在刘家庄一带开展工作时突遭敌军包围，在激战后的突围中不幸罹难，成为全面抗战初期青岛地区牺牲的第一位共产党人。

勤学上进　探求真理

1915 年 4 月 21 日，周浩然出生于山东省青岛市即墨县瓦戈庄村。他 6 岁进入私塾学习，10 岁被父亲送到青岛市北平路小学读书，成绩始终名列前茅。在小学读书期间，受国民大革命的积极影响，周浩然不仅时常在校内发表具有爱国主义内容和精神的演讲，而且开始带领同学参加工人和各界人士的集会游行。

1929 年，周浩然从宣扬封建礼教和宗教思想的礼贤中学转入青岛市立中学（今青岛第一中学）。在中国新文学奠基人之一的国文教员王统照、进步国文教员胡孝澜的指导下，周浩然阅读了《资本论》《共产党宣言》等马克思主义作品，以及李大钊、鲁迅等人的作品，思想上迅速进步。其间，他还与同学一起成立“无名文学小组”，一面学习交流，一面开展社会问题调查。彼时，周浩然已经“能很熟悉地运用着马克思唯物史观的辩证法，来观察一些动变的事实”。①

1932年夏，周浩然考入北平大同中学（今北京第二十四中学）高中部，开始了初次异乡求学的短暂经历。1933年初，他辗转考入上海大夏大学附中，因为经济困难成为免费“偷听生”，后因母亲病重返回青岛。此后，他与丁黑丁等进步作家创作文学作品，探求人生理想，并通过编发传单、宣传册来传播进步思想。

加入“左联” 唤醒民众

1930年3月，中国左翼作家联盟（简称“左联”）在上海成立。4月，国立青岛大学地下党支部成立“新文学研究会”（即青岛“左联”）。1933年，中共青岛临时市委负责人俞启威、乔天华在与周浩然、丁黑丁深入交谈后吸收二人为青岛“左联”成员。周浩然等人迅速共同创办了“汽笛”文学社，编发了《汽笛》周刊，又在《青岛日报》上开辟了《汽笛》副刊，发表进步文章。周浩然用心影、明、觉民等笔名发表了《为了这个》《两种不同的人物》等多篇杂文、评论。青岛“左联”的革命活动激怒了国民党青岛当局，“汽笛”文学社被查封，周浩然也遭通缉，被迫远走他乡。

1933年夏，周浩然重返大同中学，再次开始了异乡求学，继续在该校中断的学业。在日常学习之余，他一方面积极创作，在《东方快报》和《青岛日报》发表了一系列文章；另一方面竭力探索，“严格地遵守着每日只睡4个小时的觉，其余的20个小时，全部放在思想的训练和知识的搜罗上”②。由于积劳成疾，周浩然患上了急性肺炎，但在痊愈后仍坚持读书创作。1934年10月，他奔赴南京求学。但命运多舛，周浩然很快就由于身体原因返家疗养，不得不结束了短暂的第三次异乡求学。

1935年5月，周浩然化名周家美进入新青岛报社，负责主编文艺副刊《小青岛》。他以“梦熊”和“猛士”等笔名，发表了《法租界的惨案》《给青年作家》等文章。他在海滨散步时，碰到一位从前线退伍回来的红军战士，他在日记中写道：“他谈及红军在当地甚得民心，士兵之间团结坚固，又谈及兵士

① 即墨市档案局编：《周浩然烈士文集》，青岛出版社1995年版，第119页。

② 即墨市档案局编：《周浩然烈士文集》，青岛出版社1995年版，第123页。

生活之艰苦，而态度之坚决，意志之坚强，使我备受鼓舞。如果有机会，我一定要到四川红区结交全国英豪！”[①]他还时常公开表达要当英雄的理想，曾公开宣称：“我沉醉于英雄的思想，我当英雄地活着，英雄地死去！”[②]彼时周浩然所指称的“英雄”当然不是强调个人利益至上的英雄，而是为民族、为国家和为人民谋未来、谋幸福的“人民英雄”。他的言论自然招致了国民党当局的厌恶、恐惧和打击。面对国民党当局的报复，他不为所动，坚持以笔为枪，持续揭露社会的黑暗。

投笔从戎　抗战救国

1936 年 10 月，已经离开报社的周浩然进入国立山东大学哲学系学习，学习成绩优异，选修的 8 门课程中有 7 门考试成绩位列榜首。他在 1937 年 4 月 22 日的日记中写道：“久欲砥砺自身，建功立业，报效国家。待来日学成，投锥奋起，率领健儿，驰骋南北，乘长风破万浪，是平生之愿也。”[③]1937 年 5 月，周浩然完成哲学论文《就个人经验试论知识的起源》，得到哲学系教授颜歆的赞许。

七七事变后，周浩然与父亲以强身健体为名组建了“即墨瓦戈庄第一国术训练所”，首批招收学员 30 余人。周浩然也毅然放弃继续求学的机会，留在家乡参加抗战。他加入了中国共产党领导的外围组织——中华民族解放先锋队。1937 年 12 月，周浩然开始在即墨县招募抗日义勇军游击队队员，并把《铁血歌》作为军歌。他在日记中写道：“我拟暂辟瓦戈庄镇为训练之特别区域，专习军事，倘能顺利，不难四乡望风而效，使全疃皆成为良好战士，效命国家。”[④]12 月 31 日，周浩然和张生元等抗日骨干在后庵街 40 号秘密开会时被反动当局包围，周浩然翻墙脱险。

1938 年 1 月 25 日，周浩然以国术训练所学员为骨干，成立即墨县抗日义勇军游击队。他任总负责人，并且确定了“对内联络同志，保卫地方，对外联合全国各团体以抗暴日，期于打倒帝国主义，复兴中华民族”[⑤]的宗旨。义

---

① 即墨市档案局编：《周浩然烈士文集》，青岛出版社 1995 年版，第 71 页。
② 即墨市档案局编：《周浩然烈士文集》，青岛出版社 1995 年版，第 71 页。
③ 即墨市档案局编：《周浩然烈士文集》，青岛出版社 1995 年版，第 96 页。
④ 即墨市档案局编：《周浩然烈士文集》，青岛出版社 1995 年版，第 101 页。
⑤ 即墨市档案局编：《周浩然烈士文集》，青岛出版社 1995 年版，第 104 页。

勇军人数也迅速发展到数百人。后来，周浩然又在各村成立“联庄会”。1月29日，即墨县“联庄会”自卫军成立，周浩然就任主席。在组织“联庄会”方面，周浩然主张脚踏实地，扎实推进。

在获知青岛日军将于3月9日赴莱阳一带“扫荡”的消息后，周浩然决定联合三甲乡校官兵伏击日军。3月9日上午，日军行至集旺疃村三官庙附近时，化装成老百姓的战士夹道欢迎，后截断敌军退路。下午，待日军进入伏击圈后，周浩然率部发起攻击。战斗持续至深夜，歼灭日军30余人，击毁军车两辆，我军无一伤亡。此战成为青岛人民抗日武装对敌军事斗争取得完胜的第一战，有力打击了日军的嚣张气焰。此后，日伪军集中搜捕、“清剿”，义勇军被迫转入地下斗争。

英勇牺牲　正气长存

根据党组织安排，1938年5月，周浩然到国民党姜黎川部队的政治部开展工作。他给士兵们讲授《大众哲学》，宣传中国共产党的统一战线政策。1938年秋天，他担任胶县民众动员委员会负责人，在农村开展抗日救亡宣传，组织民众成立抗敌自卫团。1939年2月，周浩然进入抗日军政干部学校山东分校（又称堤岸干校）学习，被编入第四期军事班并任班长。同年7月1日，经分校副校长徐源泉介绍，周浩然加入中国共产党。因抗战需要，周浩然在干部班提前结业后被派往中共胶东区委工作。

1939年7月27日，中共即墨县委在即（墨）莱（阳）边区吴家岭村成立。8月，中共胶东区委设立即墨县委组织部，周浩然任县委委员兼组织部部长。他先是在吴家岭的两间小草屋里开展工作，后因敌人“清剿”，到八区（刘家庄一带）开展工作。

国民党山东保安第十八旅六团团长姚士吾在离刘家庄不远的东、西尖庄村成立以孙子山为首的“地下反共自卫队”。周浩然在刘家庄一带白天隐蔽，晚上从事革命工作。东尖庄村的张文斋（时任抗日义勇军刘家庄游击队大队长，实际上已经叛变，投靠了姚士吾）受周浩然委托协助购买武器，扩大武装力量。张文斋得知周浩然的活动地点后迅速上报姚士吾，后者指示前者相机抓捕周浩然。

9月9日晚，周浩然在西尖庄村一所老房子内开展革命工作时被敌人包围。他在突围时腿部中弹，跑进村后的玉米地中，终因寡不敌众，壮烈牺牲。

1984年，周浩然被山东省民政厅列为省级著名革命烈士。即墨市也为周浩然烈士树立了雕像。2001年6月，他的事迹入选《中国共产党革命英烈大典》。2015年，他被中宣部表彰为“全国抗日根据地杰出共产党人”。中宣部主管的《党建》杂志发表文章《周浩然：笔枪并举的抗战勇士》予以纪念。同年，《被历史遗忘的烈士周浩然》（上下集）在山东电视台《山东往事》栏目播出。

让我们以周浩然烈士的一段话作为故事的结尾吧。他曾豪迈地宣誓：“我便觉悟到：中国人的事必须中国人自己办；中国的改革，必须中国人自己流血；中国的解放，必须中国人自己努力；中国的光明，必须中国人自己争取。所以，我要求安静，要求深入，为的要真能达到我的欲望，实现我的理想，完成我的使命。于是，根据我的经验，下决心，我这一生为真理而奋斗，为正义而牺牲。”①

① 即墨市档案局编：《周浩然烈士文集》，青岛出版社1995年版，第141页。

多谋善断　大公无私——雨晴

徐　坤

雨晴(1918～1941)，原名于立晓，化名于青、于清。雨晴是中华民族解放先锋队队员、优秀的中国共产党员、政治工作者和军事指挥者。他先后在国民革命军、山东人民抗日救国军第三军、八路军山东纵队第五旅从军，历任中共地下组织党报编辑、山东人民抗日救国军第三军连、营教导员、八路军山东纵队第五旅十四团政委等职，为胶东抗日根据地的建立、巩固和发展做出了重要贡献。1941 年 11 月，雨晴在与日伪军的激战中浴血奋战、英勇牺牲。2015 年 8 月，雨晴入选民政部公布的第二批 600 名著名抗日英烈和英雄群体名录。

近朱者赤　言行渐趋革命路

1918 年 2 月，雨晴出生在牟平姜格庄镇上庄村的一个比较富裕的于姓商人家庭。父亲于献廷一生育有五个子女，雨晴排行第二，上有一个姐姐，下有三个弟弟。在成长过程中，雨晴受到家族家训家风的积极影响。

上庄于氏家训明确强调：于氏族人要“合乎礼数”“注重教化”“遵守国法”“尊老敬长”“和睦相处”“耕读为本”“崇德尚勤”“禁绝恶习”“光耀门楣”。可以说，于氏族人在社会上比较充分地践行了这一积淀着深厚“家国情怀”底蕴的家训，其后人人才辈出，为国为民做出了贡献。据统计，仅在明清两朝，于氏族人中就先后有一百三十七人考取进士、举人和生员，甚至出现了“一门四进士”的盛况。在抗日战争和抗美援朝战争中，上庄于氏又出现了“一门三烈士”的感天动地的英雄事迹。

在优秀家族文化的影响下，于献廷十分重视对雨晴的培养，先后送雨晴入本村的小学、烟台的志孚中学(今山东省烟台市第一中学前身)和北平的东北中学(最初该校在北平,后迁至河南鸡公山)就读,希望其能够学有所成、光宗耀祖。雨晴也未辜负父亲的期望,始终品学兼优,令其父在内心感到无比自豪,并对其充满更高的期待。

在接受家族文化熏陶的同时,雨晴也逐步走出家乡的狭小圈子,到外地求学,接触到更宽广的世界,更多了解到民族的命运多舛和人民的千难万苦,对家训中的家国情怀有了更深刻的理解,逐渐树立起明确、坚定的救国救民的高尚理想,这为其革命生涯奠定了良好、坚实的基础。

在志孚中学学习期间,雨晴结识了李丙令等一众志同道合的进步青年。近朱者赤,近墨者黑,年纪略小的雨晴得到了学长们的更多照顾,也受到了与之朝夕相处的李丙令等人的积极熏陶,在思想和行动上不断进步。1935年,雨晴不仅积极参与徐明娥事件引发的烟台市广大师生声势浩大的抗日游行,而且直接、深刻体会到了团结蕴含的巨大能量。

在东北中学学习期间,雨晴身边有众多来自东北沦陷区的同学,深受这些同学的浓厚民族意识和高昂爱国热情的感染和鼓舞。而学校因日寇持续进逼北平被迫迁址,这使他产生了极其强烈的屈辱感和使命感,爱国救民的热情空前高涨,以身报国的愿望更加迫切。雨晴不仅积极参加了“一二·九”运动,而且随即加入了中国共产党领导的中国进步青年的抗日救国组织——中华民族解放先锋队,开始了其知行合一的爱国救民行动。作为东北中学的学生,在河南开封接受国民党军队军训期间,雨晴拒不接受国民党特务的反动宣传,并与同学出走西安,参加了东北军学兵队。

在东北军学兵队期间,雨晴进一步成长。1936年底,爱国将领张学良和杨虎城率部发动了震惊中外的“西安事变”,意欲逼迫蒋介石放弃以“对内强硬、对外软弱”为特征的“攘外必先安内”的反动政策,促成国共两党真正建立抗日民族统一战线,有效抵御日益严峻、紧迫的日寇侵略、根本维护民族利益。彼时雨晴作为东北军的一员,更加深刻理解了“得道多助,失道寡助”的中国传统哲理,内心更因张、杨两人的义举受到极大震撼和鼓舞。在这一事件的解决过程中,身为山东人的雨晴被选为在西安的东北学生的请愿代表,请求蒋介石“停止内战,出兵抗战”。此后不久,雨晴决然加入了代表中国人民当前和长远利益的先进组织——中国共产党,正式成为一名光荣的共产党员。

善谋者成　胶东征战显才能

全面抗日战争爆发后，经中共北平党组织同意，雨晴由北平返回胶东，开始在胶东党组织的领导下从事抗日活动，逐步显露出卓越的政治和军事才能。

雨晴擅长做思想工作，具有高超的政治组织和宣传才能。由于早年就离乡求学、积极参加学生运动、辗转多地、加入中国共产党，雨晴不仅知识渊博、见识广泛、实践经验丰富，而且立场坚定、头脑灵活，完全具备一名优秀政治工作者的基本素养。面对极其险恶的生存环境和纷繁复杂的问题，雨晴充分发挥自身优势，其政治和宣传工作堪称典范。

在任连队指导员期间，雨晴成功地将一支以农民和旧军人为主要成分的部队改造成了一支纪律严明、军事过硬、为民族解放而奋斗的人民军队。雨晴深知旧军队与人民军队之间的根本差别在于性质和任务，而且直接体现在思想和纪律上。因此，一方面，雨晴主动学习、贯彻我党成功的建军经验，在连队建立坚强有力的党组织，积极发挥党员的模范带头作用，主动发现和培养骨干，以党组织和党员的先锋作用将全连战士凝聚成为一个有机的整体。另一方面，雨晴采取了“亲其师，信其道”的策略，深入士兵之中，把准思想脉搏，对症下药，解决根本问题。雨晴不仅与战士们一起摸爬滚打，共同战斗、训练、学习和生活，与战士们建立了亲密、和谐的关系，而且反复向战士灌输“抗战必胜”、“八路军是人民的军队”和必须遵守“三大纪律、八项注意”的理念，还亲自为士兵上文化课，要求他们互教互学、取长补短。在整训中，雨晴发动战士就地取材，用圆木杆架在树上当单杠锻炼身体，用废手榴弹练习投弹，把冬训工作搞得有声有色，取得了显著成绩。

1940 年 8 月，雨晴临危受命，到八路军山东纵队第五旅十四团担任政治委员。面对缺少干部、编制不足、指挥不畅、军心不稳的严峻局面，雨晴果断推进了两项最为紧迫的工作。第一，缩编部队。雨晴认为：张开五指不如握紧拳头，建议把全团缩编成两个营。为了减轻被裁撤单位中少数干部和战士的抵触情绪，他进行了积极有效的思想工作。雨晴自信地对干部和战士们说：“老红军两把菜刀闹革命，我们有两个营更是什么也不怕。”经过雨晴耐心细致的动员和解释，在民主表决的基础上，十四团最终将二营的干部和战士拆分到团部和其余两个营。此举既成功解决了干部缺乏和编制不足的问题，又提高了部队的战斗力。第二，迅速提高部队的思想和军事素质。如何对待俘虏体现了一支军队的素质和作风，也在一定程度上影响着人心向背和敌我力量对比。优待俘虏是人民军队的优良传统。面对因家仇国恨而违反军纪的干部和战士，雨晴没有采取强制性的政治或军事命令加以处理，而是以讲故事的方式，使党的方针和政策深入干部和战士内心，产生强烈的心理共鸣，从而有效地自我约束。在得知一名八路军战士刺死了一名国民党军队俘虏且其连长和指导员不做任何处理的情况后，雨晴迅速主持召开了战斗经验讲评会。作为政治委员和军事主官，雨晴率先发言。他先生动讲述了诸葛亮七擒七纵孟获的故事，后又详细讲述了其亲身经历的西安事变。最后，他深情地强调："大家想一想，在西安事变中杀死蒋介石，确是大快人心的事，但是，怎么能实现国共第二次合作？能组织起浩浩荡荡的抗日大军？肯定不能，我们的头号敌人是日本侵略者，参加抗日的人越多越好。如果不讲政策，只顾痛快一时，乱砍乱杀，便没有人敢向我们靠拢，就不能组织起浩浩荡荡的抗日大军。我们是共产党领导的八路军，一定要坚决执行政策啊！"[①]通过别开生面的生动讲解，雨晴将"干革命要讲究政策和策略，不能以自己的爱好与憎恶行事"的深刻道理深入浅出地传递给在场的全体干部和战士，令他们更加积极地站在人民和历史的视角和高度审视自身言行。随后，刺死俘虏的那个战士及其连长和指导员都深刻认识到了自己的错误，并在讲评会上自觉地做了检讨和自我批评。这种教育形式生动有趣、浅显易懂、行之有效，既增强了干部和战士的组织和纪律观念，又增强了其执行党及人民军队的任务和政策的自觉性和大局观，为在极其艰险的生存环境中持续取得群众的支持和军事的胜利打下了坚实的思想基础。

雨晴在战斗中迅速成长。1938 年 8 月，雨晴毅然冒雨独自赶赴胶东党组织创建的蓬黄掖抗日根据地，参加了刚刚成立不久的山东人民抗日救国军第三军，正式开始在胶东从事艰苦卓绝的抗日斗争。雨晴从部队基层做起，迅速成长为一名优秀的军事指挥员。

1940 年春，雨晴指挥八路军山东纵队第五旅十三团二营迅速全歼了驻防马连庄的国民党投降派一个营，有力配合了兄弟部队作战，圆满完成战斗

---

① 烟台市民政局编：《永垂千古：胶东革命烈士事迹选》(2)，山东省出版总社烟台分社 1991 年版，第 129、130 页。

任务。之所以取得如此战果，是因为雨晴多谋善断、指挥得当。在战前，雨晴对全体指战员进行了充分的思想动员，详尽而周密部署了战斗任务和战勤工作；在战斗中，雨晴严格要求全体指战员必须执行既定计划，通过奇袭迅速全歼敌军。

同年秋，雨晴和于得水率十四团奔赴胶东抗日根据地的东海根据地所在的昆嵛山地区，与东海十七团共同发动打击胶东国民党顽固派军队的反投降战役。

战役初，雨晴和于得水率部首先重创胶东顽军组织的所谓“抗八联军”的东海“剿共”总指挥，其后与十七团南下北上，扫清残敌，解除了总攻昆嵛山的后顾之忧。总攻开始前，二人白天率部奔袭距昆嵛山百里的日伪军据点，夜晚则率部潜返昆嵛山待命，成功迷惑和麻痹了顽军。在总攻开始后，雨晴与于得水率十四团与东海十七团协同作战，歼灭了大量顽军，并彻底粉碎了顽军郑维屏部的多次反扑。

总攻结束后，雨晴与于得水率十四团迅猛追击顽军郑维屏部的主力——商立端团。商立端团拥兵千余，驻防地势险要、易守难攻的昆嵛山后石门里一带。雨晴认为该地只可智取，不宜强攻。他知道自己的得力搭档——于得水团长曾率红军游击队在昆嵛山地区与敌常年周旋，对此处的草木山石了如指掌、熟稔于心，便与其共同制定了“明修栈道，暗度陈仓”的作战方案。他们首先分兵佯攻，令对手误判我军会从北面攻打石门，随后由于得水团长率备足干粮和水的战士翻山越岭、跨谷跳涧，悄悄攀上昆嵛山的主峰——泰礴顶，居高临下，飞扑石门的顽军阵地，犹如猛虎下山。最终，商立端部被全歼。

反投降战役不仅重创了胶东地区的国民党顽军，而且使东海原被分隔的根据地连成一片，极大改善了胶东的抗日形势。反投降战役胜利后，雨晴奉命单独率十四团西进。此时的十四团与东来时相比较，不仅兵力和装备成倍增加，而且成长为胶东能攻善守的抗日部队之一。其成长原因是多方面的，但作为团政委的雨晴倾注了极大的智慧和心血，功不可没。

为民者远　公而忘私载史册

深明民族大义，以身许国。于献廷深爱其长子，既希望其出人头地，又希望其健康平安。因此，其最初对雨晴从事革命活动是持保留态度的。卢沟桥事变爆发后，于献廷立即派人到北平找到雨晴，并以家中有急事为由，要求后者返乡。在雨晴回到家乡开展抗日活动之初，于献廷就与其发生了激烈争吵。于父气愤地对雨晴说："世道这样乱，你就不该在外面惹乱子!""我只希望你读书上进，不读书就是胡闹！那不如回家经商种地——我只希望你关心家事。"于父的言辞将一位父亲对儿子的担忧和爱怜之情表达得淋漓尽致，雨晴作为儿子并非不能理解，但其更希望父亲能够理解自己的理想与追求，理解国家和个人的命运紧密相关，并支持自己的行动。于是，雨晴理直气壮地对父亲说："我不知道什么叫乱子！日本人在中国又烧又杀，我们眨眨眼就算惹'乱子'，这样下去中国人都要成亡国奴了!""鬼子占了东三省，又进攻平津，危及山东。国将不国，何以为家?!"[①]最后，虽然于父为了保持作为父亲的面子和尊严表面上仍十分恼怒，但在内心却由衷赞叹儿子的说法并深感自豪。此后，虽然父亲试图通过结亲的方式将雨晴留在身边，但早已决心以身许国的雨晴仍毅然离开家乡，以自行车代步，顶风冒雨，投奔胶东抗日根据地。后来，受雨晴影响，于献廷也一心支持抗日，面对日伪军刺刀的威胁，宁死也不屈服。

关心集体，一心为公，生活简朴。虽然家庭经济情况较好，但雨晴没有任何奢侈浪费或好吃懒做等不良习惯，反而以身作则，与战士同甘共苦，甚至拿出自己的钱财补贴战士。到达蓬黄掖抗日根据地后，雨晴脱去长衫，穿上与战士们一样的布衣，吃粗饭，徒步行军；先将自行车送到伙房公用，后又卖掉了已经不堪再用的自行车，所获款项都用来改善战士的生活。同志们风趣地说："政委一心为革命，自行车也彻底革命了。"后来，雨晴又将父亲通过地下交通辗转邮寄给自己的5元钱全部用来订阅报刊，为战士们改善了文化生活。他反复向青年战士强调学习文化的重要性，他常说："没有文化的军队是不能打胜仗的。没有文化的青年人，心不明，眼不亮，只能坐在锅头角上看到家门口。"[②]几句话说得战士心悦诚服。战士们尊敬他，爱戴他，都愿意跟他谈心，有事愿跟他商量，有错愿对他检讨。他非常尊重于得水和王奎先等老同志，丝毫没有知识分子的架子。他与夏侯苏民是同年入伍的

① 山东省民政厅编：《光照千秋——山东革命烈士事迹选》(10)，山东大学出版社1990年版，第271、272页。

② 烟台市民政局编：《永垂千古：胶东革命烈士事迹选》(2)，山东出版总社烟台分社1991年版，第133页。

老战友，私谊甚厚。为了工作，有时夏侯苏民会和他争得面红耳赤，雨晴从来不以为忤，总是和善相待。后来，夏侯苏民成为三营的领导干部，雨晴一如既往地严格要求，帮助夏侯苏民迅速成长为优秀的军事指挥员。

将对家庭和亲人的个人感情与责任藏在心底，过家门而不入。自1938年加入胶东抗日队伍直至其牺牲前，雨晴始终未曾回家探亲。这并不表明他没有家庭责任感，也并非没有回家的机会，而是将“为国家尽至忠、为民族行大孝”视为自己的最高理想和责任。曾几何时，在极其短暂的战斗间隙，生于斯、长于斯的雨晴也会强烈思念年近九旬的祖母、久别的双亲、倚门而望的妻子和未曾谋面且咿呀学语的儿子。当他得到“家人安康，儿子长得喜人”“父亲变得坚强了”等消息的时候，对家人的思念更加浓烈。1941年2月11日，雨晴和于得水率部围歼国民党顽军残部，其指挥部就设在一个肉眼可见自家屋顶的山头上，近在咫尺。战斗结束后，大家都劝其就近回家探亲，住上几天。然而，雨晴断然拒绝说：“敌寇不除，国家不安。全家团圆，待到抗战胜利以后吧。”随后，雨晴毅然策马离开自己深切眷恋的家乡，与于得水挥师急进，去组织下一场战斗。雨晴的这次过家门而不入不想竟成与亲人的永别！

舍己救人，英勇献身民族解放事业。1941年11月28日晨，雨晴率第五旅十五团的两个营在招莱边区的崤山后、万福庄、犁埠村一带驻扎。在得到国民党顽军在崤山东麓抢粮并与地方部队发生战斗的消息后（战后方知此处敌军并非顽军，而是装备精良且人数众多的日伪军），雨晴当机立断，命令十五团立即参战。日伪军自恃火力优势，向十五团的阵地发起了猖狂进攻。子弹的呼啸声、炮弹和手榴弹的爆炸声如同滚滚巨雷，连绵不断，硝烟犹如乌云密布，遮天蔽日。雨晴率领十五团的干部和战士以劣势的武器和顽强的斗志击退了日伪军潮水般的进攻。为了更及时、准确、全面把握战况和稍纵即逝的战机，雨晴不顾战友劝阻，毅然离开后方指挥部，冒着密集的弹雨和爆炸冲到前沿阵地。在全面了解战况并与王奎先副团长迅速交流后，雨晴向各部下达了新的作战命令，要求防守部队“节约子弹，坚守阵地”；迂回部队“动作要快，打得要狠”。当锄奸队长于云青再次劝雨晴尽快返回安全地带时，他仍坚定地回答说，在前沿可以最准确地观察敌情，可以最及时地调整战斗部署。雨晴镇定自若，坚持不退，与前沿阵地的指战员共同战斗在炮火最猛烈的地方。此时，日伪军的进攻更加猛烈，当王奎先副团长想要探身观察敌情时，已经意识到危险的雨晴一把将其按下，自己却被一粒子弹穿透侧胸，立即扑倒在地。鲜血瞬间染红了他破旧的军服和冰冷的土地，他失去了声息。看到敬爱的政委不再回应战友的呼唤，王奎先副团长和战士们瞬间急红了眼。在滚滚浓烟中，他们高喊着“为政委报仇！”“冲啊……！”“杀啊……”端着刺刀冲入敌群，与日伪军展开了激烈的白刃战。在全团的浴血奋战下，最终打退了敌军的进攻，令其全线溃退。战斗最终获得了胜利，雨晴却为民族的解放事业献身，年仅23岁。

雨晴牺牲后，八路军山东纵队第五旅政治委员高锦纯在悼念文章中说：“雨晴同志是我党的优秀干部，模范的共产党员”“他为人民，为阶级忠贞坚毅不屈不挠的斗争精神，将永远铭刻在人民心里。”

游击大王　军教中坚——贾若瑜

徐　坤

贾若瑜(1915～2016),原名贾直,又名若愚、大鉴、镕溥,四川合江人。贾若瑜是优秀的中国共产党员、政治工作者、军事指挥者和军事教育工作者。新中国成立前,贾若瑜先后在红军学校、红军大学和中国人民抗日军政大学等校任教,并担任队长和校长等领导职务;在红六军团、八路军山东纵队第五旅、胶东军区、山东警备第五旅等中国共产党领导的人民军队中担任参谋长、司令员和旅长等重要军事领导职务。新中国成立后,贾若瑜先后在山东军区、中国人民解放军总参谋部、中国人民解放军总政治部担任重要领导职务,并率领中国人民解放军第二十三军入朝作战;在军事科学院、中国人民解放军军人俱乐部、军政大学和军事学院担任主要领导,并以首任馆长的身份筹建中国人民军事博物馆。贾若瑜在1955年被授予少将军衔,荣获中华人民共和国三级八一勋章、二级独立自由勋章、一级解放勋章、一级红星功勋荣誉章和朝鲜民主主义人民共和国二级自由独立勋章。

投笔从戎　力促兵运是先锋

接受红色启蒙,思想初步觉醒。幼年的贾若瑜既是不幸的,又是幸运的。不幸的是母亲段氏早逝,贾若瑜被先后过继给了长期守寡且膝下无子的二叔祖母和尚未过门的二叔母。幸运的是,他的祖父和父亲都十分重视对他的教育,将其送至私塾和小学就读,由此初步奠定了他健康成长的文化基础。1927年,国民革命失败后,在表兄、中共党员梁业广的安排下,贾若瑜成为中国共产党在贵州建立的第一个党支部——中共赤(水)合(江)特别支部(简称"中共赤合特支")创办的文庙小学和平民夜校的第一批学生,开始接受党的启蒙教育，并在此后逐渐认清一个道理：跟共产党闹革命才是拯救中国唯一出路。

初涉学生工作，加入共青团。1929 年春，贾若瑜考入贵州省立第二中学。彼时，他一边勤奋学习，一边与中共赤合特支保持密切联系。在党的领导和具体组织下，贾若瑜对国民党赤水县党部和当地军阀进行了秘密斗争，努力在省立二中校园内开展争取青年学生的工作，取得一些成果。1930 年深秋的一天，梁业广找到贾若瑜促膝长谈，首先肯定了他为党所做的各项工作，随后强调：一个立志救国的青年还必须有坚定正确的政治信仰和奋斗目标，那就是共产主义。1931 年 2 月，经梁业广和汪荃江介绍，贾若瑜加入中国共产主义青年团，并取代名“晴江”。

初入军队，率先开展兵运工作。1933 年初，贵州军阀为扩充实力，在赤水县成立了军事教导大队。中共赤合特支为了开展兵运工作，决定让贾若瑜放弃学业，从成都返回赤水，加入该大队，从事兵运工作。可此时的贾若瑜却有些不情愿，因为他的学习成绩一直很好，连续几个学期都得到学校免交学费的奖励及合江县教育局的奖学金，实在不忍放弃学业。同时，父亲贾训能也不同意他投笔从戎。更重要的是，他一直希望以工业救国，学好理工科，将来当个工程师，以科学技术改变中国落后的面貌。梁业广看出贾若瑜内心的矛盾，一针见血地指出：“黑暗的社会制度不改变，你的科学技术有何用处？”在党的启发教育下，贾若瑜最终走进了军事教导大队的营门，在贵州率先开展了秘密争取武装力量的兵运工作。

机警沉着，兵运工作初见成果。1934 年 4 月，中共赤合特支派贾若瑜去上海联系党组织。抵达上海后，虽然他多方联系，但仍无法与组织取得联系。无奈之下，贾若瑜只好利用亲戚关系进入国民党八十五师工作，先后担任该师教导大队卫兵排和五一一团三营八连和机枪连的中尉排长。在极其困难的条件下，他时刻保持警惕，独立开展秘密工作。1935 年 8 月 3 日，国民党军队八十五师在湖北来凤的板栗园与红二、六军团遭遇，贾若瑜所在的机枪连连长临时让他负责指挥全连。盼望已久的时机终于到来了，他借机把全连带到隐蔽的山凹，命令所有士兵不准开枪。同时，他派人与红四师侦察连取得联系，不费一枪一弹就把一个完整的机枪连交给了红军。

抗大从教　寓教于战享赞誉

1936 年 4 月，贾若瑜加入中国共产党，并于同年 10 月 22 日随红六军团到达甘肃会宁，与红一方面军胜利会师，完成了艰辛而伟大的长征，结束了前一段生涯，开始了新的革命征程。

军校从教，“改名”成美谈。1937 年 1 月 19 日，中共中央军委决定中央红军大学改名为“中国人民抗日军事政治大学”（简称“抗大”），贾若瑜担任“抗大”第七大队队长兼教员。1938 年，贾若瑜先后担任“抗大”第五大队和“抗大”庆阳分校主任教员。同年 12 月，“抗大”第一分校成立，贾若瑜奉命挺进敌后，到晋东南地区办学，任军事总教员、校刊编辑主任和第三支队队长。此前，他根据时任“抗大”教育长罗瑞卿的提议，将名字“若愚”改成了“若瑜”。贾若瑜晚年回忆说：“老首长说：你不愚嘛，不如把‘愚’字改成‘瑜’字，‘瑜’是一种美玉，清白无疵。这当然是他对我的希望与鼓励，我欣然接受了。”“改名”的事情在当时传为美谈，也始终激励着贾若瑜严于律己，不断提升自身的素质和能力，为人民的解放和建设事业做出新贡献。

理论联系实际，获赞“游击大王”。作为军事总教员，贾若瑜肩负着教学规划的重任，深感军事课教学应按照战争的需要改革。彼时我军军事教学内容的主要依据是苏联军队的战斗条令和第一次国内革命战争时期的游击战术。为了使教学更具针对性和实效性，贾若瑜到八路军总部做调研，取得了平型关战役、雁门关战斗、神头岭伏击战和阳明堡袭击战等鲜活的战例材料。一二九师师长刘伯承总结了当时我军各师对日寇的游击战经验，向贾若瑜讲了游击战的基本原则：“什么是游击战啊？游，就是走；击，就是打。游而不击，是逃跑主义，击而硬碰是拼命主义，都是要不得的。”1939 年夏，贾若瑜奉命到晋东南开大会。在会议上，朱德总司令向时任“抗大”校长何长工问道：“听说你们有个教官讲课讲得很好，大家都称呼他为‘游击大王’，他是谁呀？今天来了吗？”何长工连忙将贾若瑜推到朱德总司令面前，并笑称：“就是他，名叫贾若瑜。”面对朱德总司令，贾若瑜有些腼腆，只敬了一个标准的军礼。看着英姿飒爽的贾若瑜，朱德总司令高兴地说：“我们就应该多培养一些‘游击大王’式的教员！”

胶东首战扬美名。贾若瑜不仅游击战理论讲得好，指挥作战同样十分出色。他率部驰骋胶东，以谋略制敌，打了不少漂亮仗。1940 年 3 月，贾若瑜奉命率“抗大”部分人员前往胶东，到掖县桑园与胶东军政干部学校合并，组建“抗大”第一分校胶东支校，贾若瑜任副校长兼八路军第一纵队教导团团长，后升任校长。此后，贾若瑜参加了胶东抗日战争和解放战争的全部战役和战斗，在胶东大地留下了光辉的战斗足迹。同年 4 月，刚刚成立的“抗大”胶东支校就遭到了胶东最大的国民党顽固派兼投降派赵保原部的攻击。赵保原部皆装备日军军械，自吹“打遍胶东无敌手”，十分狂妄。而彼时“抗大”胶东支校仅有两个学生营。在敌众我寡的情势下，他们浴血奋战，在时风涧东山多次击退敌人的进攻。此外，贾若瑜还指挥部队与从北面来援的十三团协同作战，选择在敌人吃午饭的时机发起攻击，打得敌人溃不成军，缴获不少战略物资。此后，他的名字在胶东大地越来越响亮。

大泽山中智脱险。1940 年冬，当日寇对大泽山抗日根据地进行合围“扫荡”时，八路军山东纵队第五旅兵分两路：一路为主力部队，积极向外线转移；另一路为 2000 多人的非战斗人员，由贾若瑜率领奔赴勺子头山区隐蔽待机。贾若瑜带着队伍刚刚上山，就被敌人团团包围。贾若瑜冷静地思考突围良策。从地图上看，该处仅有沿分水岭北侧的山沟可供通行。贾若瑜与政委廖海光遂决定沿此路线撤离。但该行进路线上遍布石头，骡马行走声响很大。为避免发出声响，贾若瑜让人给骡马脚上裹上棉花，并命令通信排留下一个班在南北两个山口警戒，同时在山上燃起火堆，不时向山下投掷手榴弹和射击，布设疑兵阵，大部队则在山沟中潜行。第二天，敌人攻山，通信排最终仅以两人牺牲的代价成功牵制了敌人，掩护大部队成功转移并最终与主力部队会合。

奉调胶东　灵活游击建功勋

1941 年 7 月，贾若瑜离开战斗 6 年的“抗大”，调任八路军山东纵队第五旅参谋长。此后，他直接参与指挥了第五旅的反“扫荡”、反投降的战役和战斗，将课堂上的理论运用于战场上，取得了一系列胜果。

智取李付庄，打开南进大门。1942 年 4 月，贾若瑜奉命率部开赴胶济路北，以策应国民党山东保安第一旅姜黎川部来胶东抗日根据地整训。经过缜密研究和周密安排，贾若瑜采取了声东击西的战术，先派部队佯攻平北丈岭的平度保安团据点，迷惑敌人，后率领十四团(缺少第二营)骑兵营和特务营进驻刘河家一带，奔袭顽军特务二团驻李付庄的据点。此战消灭敌人一个团，俘虏700余人；我军18人负伤，3人牺牲。智取李付庄一战，恢复了南海军分区在平度、莱阳、胶县和高密的部分根据地，打开了我军向南挺进的大门，同时起到了以平原巩固大泽山区和依托山区开展平原抗日游击战的战略效果。

1942年7月1日，胶东军区成立，贾若瑜任参谋长。在随后进行的粉碎日寇对胶东地区“拉网大扫荡”的战役中，贾若瑜再次表现出卓越的指挥才能。

妙夺腾甲庄，解放海阳城。1942年8月底，胶东军区首长派贾若瑜指挥东海军分区和军区十七团相机攻取国民党投降派控制的腾甲庄据点。此据点有3000多名敌军防守，防御工事亦极为坚固。接受命令后，贾若瑜指挥所率部队迅速合围了滕甲庄据点。9月8日，当贾若瑜率部准备发起强攻时，敌情突发重大变化。日伪军从青岛方向增援，国民党顽固派也由海阳向东派出1000多人的增援部队，我军进攻腾甲庄据点的部队面临腹背受敌的危险。得知这一情况，胶东军区首长电令贾若瑜立即率部撤出战斗。面对这一严峻态势，贾若瑜判断：在胶东军区第十六团的阻击下，敌之援军到黄昏时可能进至腾甲庄以西20华里的夏村宿营。而当时青纱帐已起，日伪军和顽军的援军不敢夜间出动，只要严密警戒，不断扰袭敌人，就可以阻止敌人前进，为进攻腾甲庄的部队争取更多时间。贾若瑜利用守敌知有援兵会掉以轻心的侥幸心理，果断地将撤退改为进攻。贾若瑜决定以十七团为主攻部队，于当日下午5时半守军开饭之际，从据点的东南角碉堡实施爆破，进行攻坚战。经过6个多小时的激战，除丁綍庭的第十三支队百余人逃往牟平县外，其余守敌全部被歼。这次战斗俘敌2000余人，缴枪2000余支，是胶东区战斗中俘敌最多的一战，也是胶东部队第一次使用炸药进行外部爆破攻坚的成功战例。腾甲庄之战的胜利极大震慑了胶东的顽军，其惶惶如丧家之犬。驻海阳的顽军第十四支队的士兵听闻消息后迅速各自逃散，我军乘势解放了海阳县城。至此，东海军分区内的投降派被全部肃清，胶东军区部队不再受两面作战之苦，能够全力对日、伪军作战。

对这次胜仗的原因，贾若瑜在深刻总结后说：“战争年代我军的干部对战争的责任心都是非常强的，战斗积极性也是很高的，勇于承担作战成败的责任”“指挥员就应该有这么个胆略。有些仗，上面说不能打，根据实际情况能取胜时，就可以打。”①

再登教坛　传道著书育人才

贾若瑜堪称我军教育战线的“活化石”，拥有丰富的作战经验、严密的逻辑思维、精湛的理论阐述能力和深厚的教育情怀，始终将军事教育作为自身在领导军事斗争之外的首选工作。

重登军教讲坛，为共和国培育国防人才。1964年，时任南京军区司令员的许世友专门向中央军委递交报告，请求调贾若瑜到南京军区任参谋长，希望重续两人在革命战争时期的高效合作和亲密友谊。贾若瑜做出了一个常人难以理解的决定，并在人生中唯一一次就个人问题向中央军委递交了报告。他在报告中写道：“新中国军事教育百废待兴，以我的性格和经历，我更愿意从事军事教育工作。”中央军委经过全面考虑，最终完全尊重贾若瑜的个人意见。贾若瑜将军终于实现了自己的理想。此后，贾若瑜先后担任中国人民解放军总参谋部作战部作战教纂处处长、军事科学院战史研究部副部长、军政大学副教育长、军事学院教育长、军事学院副院长、中国人民军事博物馆馆长。通过领导和组织所在军校的军事教育，贾若瑜为新中国的军事人才培养和军队的正规化、现代化建设做出了重大贡献。

著书立说，总结作战经验，推动军事理论创新。贾若瑜先后主编了《方面军防御战役想定》《中国军事史辞典》等十余种著作和教材，其中《游击战》《毛泽东军事思想》《中国人民解放军战役辞典》《中国军事教育通史》等著作被评为全军级优秀科研成果。贾若瑜还出版或发表了《军事课教学法》《春秋时期军事思想初探》《孙子探源》等著作和文章，达500余万字。长达30万字的《孙子探源》对孙子军事思想的形成进行了深刻的溯本求源，在孙子军事思想研究领域独树一帜。原中央军委副主席、中国人民解放军总参谋长、国防大学校长张震专门为此书作序，并给予高度评价：用马克思主义的观点来系统地阐述孙子军事思想的源流，是前人还未做过的事情。

① 刘波、刘德茂等著：《抗大将星》，华文出版社2008年版，第298页。

塔山名将　铁路统领——吴克华

许以民

吴克华(1913～1987),原名吴克家,优秀的中国共产党员、军事指挥者。新中国成立前,吴克华曾任八路军山东纵队第五支队副司令员、山东军区第五师师长、胶东军区副司令员、东北野战军四十一军军长等要职,为胶东抗日根据地的巩固与发展及全国的解放事业做出了重要贡献。新中国成立后,吴克华先后任华南军区参谋长、济南军区第一副司令员、人民解放军炮兵司令员、铁道兵司令员、成都军区司令员等要职,为新中国的国防和铁路建设做出了重要贡献。吴克华在1955年被授予中将军衔,荣获中华人民共和国二级八一勋章、一级独立自由勋章和一级解放勋章。

勇毅革命担重任

1913年12月7日,吴克华出生在江西省弋阳县芳墩村的一个农民之家。他在少年时读过3年私塾,因贫辍学后在弋江镇的一家豆腐店做杂役,后来又当过皮匠学徒。1928年,由于痛恨旧社会和受进步思想影响,吴克华回乡参加了打土豪、分田地的农民暴动,并在这一过程中与中国工农红军有了近距离的接触,加深了对红军和中国共产党的认识,这成为其勇毅投身革命的契机。

1929年9月,吴克华在赣东北革命根据地正式参加了中国工农红军,并被迅速选送至信江军政学校,接受系统的军事培训。入学后,因为吃饭慢和站队站不好,吴克华经常受到教官的训斥,一度产生了想当"逃兵"的念头。不过,在赣东北革命根据地创建者方志敏的亲自教导和关怀下,吴克华很快就打消了这个念头。他克服困难坚持了下来,并迅速取得全面进步。同年秋，因各方面表现优异，他被正式接纳为中国共产党员。

1930年1月，吴克华受信江军政学校委派去训练农民队。他十分珍惜这次机会，希望能够充分展现所学，不辜负学校的信任和方志敏的期望。在训练过程中，吴克华的示范动作娴熟、准确，不仅获得了受训队员的赞叹和喜爱，而且更加相信自己是当兵的料。

从信江军政学校结业后，吴克华被分配到赣东北革命根据地的红军独立团当战士。但很快又发生了意外，其配备的只有半截枪管的老黑筒枪丢失了。为此，吴克华被关了一个月的禁闭。方志敏虽然在查清失窃案后未处分吴克华，但严肃而明确地要求其"要在战斗中杀敌立功。"吴克华也在事后深刻认识到自己"太麻痹大意了，缺乏应有的阶级警惕性"。

1930年7月，吴克华随红军独立团奔袭景德镇。这次战斗不仅大获全胜，队伍还壮大了三倍，并由独立团扩编为中国工农红军第十军，吴克华随之被任命为一团二营副排长。9月，红十军再次扩编，吴克华被调到军部特务连当排长。1931年初，吴克华随方志敏首次进入闽北，一举打下崇安县赤石街镇，缴获银元20多万块、黄金2000余两。看着满地金闪闪、银亮亮的东西，吴克华兴奋地说："最快乐的莫过于战争的胜利了！"方志敏笑了笑，对吴克华说："战争的胜利不在于金钱，而在于为劳苦大众谋幸福！"[①]吴克华深受教益。同年9月，吴克华任红十军政治部特务连连长。次年7月，升任军部特务大队大队长。

1933年1月，吴克华奉命随红十军到达中央苏区，方志敏则奉命留在原地坚持斗争。此后，两人虽再未谋面，但作为吴克华革命生涯的启蒙导师，方志敏的人生信条和革命精神依然对他产生着持续、深刻、积极的影响。

1934年10月，时任红八军团二十一师六十三团参谋长的吴克华在接到时任中国工农红军总司令朱德签发的绝密命令后，率部跟随中央红军正式开始了艰苦卓绝、震惊中外的万里长征。其间，他又先后就任红五军团直属三十九团参谋长和红五军十三师三十七团团长。他在反围剿和长征中具有鲜明的大局意识，多次率部担负阻击强敌和掩护主力的重任，皆出色完成了任务，多次受到中革军委的通电嘉奖。

1938年4月，吴克华奉命奔赴山东，进行开辟抗日根据地、发动和组织

---

① 叶青松：《一军之长》，贵州人民出版社2015年版，第246页。

当地军民共同抗日的艰苦工作。1938 年 9 月，山东人民抗日救国军第三军与掖县三支队在沙河镇整编为山东人民抗日游击第五支队，吴克华奉命就任该支队副司令员。1938 年 11 月，吴克华调任八路军山东纵队第二支队司令员，赴鲁中抗日根据地领导当地的抗日斗争。1940 年 9 月，八路军山东纵队第五支队改编为八路军山东纵队第五旅，吴克华任旅长。1941 年 3 月，胶东反投降战役指挥部成立，吴克华兼任副指挥。此后，吴克华又先后担任胶东军区副司令员和第五师师长。在极其艰苦的斗争环境中，吴克华坚决执行党的路线、方针和政策，壮大抗日武装力量，积极参加百团大战和反投降战役，粉碎日军多次“扫荡”，为巩固和发展胶东抗日根据地做出了重大贡献。

抗日战争胜利后，吴克华率山东军区首批赴东北的部队横渡渤海，于 1945 年 10 月到达辽东半岛营口地区。自 1946 年 1 月起，吴克华先后就任东北人民自治军第二纵队司令员、东北民主联军第四纵队司令员、辽东军区副司令员兼参谋长、东北野战军第四纵队司令员兼北平警备司令部副司令员、第四野战军四十一军军长。吴克华参与指挥了新开岭战役，首创我军在东北战场一次战役中全歼国民党军一个整编师的先例；参加了东北民主联军在 1947 年发动的对国民党军队的历次攻势作战，取得连续胜利；奉命率部坚守塔山防线，面对数倍于我且具备海上和空中优势的敌军，浴血奋战、舍生忘死，成功阻敌、歼敌于塔山一线，为辽沈战役的胜利创造了有利条件；参加了平津战役，不仅取得作战胜利，而且在北平和平解放的共识达成后率部接管北平，所部以严明的纪律和良好的形象赢得了“仁义之师”的赞誉；参与指挥淮海战役，迫使国民党军一个师在战场起义。

中华人民共和国建立后，吴克华率四十一军与四野兄弟部队一起进军大西南，解放了桂林、玉林、潮州、汕头等大中城市，为全国的解放做出了重大贡献。

塔山阻敌扬威名

1948 年 9 月 12 日，东北野战军发起辽沈战役，首战即进攻锦州。战役打响前，蒋介石急忙调集驻沈阳的 12 个师组成“西进兵团”，驻锦西和葫芦岛的 11 个师组成“东进兵团”，东西并进，经塔山驰援锦州。与此同时，东北野战军司令部也火速向吴克华和莫文骅发出命令，令其所部急速赶到塔山、白台山、高桥地区，组成塔山防线。

彼时，吴克华率领的东北野战军第四纵队即将面对国民党军队的陆海空三位一体的立体攻势，并在人数和装备上都处于明显劣势，形势十分严峻。10月9日，深知“锦州能否攻克，关键在于塔山”的吴克华和莫文骅带领四纵指挥员在塔山前线向全体战士庄严宣誓：“我们司令员、政委的阵地位置，就在同志们身边，与部队同生死共患难，誓与大家一起同进退。为了粉碎敌人增援锦州的企图，随时准备献出自己最后一滴血！”“不惜一切代价，阻敌于塔山之外！”[①]四纵将士“与阵地共存亡”的英雄气概直冲云霄。

10月10日，国民党军五十四军军长阙汉骞指挥“东进兵团”中的第六十二师、第八师、第一五一师和第五五七师，在空军掩护下向塔山一线发起多路猛攻。当天的战斗十分残酷，国民党军队伤亡1174人，四纵也伤亡319人。

10月11日，战斗更加惨烈，阵地数次易手，有的阵地归属反复达数十次。双方伤亡进一步增加，“东进兵团”伤亡1300多人，四纵付出了伤亡563人的代价。

10月12日，战斗进入第三天。已经两天两夜没有合眼的吴克华对政委莫文骅说：“两天的进攻，敌人的企图已很明了。现在，我们必须缩小各守备阵地的正面，加强纵深配置。”莫文骅赞同道：“利用战斗空隙，开展战评活动，总结经验，准备恶战。”

在这场6昼夜的阵地攻防战中，吴克华所部基本上每天都要面对国民党军整团、整师甚至整军发起的成建制的连续冲锋，每天都要遭受数十架飞机、数十艘军舰、几十门大炮的轮番轰炸。但英勇顽强的第四纵队以3个师的兵力成功地阻击了四倍于己的国民党兵力的猛烈进攻。最终，四纵以牺牲3145人的代价歼敌6117人，成功坚守了塔山防线，保证了东北野战军进攻锦州和辽西会战的胜利。正如罗荣桓元帅后来所称赞的：“四纵打得好，像这样的阻击战范例，在我军历史上还是少有的。”

战斗结束后，四纵三十四团被授予“塔山英雄团”称号，吴克华也被誉为“塔山名将”。1949年3月25日，吴克华率“塔山英雄团”“塔山英雄守备团”

① 叶青松：《一军之长》，贵州人民出版社2015年版，第248页。

“白台山英雄团”的数百名英模功臣参加了在北平西苑机场举行的中国人民解放军建军史上的第一次阅兵式，接受了毛泽东、朱德、刘少奇、周恩来等中央领导的检阅。

吴克华念念不忘的就是与其出生入死却长眠在塔山战场的战友们。1987 年 2 月，他在病危时修改了很久以前要求将自己葬在母亲墓旁的遗嘱，立下了新遗嘱。他动情地对家人们说：“每当想起塔山阻击战牺牲的战友，心里非常难过。我死后，就把骨灰撒往塔山，与战士们做个伴吧。”[①]1988 年 8 月，将军遗愿得偿，终于与塔山阻击战的战友们永远长眠在曾经共同浴血的热土之中。

殚精竭虑筑“天路”

1975 年 4 月，吴克华就任中国人民解放军铁道兵司令员，负责全面统筹被西方人视为不可能完成的青藏铁路的建设工程。该工程对于中国边疆的繁荣与稳定、国家的安全与统一、人民的幸福与安康具有重大价值，属于定国安邦的战略工程。其需要克服难题之多、建设难度之大、工程总量之巨对当时的中国人民解放军铁道兵部队来说是前所未有的，该路亦被称为“天路”。中央军委将此重任托付给已逾花甲的吴克华，足以表明对其能力和品格的看重。吴克华亦深感责任重大，殚精竭虑，一心解决各种困难，希望早日筑成“天路”。

1976 年 8 月，63 岁的吴克华决定沿海拔 3000 米以上的青藏线走一趟，全面考察“天路”的建设进度和面临的困难，以便及时提供帮助和支持。

吴克华到达西宁后，身边工作人员担心他上高原身体吃不消，就劝说道：“到西宁算了，让山上的同志下来汇报工作。”吴克华说：“那怎么行，指挥员哪有绕着战场走的！从西宁到格尔木虽然很高，难道还能高过长征路上的夹金山吗？我一定一站一站地走上昆仑山。”

在为期近两周的艰苦考察过程中，吴克华发现青藏铁路建设中的困难和问题主要集中于部分干部和战士的思想问题、生活问题以及工程技术和工程质量问题。这几个问题虽不相同，但存在密切关联。

在思想问题上，针对部分干部战士担心身体垮掉、想回内地的想法，吴

---

① 周廷光：《吴克华将军生前的二次遗嘱》，《湖北档案》2003 年第 6 期。

克华要求部队领导既要体谅又要做好思想工作。他还亲自上阵，以铁道兵司令员的身份，为干部战士鼓劲加油。例如，在青藏铁路施工现场，吴克华对随行的部队领导说："指战员们有这种想法也合乎情理，部队的各级党组织一定要对部队自上而下地进行青藏铁路建设意义的教育，让他们安心高原，扎根高原，正确对待高原的恶劣环境和在施工中遇到的困难。"吴克华又说："青藏高原的确艰苦，但不能因为艰苦而不修青藏铁路。如果没有青藏铁路，高原会永远艰苦下去，西藏会永远贫困下去。我们吃几年的苦，受几年的累，把青藏铁路修通了，解决了西藏的交通和贫困问题，也是非常值得的。"在工程难度和技术挑战均极大的关角隧道工地，针对部分干部战士的畏难情绪，吴克华对他们说："通过两天的调查，我认为部队的战斗力有很大提高，完成任务也比较快。目前，关角隧道在掘进中遇到不少困难，原因是多方面的，有兵站部的原因，也有指挥部的原因，还有师、团机关的原因。有些困难是原先没有想到的。我作为司令员到关角来，就是来给基层解决困难的……困难也是一种机遇，十师把关角隧道攻克了，对今后部队在高原上打隧道就积累了经验，以后的建设局面就会大有好转……建设青藏铁路，一定要发扬老青藏精神，要有顽强拼搏的精神，要有艰苦奋斗的作风。现在大家的精神状态很好，但是气可鼓而不可泄，还要表现出更好的精神状态，以保证关角隧道决战的最后胜利。"

在生活上，吴克华强调既要发扬艰苦奋斗、不怕牺牲的优良作风和传统，又要关心干部和战士的身心健康。他对在乌兰地区进行建设的铁十师的机关干部强调："要发扬官兵一致的光荣传统，领导干部要关心群众生活，注意劳逸结合。隧道施工部队，除星期天外，每月要外加两天休息日，要作为一个制度，坚持下去。这样才能保证战士的健康……"①后来，他又对在格尔木地区进行建设的铁七师的干部和战士重申了这一点。彼时，铁七师师长通知三十一团十一连一定要把中午饭准备好，要在生命禁区让司令员吃上满意可口的饭菜。结果，在午饭时端上来的饭菜少得可怜，只有海带丝、干菠菜、土豆、白菜、鸡蛋粉和少量猪肉。师长严厉批评了该连指导员。该连指导员委屈地说："师长，这是我们连队最好的菜了。我们把所有的猪肉

① 朱海燕：《青藏铁路续集　一个记者雪域高原的长征》，长征出版社2006年版，第407、409、410页。

和鸡蛋都端上来了，我还能拿出什么？这些都是全连指战员献给司令员的一片爱心啊！"[1]吴克华知道此事后，狠狠地批评了师长："战士们能吃，我为什么不能吃！山上供应不好，是我的责任，是我对不起奋战在昆仑山的战士们。"[2]上饭桌前，吴克华向战士们敬了一个歉意的军礼。

在技术和工程质量问题上，吴克华不仅反复强调技术和质量的重要性，而且深入一线，与技术人员共同探讨解决办法。在铁十师召开的机关干部大会上，吴克华强调："我们一定把当前的主要工作摆正，什么是当前的主要工作呢？就是一心一意地抓好生产。在抓好生产的过程中，技术是第一位的。技术工作是生产的纲，抓住了技术，就能解决好生产中的主要矛盾。青藏铁路远离内地，运输困难，在生产建设过程中，一定要正确理解和全面贯彻多快好省的方针，鼓足干劲，力争上游，克服困难，科学施工，缩短工期。青藏铁路是毛主席关注的工程，一定要高标准，严要求，百年大计，质量第一，决不能马虎应付、降低质量。要厉行节约，反对铺张浪费。"又如，在吴克华经长途奔波到达铁七师师部后，师领导打算让吴克华休息一天再开展工作，结果被吴克华拒绝了。

当吴克华听说铁七师三十一团十一连在海拔 4600 米的可可西里进行冻土工程试验时，当即表示要去看一看。这在原计划中是没有的安排。吴克华说："没有安排，现在安排，昨天没有计划，咱们今天计划。昆仑山我不能不去，冻土试验我不能不看。青藏铁路通向拉萨，冻土是一大难关，我不看冻土怎么能放心呢？"

在结束调研返回北京前，吴克华将铁道兵副参谋长兼青藏铁路总工程师潘田留下，继续考察青藏铁路格尔木至拉萨段的冻土情况及铁路走向。吴克华说："建设青藏铁路是毛主席和党中央的重大决策。这项伟大的工程必将在铁道兵手上胜利完成。圆西藏的铁路之梦，是全国人民赋予铁道兵的光荣使命……"[3]

1979 年 7 月 28 日，青藏铁路铺轨到格尔木，9 月铺轨到南山口。至此，青藏铁路第一期工程西宁至南山口段全线通车。

---

① 朱海燕：《青藏铁路续集　一个记者雪域高原的长征》，长征出版社 2006 年版，第 412 页。

② 叶青松：《四野首任军长传奇》，解放军文艺出版社 2014 年版，第 74 页。

③ 朱海燕：《青藏铁路续集　一个记者雪域高原的长征》，长征出版社 2006 年版，第 410、411、412 页。

革命先锋　建设栋梁——吕其恩

郝　悦

吕其恩(1911～1979),曾用名吕志恒、吕其臣、吕光军,优秀的中国共产党员、政治工作者和经济工作者。土地革命战争和抗日战争时期,吕其恩曾任中共烟台工作委员会书记、中共胶东特委书记、山东人民抗日救国军第三军副指挥、胶东军政委员会副主席等职,为中共胶东党组织的发展、武装斗争的坚持和胶东抗日根据地的建立做出了重要贡献。解放战争时期,吕其恩先后任安东市保安司令部司令员、安东市委书记兼市长、安东省委副书记、安东省政府副主席等要职,为东北地区的顺利解放做出了重要贡献。新中国成立后,吕其恩先后任哈尔滨市人民政府市长、中共哈尔滨市委书记处书记等职,为新中国的核心工业城市哈尔滨的全面建设做出了重大贡献。在此期间,吕其恩曾任中国人民志愿军后勤司令部第五分部部长兼党委书记,为抗美援朝的胜利做出了重要贡献,荣获朝鲜民主主义人民共和国二级勋章。

志存高远　侠肝义胆

(一)生于忧患,取名"福弟"担众望

1911 年 10 月 26 日,吕其恩出生在奉天省庄河厅王家岛(今辽宁省庄河市王家镇)山东屯的一个吕姓渔民家庭里,是这个家庭的第一个儿子。兴奋的父亲为其取乳名"福弟",希望他是个有福之人,也能给家人带来福气。在小福弟出生前后,中华民族正面临内外交困的严峻危局。一方面,清政府昏庸腐败,既不能有效维护国家安全和民族利益,又无力真正改善和提高民生福祉。另一方面,西方帝国主义列强肆意操控中国的政治、经济和军事,对

中国人民实施了残酷的政治压迫、经济掠夺和文化侵略。虽然孙中山领导的辛亥革命推翻了统治中国两千余年的封建王朝，但在随之而来的北洋军阀的黑暗统治下，中国人民仍然未能摆脱兵荒马乱、缺衣少食、朝不保夕的悲惨境遇。

（二）不屈不挠，战风斗浪品格高

由于家境十分贫寒，小福弟在五六岁的时候就跟随家人学会了下海捕鱼，“穷人的孩子早当家”。在捕鱼过程中经历的狂风恶浪和生活中的艰难困苦，逐渐磨砺了小福弟坚毅、顽强、豪爽的个性品质，使其具有了不畏艰险、敢于斗争的勇气和精神。

（三）敏而好学，读书探寻为民路

1922年，已经11岁的小福弟才得以入学就读，并按照吕氏家族的排辈顺序，正式取学名为吕其恩。此时的吕其恩非常珍惜来之不易的读书机会，同学们经常会看到他专心致志、心无旁骛地捧着一本书，仔细阅读、认真思考。本就天资聪颖，加上后天努力，吕其恩的学业成绩始终名列前茅，赢得了师生一致赞扬。年少的他希望通过读书寻求真理，用知识改变命运，探寻能够改变穷人命运的方法。虽然想法略显稚嫩，但已经从同情穷人上升到了要为他们做些事情，进而从思想上探寻彻底解决这些问题的途径。

（四）侠肝义胆，敢作敢为人称道

除了努力学习、勤于思考之外，少年的吕其恩还经常练习武术、舞枪弄棒，特别注重锻炼身体、强健体魄。因为在其看来，“文武兼修、内外结合”，方能为以后的更好发展奠定更坚实的基础。因此，吕其恩不仅特别注重锻炼身体、强健体魄，而且养成了忠勇侠义的性格。这一特质在其学生时代就已经显露出来，身高体壮的吕其恩经常为受欺负的学生打抱不平。多次行侠仗义对抗暴强之后，同学们越来越喜欢这个性格直爽、积极上进、不畏强暴、敢于斗争的少年，吕其恩逐渐成为同学们的主心骨和带头人。

曲折求学　拒绝奴化

（一）入读初中，崇尚科技救家国

1925年，吕其恩入石城岛高小就读，并于1928年夏以优异的成绩考入庄河县两级中学。这个学校的校训是“尽责务”，主张教育首先应该是完善人格，培养学生健全的思想品格。在庄河县两级中学学习阶段，吕其恩投身书海，学校的图书馆是他最喜欢的地方，他利用一切机会到图书馆博览群书。同时，吕其恩逐渐认识到了科学技术落后带来的严重后果，督促自己一定要认真掌握较多的科学技术，力争用科技的力量改变中国落后的现实。

（二）首遭不公，主动退学彰不屈

1929年，吕其恩因为带领同学惩罚了一个坏警察被告到学校。坏警察想逼迫学校开除吕其恩。在同校师生的共同努力下，校方虽最终没有开除吕其恩，但给了他降级的处分。一怒之下，吕其恩决意以退学来表示抗议。后来经过协调，吕其恩去了大连市普兰店貔子窝的公学堂就读。由于校方每天强迫学生面向东方遥拜日本天皇，还以日语为主要课程，一心爱国的吕其恩拒绝接受此种奴化教育并再次离开了学校。

（三）拒绝奴化，背井离乡谋出路

九一八事变后，日本帝国主义加快了在东北地区的侵略和奴化步伐，其对东北人民实施的暴行罄竹难书，这令正在庄河三级中学读书的吕其恩怒不可遏。但是，整个庄河乃至东三省的奴化教育风气却不断蔓延，愈演愈烈。在学校，如果不服从殖民主义教育，就会被罚跪，遭毒打；有些学校校长、教师因为不配合殖民主义教育惨遭杀害。血淋淋的现实刺痛着吕其恩爱国主义和民族独立的敏感神经，推动他再次做出决定：离开实施殖民主义教育的学校，寻找能够振兴中华、驱逐日寇的道路。

反抗强权　投身革命

（一）求学胶东，加入中国共青团

吕其恩于1932年3月入位于烟台的山东省立第八中学就读。其间，他开始接触马列主义书籍，与进步同学共同成立了读书会，系统学习马列经典著作；在《芝罘日报》和《曙光》等报纸上发表文章，宣传革命思想，揭露日本帝国主义的侵略阴谋，呼吁国民党政府积极抗日，倡导合作抗日救国。由于表现优秀，吕其恩于1934年被中国共产主义青年团接纳为新成员。

(二)不畏强权,誓为学生争公平

1935年4月,烟台发生了公安局警士侮辱、杀害在校女中学生徐明娥的恶性事件。国民党地方当局包庇杀人犯,引起了学生的愤慨。吕其恩带领进步学生成立了烟台学生自治联合会。经周密筹备,4月23日,吕其恩带领两千多名学生抬着由真人装扮的血迹斑斑的徐明娥的"尸体",走向戒备森严的烟台市公安局和烟台特区专员公署。面对公署墙上架着的十几挺机枪的威胁,学生们毫不退缩,以大无畏的精神和胆识高喊"要为死难者报仇""严惩杀人凶手"等口号并张贴标语,呼吁社会各界声援学生、共同严惩凶手。

(三)再遭加害,学校寻机勒退学

学生的正义行动得到了社会各界的支持,尤其是舆论界广泛发表文章,积极声援学生的游行示威活动。在全国各界的声援下,公安局最终不得不同意逮捕凶犯、安葬死者、抚恤死者家属、公开道歉等条件。吕其恩作为此次斗争的主要骨干,被校方以不遵守纪律为理由勒令退学。

(四)加入组织,投身革命启新程

1935年7月,吕其恩到北京大学当旁听生,一边求学一边寻找党组织。1935年9月,吕其恩加入了中国共产党并改名为吕志恒,以示革命的恒心。入党后,吕其恩主要承担地下党交通工作,并于同年参加了"一二·九"爱国学生运动,后赴南京参加宣传团,进行抗日救亡活动。在党的培养下,吕其恩从进步青年逐步成长为坚强的革命者。

胶东举义　救亡图存

(一)重建组织,勇毅担当为核心

1936年6月,吕其恩奉命返回胶东,开始了崭新的革命生涯。在其积极的准备和推动下,遭受重创的中共烟台工委得以重建,中共胶东临时工委也得以成立。在理琪书记被捕后,吕其恩接任,全面领导中共胶东临时工委的工作,为胶东人民的抗日武装起义奠定了初步基础。

(二)宣传抗日,组织民众备起义

七七事变后,吕其恩在胶东率先投身救亡运动。他通过多种方式宣传救国理念，以唤起群众的抗日热情，广泛调动其他阶层积极性；尽可能争取一切可以团结的国民党军警，联合他们推动抗日救亡运动深入开展；着重在学校当中培养抗日骨干和积极分子；以地下党员为骨干，发展壮大了抗日救亡的革命队伍——中华民族解放先锋队，其成员遍布烟台学校以及国民党军队内部，为此后武装起义奠定了必要、坚实的组织基础。此后，吕其恩开始筹划在文登、荣成、威海、牟平一带举行抗日武装起义。

（三）周密部署，首举胶东抗日旗

1937年12月15日，中共胶东特委成立，理琪担任书记，吕其恩担任副书记。经详细谋划，吕其恩与理琪等决定在文登县天福山举行武装起义，并周密部署了起义的时间、地点、人员以及各部分人员任务分工。12月24日，理琪在天福山宣布山东人民抗日救国军第三军正式成立，中共胶东特委领导的天福山起义一举成功。自此，抗日大旗在胶东高高飘扬。

（四）威海举义，壮大组织强根基

1938年1月15日，吕其恩领导和组织威海抗日军民成功举行了武装起义，成立了山东人民抗日救国军第三军司令部，下辖两个大队和一个特务队。至此，山东人民抗日救国军第三军成为一支拥有300多人、200多条枪的初具规模的抗日武装力量。

过海探路　挺进东北

抗日战争胜利后，吕其恩奉命组建了八路军挺进东北先遣支队并就任司令员，积极挺进东北，高效执行了中共中央的“向南防御，向北发展”的战略方针。

（一）奔袭日伪，助力乡亲获自由

1945年8月28日，吕其恩率领先遣队扮作逃荒“闯关东”者的模样，乘两艘汽轮从烟台启航，进军他的故乡——辽宁省庄河县王家岛，并于次日抵达。登陆后，吕其恩立即命令部队主力在山东屯驻扎，自己则亲率20余人翻过山岗，奔袭设立在后滩屯的伪警察所。吕其恩等人俘虏了两名伪警察，缴获12支长枪和两支短枪。随后，吕其恩命令先遣队布哨、设卡，对王家岛实行军事封锁，切断日伪人员与外界的联系。至此，被日伪军禁锢、压迫和剥削长达40年之久的王家岛人民终于迎来了解放，获得了自由。在吕其恩的号召和主持下，王家岛初步建立了人民政权。

（二）首发电报，保障中央妥决策

登陆庄河后，吕其恩立即给八路军延安总部和山东军区发出两份急电。这是中国共产党领导的部队在东北发出的首份电报，也是中共中央获得的关于东北地区和苏军态度的第一份详细的情况通报。在电报中，吕其恩建议尽量多派部队到东北，“迅速创造总根据地，支援关内战争”。这份电报让党中央对日本投降后的东北地区现状有了充分了解，并知晓苏联红军对八路军在乡村活动并不干涉、在城市可以以非武装组织进行活动等重要信息。中共中央依此做出了重大政策调整，坚定了“向南防御、向北发展”的战略部署，从而为夺取东北、解放全中国奠定了基础。事后，吕其恩被毛泽东和周恩来高度赞扬，称他对于东北乃至全国的解放事业功在千秋。

（三）智取庄河，征船集舟渡雄兵

1945年9月8日傍晚，吕其恩率部队在庄河县达拉腰子口岸登陆，袭击并迅速控制了当地的伪警察驻所。随后，吕其恩命人给庄河县伪县长关德权打电话，声称国民党五十一军先遣支队奉命前来接收庄河，望他接洽配合。9月9日，吕其恩率部队乘坐关德权派来的汽车顺利进入庄河县城，并在天亮前进驻庄河县公署，缴获了全部枪支，监禁了伪县长，智取庄河行动大获全胜。9月12日，庄河召开万人大会，宣布成立辽东地区第一个县级人民政权——庄河县人民政府，吕其恩任县长。庄河县人民政府迅速征集数百船只，从周边多个港口出发，前往烟台和龙口等山东港口，迅速将罗荣桓率领的十万余人的主力部队从胶东运至东北，为辽沈战役的胜利奠定了坚实基础。

（四）奉命入朝，筑牢“钢铁运输线”

朝鲜战争爆发后，中国人民志愿军入朝作战，吕其恩就任志愿军后勤司令部第五分部部长兼党委书记。他亲自深入一线，指挥抢运军用物资，修筑战地仓库和营房，将第五分部所担负的运输线打造成为“打不断，炸不烂的钢铁运输线”，为入朝作战的志愿军部队提供了可靠的物资保障，为抗美援朝战争的最终胜利做出重大贡献。因此，吕其恩多次受到中国人民志愿军司令部后勤部的表彰，还荣获朝鲜民主主义人民共和国二级勋章。

专注民生　建设冰城

从朝鲜战场回国后，吕其恩从 1953 年 3 月起连任哈尔滨市人民政府市长，长达 27 年，为该市经济和社会发展做出了重大贡献。

(一)殚精竭虑，建设新兴工业城市

就任哈尔滨市市长后，吕其恩将工作重点首先放在经济建设方面，推动哈尔滨从消费城市迅速转变为新兴工业城市，为此后哈尔滨市和全国的长远发展奠定了重要的工业基础。“一五”计划时期，他全面规划并有序推动建成了哈尔滨的“三大动力”工程，量具、刃具、亚麻、电表仪器等大厂，逐步构成哈尔滨基本工业布局，一些重要的军工厂也初具规模，新兴的工业区、动力区、平房区等基本建成，一个新兴的工业城市初具雏形。“二五”期间，他倡议、主持建立了三棵树化学工业区、哈西机械工业区，特别是针对城市建设中的短板问题请示中央、协调地方，建成了第三水源地、太平跨线桥、水泥管厂三个重点工程。1971 年恢复工作后，他继续排除万难、突破干扰，不顾身患重病，在担架上规划整个城市建设。

(二)厚植根基，全面发展科教文卫

在吕其恩领导、主持或推动下，哈尔滨市政府迅速在学府路周边新建和扩建了多所高等学校、专业学校和科研院所，形成了文化教育核心区；建设了少年宫、青年宫、工人文化宫等，为广大青少年和工人学习提供了必要的场所保障；修建了彼时“世界第二、中国第一”的儿童铁路，组建了由其亲自担任主任的儿童铁路修建委员会，以培养新中国少年儿童爱劳动、爱科学的品格；建成了动物园(原林学院试验林场)、儿童公园(原铁路苗圃)、江畔斯大林公园(原铁路储木场)和长岭湖风景区等，作为广大市民的休闲娱乐场所；筹办“哈尔滨之夏”音乐会，丰富了市民生活；1963 年，哈尔滨举行了首届冰灯游园会，并在此后成为传统活动，为生活在酷寒冬日里的哈尔滨市民提供了丰富多彩的文化活动，也成为哈尔滨的绝对亮点和标志。

(三)着眼长远，科学规划抗洪防汛

1957 年 7 月，松花江哈尔滨段发生该市有水文记载以来的最凶猛的特大洪水。吕其恩亲自出任防汛总指挥，全面统筹协调各项工作，冲在防洪救灾最前线，带领十几万军民与洪水搏斗。在抗洪抢险胜利后，为了应对以后可能出现的洪涝灾害，吕其恩调动全市力量，修建了半永久性的护坡堤坝；以兴利除患、造福人民的理念为指导，在松花江江畔修建了带式公园，重新整修了著名的太阳岛风景区，使整个防洪体系更加坚挺，并且有益于民生福祉。吕其恩亲自选址在江畔建立的防洪纪念塔，正是这一理念的集中展现。

（四）事必躬亲，全心全意为民解忧

吕其恩主政哈尔滨时，但凡涉及群众日常生活的事情，无论大小和繁简，小到柴米油盐、蔬菜供应、吃早点、上下班乘车，大到职工住房等，都会亲自过问。为了解决人民拎着酱油瓶满城跑，到处排队才能买到酱油的问题，他不顾身患重病多次亲自实地察访，深入酱油厂了解情况，部署解决问题的方案和措施。

吕其恩不仅被哈尔滨人民誉为“人民的好市长”，而且当选为哈尔滨建设发展做出突出贡献的“最可敬的人”，彰显了人民群众对他深厚的敬仰和怀念之情。

政工模范　海疆卫士——李耀文

王艳华

李耀文(1918～2018),别名张锡绅,山东荣成人,优秀的中国共产党员、政治工作者和军事指挥者。抗日战争时期,他先后在胶东、鲁中、鲁南的人民军队中担任职,参加了反"围剿"等战役战斗。解放战争时期,他先后在鲁中军区、华东野战军担任师政委、政治部主任和军政委等要职,参加了华东野战军进行的重大战役。新中国成立后,他先后在山东军区、济南军区、外交部、国防科委、中国人民解放军海军担任主要领导职务,为抗美援朝战争的胜利、新中国的外交事业的发展、人民军队的革命化、现代化、正规化建设做出了重大贡献。李耀文在1955年被授予少将军衔,1988年晋升海军上将,荣获中华人民共和国二级独立自由勋章、一级解放勋章和一级红星功勋荣誉章。

投身革命　宣传御侮

(一)学习马列,倾向革命

1918年5月,李耀文出生于山东荣成县成山镇成山一村。在荣成县立第一小学读书期间,李耀文与同班同学曹漫之一起采取张贴宣传画、标语等形式宣传抗日,轰动了全县。小学毕业后,李耀文先后就职于荣成县教育局、图书馆和民众教育馆。九一八事变后,在中共党员曹漫之的影响下,李耀文开始阅读进步书刊和马列主义著作,逐渐树立了革命理想,积极追随中国共产党。

(二)收集情报,为党服务

1933年,李耀文被调到荣成县民众教育馆担任管理员。此时的李耀文虽不是中共党员,却已开始通过曹漫之接受党分配给他的任务,并利用自身能够比较自由出入县政府的便利,为荣成县党组织搜集必要的情报。李耀文的情报搜集工作卓有成效。有时,他通过在县政府当录事的朋友了解国民党政府秘密文件的内容;有时,他甚至会把文件原件带出来给曹漫之,后者则将所获情报先用药水密写,然后上报给中共胶东特委。可以说,在彼时国民党当局在各地制造的白色恐怖的氛围之下,李耀文为荣成县党组织的生存和活动做出了重要的情报贡献。

(三)宣传抗日,加入组织

"一二·九"运动爆发后,为响应和声援北平学生的爱国行动,李耀文利用自己荣成县民众教育馆馆员的便利条件,以该馆为基地,秘密举办夜校,创建"城厢青年剧社",排演《东北义勇军》和《红布袋队》等活报剧,编印并散发"快报",积极宣传抗日救亡,激发民众抗日热情。1937年4月,经曹漫之介绍,李耀文加入中国共产党,正式走上了为国家谋独立、为民族谋复兴和为人民谋解放的光荣之路。

(四)培养骨干,储备干部

面对日寇对中国的全面侵略,中共荣成临时县委于1937年8月正式成立,曹漫之任书记,李耀文任宣传委员。临时县委将"城厢青年剧社"更名为"河山话剧社荣成分社",吸纳了80余名具有强烈正义感的爱国青年。河山话剧社荣成分社排练了《放下你的鞭子》《血洒卢沟桥》《五月的鲜花》等短小精悍的革命剧目,并积极深入各村为村民演出。他们白天演戏,晚上举办读书班,宣传真理,为党在荣成建设一支全心全意为人民服务的干部队伍培育、储备了极其宝贵的骨干力量。

征战疆场　身经百战

(一)领导起义,参军入伍

全面抗战爆发后,李耀文积极响应中共中央北方局"脱下长衫,到游击队去"的号召,遵照中共胶东特委的指示,开始在本地发动群众、组织抗日武装。中共荣成临时县委在曹漫之和李耀文的领导和组织下，开始秘密发展中华民族解放先锋队队员，成立了中华民族解放先锋队荣成队部，组建了荣成县抗敌后援会，广泛开展了抗日救国的宣传活动，并深入到国民党地方武装建立的埠柳乡农学校，秘密开展工作。同年底，由于消息泄露，曹漫之和李耀文等人遭国民党荣成县政府通缉。曹漫之、李耀文和林乎加等中共荣成临时县委的领导人共同发动埠柳乡农学校的部分师生举行了武装起义，并将起义队伍带到文登县大水泊，编入了山东人民抗日救国军第三军，正式加入胶东人民的抗日队伍。入伍后，李耀文奉山东人民抗日救国军第三军总指挥理琪的命令秘密潜回荣成，将河山话剧社的同志带回大水泊，编入山东人民抗日救国军第三军，壮大了中共胶东党组织领导下的抗日武装力量。

(二)胶东抗日，浴血奋战

自1938年1月起，李耀文先后担任山东人民抗日救国军第三军第一路指挥部政委、山东人民抗日救国军第三军政治部主任、胶东抗日游击第三支队政委、八路军山东纵队第五支队政治部副主任兼组织科科长、山东军区第五旅政治部副主任等军政要职。在此期间，李耀文参加了胶东抗日军民发动的历时5个月的反投降战役和多次反“扫荡”战斗，取得了积极的战果。

(三)转战鲁中，再建新功

1943年9月，李耀文奉命赴鲁中军区就任四分区副政委兼莒(县)沂(水)安(邱)地区工委书记。该地区刚刚从顽伪军手中解放出来，群众基础差，斗争情况复杂，开展各项工作均面临严重阻碍。但李耀文等人知难而进，周密筹谋。在八路军主力部队配合下，该地区的抗日武装斗争和抗日政权建设均取得了较好成绩。1944年春，李耀文就任中共沂山地委副书记，并在地委书记赴党校学习期间代理地委书记。翌年6月，山东军区部队发动了夏季攻势，李耀文指挥沂山地区的抗日武装参加了讨伐顽军张步云的战役，协同八路军主力部队歼敌5000余人。

(四)驰骋鲁南，攻坚克难

日本政府宣布无条件投降后，时任山东警备第四旅政委的李耀文率部参加了山东抗日军民对日伪军的大反攻，加速了鲁南抗战的进程。1945年12月，李耀文调任鲁中军区第九师政委。1947年1月率部参加了消灭国民党军整编二十六师和第一快速纵队的鲁南战役。同月,李耀文所部改编为华东野战军第八纵队二十三师,其继续留任师政委。此后,二十三师相继参加了莱芜战役、孟良崮战役和沙土集战役,配合兄弟部队共同歼灭了被誉为"抗日铁军"和国民党五大王牌军之一的整编七十四军绝对主力——五十七师。

(五)率军南进,连战连捷

1948 年 1 月,李耀文就任华东野战军第八纵队政治部副主任,迅速领导和推动第八纵队各部普遍开展了新式整军运动。他带领纵队政治部工作人员深入连队,开展诉苦和"三查"运动,提高指战员的政治觉悟和组织性、纪律性,大大增强了部队的战斗力。同月,他升任第八纵队政治部主任,随后率部参加了开封战役、睢杞(豫东)战役和淮海战役。1949 年 1 月,李耀文就任二十六军政治部主任,随军参加了渡江战役和浙沪战役,并在上海解放后率部进入市区。由于政治工作做得深入细致,二十六军严守"三大纪律八项注意",露宿街头、秋毫无犯,赢得了上海人民广泛、由衷的赞扬。

(六)抗美援朝,保家卫国

1950 年 10 月中旬,正率部在上海执行守备任务的二十六军政委李耀文奉中央军委命令,抗美援朝,出国作战。他率部先后参加了第二次、第四次、第五次战役和平康、金化地区的防御作战。每次大的战役,李耀文总是深入前沿部队和重要阵地,及时了解作战情况和思想状况,及时解决发现的问题。二十六军在作战中进行的卓有成效的政治工作,受到志愿军总部通报表扬。

1951 年底,根据中共中央的部署,二十六军在战地开展了反贪污、反浪费、反官僚主义的"三反"运动,受到了毛泽东主席的表扬。

身先士卒 同甘共苦

从朝鲜归国后,李耀文先后就任山东军区政治部主任和济南军区政治部主任。在济南军区任职期间,李耀文积极推动所辖部队的政治和思想建设,取得了积极成效。

(一)徒步下连,体验生活

1958 年秋,济南军区政治部主任李耀文与济南军区司令员杨得志和干部部部长陈美藻一起来到中国人民解放军驻徐州某团团部。三位将军脱下将军服，戴上船形帽，肩佩列兵衔，身背绿背包，从团部徒步走到该团所辖六连连部，以普通列兵的身份，开始了在基层部队为期一个月的生活、学习和训练。

（二）官兵一致，同甘共苦

训练场上，三位将军与普通士兵一样跑步、匍匐前进、射击。四次冲锋枪实弹射击，三位将军弹无虚发，让战士敬佩不已。连队士兵夜间需要轮流站岗。为了让三位将军休息好，连队打算把他们安排在头班或末班站岗，他们却坚决要求按顺序排班，经常半夜起来放哨。三位将军在军事上不甘落后，在生活上也不搞特殊。有一次到餐厅吃午饭时，他们发现饭桌上多了一盘辣椒炒肉丝，便找到司务长，耐心说明下连当兵不能搞特殊的道理，然后把菜倒在大菜盆里。与战士们同吃一锅饭、同吃一道菜，是三位将军对自己下达的“军令”，不容更改。在一个月的时间里，他们与士兵同吃、同住、同劳动、同操作、同娱乐，消除了官兵之间的隔阂，密切了官兵关系。

（三）总结经验，主席称赞

1960 年，中央军委在广州召开军委扩大会议。在休息间隙，一位领导指着李耀文向毛主席介绍说：“这是与杨得志一起下连当兵的李耀文同志。”毛主席向李耀文问道：“你们下连当兵情况怎样？”李耀文回答说：“一个月当兵生活，与士兵同吃、同住、同劳动、同操作、同娱乐，打掉了五气（官气、暮气、骄气、娇气、阔气），消除了官兵之间的隔阂，密切了官兵关系，保持了普通一兵的本色。”毛主席高兴地称赞道：“将军当兵不简单哩！好啊！这是军队新的历史时期一个好做法，是个发展。”

（四）培育典型，推广全军

在济南军区工作期间，李耀文重视运用典型，抓点带面，推动工作。1961～1966 年，军区培养和树立了一批典型人物和典型单位，如共产主义好战士王永才、好司务长孙乐义、班长王杰、指导员马国政、连长王佐文、领导干部何志远等先进个人和红一连、安丘连、群山开路先锋连等先进集体。这些先进典型在全军甚至全国都产生了广泛的积极影响。

转战外交　鞠躬尽瘁

（一）整顿队伍，坚持原则

1970年4月，周恩来总理点名调李耀文到外交部任军代表兼副部长，希望他主持整顿此时新中国外交战线出现了一系列令人心痛的乱象。到任后，李耀文立即本着实事求是的原则，深入调查研究，掌握了大量第一手材料。在清醒地认识到外交部某些工作有扩大化的倾向后，李耀文报请周恩来总理同意，采取了“抓两头”的方法来改变困局。一方面，及时组织查处了“火烧英国代办处”等四个大案、要案；另一方面，对多数经审查确实没有问题的同志，及时予以解放和充分信任，并妥善安排工作。李耀文的做法遭到了一些人的非议和批评。面对此种情况，经过反复考虑，李耀文坚信自己没有错，继续解放了一批干部，为扭转彼时中国极为不利的外交局面做出了重要贡献。他认真细致、敢作敢为的工作作风和良好的工作成效再次赢得了周恩来总理的肯定，称赞他“是一位很优秀的指挥员，很出色的政治工作者，很尊重实际的军代表，很负责任的领导干部”。

（二）助力坦赞，修睦敦好

1972年4月，李耀文被任命为中国驻坦桑尼亚联合共和国大使。彼时，新中国援建的坦赞铁路正在紧张的建设之中。由于坦、赞两国的经济、技术、文化和基础设施均比较落后，加之坦赞铁路计划途经地区的地理条件极其恶劣，该工程建设所面临的挑战和风险都十分巨大，需要协调和处理的各方面关系亦十分复杂。面对如此挑战，李耀文再次勇毅担当，千方百计做好沟通和服务工作。他时常陪同坦桑尼亚总统尼雷尔到建设工地视察；当铁路修到赞比亚时，他又和尼雷尔总统一起去剪彩。他还经常深入工厂和专家中间，了解情况，解决问题。通过耐心细致、亲力亲为、顾全大局的工作，李耀文与尼雷尔总统及坦、赞两国政府官员建立了长期的友好和互信关系，为中坦关系和中赞关系保持长期、良好的发展态势贡献了力量。

（三）交好“南非”，不辱使命

二战后，南部非洲国家纷纷寻求民族解放和国家独立。作为第三世界中较早实现国家独立和人民解放的社会主义国家，中国始终关注曾经同命运的非洲落后国家，并愿意提供力所能及的帮助。李耀文作为新中国的高级外事人员、坚定的共产主义战士和马克思主义者，深知自己背负的使命与责任之重大。他带领所在使馆的工作人员主动为正在争取或巩固民族独立和人民解放的南部非洲国家的人民组织提供中国力所能及的帮助，进一步扩大了中国在非洲国家中的积极影响。例如，他利用各种机会做莫桑比克总统萨莫拉的工作，逐步与之建立了深厚的友谊。萨莫拉曾说，中国对他们的援助是无偿的、真诚的。莫桑比克独立时，李耀文应邀和交通部部长叶飞率领的代表团一起参加了庆祝活动。

重回部队　建设海军

“文化大革命”结束后，李耀文坚决服从国家的需要和党的安排，再次回到了阔别多年的军事领域，为我国军事科技人才的培养、军事装备的现代化和国防安全的维护做出了重大贡献。

（一）主管科研，爱护人才

1977 年，李耀文调任国防科委政委兼中央军委科学技术装备委员会副主任。在新的领导岗位上，李耀文尊重知识、尊重科学、尊重科研人员，经常深入到研究所、工厂、试验基地和“三线”科研生产单位调查研究，为科研工作清障。

（二）铺路护才，为科技人员排忧解难

国防科委党委根据李耀文的建议，率先对科技干部评定了技术职称，充分调动了科研人员的积极性。国防科委的做法得到了中国人民解放军总政治部的肯定，并在全军推广试行。

（三）拨乱反正，汇聚人心

1980 年 10 月，李耀文就任海军政委。上任伊始，他就面临着解决“文化大革命”遗留问题、消除“文化大革命”不利影响的拨乱反正的艰巨工作。如果稍有疏忽，处理不好，就可能令正要回归正轨的各项工作再次出现停滞甚至倒退。为了从根本和长远解决问题，在进行了大量的调查后，经过周密的研究和充分的准备，李耀文主持召开了上任后的第一次党委常委民主生活会。与会常委坦诚相见，彼此开展了认真的批评和自我批评，较好地统一了思想。同年4月，邓小平等中央军委首长专程找他谈话，对海军的拨乱反正、增强团结、加强领导班子建设等问题做了重要指示，为解决海军的问题进一步指明了方向。5月5日，叶飞和李耀文主持召开了海军党委常委扩大会议，认真贯彻邓小平等中央军委首长指示，在主要问题上分清了是非，统一了思想，从而促进了团结，增强了搞好海军建设的信心。

（四）建规立制，引领海军

随着改革开放的不断深入，部队的思想亦更趋活跃。在时任海军政委李耀文的主持下，海军党委和机关先后制定、修订和批转了《保卫空中防线十项措施》《保卫海上防线十项措施》《海军舰艇出海训练三阶段政治工作》《海军航空兵飞行训练四阶段政治工作》《做好分散小单位预防政治事故工作的十条措施》等文件，并通过开展一系列学习教育活动，加强了海军部队的思想政治工作，进一步完善了各项规章制度，海军的革命化、正规化、现代化建设迈出新的步伐。

（五）运筹帷幄，保卫南沙

1988年3月14日，越南海军三艘舰船突然窜到中国南沙赤瓜礁海区，不仅派武装人员强行登礁挑衅，而且首先向中方人员和舰船开枪、开炮，中国海军被迫进行有限的自卫还击。李耀文政委和张连忠司令员吃住在海军指挥所，实施全程指挥，直至战斗结束。这次战斗有力打击了越军的嚣张气焰，捍卫了南沙主权。4月4日，他到南海舰队慰问部队，检查工作，要求认真总结南沙战斗经验，大力宣扬南沙精神和英雄事迹。随后，海军部队普遍开展了学习南沙精神的活动。

忠肝义胆　炮兵元勋——陈锐霆

刘玉莹

陈锐霆(1906～2010),原名陈琯玉,优秀的中国共产党员、政治工作者、军事指挥者。在抗日战争中,他参加了冀中抗日、长城抗战、徐州会战、赣北会战和枣宜会战等重大对日作战行动,为中国人民的抗日战争做出贡献。在解放战争中,他先后任新四军暨山东军区司令部参谋处长、新四军司令部参谋处长兼炮兵司令员、华东野战军特种兵纵队司令员,参加了孟良崮战役、济南战役、淮海战役、渡江战役等战役战斗,为中国人民的解放事业做出了重大贡献。新中国成立后,他先后任华东军区炮兵司令员、中央军委炮兵参谋长、副司令员等职,为部队革命化、现代化、正规化建设做出了重要贡献。1955年,他被授予少将军衔,荣获中华人民共和国二级独立自由勋章、一级解放勋章和一级红星功勋荣誉章。

寒门子弟品学优　报国情怀蕴心中

1906年11月10日,陈锐霆出生在山东省即墨县盘龙庄村一个农民之家,因在家族中排"玉"字辈,便取名陈琯玉。后来从军时,为了凸显阳刚之气,改名为陈锐霆。陈锐霆是家族第三代中唯一的男孩,背负整个家族的殷切期望。其父亲陈贵先自幼体弱多病,话语不多,老实本分,务农为主。母亲高氏身康体健,豁达乐观,勤劳能干,扛起全家的生活重担。一家人辛苦劳作,日子虽清贫,却也知足。陈锐霆从小便比别的孩子高壮,也很懂事,帮忙操持家务。

(一)首次遇险,萌生爱国情

在第一次世界大战期间的一天,陈锐霆与同村小伙伴在山坡上拾柴。附近海面上的日军战舰竟向这些无辜的孩子们进行炮击。所幸的是,所有孩子均未受伤,但都受到了不小的惊吓。这在陈锐霆幼小的心灵里埋下了憎恨日寇的种子,为其后来走上军事报国之路奠定了最初思想基础。

(二)离家求学,接受新教育

1916～1921年,陈锐霆接受了私塾教育。但私塾先生思想陈旧,令其并未在五年的私塾学习中获得真才实学。1921年,在三祖父的资助下,陈锐霆到鳌山卫镇县立第七高等小学就读。该校校长衣廉斋是清末秀才,具有深厚的国学底蕴;毕业于实行近代教育的山东优级师范学堂,学识丰富,正派耿直,在县教育界很有名望。在衣校长的殷殷教诲下,陈锐霆作文水平大大提高,成绩名列前茅。独自离家外出读高小的经历,既令陈锐霆增加了学识,又令其开阔了眼界,接受了反帝反封建的教育,对其后来的人生道路产生了直接、深刻的影响。

(三)再次遇险,投笔从戎去

1925年,陈锐霆考入济南师范学校。毕业后,他到青岛市沧口小学做了一名教师。这个工作待遇不错,学校离家又近,全家人都很满意。可在外敌觊觎之下,千疮百孔的中国哪里容得下一张讲桌？1928年5月3日,陈锐霆正在济南办事,恰逢日本在济南制造了骇人听闻的“济南惨案”,其住处被日军发射的炮弹炸塌一角,离他仅5米远。再次遇险令陈锐霆内心对日本侵略者憎恨转化为难以遏制的怒火。他再也坐不住了,不顾家人的反对,毅然放弃每月28元的优厚待遇,在夜里悄悄离开家乡,赴河北报考军校。最终,陈锐霆考入了河北军事政治学校,开始了不平凡的人生。

遇挫弥坚志不移　洞烛黑暗寻光明

(一)执着炮兵,不甘沉沦

到河北军事政治学校报到时,陈锐霆坚决要求分到炮兵队。他忘不了日军肆意轰击中国人的炮火,忘不了惨死在日军炮火下的受难同胞,忘不了自己两次在日本鬼子的炮弹下死里逃生的经历。1930年7月,陈锐霆毕业后被分配到国民革命军炮兵第二十八团任副队长，被授予中尉军衔。陈锐霆有感于国民党军队武器装备落后、战术思想落后、人才素质落后，认识到落后就要挨打，看到国民党军队军纪涣散、军营乌烟瘴气、战斗力不强、士气低落，尤其是国民党军队积极执行“消极抗日、积极反共”的政策，陈锐霆思想苦闷、心灰意冷。他感到在这种环境中不仅不能实现投笔从戎的抱负，还会在沉沦中迷失方向，毁灭自己。为了实现理想，陈锐霆决心等待良机，尽快离开这个地方。

（二）深明大义，节节高升

尽管对自身所处的环境极其不满，但是陈锐霆不忘初心，牢记民族大义。他更加努力地坚持学习，认真严格地训练士兵，并参加了对日作战的徐州会战之菏泽保卫战、赣北会战之麒麟峰战斗、宜昌会战之枣阳战斗等多次战斗。在这些艰苦异常的战斗中，失败多于胜利，很多昔日亲密的同学和战友也先后为国捐躯，陈锐霆满心悲痛，念念不忘。尽管如此，他仍因在战斗中表现优秀先后被擢升为炮兵队长、炮兵连长、炮兵营长等职，节节高升。但这丝毫没有减轻其对殉国战友的怀念和对国运民生的忧虑，报国救民之信念更加坚定。

（三）再遭炮击，毫发未伤

1938 年 5 月，陈锐霆率部参加了菏泽保卫战，与日军土肥原师团所属炮兵部队展开了恶战。他冒着炮火和硝烟，始终站在一线指挥。突然，一发炮弹呼啸着在身边爆炸，陈锐霆被击倒在地。他爬起来一看，一块十多厘米长的弹片深深嵌进了腹前皮带的铜扣上，另一块七八厘米长的弹片击中了靠近腰部的左衣兜，里面刚发的 300 多元金圆券被切成两半。好险啊，再差一点就没命了。大家都为营长后怕，陈锐霆却告诉大家别慌。他开玩笑似地说道：“我的命大，日本人炸不死！”

（四）奉调山东，心向光明

1939 年 6 月，已经是中共党员的陈锐霆（1937 年 3 月秘密加入中国共产党）参加了国共两党合作开办的南岳游击干部训练班。其间，周恩来为学员们做了一场精彩的演讲，陈锐霆深受教益，对周恩来愈发崇敬。在训练班的学习结束后，陈锐霆所属部队开赴山东。然而，这支部队转换战场的目的并不是去抗日打鬼子，而是去和八路军搞摩擦。这令陈锐霆更加失望和愤怒，甚至产生“变反动部队为革命部队”的念头，还希望党组织往自己的部队里多派共产党员。但由于各种因素的综合考虑，陈锐霆的这一愿望暂时被搁置了起来。

义旗飘扬豫皖边　并肩作战斗敌顽

（一）拒绝反共，决心起义

1941 年 1 月，国民党顽固派制造了震惊中外的“皖南事变”，发动了第二次反共高潮。陈锐霆时为国民党军队的一名炮兵团长。其上级命令他担任攻打豫皖苏抗日根据地的先锋，消灭彭雪枫领导的新四军。在此紧要关头，陈锐霆毅然决定起义。他通过中共中央南方局与彭雪枫取得联系并向党中央请求：率部起义！4 月 17 日下午，毛主席、朱总司令来电：同意起义。

（二）动员军官，率部起义

陈锐霆马上召集营以上军官开会，并在会议上慷慨激昂地大声疾呼：“军人的责任是保家卫国，而今大敌当前，上面却让我们放着日本鬼子不打，去进攻刚刚打完‘百团大战’的八路军，如何对得起全国的父老乡亲。希望大家以民族大义为重，与八路军、新四军携手抗日，做一个真正的爱国军人。”[①]第二天，陈锐霆率部起义。可是，由于团领导中只有他一人是共产党员，再加上此时的国民党军无论在实力、装备还是待遇上都优于我军，他的周围聚集了一大批反共分子，不利于开展起义工作。结果，一营和三营临阵动摇，他仅带出二营、骑兵连和团直属队，共计千余人。这令陈锐霆很自责，认为是自己工作没做好，缺乏领导起义的经验。但彭雪枫非但没有责备，反而鼓励他说：“你那里的情况，我已经知道了。领导干部中只有你一个人是中共党员，能把这千把人的队伍拉过来，就已经很不简单！你们反内战起义是正义的行动，对国民党顽固派是一个沉重的打击，对我军当前的斗争则是一个很大的支持。”

---

① 颜梅生：《陈锐霆：一位传奇的百岁开国将军》，人民网—中国共产党新闻网，http://dangshi.people.com.cn/n/2015/1102/c85037-27764587.html。

（三）遇刺受伤，生命垂危

更令陈锐霆终生遗憾的是，因为起义后未能及时加强思想教育和保卫工作，军心不稳、牢骚四起，部队发生哗变。4月30日午夜时分，陈锐霆躺下不久，外面传来杂乱的脚步声和枪声。他刚出房门，两把闪着寒光的刺刀迎面刺来。他本能地用手拨开，左前方又刺来一刀，他再次敏捷地拨开。突然，白光一闪，两把刺刀同时从正面刺进了身体。陈锐霆挣扎着急速回房。刚一转身，背部又被刺一刀。进房以后，陈锐霆勉强支撑着掩上门。他的腹、背和两手受伤的部位都在流血，再也站不稳，倒在地上。但此时他的头脑异常清醒：对方肯定还要回来！于是，他用双手沾上腹部的血，抹得满脸都是血，并直挺挺地躺在地上。过了一会儿，果然进来四五个人，手持手电筒在他身上乱照一通。其中一个人说："他已经死了，赶快走吧！"临走时，有人又朝陈锐霆补了一枪，所幸子弹只是擦衣而过。暴徒走后，他不顾伤痛，立即组织人员控制部队，将返回准备拿他的人头去邀功的十几名反动分子全部抓获。

（四）首长关怀，肯定成绩

陈锐霆的伤势很重，在他生命垂危的时候，党组织派来了最好的医生、护士，并从敌占区买来昂贵的西药，刘少奇、陈毅等党政军领导先后前来探望，毛泽东、朱德等领导人联名发来慰问电。诸首长在电文中说道："正当反共派不顾大敌当前，大举进攻我党我军的时候，你在党的同意下毅然起义。捷讯传来，全军称庆。不幸反共分子递呈毒谋，致许多同志牺牲，你身负重伤，这是我党我军的损失，也是全国人民的损失。特电向殉国同志深致哀悼，并致深切的慰问。愿你善自珍摄，早复健康，为党的事业继续奋斗。"

这次起义虽然最后由于起义部队内部发生哗变而不够成功，但沉重打击了国民党顽固派的反动政策，影响也是深远的。

驰骋华东展雄威　献身神炮传青史

（一）回归山东，就任炮兵司令

1946年1月，陈锐霆随新四军回到了齐鲁大地，就任新四军暨山东军区司令部参谋处长。1946年10月，陈锐霆就任新四军司令部参谋处长兼炮兵司令员，开始了作为军事主官创建和领导人民炮兵的艰难却光荣的岁月。彼时，陈锐霆虽名为“炮兵司令员”，实际上却是“光杆司令”，既无现成的炮兵，又无大炮和炮弹。他没有灰心，而是迅速、积极地行动起来。一方面，陈锐霆通过各方面努力，从步兵中抽选合适的人员组建了炮兵学员队，并满怀信心地鼓舞学员说：“没有枪没有炮，但我们有蒋介石这个运输大队长，随着战争的发展，他会将最新式的美式大炮送给我们。”[①]另一方面，陈锐霆千方百计发动群众、协调各方关系，通过战场缴获、民间征集和兵工厂生产等方式，春燕衔泥般搜集相关物资，积累炮兵建设所需的各项要素。但由于环境所限，未能迅速达到理想效果，但这一过程为陈锐霆此后领导炮兵建设积累了宝贵经验。

（二）不辱使命，建成华野特纵

1947 年 1 月，根据中央军委指示，华东野战军最高首长陈毅和粟裕等授命陈锐霆牵头，筹建华东野战军特种兵纵队（简称“华野特纵”）。同年 3 月，以鲁南战役中缴获的 48 门美式 105 榴弹炮和 28 辆坦克为基础，华野特纵在山东沂南县正式成立，陈锐霆任纵队司令员，辖有炮兵、骑兵、工兵、战车等兵种。对于此次任命，陈锐霆深感光荣与自豪。这不仅是因为华东野战军其他 11 个纵队司令员都是资历很深的老革命、老红军，而且是因为他意识到自己在旧军队和实战中学习与积累的炮兵专业素养和经验能够为华野特纵的组建、培训、作战做出重大贡献。当然，越来越强烈的使命感和紧迫感催动陈锐霆更加积极地行动起来。在短短几个月的时间里，在中央军委和野战军首长的支持和各方力量的配合下，陈锐霆率领纵队干部将大批从野战部队调来的战士、受过短训的知识青年、起义和解放的原国民党军人员凝聚在一起，组建了纵队规模的强大战斗编队，创造了人民解放军建军历史上的先例。

（三）为虎添翼，华野特纵展雄威

华野特纵组建后就迅速投入战斗，一边建设一边战斗。作为纵队的最高指挥官，陈锐霆坚持在战争中学习、在战斗中总结经验，不断摸索炮兵部

① 何立波：《从国民党团长到华野特纵司令员的陈锐霆》，人民网—中国共产党新闻网，http://dangshi.people.com.cn/n/2014/1115/c85037-26031331.html。

队建设、训练、作战的原则及炮兵与其他兵种的协同作战规律。他提出炮兵部队要特别注重官兵文化知识和技术教育，要理论与实际相结合，加强部队政治教育，提高部队军事理论水平。在陈锐霆的直接领导和指挥下，华野特纵的战术、战法的水平迅速提升，纵队的凝聚力和战斗力持续增强，参加了华东野战军在华东战场的所有重大战役，以强大的重火力为如猛虎般的华野各部插上了腾飞的双翅，加速了华东地区的解放进程，接连立下了不朽的功勋。华野特纵的成功战例不胜枚举。在济南战役中，陈锐霆指挥10个炮兵团500余门火炮参战，开创了我军“利用强大炮火辅以爆破、夺取敌坚固设防和重兵据守的大城市”的先例，受到中共中央致电褒奖。在渡江战役前夕，陈锐霆指挥特纵与企图阻挠我军渡江的英国军舰展开激烈炮战，击伤“紫石英”号护卫驱逐舰和“伴侣”号护航驱逐舰，重创其旗舰“伦敦”号巡洋舰和“黑天鹅”号护卫驱逐舰，一扫中华民族百年耻辱，将列强在中国的炮舰彻底赶出了国门。

（四）献身炮兵，苦心孤诣创伟业

新中国成立后，陈锐霆历任华东军区炮兵司令员、军委炮兵参谋长、炮兵副司令员、第五机械工业部副部长、军委炮兵顾问等职。陈锐霆作为军委炮兵党委分管这项业务的责任首长，为我军战略导弹部队（第二炮兵）在组织上从无到有，装备上从引进到仿制，以及军委炮兵机关为适应管理职能变化在组织机构上进行的多次调整做出了重大贡献。可以说，陈锐霆将军干了一辈子炮兵，将毕生精力都献给了人民军队炮兵事业，直至1983年光荣退休。

壮志未酬身先陨——陆升勋

许以民

陆升勋(1907～1942),优秀的中国共产党员、政治工作者和军事指挥者。在抗日战争中,陆升勋历任八路军鲁东游击队第七支队特务中队队长、八路军鲁东游击指挥部特务大队大队长、八路军山东纵队直属特务团团长、沂鲁军分区司令员、八路军山东纵队第一支队副司令员、沂蒙专署专员和胶东军区副司令员等要职,为胶东人民抗日武装的壮大、鲁南抗日根据地的坚持和鲁中抗日根据地的巩固做出了重要贡献。1942,陆升勋在赴任胶东军区副司令员途中突遭强敌,浴血奋战,英勇牺牲,时年35岁。2014年,陆升勋入选民政部公布的首批300名著名抗日英烈和英雄群体目录。

敏而好学　思想日日新

1907年10月,陆升勋出生在山东省昌邑县卜庄乡大陆村一个经济状况较好的农民之家。其父陆梦令不仅具备比较深厚的中国传统文化功底,而且深受五四运动的积极影响,既深切同情贫苦大众,又十分痛恨为富不仁者。父亲的见识和做派对陆升勋产生了正面影响。1914年,陆升勋入本村私塾学习。他天资聪慧、勤奋好学,不仅以优异成绩毕业,而且在1924年考入山东省立第四师范学校。

(一)奠定革命思想基础

进入更高一级的新学校后,陆升勋在思想上迅速进步。一方面,他如饥似渴地涉猎各类文史著作或文章,尤其经常阅读《向导》和《新青年》等进步刊物,思想境界持续提升。1925年,为支援在上海发生的以五卅惨案为导火索的人民反帝爱国运动，山东省立第四师范学校的进步师生义无反顾地走上街头和集市，发表演讲、散发传单，揭露和声讨日本帝国主义勾结封建军阀残害上海工人的滔天罪行。通过这些活动，陆升勋首次感受到了民众中潜藏着的伟大力量，又痛心于祖国的多灾多难，也认识到要救国救民光靠在学校读书是不行的，必须到民众中去，发动和组织民众进行斗争。革命思想由此在陆升勋的心底迅速萌生。

（二）积极发动群众斗争

从山东省立第四师范毕业后，陆升勋回乡从教。他一边以教师的身份对学生积极进行爱国和救国的教育，一边以老同学的身份与仍在家乡的旧时同窗深入探讨民众的疾苦、社会的不公、当权者的腐败和救国救民之道。在革命热潮的感召和贫苦民众的支持下，陆升勋等进步师生迅速组织了宣传队，无情地揭露封建军阀和土豪劣绅相互勾结及其在本乡横征暴敛、鱼肉乡里的罪行，热情地宣传国民革命军的北伐胜利，积极地启发民众的家国情怀和政治觉悟，强烈地号召农民组织起来成立"农民协会"，拥护北伐军。有一天，陆升勋正带领农协会员在集市上进行革命宣传，恰巧遇上当地恶霸对农民催捐逼税。他立即抓住这个活靶子，当众对其进行了揭露，并予以严厉打击。类似活动，不仅增强了当地群众的斗争勇气，而且令陆升勋再次直接感触到了组织起来的农民协会蕴含的巨大能量以及政治宣传工作的重要意义，为他此后的革命生涯奠定了重要基础。"四一二"反革命政变后，昌北的农民协会被国民党当地政府强行解散，陆升勋在遭通缉后被迫转移至潍北，继续从事举办农民夜校等革命活动。当得知日寇在济南制造了五三惨案的消息后，陆升勋非常愤慨，马上带领农民夜校学员到集市散发传单，抗议日军的滔天罪行，揭露国民党反动派崇洋媚外的卖国行径，继续激发当地群众的民族意识和救国热情。

（三）加入中国共产党

1929 年，陆升勋与正在昌邑和掖县从事革命活动的中共寿光县委负责人赵一萍①会面。两人志趣相投，畅谈国家的命运和有志青年的责任等事关

---

① 赵一萍（1905～1986），山东寿光牛头镇人，原名马兰馨，又名马香圃、马连城、马秀生，中共党员。曾任中国人民解放军海军参谋长。1955 年被授予少将军衔。

国运民生的重大问题，陆升勋深受启发和鼓舞。九一八事变爆发后，正在山东邹平建设研究院学习的陆升勋得到了赵一萍等多位共产党员的积极帮助，思想觉悟迅速提高。1936年夏，经过党组织长期且严格的考察和赵一萍等人的审慎而庄重的介绍，陆升勋正式加入了中国共产党，开始了其虽短暂却光辉的崭新生涯。

奉命返乡　开启新征程

(一)筹建抗日武装

全面抗战开始后，陆升勋受中共山东省委派遣，再次回到老家——昌邑县。在中共鲁东工委领导下，陆升勋积极宣传抗日，广泛发动群众，恢复青年夜校，为组织人民抗日武装做了较为充分的人员准备。在其积极宣传和组织下，一支百余人的抗日队伍在较短时间内初步组织起来，但急需武器和粮秣。为了解决这一紧迫而重要的难题，陆升勋返回家中，希望从父亲那里暂借部分粮款。其父说："国家兴亡，匹夫有责，大敌当前，何谈借字，只要咱家有的，你就用吧！"[①]就这样，在父亲的支持和帮助下，陆升勋不仅为部队成功筹措到部分粮款，而且更加坚定了抗日信心。

领导武装抗日。1938年2月，陆升勋率领30余名青年参加了在昌邑县瓦城村举行的武装起义，与中共党员孙汉三[②]领导的爱国民众共同组建了新的抗日武装。这年春节过后，这支抗日武装与中共党员鹿省三[③]领导的潍(坊)北抗日武装会合。会合后的队伍根据上级指示整编为八路军鲁东游击第七支队，陆升勋任支队特务大队队长。同年3月，陆升勋奉命率部增援在东进途中遭国民党顽固派围攻的八路军鲁东游击第八支队。最终，陆升勋所部不但成功解围，而且将顽军大部围歼缴械。上述两支部队会师后，又突

① 周子玉主编，《解放军烈士传》编委会编：《解放军烈士传》第7集《抗日战争时期》，长征出版社1993年版，第616页。

② 孙汉三(1905～1938)，原名朋杰，又名孙超，山东昌邑人，中共党员。1938年2月，参加了昌邑瓦城抗日武装起义，不久起义队伍合编入八路军鲁东游击指挥部；4月，担任八路军鲁东游击指挥部后方办事处主任兼中共昌北沿海中心区委书记；10月，被当地国民党顽固派杀害。

③ 鹿省三(1905～1938)，山东莱芜人，中共党员。1936年春，他受命到寿光、潍县、昌邑、益都一带建立中共鲁东特委，任书记。1937年12月底，领导潍北抗日武装起义，建立了八路军鲁东游击第七支队并担任政委。1938年2月，惨遭敌人杀害。牺牲时任八路军鲁东游击第七支队政治委员。

遭日伪军袭击。陆升勋迅速率领特务大队迎头阻击，成功击溃来犯之敌，并随后参加了收复黄县县城、消灭汉奸武装王景宋部和进攻长山城、益都北水渠和临淄城北等地日伪军的战斗，取得了积极战果。

招远巧借枪。1938 年 4 月，会合后的八路军鲁东游击第七支队和八路军游击第八支队在掖县县城兵分两路前进。一路为一部分作战强悍的战士，经黄山馆镇挺进黄县；另一路为机关和特务大队，经招远县，过黄山馆镇，奔龙口镇。陆升勋率领特务大队随后者行军。在途经招远县陆家庄时，陆升勋在得知当地的地方保安团第三大队大队长陆希禹为本姓族人、所部有士兵和枪支各百余后，遂决定争取这支地方武装力量。经族人引见，陆升勋在夜里秘访陆希禹。经过寒暄认亲、宣讲八路军抗日救国之道、谈论抗战形势和民心所向，陆希禹心悦诚服，决定放下武器，支持八路军。陆升勋的巧妙策略既避免了新生的抗日队伍遭受不必要的打击和损失，又及时壮大了亟待发展的胶东人民抗日武装。

激战黄山馆。当陆升勋所在部队行至黄山馆镇宿营时，本部机关人员队伍突遭到胶东国民党顽军袭击。陆升勋立即率领大刀队迎敌，他冲在最前面，连续砍伤了十几个敌人，浑身上下溅满了血。月夜下，英勇无畏的战士们杀声震天，抡起大刀左冲右突，呐喊声响彻黄山馆镇上空。所战之处，鲜血横流。在得到友邻部队及时、有力的支援后，陆升勋所部与友军内外夹攻，重创顽军，致其拼命逃窜。战后，陆升勋所在部队继续向龙口进发。

收编海防大队。龙口镇海防大队有数百人，不仅全部装备英式武器，而且拥有机枪和大炮，火力十分凶猛。时任海防大队长李梅生既担心第七支队和第八支队联合进攻龙口，又不想拱手将龙口让出，正犹豫不决。陆升勋遂奉命带领李梅生的同学、第七支队的战士赵修德一起进镇做统战工作。在宴席上，陆升勋对李梅生动之以情、晓之以理。一方面，大赞李梅生，称其豪爽仗义、公正法明，爱护一方百姓，深得百姓爱戴；另一方面，激发其家国情怀，称："我们同是炎黄子孙，华夏血性男儿，驱除日本侵略者是我们共同的志愿，理应万死不辞……"经过陆升勋和赵修德多番宣传教育，李梅生幡然醒悟，认识到国共两党本是同根同族，何必自相残杀；只要是抗日保家卫国，任何力量都要团结一致。三人举杯共饮，誓死抗日到底，李梅生遂率全队投诚。

(二)智取日军武器

距离龙口镇二十里之遥,有一处日军据点。据当地人传闻,此据点内藏有一个弹药库,但把守严密,炮楼修筑异常牢固,防守亦十分严密。陆升勋听到这一消息后非常兴奋,立即向上级领导请示,意欲取得弹药库里的武器。经多方侦察该据点地形和布防情况后,陆升勋等人决定智取。夜幕降临后,陆升勋率一队战士潜行至距离日军据点高墙外一里有余之地,带领战士们朝日军据点的方向挖掘地道。经过迅速的轮流挖掘,将地道挖至弹药库的正下方。最终,第七支队获得重机枪 4 挺、歪把子机枪 20 多挺、小钢炮 20 多门、子弹和手雷上百箱。这次智取武器的行动不仅展现了陆升勋的优秀指挥才能,而且极大改善了胶东抗日队伍武器弹药奇缺的严峻局面,在相当程度上提升了队伍的战斗力,沉重打击了日寇的嚣张气焰,鼓舞了胶东军民的抗日斗志。

赴任沂蒙　难顾忠孝全

1938 年 12 月,八路军山东纵队成立,陆升勋调任纵队司令部直属特务团团长,其战场也由胶东转至沂蒙。

(一)保卫领导机关

1939 年 6 月,日军两万余人分十路侵入沂蒙山北部地区,企图围歼中共中央山东分局和八路军山东纵队指挥机关。陆升勋率特务团在纵队首长的指挥下,与其他支队协同作战,内外线配合,声东击西,打击日军的薄弱点,与日军进行了激烈战斗,多次打退日军进犯,为山东党政领导机关的安全转移创造了条件、争取了时间,也为山东各抗日根据地的坚持和发展做出了重要贡献。

(二)难顾忠孝两全

1939 年 9 月,陆升勋调任八路军山东纵队第一支队后方司令员。其间,他收到家中二姐的来信,二姐告知他母亲和妻子相继去世;父亲因过度悲痛和思儿心切,亦病倒在床,并转告父亲的嘱托:“父望在有生之年,再见儿一面，将家事和两个孩子交付，就了却心事了。”[1]阅罢来信，陆升勋思绪万千、坐卧不宁。他想，当前战斗任务十分繁重，每天工作到深夜，无论如何也不能回家探亲。他决定给二姐回信，把家中的事情和两个孩子托付二姐照管，并请二姐好好安慰老人：“国难当头，为儿难以忠孝两全！”[2]信写好后，陆升勋的心情难以平静，顺手拿起一份“敌情通报”。通报载述：盘踞在临朐、沂水交界处的秦启荣部，趁我主力外线出击、日寇“扫荡”之机，进犯我抗日根据地，抢粮、抓夫，捕杀我地方干部，杀害革命家属……陆升勋看到这里，异常气愤地说道：“这些敌人，又在趁火打劫。”他已无暇思虑家事，立即找出地图，考虑如何对顽固派进行坚决反击。

（三）密切军民关系

1940 年 9 月，八路军山东纵队第一支队后方司令部改编为八路军山东纵队沂蒙支队，陆升勋就任支队副司令员。不久，陆升勋调任鲁中第二军分区司令员。其间，他经常率领工作组深入基层，召开县、区干部会议，指导抗日政权的建设。很快，蒙阴、沂水的各区和村迅速建立起青救会、妇救会和自卫团等群众组织，进一步密切了军民关系，激发了广大人民群众抗日救国的热情，为沂蒙地区抗日斗争的坚持和发展打下了深厚、坚实的基础。

（四）领导反“蚕食”斗争

1941 年 10 月，陆升勋奉调入中共中央山东分局高级党校学习，开始适应新的环境和节奏。通过学习马列主义和毛泽东的著作，陆升勋的政治思想水平获得了进一步提高，革命的人生观更加坚定。1942 年 5 月学习期满后，他就任沂蒙专署任专员兼党组书记，重新开始了战斗生活。到任不久，日军对沂蒙山区开始了大规模“蚕食”“扫荡”，陆升勋作为主要领导，立即深入基层，指导群众开展艰苦的反“蚕食”斗争，并最终取得了胜利。

重返胶东　血洒孙家夼

1942 年 10 月上旬，陆升勋调任胶东军区副司令员。他率领百余名八路

---

① 宋吟霜：《抗战英烈陆升勋：赴任途中意外牺牲的高级军官》，抗日战争纪念网，http://www.krzzjn.com/show-1559-108358.html。

② 王向阳主编：《抗日英烈事迹读本》(3)，大象出版社 2015 年版，第 4 页。

军干部战士从沂水县下里庄出发，一路东进。他们穿越蒙阴、新泰和莱芜，到达博兴，转至渤海抗日根据地。11 月下旬，陆升勋等人进入胶东。

（一）艰难行军

12 月初，陆升勋等人行至栖霞南。由于人地两生，又无接应，被迫在寒意透骨的深夜在丘陵地带的雪窝子中站着休息，手脚都被冻僵。12 月 3 日晚，队伍行至招远与莱阳交界，只能在日寇几个据点之间的缝隙地带宿营。12 月 8 日夜，陆升勋率领队伍向海阳县徐家店进发。行至莱（阳）北栖（霞）南边界时，天气突变，伸手不见五指，队伍迷失了方向。在一个村庄的村公所内找到一个人（后证实此人是汉奸）做向导。该人故意诱引陆升勋等人在山沟里绕圈子。经过长达数小时的艰难行进，陆升勋等人最终被带到了距离徐家店八里、地势低洼的莱阳县孙家夼。已经疲惫不堪的干部战士们急需休息和吃饭，以补充严重透支的体力。在找到住处后，汉奸向导就被放掉了。

（二）为国捐躯

此前被放掉的汉奸向导马上向附近的日伪军出卖了陆升勋等人的行迹，大量日伪军随即迅速扑向孙家夼。正当陆升勋等人准备分食刚刚热好的几块残缺不齐的玉米饼子时，村庄东南的山上就传来了枪声。此时，陆升勋等人才意识到那个向导是敌人安插的汉奸，但为时已晚。陆升勋临危不惧，立即指挥队伍突围，并掩护群众转移。然而，日军已经占据了具有进攻和防守地理优势的山头和山坡，陆升勋等人则被困在地势低洼的山底，进攻和防守都十分不利。在敌众我寡且战位不利的情况下，陆升勋等人仍英勇作战、奋力反击。经过一个多小时的激战，陆升勋不幸被一颗子弹击中左胸倒地，日寇趁机将冰冷的刺刀插进他的心脏。一代英豪，壮烈牺牲，年仅 35 岁。

在此次战斗中，我军 36 名干部战士壮烈牺牲。牺牲后，陆升勋被单独埋葬于莱阳县西沟任家营村的荒地中。1954 年，胶东区行政公署将包括陆升勋在内的 36 名烈士的遗骨迁至莱阳红土崖烈士陵园，英魂终被共和国永远铭记和人民深深敬仰！

铁骨铮铮誓不屈——宋澄

许以民

宋澄(1910～1941),原名宋锡奎,又名宋文山,化名刘文山,优秀的中国共产党员、政治工作者和军事指挥者,是文登县中国共产党小组的创建者、天福山起义的军事组织者、八路军山东纵队第五旅的创建者和胶东抗日根据地的开拓者之一,为中共胶东党组织的发展和胶东抗日根据地的建立做出了重要贡献。1941 年,宋澄积劳成疾,病逝于鲁南抗日根据地。原八路军山东纵队政委黎玉曾赞誉宋澄为“青年革命职业家”;原中国人民解放军少将张玉华曾赞其“对党忠诚,作战英勇;原则性强,两袖清风”;原中共中央政治局委员、中央军事委员会副主席、国防部部长迟浩田曾赞其为“胶东人民的好儿子,老八路的好政委”。2015 年,宋澄入选民政部公布的全国第二批 600 名著名抗日英烈和英雄群体名录。

良好家教奠底蕴

1910 年,宋澄出生在山东省文登县虎山镇黄山村的一个农民之家。与彼时绝大多数中国农民家庭相较而言,其原生家庭具有较开阔的世界眼光和较良好的文化底蕴,这对宋澄的意志品质和行为方式的养成产生了最初的重要影响。

宋澄的祖父曾在山东省最重要、最繁忙的海港——青岛港担任轮船领航员,在工作和闲暇中有更多机会接触国外的人物风情。这一便利条件不仅令其较早形成了比较开阔的国际视野,而且对当时西方国家所提倡、中国所急需的民主和科学的精神逐步形成了一定的积极认识。这种见识通过中国传统的“隔辈亲”的习惯,使小宋澄在祖辈的疼爱中潜移默化地受到了积极熏陶，对其成长产生了正面影响。

宋澄的父亲为人豪爽仗义，不仅十分了解和崇敬中国历史上岳飞等民族英雄，而且深谙中国传统家庭的育人之道。他认为家庭教育的核心是要继承和弘扬中华优秀传统美德和优良家风家训，使子女们既能够在国家和平时安身立命，过上美好生活，又能够在民族危亡时挺身而出，为国家尽忠、为民族行孝，实现修身、齐家、治国、平天下的人生理想。因此，在启蒙小宋澄的过程中，宋父既反复向其强调“宁肯站着死，决不跪着生”“人穷志不短”“同情弱者，助人为乐”“以仁义为先、以友情为重”等为人处世的人生哲理，又要求其体悟“位卑未敢忘忧国”“天下兴亡，匹夫有责”“苟利国家生死以，岂因福祸避趋之”等饱含家国情怀的名言诤语。父辈的殷殷教诲在宋澄的内心埋下了坚贞不屈的精神和品质的种子。

在良好的家庭教育启蒙下，幼年的宋澄便显现出早慧的迹象。他既对知识充满了渴望，又对家乡之外的人和事十分好奇，比同龄人更乐于学习和观察。

1921～1927 年，宋澄在黄山高级小学就读。通过学习历史和了解时事，他既了解到清政府的软弱无能、丧权辱国的言行，又知晓了帝国主义狼狈为奸、瓜分中国的残酷事实，为国家和民族的命运忧心忡忡；既亲睹了地主阶级对农民阶级的残酷压榨和劳动人民的悲惨生活，又时常听闻激动人心的辛亥革命先烈前赴后继为国家和人民解放事业献身的英雄事迹，激起了其强烈的救国救民的爱国热情，急切地探寻着救国家改民生的出路。

在中国共产党和苏联的帮助下，孙中山制定并施行了新三民主义的革命纲领，打出了“打倒帝国主义”“打倒军阀”“打倒土豪劣绅”等口号。这些主张和号召与少年宋澄的所思所愿恰恰契合，内心产生了强烈的共鸣和冲动，并果断地加入了中国国民党，希望跟随当时中国最大的革命政党为国家和民族尽忠行孝。然而，残酷的现实很快就让他对国民党失去了希望。

屡陷囹圄志不屈

在短暂而光辉的一生中，宋澄曾三次被国民党当局逮捕，身陷囹圄。无论是短暂入狱还是长期服刑，无论国民党当局是利诱还是威逼，他都不曾放弃救国救民的人生目标或共产主义的崇高理想，始终坚贞不屈、勇敢斗争。

1928 年，宋澄回到黄山村，以中国国民党党员和文登县农民协会干事的身份组织农民夜校，建立农民协会，带领当地农民喊出了“打倒土豪劣绅”和“反对苛捐杂税”的斗争口号，赶跑了驻在黄山村的税收机关人员，将本村300多亩被历代豪绅霸占、牟取暴利的官荒公田没收，无偿分给无地或少地的农民。此举是要实现孙中山提出的“民生主义”的核心思想“平均地权”，以减轻农民负担、改善民生。虽然这一正义行动得到广大村民的强烈拥护和参与，却遭到国民党地方政府的反对和镇压。作为组织者和领导者，刚刚成年的宋澄遭国民党地方军阀逮捕，经历了人生中第一次囹圄之灾。

虽然宋澄很快就因村民保释而获得自由，但这次经历令其看清了国民党新军阀的反动本质，认识到孙中山逝世后的国民党已经不再是原先的国民党，新三民主义在当时是不可能实现的。宋澄决心到更广阔的天地寻找新的救国救民之路。

1930年，宋澄考入位于烟台的山东省立第八中学。在学校里，他接触了到中共地下工作者，秘密阅读马列主义书籍，逐步树立起共产主义信念。在历史与现实的比较和理论与实践的联系中，他逐步认识到：要救中国，只有依靠马列主义武装起来的中国共产党。强烈的报国之情使其渴望加入中国共产党，为共产主义事业奋斗终生。

由于在思想上迅速进步，在斗争中富有献身精神，宋澄于同年先后被中国共产主义青年团和中国共产党接受，正式走上了以马列主义为指导探求救国救民之真理的正确道路，开启了人生新征程。

1933年3月，中共中央北方局委派宋澄赶赴山东济南，担任已遭到国民党当局严重破坏的共青团山东省委书记。在极度困难和危险的情况下，他联系了部分基层团组织，恢复了团省委机关。同年7月，因叛徒告密，其再次被捕，并被判入狱服刑7年。

国民党当局软硬兼施，企图令宋澄放弃共产主义信仰。一方面，狱方对其进行肉体折磨，不仅屡屡施以酷刑，而且妄图通过克扣口粮、制造饥饿的方法迫其就范。八个狱卒曾残忍地用燃烧着的香头轮番对其身体烧戳。令狱卒们目瞪口呆的是，满屋只闻到皮肉焦煳的气味，却听不到半句惨叫声。另一方面，狱方还企图对其进行所谓“反省”和“感化”教育，引诱他放弃共产主义信仰和救国救民的理想。

面对残酷、狡猾的敌人，宋澄进行了灵活巧妙的周旋和针锋相对的斗争。一方面，他与同时被捕的同志成立了狱中党支部，主持编写了《难友》，宣传党的政策，鼓舞难友坚持斗争、抵制狱方的“反省”政策，迎接革命的胜利；与狱中的其他党员共同努力，巧妙地用敲击墙壁的方法传递暗语和信号，打破了狱方想要隔绝被捕的党员并“各个击破”的图谋。另一方面，宋澄发动狱友共同进行了绝食斗争，以瓦解狱方的“饥饿”政策。在七天滴水未进的绝食后，宋澄的身体受到严重损伤。他虽然感到头昏目眩、四肢无力、讲话困难，仍毅然担任了与狱方进行谈判的代表。在谈判中，宋澄义正辞严地揭露了国民党的卖国政策和迫害革命者的法西斯暴行，狱方不得不表示不再克扣入狱人员的口粮。绝食斗争取得了最终胜利。

宋澄的第二次囹圄之灾长达四年之久，直至全面抗战爆发后才结束。长时间的牢狱生活不仅磨炼了宋澄的革命意志、完善了其革命策略，而且检验并坚定了其革命信仰。

1937 年 12 月底，积极宣传抗日、迅速壮大的山东人民抗日救国军第三军一大队被国民党文登县长李毓英率部包围。为避免武装冲突、保存革命力量，宋澄对其晓以大义，高喊“中国人不打中国人”等口号，阴险的李毓英则假意邀请一大队代表到其驻地进行谈判，实则要借机扣押一大队代表作为人质，进行胁迫。

宋澄临危不惧，率领 29 名代表赴李毓英部进行谈判。结果，李毓英扣押了全部代表，宋澄又一次被关进国民党政府的监狱。入狱后，狱卒虽然没有立即对他下狠手，却杀害了其他三位革命同志。宋澄和战友们面临随时可能牺牲的危险。性格坚韧且坚信革命必胜的宋澄并未气馁，更未屈服，反而对狱卒进行积极的抗日宣传。他晓之以理，动之以情，努力争取狱卒对抗日者的同情与帮助。

鉴于中共胶东特委的强烈抗议、胶东抗日形势的蓬勃发展、日军对山东和胶东的持续进侵和抗日民族统一战线的正式形成，国民党文登当局被迫于 1938 年 1 月 16 日释放了宋澄。出狱后，宋澄马上回到山东人民抗日救国军第三军总部，继续参加和领导胶东人民的抗日斗争。

机警沉着促工运

1932 年春，宋澄受中共中央北方局派遣，到北平门头沟煤矿开展工人运动。彼时，门头沟的斗争环境十分恶劣。不仅中国共产党驻当地组织的活动经费没有保障，而且当地的中共党员面临随时可能被国民党反动当局逮捕的危险。面对如此困难的境遇，宋澄不仅没有任何畏难情绪和退缩，而且始终保持着旺盛的革命热情和机警沉着的工作作风。

他不仅经常通宵达旦、废寝忘食地为党工作，而且机警沉着地多次摆脱被逮捕的危险。有一次，为了甩掉“尾巴”，宋澄在城区转了近百里路。还有一次，在发觉有暗探盯梢后，他急中生智，闪进一家小吃店，假托上厕所，从后门脱逃，让尾随入店的特务守着他故意挂在墙上的背包等了个空。

他还卓有成效地领导了门头沟煤矿的工人运动。彼时，门头沟煤矿工人的政治和经济状况非常悲惨。矿工们不仅遭受黑心矿主残酷的经济压榨，还不得不面对随时可能被矿主活活打死的危险。经过艰苦且周密的工作，宋澄不仅积极、高效践行了党的工人运动方针，与工人打成一片，而且组织和领导矿工罢工，对矿主的暴行进行了坚决斗争，最终迫使矿主给工人增加了工资，在一定程度上改变了矿主对矿工的残暴态度。宋澄的卓越工作令门头沟煤矿的工人看到了希望，他们高兴地说：“矿主欺软怕硬，有宋澄在，就有工人的出路。”

领导门头沟煤矿工人运动的成功，突出展现了宋澄为工人求解放的坚定决心和优良的工作作风，生动体现了其进行革命斗争的原则性和革命策略的灵活性，充分彰显了中国共产党人应有的时代担当和应变能力。

建“党”创“军”战胶东

1931 年夏，受中共中央北方局派遣，宋澄回到家乡，以国民党员的公开身份进入国民党文登县党部，任组训干事，从事中国共产党的地下工作。在此期间，他经常以“侦缉不法分子”为名，深入农村、工厂和学校，宣传党的主张，发展党的组织；充分利用国民党上下级之间的利益冲突，削弱国民党的力量，加大共产主义的宣传力度。

九一八事变后，宋澄利用人民群众对国民党政府媚日政策不满的情势，大力宣传中国共产党的抗日救国主张。1931 年 10 月底，他与进步教师钟平山等人在文登中学组织了“三一读书会”，揭露蒋介石的卖国反共政策，宣传共产党救国救穷人的革命主张。

1931 年 12 月初，宋澄和江先政等人在夜色掩护下将“中国共产党万岁”“打倒卖国贼蒋介石”等红色标语贴遍文登城的大街小巷，甚至贴到了国民党文登县党部的大门口和大礼堂，制造了轰动文登的“红贴事件”。这些红色标语使文登人民初步了解了中国共产党的抗日爱国主张和政策，在一定程度上启发了他们的民族和阶级觉悟，检验并锻炼了宋澄身边的进步青年。经过慎重考虑和严格审查，宋澄在同月下旬发展江先政和王本贤为中国共产党正式党员，建立了文登县第一个共产党小组并亲自担任组长。自此，文登人民的革命斗争终于有了战斗在身边、坚强而有力的领导核心。

七七事变后，遭受四年囹圄之灾的宋澄被释放。鉴于山东的严峻抗日形势，宋澄不顾身体上的严重损伤，立即赶赴泰安，与中共山东省委书记黎玉会面。他不仅接受了回胶东发动武装起义的任务，而且将省委要求胶东党组织准备发动武装起义的指示信带回了胶东。

回到胶东后，宋澄与中共胶东特委的领导人理琪、吕志恒、林一山等全力筹谋、通力合作，积极发动群众、武装群众。经过较充分准备，理琪、林一山、宋澄等人于1937年12月24日率领80余名中共党员和抗日志士在天福山举行了武装起义，创建了山东人民抗日救国军第三军，宋澄就任山东人民抗日救国军第三军第一大队政委。山东人民抗日救国军第三军的成立标志着中国共产党独立领导的第一支胶东人民抗日武装诞生，揭开了胶东人民轰轰烈烈、荡气回肠的武装抗日的序幕。

天福山起义后，按照中共胶东特委的指示，宋澄和大队长于得水率领一大队一路西进，执行中共山东省委布置的“扩人，扩枪，扩大宣传”的政治任务。每到一处，宋澄亲自讲演，并组织指战员写标语、教唱抗日歌曲。经过广泛宣传，所经之处的群众的斗争觉悟有了很大提高，踊跃报名参军抗日，迅速壮大了抗日队伍。

1938年3月，中共胶东特委重组山东人民抗日救国军第三军领导班子，宋澄就任中共胶东特委委员和山东人民抗日救国军第三军政治委员。1938年4月，宋澄和其他特委成员率领山东人民抗日救国军第三军西进蓬(莱)、黄(县)、掖(县)。9月18日，山东人民抗日救国军第三军改编为八路军山东纵队第五支队，宋澄就任支队政委。此后，他和支队司令员率领这支部队转战胶东大地，与日伪军进行了无数次战斗，击退了胶东顽固派和投降派的进攻，恢复了一些地方党组织，壮大了抗日武装，扩大了中国共产党的影响，创立了蓬黄掖抗日民主根据地，为中国共产党领导下的胶东抗战和山东抗战的坚持、发展和最终胜利做出了重大贡献。

鏖战日寇智脱险

1938年2月12日夜，作为中共胶东特委和山东人民抗日救国军第三军一大队主要领导，宋澄与其他领导共同率领山东人民抗日救国军第三军一大队和特务连，冒着刺骨的寒风，长途奔袭百余里，攻克了素有“铁宁海”之称的牟平城。装备落后但英勇果敢的新生抗日队伍擒获了伪县长和伪公安局局长，俘敌百余名，缴枪百余支，彻底摧垮了刚刚建立的汉奸政权，有力打击了在胶东立足未稳的侵华日军的嚣张气焰，及时、有力鼓舞了胶东人民的抗日斗志。

翌日清晨，鉴于敌强我弱的整体态势和保存力量、发动群众的需要，攻打牟平的部队兵分两路。一路是主力部队，携带战利品撤往中共胶东特委驻地；另一路是中共胶东特委主要领导理琪、林一山和宋澄等率领的20余人，撤至牟平城东南三里处的雷神庙，边休整边研究下一步的行动计划。

在雷神庙，理琪和宋澄等人被原本要增援牟平的300余名日本海军陆战队士兵包围。双方发生了激烈战斗，史称“雷神庙战斗”，胶东抗战的第一枪由此打响。作为山东人民抗日救国军第三军一大队政委，宋澄在特委书记理琪因中弹昏迷、林一山负重伤和自己右臂负伤的严峻形势下，强忍伤痛，果断承担起指挥作战的责任。

宋澄先与战友张玉华冒着密集弹雨，将理琪架至雷神庙北大殿北面的“后花园”中的隐蔽处。随后，两人猛烈射击试图冲进后花园的十余名日军，将之全部击退。他与张玉华和昆嵛山红军游击队老战士李启明协同作战，分别守卫东墙、西墙和西便门，消灭了更多敌人，击退了日军的多次连续进攻，稳固镇守整个庙院。日军久攻不下，遂纵火点燃庙房和后花园。宋澄立即指挥战士们迅速撤离到安全地点，继续借助有利地形阻击敌军。由于子弹接近耗尽、火力不足，东面的庙门终于被日军撞开。彼时，正躲在门后伺机歼敌的宋澄猛然跃出，手起刀落，两名日军瞬间毙命。晚上九时许，庙院内外浓烟与夜幕交织，对面不见人影。庙院东北方向突然传来了赶来支援的友邻部队的枪声；日军士气亦低落，进攻火力减弱，意欲撤离。宋澄见状马上召集战斗人员，先低声嘱咐道：“现在趁天黑谁也看不清谁，任何人不准开枪，迅速冲出，抓紧突围。”然后高呼：“同志们，援军来了，冲啊！”[①]随后，他安排张玉华等人背起理琪，扶上林一山，抬着已经牺牲的特务队队长杜梓林，一起急速冲出了庙院，并最终安全回到了驻地。

在敌众我寡、毫无准备的情况下，山东人民抗日救国军第三军一大队在雷神庙战斗中共毙伤敌人 50 多人，创造了以少胜多的战例，极大鼓舞了胶东民众的抗日救国热情。战后，中共胶东特委通令嘉奖了宋澄等 3 人，并为每人颁发了一枚奖章。

1941 年，因积劳成疾，宋澄病逝于山东鲁南抗日根据地，年仅 31 岁。斯人已逝，精神永存，其所体现的民族精神、高贵品格和共产主义信仰必将永耀青史。

---

① 张一涵主编：《战旗下剑指苍穹》，新华出版社 2016 年版，第 107 页。

治党理政为典范——林浩

许以民

林浩(1916～1996),原名尹圭璋,又名尹浩林、骆忍,优秀的中国共产党员、政治工作者和军事教育家。新中国成立前,林浩历任中共济南市委、山东省委、鲁中区委、鲁南区委、胶东区委、山东人民抗日游击队第四支队、八路军山东纵队、胶东军区和华东野战军等党政军机构的主要领导职务,为山东的革命发展和党的建设、山东及胶东区的抗日战争和解放战争的胜利做出了重大贡献。新中国成立后,他历任南京军事学院、高等军事学院和中国人民解放军政治学院等军事院校的主要领导职务,为我国军事人才的培养和国防建设做出了重要贡献。林浩在1955年被授予少将军衔,荣获中华人民共和国一级独立自由勋章、一级解放勋章、一级红星功勋荣誉章。

临危受命　勇担重任

(一)萌生爱国意识,加入中国共产主义青年团

1916年6月,林浩出生在山东省牟平县观水镇崖地村一个富农之家。他9岁入本村初小上学,13岁考入牟平县初中。其间,受进步教师影响,林浩阅读了鲁迅、郭沫若和茅盾等进步作家的著作和五四运动后的进步文艺作品,初步接触了马克思关于阶级斗争及科学社会主义的理论,逐渐萌发了爱国主义意识。九一八事变后,忧国忧民、血气方刚的林浩积极参加牟平中学学生自发组织的反日示威游行,并于次年加入中国共产主义青年团,正式成为中国共产党后备军中的光荣一员,开启了光辉的革命生涯。

(二)加入中国共产党,初步从事地下工作

1933年,林浩考入济南高级中学,并参加了宣传马列主义的"读书会",进一步学习和信仰马克思主义。虽然家人逼迫其继续考大学,但他却要冒着杀头的危险从事革命活动。同年10月,经山东省立第一乡村师范的中国共产党员赵建民介绍,18岁的林浩义无反顾地加入了中国共产党,并很快成为党内活动的积极分子。彼时,中共山东省委惨遭国民党当局两次严重破坏,基层组织与上级党组织的联系被迫一度中断。林浩临危受命,担任济南高级中学党支部书记、中共济南市工委委员,负责济南高中、育英中学、第一中学、济南师范等学校党支部的领导工作。在此期间,林浩一面冒着生命危险寻找上级党组织,竭力恢复和连通山东党组织的上下级联系,一面利用读书会和同乡会等进步组织宣传进步思想、培养积极分子、秘密发展党员。经全面了解和严苛考验,林浩先后发展了安波、杨涤生、梁宇振等人加入党组织,为山东党组织和中国革命储备了一批有生力量。

(三)积极串联济南学生罢课,声援"一二·九"运动

1935年12月9日,北平爱国学生率先进行了以"抗日救亡"为主题的大规模示威游行,揭开了轰轰烈烈的"一二·九"运动的序幕。全国各地爱国学生和民众纷纷响应。作为中国共产党在济南中等学校的主要组织负责人之一,林浩参与组织了济南高中、乡村师范、育英中学、第一中学和第一师范等学校的联合罢课活动,声讨日寇侵占华北的罪行,强烈要求政府抗日。济南爱国学生的罢课行动及时响应和声援了"一二·九"运动,引起了社会各界的积极响应。

(四)转战鲁南,从事党的组织和宣传工作

1936年春,年仅20岁的林浩就任中共山东省委宣传部长兼济南市委书记。他不仅成为山东党组织内部极有影响的人物,而且再次临危受命,只身赶赴临沂的费县师范讲习所,以语文兼数学教员身份为掩护,开展中国共产党在当地的秘密工作。林浩通过谈话、讲演会、办刊物等方式,在学生中积极宣传进步思想和党的抗日救国方针,先后发展了十余名党员,成立了中共费县工委,恢复了党在鲁南一带的组织联系。同年底,林浩返回济南,在继续担负离开济南之前的职责的同时,又担负了领导中共鲁东工委、淄川矿区

和费县的党的工作的重要责任。

（五）组织抗敌后援委员会，支持绥远抗战

1937年春，林浩与中共山东省委的其他领导一起领导济南市各级党组织发动群众，成立抗敌后援委员会，发动抵制、焚毁日货活动，开展募捐活动，支援傅作义部队在绥远的抗日行动，把济南的抗日救亡运动搞得轰轰烈烈。与此形成鲜明对比的是，林浩的生活却非常清贫，一块煎饼或一碗小米粥就是一顿饭，有时连这样的饭也吃不上。

投身抗日　建功立业

（一）积极响应上级组织号召，竭力发动山东各地党建和抗日救亡运动

全面抗战爆发后，中共中央立即向中共山东省委发出指示，要求山东党组织迅速动员、组织人民，积极准备开展游击战争，独立自主地坚持抗战。中共中央北方局也发出了"每个优秀的共产党员脱下长衫，到游击队去"的号召，林浩带头积极响应上级指示和号召，先后奔赴淄博和潍坊等地，传达省委关于组织抗日武装的指示，并在当地帮助建立了中共鲁东工委和中共益都县委。1937年10月，鉴于日军对山东的持续进逼和国民党地方军阀的消极抗日，中共山东省委转移至泰安，林浩就任中共山东省委副书记。其间，他积极组织工人和学生开展抗日救亡运动，为山东抗日斗争的发展和党的建设做出了重要贡献。

（二）参与领导和发动徂徕山起义

1938年1月1日，中共山东省委副书记林浩与省委书记黎玉等人一道，率领来自泰安、莱芜、新泰、沂水等地的160余名抗日志士，在泰安县徂徕山地区的四禅寺举起抗日旗帜，成立了山东人民抗日游击第四支队（先后改编为山东人民抗日联军独立第一师、八路军山东纵队第四支队），林浩兼任支队政治部主任、组织科科长。同年1月26日，林浩率部在泰安县寺岭村伏击日军，首战告捷，毙伤日军10人，击毁日军汽车1辆。2月18日，林浩率部再战泰安县四槐树村，炸毁日军汽车两辆，歼敌40余人，内含日军大佐1名。起义队伍随即开辟了以莱芜为中心的抗日根据地，有力打击了山东境内日伪军的嚣张气焰，极大鼓舞了山东人民的抗战热情。徂徕山起义是中

共山东党组织创建八路军山东部队的三大起义之一，打响了中共山东省委独立领导山东抗战的第一枪，揭开了山东人民抗战的序幕，发挥了榜样作用。

(三)率部鲁中抗日，为入鲁作战的八路军主力部队提供战略依托

1938年12月，林浩就任八路军山东纵队第四支队政治委员、中共山东省委组织部部长、鲁中区党委书记，领导鲁中人民的抗日斗争。1939年3月，时任八路军山东纵队第四支队政委的林浩与率部抵达沂蒙山区的八路军一一五师政委罗荣桓初次会面，并汇报了当地和山东抗日斗争形势。在会面过程中，罗荣桓惊讶于林浩的年轻。他称赞道："你才23岁呀！了不起！了不起！"同年7月，林浩担任了中共山东第一区党委书记和第一军区(也称山东纵队后方司令部)政委，后兼任第一区军政委员会书记，率部与日军进行了艰苦的战斗，卓有成效地巩固了泰安、沂蒙地区的抗日根据地，为驻山东的八路军主力部队提供了可靠的战略依托。

(四)奉命返回家乡，主政胶东抗日根据地

1940年上半年，为了加强对胶东抗日根据地的领导，中共中央山东分局派遣林浩到胶东，拟任胶东军区政治委员。1940年9月，根据中共中央山东分局决定，林浩就任胶东区党委书记兼胶东军政委员会书记，正式开始在胶东抗日根据地主政，随后参与领导了巩固和发展胶东抗日根据地的艰苦斗争。

(五)搭档许世友，共同领导胶东军民的反投降战役

1941年初，在国民党顽固派发动第二次反共高潮的形势下，胶东地区的国民党顽固派与驻当地的日伪军相互勾结、狼狈为奸，多次围攻八路军山东纵队第五支队，妄图一举全歼中国共产党领导的胶东地区的抗日主力部队，完全占领胶东。遵循中共中央提出的"有理、有利、有节"的斗争原则，根据中共中央山东分局和八路军山东纵队的指示精神，胶东区党委于同年3月在黄县召开会议，成立了胶东反投降战役指挥部，许世友任指挥，林浩任政委。在许世友和林浩的领导下，胶东军民随即发起了轰轰烈烈的反投降战役。反投降作战历时近5个月，共歼灭胶东国民党顽固派军队1.5万余人，把大小十几支顽军逐出胶东腹地，打通了东海抗日根据地与西海抗日根据

地之间的联系，为最终解放烟台奠定了良好的基础。

（六）与许世友紧密合作，共同领导胶东抗日根据地的反“封锁”和反“扫荡”斗争

1942 年 7 月，中国共产党领导下的胶东军区正式成立，林浩任政治委员，与许世友司令员共同率领胶东军区机关继续在胶济路东段坚持敌后斗争。1942 年，胶东抗日根据地军民在许世友和林浩的领导下，面对日伪军对根据地实施的越来越频繁与残酷的军事攻击和经济封锁，始终保持昂扬的斗志，以灵活的游击战和针锋相对的经济斗争为主要斗争方式，先后挫败了日伪军发起的数十次规模不一的“扫荡”，打破了日伪军对胶东抗日根据地的严密封锁，为胶东人民和山东人民的抗日斗争的坚持和发展做出了重要贡献。

（七）率部重创赵保原部，铲除胶东抗日反攻中最大的顽伪军势力

1945 年 2 月 11 日至 19 日，胶东军区政治委员林浩与副司令员吴克华根据山东军区关于春季攻势作战的指示，集中了 5 个团又 5 个营的兵力，再次讨伐胶东顽军赵保原部。经 9 天连续艰苦和勇猛作战，共歼灭赵保原主力万余人，缴获大批枪支弹药，解放人口 70 余万人。这次战役清除了山东境内顽军的一个重要堡垒，翦除了日寇在胶东的重要羽翼，扫除了胶东抗日军民对敌大反攻的重大障碍。

（八）与袁仲贤和许世友密切协作，共同指挥对胶东日伪顽军的进攻战

在歼灭赵保原部主力后，林浩和军区参谋长袁仲贤又指挥胶东所属部队发起了对与日伪勾结、屡屡侵袭西海和南海军分区的顽军阎珂卿和王豫民等部的讨伐，歼敌 5000 余人，击溃其大部。从此，胶河两岸全为八路军控制，为抗战大反攻进一步创造了条件。同年 8 月，胶东军区部队作为山东军区对日大反攻的五路大军中的第三路，在司令员许世友和政治委员林浩的指挥下相继解放了威海卫、牟平、烟台、福山、蓬莱、黄县、龙口、招远、莱阳、石岛、即墨，突破了国民党军队的崂山防线，攻占了流亭机场，逼近青岛，为胶东抗战的最终胜利创造了有利条件。

此外，在以林浩为最高领导的胶东区党委的领导下，胶东抗日根据地还进行了两项具有深远意义的建设。一是先后创办抗大胶东分校、胶东公学

和建国学校等高等和中等学校，培养和储备了一大批优秀的军事、政治、经济、文化和科技人才，为胶东抗日根据地各项事业的发展提供了极其宝贵的人才支持。二是领导胶东抗日根据地军民与敌军展开了激烈的黄金争夺战，不仅干扰和迟滞了日寇实施经济掠夺和以战养战的侵略计划，而且通过各种政策和措施鼓励当地抗日军民公开或秘密开采金矿，并通过秘密渠道将大量黄金运往中共中央所在地，用作抗日经费，在相当程度上缓解了战争形势和国民政府的刻意刁难造成的中共中央办公经费异常紧张的局面。

支援友邻　转战齐鲁

抗日战争的硝烟尚未完全散尽，内战的阴霾却已笼罩中华大地。始终以“挽救民族危亡、为人民谋解放”为己任的林浩，再次义无反顾地迅速投身到人民解放战争的滚滚洪流，为胶东、山东乃至全国的解放战争的胜利做出了重要贡献。

根据中共中央关于“向北发展、向南防御”的战略部署和中共中央山东分局的相关指示，作为胶东根据地领导人，林浩与许世友继续亲密合作。在两人的领导和组织下，先后抽调 10 个团的兵力和大批干部，首次分兵出境，横渡渤海，进军东北。进军东北的胶东子弟兵部队迅速在当地发动群众，初步建立根据地，高效完成了党中央赋予的协助抢占东北的战略任务。此后，胶东军区还在解放战争中三次分兵出境，支援其他解放战场。据不完全统计，从抗日战争到解放战争，只有 800 万人口的胶东抗日根据地，却先后有近 50 万人参军，20 余万民兵协同主力部队作战，100 万民工支援前线。从胶东出境的主力部队先后组建了我军历史上最负盛名的四个王牌军，涌现出了无数英雄团体和个人。无畏的胶东人民组成了数以百计的随军担架营、小车队和大车队，他们的坚定步伐和滚滚车轮跟随人民解放军胜利进军，辗转运河东西和长江南北。作为彼时胶东地区的最高政治领导，林浩功不可没。

1946 年 6 月，蒋介石调集总兵力达 12 万人的国民党主力部队对胶东解放区发起了全面进攻。许世友和林浩灵活指挥胶东解放区部队，先后在即墨、胶县、高密等地进行了一系列勇猛顽强的阻击战和反击战，取得歼敌 1.2 万人的重大胜利，粉碎了国民党军队对胶东解放区的首次重大攻势。

1947 年 1 月，胶东军区主力部队整编为华东野战军第九纵队，许世友任司令员，林浩继续担任政委兼党委书记。同年2月，林浩与王彬等指挥了掖县沙河镇的阻击战，收复了掖县县城。随后，林浩与许世友率领第九纵队参加了莱芜战役、蒙泰战役、孟良崮战役和南麻、临朐战役等。莱芜战役中，九纵毙敌2500余人，俘敌800余人。在蒙泰战役中，九纵以1个师抗击国民党军王牌胡琏的整编十一师3个旅的猛攻，连续激战七昼夜，歼灭胡琏部达2500人。在孟良崮战役中，九纵参与了围歼国民党军又一王牌——张灵甫的整编七十四师的艰苦战斗，战果斐然。在南麻、临朐战役中，林浩按照预先的分工，率领留守部队在解放区内线机动作战，有力配合了许世友指挥的外线作战。

1947年8月，国民党陆军副总司令范汉杰纠集20个旅的兵力，向胶东解放区发动猖狂进攻。范汉杰狂妄地叫嚣："把许世友赶到东海喝海水！""一个月全歼胶东共军！"国民党军队的嚣张气焰根本不可能吓倒胶东解放区英勇的军民。胶东军区迅速成立了前线指挥部，许世友任司令员，林浩任指挥部政委，统一指挥胶东解放区的所有部队。经过20多天机动灵活的运动战，歼敌1.4万余人，给了范汉杰当头一棒。随后，许世友率部出击外线，林浩留在内线，代理司令员。他指挥发起胶河战役，歼敌5000人，收复掖县。随后，将敌整编五十四师主力包围在海阳城一个多月，进行了18次战斗，再次歼敌5000余人。同时，按照中共中央"五四指示"和中共中央华东局"九一指示"的精神，林浩领导、组织了胶东解放区的土改工作。

遭受不公　襟怀坦荡

1948年1月，时任华东军区政委兼中共中央华东局书记的饶漱石主持召开了胶东区土地会议。饶漱石大肆批判所谓党内组织不纯、土改中的"富农路线""宗派主义"，对时任胶东区党委书记、胶东军区政委的林浩和胶东区行政公署主任曹漫之等人进行了错误批判，并由中共中央华东局扩大会议做出决议，免去了林浩的胶东区党委书记、胶东军区政委和华东野战军第九纵队政委等一切职务。林浩随即被调离第九纵队，从此结束了与许世友长达七年多的亲密无间且高效的合作。

作为胶东抗日根据地和胶东解放区军事工作的负责人，许世友对林浩的离开感到非常遗憾。许世友脾气大，一般人的话听不进去，在山东他只听得进两个人的话，林浩就是其中之一。许世友曾由衷地感叹道："林浩是一个难得的人才，我们合作很愉快！他监督我避免了很多失误。他的调离，对我来说是一个大损失！”可见，林浩对许世友在胶东取得的辉煌成绩发挥了十分重要的作用。

虽然遭到不公正对待，林浩却始终以中国共产党人的博大胸怀、马克思主义者的战略眼光和革命的乐观信念坦然面对。

1949年秋，林浩奉命到中央马列主义学院学习。在中央马列主义学院学习的两年半时间里，他没有把“学习”当作组织上对自己的“处理”，而是全身心地投入学习。他认真阅读了大量马列原著和毛泽东著作，写下了数十万字的读书笔记，在理论和思想上又有了新的飞跃，为他以后在军事院校担任领导工作和讲授马克思主义理论打下了坚实的基础。

受这一经历的影响，在新中国首次评授军衔时，在各方面都十分突出的林浩已经达到被授予中将军衔的资格，但最终仅被授予少将军衔。很多老战友和老同事都为此感到不平，林浩却泰然处之。

1986年3月，中共中央第62号文件做出批复，同意中共山东省委在1985年12月做出的《关于黎玉、林浩同志申诉问题的复议报告》，撤销了1948年中共中央华东局扩大会议决议中对黎玉和林浩所作的错误结论，恢复其政治名誉。

守正创新　为国育才

新中国成立后，面对复杂而严峻的国际形势、亟待巩固的国防和尚未完成的国家统一，亟须总结和升华军事斗争的经验教训、培养和储备军事和国防建设人才。因此，举办党领导下的军事院校成为实现这一目标的必然选择，而寻找在政治和军事上都具有丰富经验和深厚底蕴的专门组织和教学人才就成为重中之重。林浩既主办和领导过抗大胶东支校和胶东党校等军政学校，拥有较丰富的办学经验，又从事过长期的军事斗争，军事实践和经验亦相当丰富，自然成为新中国创办军事院校的首批人选之一。

1951年春，林浩奉命到中国人民解放军南京军事学院工作，历任学院教育部部长、宣传部副部长、训练部副部长，政治部副主任等职。虽然其主要负责学院的组织、宣传和军事训练工作，但是仍常年坚持授课，先后讲授的马克思主义哲学、中共党史和军队政治工作等课程，获得授课工作甲等奖。1956年1月15日建院五周年时，他又获得教育工作二等奖。

1957 年 8 月高等军事学院在北京成立后，林浩被调到该校工作。在院长刘伯承的直接领导下，林浩历任学院政治部主任、副政委兼政治部主任、院党委常委。其间，林浩和学院其他领导一起改革政治教学，邀请专家学者来院为学员们讲学。例如，多次邀请杨献珍和艾思奇等讲授马克思主义哲学；邀请许涤新和薛暮桥等讲授马克思主义政治经济学；邀请国务院副总理兼外交部长陈毅专门做有关国内外大事的报告；邀请农业部长廖鲁言和著名科学家钱学森等做相关领域的报告。学员对此反应很好，认为这种教学方式拓宽了视野，增长了见识，发挥了来京学习的优势。此外，林浩还与同事共同编写了《抗登陆政治工作》《阵地战政治工作》《运动战政治工作》《防空战政治工作》等系列教材，继承和发扬了我军政治工作的优良传统，为我军的革命化、现代化、正规化建设特别是军队院校的教育工作做出了重要贡献。

“文化大革命”中，刘伯承和杨献珍受到错误批判，林浩受此牵连，被长期关押和批判，直到“文化大革命”结束后才重新出来工作。

1978 年，邓小平采纳了中共中央组织部部长胡耀邦的意见，经中共中央决定，林浩出任中国人民解放军政治学院院长，继续为新中国军事院校建设发光发热，直至 1983 年才退居二线。

军事外交齐建功——仲曦东

王艳华

仲曦东(1915～1984),原名仲崇兴,别名仲子凌,优秀的中国共产党员、军事指挥者、政治工作者、外交官,胶东抗日根据地的创建人和领导人之一。新中国成立前,他先后参加了土地革命战争、抗日战争和解放战争,为中国人民的革命和解放事业做出重要贡献。新中国成立后,先后任中国人民解放军第三十三军副政委、华东军区后勤部政治部主任、中国人民解放军军事学院政治系主任和政治部副主任、中华人民共和国驻捷克斯洛伐克和坦桑尼亚大使、中华人民共和国外交部副部长和中非友好协会会长等职。仲曦东在1955年被授予少将军衔,荣获中华人民共和国二级独立自由勋章和一级解放勋章。

矢志求学　确定革命志向

仲曦东虽因家境贫寒求学之路坎坷曲折,但始终矢志不渝,极为珍惜宝贵的读书机会,不仅学业成绩优异,而且在思想上不断进步和成长。

(一)初受启蒙

1915年10月,仲曦东出生在山东省黄县(今龙口市)龙东乡(今北马镇)仲家村的一个贫农之家。1923年,入陈家小学就读。该校校长是一位饱学的秀才,除讲授小学课程外,还兼授《古文观止》《左传》等经典。校长的子侄多为大学生,在假期归里期间常给学生们讲爱迪生、牛顿等科学家的故事,传播自然科技知识,仲曦东亦深受教益。

（二）中断学业

1930年小学毕业后，仲曦东奉父命北上佳木斯学习做生意。经亲友介绍，他到同春义钱庄当店员，开始了极其艰苦的店员生活。除写字、打算盘、点票子和站柜台外，他还要承担扫地和刷痰盂等杂务，做得稍有不周，便会遭到打骂，饱受身体上的折磨和心理上的屈辱。苦难的境遇令少年仲曦东心有不甘，求学读书之意愿更加迫切。因此，在尚未干满一年的情况下，仲曦东便坚决辞雇，南下归乡。

（三）工读两不误

1932年，因好学善读，又写得一手好毛笔字，仲曦东接受了本村小学校长邀请，帮助教授低年级学生。由此，他开始了边教学边耕读的新生活，在一定程度上实现了读书的理想。仲曦东充分利用极为有限的闲暇，如饥似渴地阅读各类书籍。他既酷爱阅读《史记》和《左传》等经典，又刻苦学习初中和高中课本，学业因而大有长进，为将来的求学之路奠定了坚实基础。

（四）重续学业

1934年春，仲曦东考入黄县中学，并在1935年秋以优异成绩顺利毕业。但日渐窘迫的家境令其父亲不得不做出了不允许他继续求学的决定。立志求学而又体谅家中困难的仲曦东不愿就此放弃，最终以报考济南师范和不要家中出钱的理由说服了父亲，同时报考了山东省立济南师范学校和山东省立济南高级中学。当考试成绩公布时，仲曦东均榜上有名，遂按自己的意愿入山东省立济南高级中学就读。彼时，中国共产党的组织在该校极为活跃，对仲曦东产生了较大影响。1935年"一二·九"运动爆发后，仲曦东和本校学生在济南积极响应，却遭军阀韩复榘的镇压，许多学生被押回原籍。仲曦东毫不畏惧，仍毅然返校，坚持斗争。

投身革命　肩负军政重任

全面抗战爆发后，仲曦东接受党的委派，肩负军事和政治的重要责任，坚决、灵活、有效执行党的各项政策和指示，积极参与创建和巩固胶东抗日根据地和胶东解放区的艰辛奋斗，为中华民族和中国人民的解放事业做出重大贡献。新中国成立后，他发挥自身专长和优势，继续为人民的军事教育和国防事业呕心沥血。

(一)担负抗日重任

七七事变爆发后,仲曦东积极参加学生抗日救亡运动,并于9月毅然加入中国共产党。10月,面对日军迅速逼近山东、济南危在旦夕的形势,仲曦东跟随所在学校的党组织转移至泰安,积极准备武装起义。不久,根据中共中央北方局发出的“每一个优秀的共产党员,脱下长衫,到游击队去”的指示和中共山东省委的相关部署,仲曦东又奉命回到故乡——黄县,积极筹建当地的抗日武装。1938年1月,在仲曦东等共产党人的积极组织和推动下,黄县抗日游击队正式成立,随即被编为山东人民抗日救国军第三军第三大队,仲曦东出任第三大队军政委员会主席。4月,仲曦东率领山东人民抗日救国军第三军第三大队与鲁东抗日游击第七支队和第八支队在黄县发起联合作战,并收编原龙口和海关的武装力量,进一步壮大了黄县的人民抗日武装。随后,中共胶东特委创立的胶东军政委员会将山东人民抗日救国军第三军第三大队改编为山东人民抗日救国军第三军第四路,仲曦东就任第四路政治处主任。三个月后,仲曦东改任山东人民抗日救国军第三军教导大队政委。9月,教导大队改编为八路军山东纵队第五支队军政干校,仲曦东继续担任政治处主任。1939年2月,仲曦东调任胶东《大众日报》总编辑。不久,他又改任胶东区党委军事政治处主任。1940年9月,仲曦东调任八路军山东纵队第五支队政治部主任。其间,他注意总结正规部队经验,加强自身理论修养,并学习哲学、政治经济学等著作,思想水平和工作能力均有很大提高。1942年7月,仲曦东调任胶东军区第一分区(东海军分区)政委兼地委副书记,并从1943年秋开始代理地委书记,全面担负东海军分区的党政军领导工作。1944年秋,仲曦东参加了东海军分区开展的反“蚕食”的斗争,与军分区司令员刘涌、副司令员于得水紧密配合,以“翻边”战术为主要战术,指挥部队连续攻克日伪据点42处,使全区连成一片,赢得了东海抗日战场上的主动权。同年冬,他奉命赴胶东区党校学习,任第一支部书记。

(二)为人民解放战争做贡献

抗战胜利后,仲曦东奉命返回东海军分区,组织、指挥了解放威海卫和烟台的战斗,并在威海卫解放后出任山东军区警备第四旅政委。1945年11

月，仲曦东调任山东军区第六师政委。他与师长刘涌率部参加了海阳和莱阳战役，并于翌年在胶济线作战，先后攻克胶州和高密。1947 年 3 月，华东野战军第九纵队成立，仲曦东就任该纵队政治部主任，并先后参加了临朐战役、南麻战役、莱芜战役、孟良崮战役、潍县战役、济南战役、淮海战役、渡江战役、淞沪战役等重大战役，为保卫山东人民的抗日胜利果实、推进中国人民的解放事业做出了重要贡献。

（三）为新中国的国防事业做贡献

新中国成立初期，仲曦东坚决服从组织决定，以中国人民的解放事业和新中国的国防教育事业为重心，继续贡献自己的青春和热血。一方面，仲曦东率军继续清剿国内残匪。1949 年 11 月，仲曦东就任第三十三军副政委兼政治部主任。1950 年 1 月，随部队进军福建剿匪，参加福州战役和厦门战役；11 月，调任华东军区后勤政治部主任，继续为中国人民解放事业做贡献。另一方面，仲曦东为新中国的国防事业培育和储备人才。1951 年 10 月，仲曦东调任中国人民解放军军事学院政治系副主任兼政工教授会主任，后任政治系主任。1957 年 10 月，他就任中国人民解放军军事学院政治部副主任。在从事军事院校教育期间，仲曦东为中国人民军队的正规化建设、培养部队中级和高级军事政治干部贡献了自己的智慧和力量。

烟台谈判　初露外交才能

仲曦东不仅在军事战场上建功立业，而且在外交战场上也取得了骄人的成绩。其中，仲曦东在抗战胜利后领导烟台军民成功抵制了美军登陆烟台的行动，既体现了其对中共中央决策的高效执行力，又初步展露出出色的外交能力。

1945 年 10 月初，为协助国民党军队抢占中国人民的抗日胜利果实和战略要地，美国海军第七舰队驶入烟台海面，要求在烟台登陆，并向已经在烟台建立合法政权、有效施政的中国共产党领导的政权机关递交“通牒”，无理要求八路军撤出烟台，形势十分危急。

根据中共中央指示，中国共产党驻烟台党政军机构迅速成立了党政军民统一行动委员会，时任烟台警备司令部政委的仲曦东临危受命，出任该委员会书记，统一领导反对美军登陆的斗争。一方面，仲曦东迅速指示东海军分区部队和码头警备部队做好随时应对美军登陆的准备;另一方面,仲曦东作为中共烟台驻军政委与美军代表进行了多次针锋相对的谈判。

10月6日,双方交涉进入高潮。美军调来十多艘军舰,并派出多架飞机在烟台市区上空盘旋,进行武力威胁。美军第七舰队两栖特遣队司令巴贝海军中将带领舰队陆战队司令罗思凯海军少将等军官及数名记者登岸与我方谈判。其宣称奉第七舰队司令金凯德上将的指令,要求我军撤出烟台,并将烟台交由美军管理。

对于美方的无理要求,仲曦东严词拒绝,并针锋相对地阐述了我方的严正立场,驳得美方哑口无言。恼羞成怒的罗思凯少将威胁说:“我是奉金盖德上将的命令前来进驻烟台的,为了我们的友谊,为了避免意外事件,请贵军撤到市郊去。我是军人,我的天职是服从命令!”仲曦东立刻站起身来,严肃地说道:“我也是军人,我完全懂得怎样履行我的职责。我奉命警备烟台,我懂得该怎样保卫它不受任何敌人的侵犯。我们在长期的战争中,已经学会了怎样对付侵略者。如果你们胆敢侵略烟台的话,那么一切后果需由你们负全部的责任。”①

10月8日,仲曦东与代理市长于谷莺共同组织五万余军民在烟台南操场召开了反侵略大会。会上,烟台各界代表纷纷登台发言,反对美军在烟台登陆,反对美国干涉中国内政。仲曦东在会上坚定且自信地宣示:“美舰停泊在烟台海面上,无理地要求我们撤出烟台。我们的答复是:烟台是烟台人民和八路军共同从敌人手里解放的,我们有权利有责任保护烟台。”会后,举行了声势浩大的游行。队伍行进到东海岸时,人们高呼反美口号,向停泊在海上的美国军舰表示抗议。

与此同时,中共中央也以八路军总部的名义与美方进行严正交涉,叶剑英参谋长向美军驻延安的军事观察组递交了抗议声明,坚决反对美军在烟台登陆。

看到我方军民士气高涨、准备充分、立场坚定、应对稳妥,美方认识到在烟台无机可乘,加之顾忌其面临的国内外日渐高涨的反战舆论的压力,最终放弃登陆烟台的计划。10月17日,美舰驶离了烟台海面。美军企图通过外交谈判和军事恫吓迫使我军撤出烟台的阴谋至此完全破产。美国进步作家

---

① 罗国杰总主编:《中国革命道德·德行卷》,中共中央党校出版社1999年版,第130页。

史沫特莱在其著作《伟大的道路》中写道:“美国人在烟台低下了头。”

仲曦东在此次外交斗争中充分坚持、灵活运用了“有理、有利、有节”策略原则,在不费一枪一弹的情况下,圆满执行了中共中央的决策和指示。

转战外交　主建坦赞铁路

新中国成立后,优秀的职业外交官非常缺乏,这在一定程度上制约了新中国与友好国家建立和发展良好的外交关系。在烟台谈判中展露良好外交能力的仲曦东得到了主持新中国外交工作的周恩来和陈毅的关注,将其调任外交部并委以重任。从此仲曦东转战外交战线,竭力贡献智慧和力量,继续为党、国家和人民的事业做贡献。

仲曦东在新中国外交领域工作长达23年。其间,他历任中华人民共和国驻捷克斯洛伐克社会主义共和国大使(1961.7～1969.5)、中华人民共和国驻坦桑尼亚联合共和国大使(1969.6～1972.3)、中华人民共和国外交部副部长和中非友好协会(民间组织)会长;作为中国政府代表团成员参加几内亚国庆典礼,并代表中国政府与卢旺达进行建交谈判;以中国政府代表团团长身份同越南政府代表团举行关于越南华侨问题的谈判;于1979年4月在北京中外记者招待会上介绍中国政府代表团在中越副外长级谈判会议上提出了关于处理中越两国关系问题的八项原则的建议。仲曦东为贯彻新中国的社会主义外交路线、维护世界和平、增进中国人民同世界人民的友谊做出了积极贡献。其间,他主持推进了新中国援建坦赞铁路的重大工程,在其光辉的外交生涯中写下了浓墨重彩的一页。

仲曦东在1969年就任新中国驻坦桑尼亚大使之前,正值中国援建的坦赞铁路的建设进入关键阶段。之所以关键,一是因为中美在坦、赞两国的竞争问题。美国考虑到成本和技术问题,只答应援建公路,中国则同意援建铁路。坦、赞两国既同意美国援建公路,又赞成中国援建铁路,并希望公路、铁路同时建设。在冷战的时代背景下,这一状况不可避免地加剧了中美在坦、赞两国的竞争。而且,坦赞公路与坦赞铁路有一个交叉点。谁先修过交叉点,不仅在工程方面占便宜,而且也将在竞争中取得优势。二是坦赞铁路建设正面临如何克服诸多技术难题的关键考验。由于坦桑尼亚和赞比亚地形复杂,施工面临许多困难。虽然周恩来总理一再指示要加强机械施工,但是由于彼时我国的施工设备比较落后,只能继续采取“人海”战术。施工高峰时，现场工人接近3万人……

在此背景下，周恩来总理与陈毅外长商议，决定派出一位得力的大使去领导铁路施工。陈毅提议派仲曦东去，周恩来总理同意。陈毅马上说："总理，可他正在挨批啊！""告诉造反派头头，国事当前，赶快放人！"周总理斩钉截铁地说道。就这样，仲曦东很快去非洲赴任。

仲曦东一到非洲就雷厉风行，在铁路工地上一天到晚地到处督战，不知疲倦地四处解决问题。热了，就跳进河里洗个澡；饿了，就在工地食堂里抓根油条，边走边吃。有一次，仲曦东陪同铁道部副部长郭曾视察一处工地。吃了根油条后，感觉胸口发闷，司机还以为是油条太干噎住了，忙帮着捶背。可不起作用，仲曦东毫不在意："没事，抓紧吧，咱们再到下面一个点去看看。"

他哪里知道，病魔正偷偷地袭来。他仍坚持着奔波了600多公里，天黑后才返回坦桑尼亚首都达累斯萨拉姆。此时，仲曦东的病情越发严重。但中国驻坦桑尼亚大使馆没有心电图机。好在第二天一早，医疗队用直升机送来了心电图机。做完心电图，医生发现是广泛前壁心肌梗死。尽管生命处于危险的边缘，可他仍要去办公。医生坚决阻止道："大使，你现在的心脏很脆弱，必须躺下治疗，千万别动！"陈毅得知消息后，立即委派北京阜外医院的心脏病专家前往抢救。无奈我国飞机当时无法直航非洲，必须在巴基斯坦转航。周恩来总理考虑很周到，他怕误事，指示大使馆通过电报汇报病情，由专家在北京根据病情通过电报指挥抢救。

病情稳定后，仲曦东得知中国铁路修在了美国公路的前面，很是欣慰。他确实应该欣慰，坦赞铁路的建成不仅奠定和巩固了中坦和中赞长期友好的基础，而且为新中国与发展中国家建立友好关系树立了典范，带动了一大批非洲国家与我国建立外交关系，为我国恢复在联合国的合法席位和权利赢得了非常宝贵、有力的支持，也为增进中国人民同世界人民的友谊、团结做出了积极贡献。

热血报国终不悔——李丙令

王艳华

李丙令(1917～2002),优秀的中国共产党员、军事指挥者、军事教育者。抗日战争时期,他先后在山东人民抗日救国军第三军和八路军山东纵队第五支队担任重要政治职务,参加了胶东地区历次反“扫荡”斗争和攻克牟平城、福山城、平度等战役战斗,为胶东抗日根据地的创立和发展做出了重要贡献。解放战争时期,他先后在辽东人民自卫军、东北民主联军、东北野战军中担任重要政治领导职务,率部参加了临江战役、辽沈战役、平津战役,为中国人民的解放事业做出了重要贡献。新中国成立后,李丙令先为人民的解放事业和国家的海防事业继续战斗,后在中国人民解放军政治学院、军政大学担任主要领导职务,为中国人民解放军的革命化、现代化、正规化建设,新中国军事教育事业和中高级军事指挥人才的培养做出了重要贡献。李丙令在1955年被授予少将军衔,荣获中华人民共和国二级独立自由勋章、一级解放勋章和二级红星功勋荣誉章。

为民请命　不畏强权担重任

1917年11月,李丙令出生在山东省平度县城关镇杨家庄村的一个富裕家庭。他8岁上私塾,10岁随父到达烟台,进入掖平同乡会小学读书,15岁考入烟台志孚中学,先后在该校读初中和高中。求学期间,李丙令品学兼优、思想进步。

(一)参加学生运动

1935年4月18日,烟台市真光女子中学的女学生徐明娥遭国民党警察调戏和杀害，酿成了轰动烟台的“徐明娥事件”。真光女子中学学生自治会与益文学校、志孚中学、烟台中学等学校的学生自治会召开联席会议，正式成立烟台学生自治联合会，召开记者招待会，誓为死难学生申冤。但在加害者的姐夫张奎文（时任国民党烟台特区专员兼公安局局长）的包庇下，不仅学联提出的严惩凶手、赔偿损失、赔礼道歉、竖立纪念碑和举行殡葬仪式五项条件最初均遭无理拒绝，而且学联本身也遭到国民党驻烟台的党政军机构与志孚中学董事、烟台商会常务理事林秋圃的联合恫吓。学联非但没有屈服，反而决定委派李丙令（彼时为志孚中学学生自治会和烟台学联的主要负责人之一）与山东省立第八中学学生吕其恩分别到国民党烟台党部和韩复榘驻烟部队驻地进行交涉、抗议。

（二）不惧威胁斗强权

作为尚未成年的中学生，“李丙令和吕其恩大气凛然，慷慨陈词，舌战群凶。国民党烟台当局理屈词穷，但以‘学生此行为全系赤色分子所煽动，为首的就当赤色分子抓起来’加以威胁，不予解决，更激起学生义愤”。烟台各学校的进步师生没有屈服，而且更加积极地行动起来。4 月 23 日，烟台各学校学生和部分青年教师共 3000 余人在益文学校南楼操场举行了追悼会，宣读了烟台学生自治联合会关于“徐明娥事件”的宣言，揭露了政府当局的狡诈手段，并在追悼会后举行了示威游行。学生们沿途高呼口号，散发宣言，并将宣言发往南京政府教育部、山东省教育厅和北平全国学联总部。在烟台市各界正义人士的大力支持下，斗争最终取得了胜利。但恼羞成怒的国民党驻烟台党政机构决定对涉事学生加以报复，李丙令和山东省立第八中学的吕其恩和柳运光等积极分子被校方开除学籍，无法继续学业。

教书育人　激发学生报国情

（一）恤养院从教

正当李丙令考虑自己的出路和未来的时候，本就为学生们的遭遇愤愤不平的烟台恤养院副院长褚文郁听闻李丙令的境遇，更加愤慨，遂做出了一个重要决定：聘请李丙令到恤养院工作。褚文郁气愤地说：“一个中学生，什么赤色分子，不能上学不要紧，让他到恤养院去，我收留他！”刚刚成年的李丙令就此受聘到烟台恤养院工作，担任第三班班主任，这是他人生中第一份领薪水的工作。

（二）教学与革命两不误

李丙令入职后，得到了褚院长的继续关心和帮助。褚文郁不但未按照惯例让李丙令与其他教师在大集体宿舍共同居住，反而将其安排在一处较为偏僻院落中的单人房间。这一安排在相当程度上保证了李丙令在恤养院活动的隐蔽性，为其此后在中国共产党领导下开展工作提供了极大便利和保障。1936 年 4 月，李丙令与孙德铮等人开始在志孚中学秘密发展中华民族解放先锋队队员；8 月，李丙令经吕其恩介绍加入中国共产党，并以教学为掩护，秘密开展党在烟台的地下工作；11 月，经中共中央北方局批准，中共胶东临时特别委员会改为中共胶东临时工作委员会。吕其恩在就任中共胶东临时工委书记后指定李丙令为中共烟台地下党组织的主要负责人。

（三）激发学生家国情怀

由于年龄相仿、情趣相近，李丙令与恤养院的学生迅速打成一片，与学生建立起十分融洽的关系，广受学生欢迎。李丙令除了认真教授正课外，还经常向学生进行爱国主义教育，特别在卢沟桥事变之后，他在讲课之余详细介绍不抵抗主义给国家带来的危害，对汪精卫的亲日罪行以及他如何破坏抗战予以充分揭露。他密切关注世界局势和民族命运，对法西斯的独裁和侵略更是恨之入骨，常在黑板上疾书“打倒墨索里尼”“打倒希特勒”“打倒日本帝国主义”等口号，激发学生同仇敌忾的情绪，此后恤养院十多名学生投笔从戎、参加抗日部队。他还利用课外活动时间带领学生到野外模拟战斗，培养学生们勇敢战斗的精神。

全心抗日　保家卫国建功勋

（一）参加天福山抗日武装起义

1937 年全面抗战爆发后，李丙令在褚文郁院长的帮助下，利用一台收音机，组织爱国师生收听日军侵略暴行、战争情况，宣传抗日思想。同年 10 月，根据党组织指示和安排，李丙令进入国民党进步人士主持的牟平县政训处任政训员。临行前，李丙令告诉褚文郁院长，自己要去牟平、文登一带参加抗日队伍，并请求带学生崔敏一起走，院长答应了他的要求。随后，他带领崔敏在牟平、文登昆嵛山一带参加了武装抗日活动。1937 年 12 月 24 日，李丙令在文登参加了天福山起义，开始了光辉的新生涯。

（二）奉命潜入烟台

1938 年 1 月 19 日，山东人民抗日救国军第三军正式成立了军政委员会和司令部，李丙令任第二大队三中队指导员。1938 年 2 月 13 日，李丙令参加了发生在牟平县城附近的雷神庙战斗。面对数倍于己的日伪军的猖狂进攻，李丙令等人不畏生死，英勇作战。雷神庙战斗结束后，山东人民抗日救国军第三军根据敌强我弱的实力对比和战场态势，决定西进开辟蓬莱、黄县（今龙口市）、掖县（今莱州市）抗日根据地；由李丙令率一部精干武装潜入烟台，以打击日寇、震慑伪军、鼓舞百姓，开创抗日斗争新局面。李丙令接受任务后妥善筹谋，与赵锡纯率领约 50 名干部和战士，分两路潜入烟台市区。

（三）谋划狙杀芝川彦次郎

古语曰：射人先射马，擒贼先擒王。要有效打击和震慑驻烟日寇的嚣张气焰、提振胶东人民的抗日信心和决心，最具效果的事情莫过于狙杀日本驻烟台的代表性人物。如此，日本驻烟台外事处主任芝川彦次郎就成为李丙令等人潜入烟台后筹谋刺杀的首选目标。在摸清其活动规律后，李丙令经过冷静、缜密的观察与思考，与干部战士讨论、分析了市区的人员流动情况、日寇的布防情况以及中国人和日本人的外貌与行为特征，并最终决定在执行任务时绝不能伤及无辜或错击目标，否则既过早暴露了组织，又会令日寇警觉，还会在群众中造成恶劣影响，极不利于以后开展抗日工作。经过周密安排，1938 年 3 月 12 日上午，芝川彦次郎被乔装成商人和劳务人员的二大队成员成功狙杀于烟台山下的日本洋行。

（四）号召民众共同抗日

彼时，由于我方交通通信条件的落后和日寇的严密盘查，胶东党组织及其领导下各抗日力量之间的联系极为困难，只能将人员流动性较大、隐蔽性较强的马车店发展成为秘密交通站。烟台市区的烟台马车店与城郊的黄务马车店由此成为联通烟台市区与周边地区的枢纽。烟台马车店附近的通伸村有很多村民世代为车把式，见多识广，且因日寇占领烟台生活日渐窘迫，普遍对日伪军心存怨恨，更易接受中国共产党的抗日主张，支持抗日活动。

入城后，李丙令率领30人直奔该村。他命令战士们按事先部署鸣枪扰敌、沿街散发传单，并在乡绅家门口和客栈分发《抗日军政府通告》，号召各阶层民众共同抗日。

(五)组织武工队突袭烟台市区

1941年12月8日，李丙令组织、协调八路军武工队50余人，分三路突袭烟台市区。其中，第一路20人从上夼村突入南大街，分别冲进多福巷伪派出所和集市稽征所，俘获伪警长、警士和税警十多人；第二路20人从大海阳村突入市区，配合第一路围攻、烧毁炮楼三座；第三路十余人在南山下至上夼村一带进行策应，掩护撤离。1943年秋，李丙令提议将新成立的烟台武工队改称为“烟台大队”，并以南郊绍瑞口、旺远等为活动基地。大队指战员均选择精干且文化水平高的干部战士。他们情报准确、行动果断、迅猛，不拖泥带水。几次成功出击后，该大队小而精、机动灵活的战术效果便凸显出来，有效震慑了日伪军，使日伪小股部队不敢随意进村。对于投靠日军的地痞流氓，均坚决予以铲除。经过烟台大队的宣传发动，周边各村伪乡、保长大部分表面应付日伪当局而不助纣为虐，有的还向烟台大队通报敌情。由此，瓦解了伪乡、保政权和组织，鼓舞了烟台民众的抗日斗志。

此外，李丙令领导胶东人民抗日武装参加了胶东地区历次反“扫荡”斗争和攻克牟平城、福山城、河源、两沟、马连庄、平度等战役和战斗，为胶东抗日根据地的巩固和发展做出了贡献。

南征北战　为民血战倾全力

(一)奉命北上，挺进辽东是骨干

抗日战争胜利后，根据中共中央和中共中央山东分局的指示和安排，具备率先进军东北地缘优势的胶东军区迅速整编了其下辖的人民军队。李丙令所在的十三团被整编为胶东军区第六师，并由其率领与由吴克华和彭嘉庆率领的第五师渡海挺进辽南。进入辽南后，第六师与第五师的一个团及冀热辽军区第十六军分区二十七团合编为东满临时指挥部第二纵队，吴克华任司令员，李丙令任政治部主任。该纵队下辖第一支队、第二支队和直属支队。1945年12月，第二纵队第二支队编成第二纵队第二旅，李丙令任旅政委。辽东军区成立时，组建了第四纵队，李丙令所在的第二旅改编为辽东军区第四纵队第十一旅。1947 年 2 月，辽东军区第四纵队改称东北民主联军第四纵队，第十一旅改称十一师，下辖原胶东的两个独立团。

（二）四保临江，胶东子弟建功业

在解放战争中，国共双方以吉林省临江地区为中心，发生了四次大规模攻防战，史称“四保临江”或“临江战役”。其战果事关双方在东北的实力对比、地区和全国的战略全局，故国共双方都希望取得决定性胜利。在战役中，由李丙令率领的东北民主联军第四纵队十一师承担了深入敌后、配合主力部队作战的重任。十一师发扬了人民军队艰苦奋斗、不怕困难、不怕牺牲、连续作战的本色，全力响应中央号召。全体指战员想方设法、咬紧牙关，克服了酷寒、饥饿、极度疲劳和人地两生、道路难行等接踵而至的各种困难，以坚韧的精神、无比的勇气和果敢的行动，两次成功深入国民党军队后方。经过在敌后和正面战场的数十次艰苦卓绝的大小战斗，十一师大量歼敌，攻克敌人据点无数，收复大片失地，摧毁了当地国民党政权。这既鼓舞了我方民心士气，又打击了国民党军队的嚣张气焰；既促进我方队伍不断壮大，又使国民党军队不断减少。十一师还高效破袭了国民党军队控制的公路和铁路，击毁大量国民党军队的运输车辆，缴获大量军事和生活物资，既削弱了敌人的实力，迟滞了敌军的行动，又补充了我军物资，提升了我军战力。十一师圆满完成了各项任务，为临江战役的胜利做出了重大贡献，李丙令因此受到东北民主联军三次嘉奖，十一师全体指战员亦均被记功一次。

（三）塔山阻敌，誓将热血献辽沈

辽沈战役中，李丙令率部参加了著名的塔山阻击战。十一师被部署在一线部队侧后，按纵深梯次配置，作为全纵队的预备队。李丙令在阵地上率团以上干部向全体指战员庄严宣誓：“为了粉碎敌人增援锦州，我誓与同志们同生死、共患难，宁肯抛头颅，洒热血，决不后退一步！”在战斗中，李丙令充分践行了对党、对人民和对战友的神圣誓言。

（四）严明纪律，保障北平交接稳

1948 年 4 月，东北野战军第四纵队改称东北野战军四十一军，李丙令调任四十一军一二一师政委，并奉命率部参加了平津战役，指挥所属部队参加了解放康庄、怀来、张家口和包围北平等战斗。在北平和平解放的共识达成后，四十一军政委莫文骅和李丙令奉命率一二一师率先进入北平，承担警卫任务，并接受毛泽东主席和中央领导的检阅。为了保证北平顺利交接和平稳过渡，一二一师不仅提前召开党员代表大会和士兵代表大会，学习相关政策与纪律规定，而且广泛开展了“评入城资格”的活动，积极开展批评与自我批评，审查自身的言行与差距，保证入城人员的高质量和高水平，为圆满完成警卫任务奠定了必要基础。

(五)率部南下，为民解放续奋斗

平津战役结束后，李丙令奉命率部参加了湘南衡宝战役、广西战役和广东地区剿匪作战。新中国成立之初，他先后就任军政治部主任、副政委、政委等职，参加了守备粤东海防，解放南澳岛、南鹏岛、南澎岛和保卫东山岛等战斗。

此外，李丙令自 1957 年起先后担任中国人民解放军政治学院政治部副主任、副教育长、教育长、政治部主任和训练部部长等要职，为我军的革命化、现代化、正规化建设，军事教育事业和培养中高级指挥人才做出了重要贡献。

参考文献

1.中共烟台市委党史资料征集研究委员会编:《中共胶东区党史大事记(1937～1949)》,中共党史资料出版社1990年版。

2.烟台地区行政公署出版办公室编:《胶东风云录》,山东人民出版社1981年版。

3.中共党史学会等编:《胶东革命历史研究——胶东革命历史地位和贡献暨胶东革命精神座谈会论文集》,中共党史出版社2015年版。

4.中共烟台市委党史研究室编著:《中国共产党烟台画史(1921～1949)》第1卷,中共党史出版社2015年版。

5.中共烟台市委党史资料征集研究委员会编:《胶东英烈颂》第1辑,山东省出版总社烟台分社出版1985年版。

6.中共烟台市委党史资料征集研究委员会编:《巍巍丰碑》,山东省出版总社烟台分社1987年版。

7.中共烟台市委、中共中央党史研究室宣传教育局编著:《见证——胶东革命历史遗址选编》,中共党史出版社2015年版。

8.中共烟台市委、中共中央党史研究室宣传教育局编著:《印记——胶东革命历史文物选编》,中共党史出版社2015年版。

9.中共烟台市委、中共中央党史研究室宣传教育局编著:《风云——胶东革命历史事件选编》,中共党史出版社2015年版。

10.中共烟台市委、中共中央党史研究室宣传教育局编著:《先导——胶东革命历史人物选编》,中共党史出版社2015年版。

11.中共烟台市委党史研究室编著:《中共胶东特委史》,山东人民出版社2018年版。

12.中共山东省委党史研究室编:《中共山东英烈大典》,山东省新闻出版局 2002 年版。

13.中共威海市委党史研究室编:《中共威海历史人物》,中共党史出版社 2006 年版。

14.张绍麟主编,中共青岛市委党史研究室编著:《永远的军魂——将军与青岛》,青岛出版社 2007 年版。

15.栖霞市红色文化建设领导小组办公室、中共栖霞市委党史研究室编:《印记——栖霞革命史料通览》,中国教育文献出版社 2015 年版。

16.中共栖霞市委党史研究室编:《见证——栖霞革命遗迹通览》,中国古籍文物出版社 2012 年版。

17.中共龙口市委党史研究室编:《革命之家:龙口市第一位共产党员陈文其家族记忆》,中共党史出版社 2018 年版。

18.山东省民政厅编:《光照千秋——山东革命烈士事迹选》(9),山东大学出版社 1989 年版。

19.山东省民政厅编:《光照千秋——山东革命烈士事迹选》(10),山东大学出版社 1990 年版。

20.山东省民政厅编:《光照千秋——山东革命烈士事迹选》(11),山东大学出版社 1991 年版。

21.烟台市民政局编:《永垂千古:胶东革命烈士事迹选》(2),山东省出版总社烟台分社 1991 年版。

22.孙光辉主编:《胶东红色故事集》,中国文联出版社 2015 年版。

23.张克勤等:《虎将夏侯苏民》,江苏人民出版社 2017 年版。

24.滕振贤、滕达:《特殊使命:理琪与胶东》,山东画报出版社 2017 年版。

25.陈海涛:《胶东英烈传》,黄海数字出版社 2017 年版。

26.杨德富主编,中国人民政治协商会议山东省龙口市委员会编:《中国人民解放军龙口将军》,中国文史出版社 2004 年版。

27.李世惠主编:《芝罘历史文化丛书・人物卷・星汉灿烂》,齐鲁书社 2016 年版。

28.刘波、刘德茂等:《抗大将星》,华文出版社 2008 年版。

29.柳溪、兵者编著:《开国将军画传・贾若瑜画传》第 1 辑,中央文献出版社 2004 年版。

30.许建中:《昆嵛英雄于得水》,解放军出版社 2012 年版。

31.刘延喜:《100 位为新中国成立作出突出贡献的英雄模范人物:任常伦》,吉林出版集团 2011 年版。

32.谷办华:《英雄杨子荣》,解放军出版社 1992 年版。

33.陈锐霆:《走过百年》,中共党史出版社 2007 年版。

34.崔克俭、于慧芝:《吕其恩传奇人生》,大连出版社 2011 年版。

35.贾若瑜:《贾若瑜征程纪实》,国防大学出版社 2000 年版。

36.冷燕虎编著:《塔山英魂:吴克华与名军名战》,国防大学出版社 1997 年版。

37.张团等编著:《塔山名将——吴克华》,解放军出版社 2000 年版。

38.即墨市档案局编:《周浩然烈士文集》,青岛出版社 1995 年版。

39.中国人民抗日战争纪念馆编著:《抗战英烈谱》,团结出版社 2017 年版。

40.周子玉主编,《解放军烈士传》编委会编:《解放军烈士传·抗日战争时期》第 7 集,长征出版社 1993 年版。

41.宋宪际编:《牟平红色地标》,团结出版社 2015 年版。

42.滕振贤、于福海:《杨禄奎事件》,黄海数字出版社 2009 年版。

43.李永军:《海阳地雷战》,黄海数字出版社 2009 年版。

44.滕振贤、滕达:《美军梦断烟台》,黄海数字出版社 2009 年版。

45.张金平:《许世友在烟台》,黄海数字出版社 2009 年版。

46.刘丽:《革命摇篮　薪火相传——胶东育儿所发展历程与贡献》,《齐鲁烽火》2018 年第 1 期。

47.王晓鸽:《五四运动后马克思主义在烟台的传播》,《烟台日报》2019 年 4 月 30 日。

后　记

中国共产党胶东党组织领导胶东人民在革命时期涵育、弘扬了独特的胶东红色文化，滋养和激励了一代又一代英雄的胶东儿女，为中国革命的胜利和新中国的成立与建设做出了不可磨灭的历史性贡献。作为有着悠久红色文化传统的胶东高校的教学科研单位，鲁东大学马克思主义学院于2019年成立胶东红色文化研究中心，致力于胶东红色文化的教育与研究，传承红色文化基因，赓续红色文化传统。学院领导班子高度重视本中心的建设和发展，专门组织政治素养好、业务能力强的教研人员成立胶东红色文化研究团队，从马克思主义理论、历史学、法学、政治学、社会学、文艺学等多维度研究胶东红色文化。《胶东红色故事》就是胶东红色文化研究中心的系列成果之一。

本书所说的胶东覆盖区域为胶莱河以东的胶东半岛地区，基本包括今威海、烟台、青岛和潍坊东部地区；涵盖时域主要从1920年春马克思主义在胶东开始传播至新中国成立，部分人物的事迹则延展至改革开放时期。《胶东红色故事》主要涉及胶东地区发生的一系列重要历史事件，以及在胶东工作或者胶东籍的代表性革命人物的故事。胶东红色故事涵盖范围较广，内容丰富，大致包括胶东地区党组织的革命历程、军民鱼水之情等，展现了有勇有谋、有情有义的胶东地区共产党人的崇高信仰、革命气节和使命担当。

《胶东红色故事》是集体合作的成果，主要是由鲁东大学马克思主义学院胶东红色文化中心的研究人员完成。全书由孟军、许以民统稿和修改。为了高质量地完成本书，我们也邀请校外专家学者撰写了部分内容。感谢王锦远（牟平党校原副校长、杨子荣精神研究会原会长）、王晓霞（烟台工程职业技术学院副教授）、张国华（中国作家协会会员、枣庄市第十三中学语文教师)、国婷(鲁东大学实验小学二年级级部组长)惠赐书稿。尤其需要指出的是,中小学一线教师加入本书写作队伍,也符合新时代大中小学思政课一体化建设的原则和思路。

本书在写作过程中得到鲁东大学马克思主义学院的大力支持,在此表示衷心感谢。感谢烟台现代画院副院长兼秘书长尹希梁先生为本书题写书名。在研究过程中,我们还参考了大量相关研究文献,有的已经在注释中标出,但也有部分没有注明,特向相关学者表示谢意。在此,还要感谢山东大学出版社总编辑王贻社和总编室主任赵聪的热情帮助和支持,以及山东大学出版社编辑王立强、肖世伟的辛勤工作,没有他们,本书不可能顺利出版。

胶东红色文化内容丰富,由于研究条件和自身研究水平有限,本书仍有很多不足之处,恳请党史界前辈、专家学者、广大读者提出宝贵意见和建议。

孟　军

2022 年 2 月